大方
sight

咕咕云谷

CLOUD CUCKOO LAND

[美] 安东尼·多尔 著

高环宇 译

中信出版集团|北京

图书在版编目（CIP）数据

咕咕云谷 /（美）安东尼·多尔著；高环宇译 . —
北京：中信出版社，2023.3（2023.7 重印）
书名原文：Cloud Cuckoo Land
ISBN 978-7-5217-4864-2

I. ①咕… II. ①安… ②高… III. ①长篇小说—美
国—现代 IV. ① I712.45

中国版本图书馆 CIP 数据核字（2022）第 209684 号

咕咕云谷
著　　者：[美] 安东尼·多尔
译　　者：高环宇
出版发行：中信出版集团股份有限公司
　　　　　（北京市朝阳区东三环北路 27 号嘉铭中心　邮编　100020）
承 印 者：河北鹏润印刷有限公司

开　　本：880mm×1230mm　1/32　　印　　张：18
字　　数：396 千字　　　　　　　　　插　　页：1
版　　次：2023 年 3 月第 1 版　　　　印　　次：2023 年 7 月第 2 次印刷
京权图字：01-2022-5677　　　　　　书　　号：ISBN 978-7-5217-4864-2
定价：79.00 元

CONTENT

/

目录

献给图书管理员
过往的、现在的和未来的

领唱：你们全都想想，我们的城市叫什么才好。

珀斯特泰洛斯：斯巴达怎么样？这个古老而伟大的名字，带着不可一世的气场。

欧厄尔庇得斯：噢，伟大的勇士，你要让我们的城市叫斯巴达？斯巴达，这名字给我的床垫子都是个侮辱。

珀斯特泰洛斯：好吧，你说一个。

领唱：必须是响亮的、如雷贯耳的。要柔软轻盈，仿佛在云霄之上，能够听见咕隆咕隆的声音。

珀斯特泰洛斯：哦，我知道了！咕咕云谷！

——阿里斯托芬，《鸟》公元前414年

PROLOGUE
序章

我最亲爱的侄女
希望这本书带给你健康和光明

阿尔戈斯[1]

————

服役时长65年
1号舱内第307天

———————

[1] 古希腊的一个城邦，位于伯罗奔尼撒半岛东北部，青铜器时代早期开始有人居住。斯巴达兴盛前是古希腊最强盛的城邦之一，同时是希腊神话中的百眼巨人。——译者注

科斯坦茨

圆舱里，一个14岁的小女孩盘腿坐在地上。她的卷发浓密蓬松，袜子却千疮百孔。这是科斯坦茨。

女孩的身后竖着一个半透明的圆柱体，16英尺高，直通天花板，里面悬挂着一个由无数条细若发丝的金线组成的机器，丝丝相扣，异常精致。一束游荡的亮光不时在机器的表面闪现。这是西比尔。

另外还有一张充气床、一个环保马桶、一台食物打印机、11麻袋营养粉，以及一台和汽车轮胎差不多大的圆形多方向走步机。光亮来自天花板上圆形的二极管。一眼看去，这里没有出口。

科斯坦茨用自制的墨水在撕开的营养粉布袋上写写画画。地板上的一个方格子里摆着差不多一百块长方形的布条，有的密密麻麻，有的只写一个字。比如，一块上写着24个古希腊字母；一块上写着：

1453年，君士坦丁堡被围攻23次，但是没有一个敌人攻破它的城墙。

她向前探探身子，从地上拿起三张碎片。这时，身后的机器一闪一闪地亮起来。

很晚了，科斯坦茨，你一天没吃饭了。

"我不饿。"

来点美味的意大利拌饭怎么样？或者烤羊肉配土豆泥？还有很多组合你没有尝试过呢。

"不用了，谢谢你，西比尔。"她低头看着第一块布念道：

安东尼·戴奥真尼斯的《咕咕云谷》失传已久。这部讲述牧羊人在天空理想之城游历的希腊神话极有可能创作于公元1世纪末期。

第二块布：

我们从一份9世纪东罗马帝国对此书的内容介绍中获知，戴奥真尼斯在简短的开篇序言中提醒体弱多病的侄女，这个滑稽可笑的故事不是他编造出来的，而是从提尔古城的一座坟墓里挖掘出来的。

第三块布：

"那座坟上，"戴奥真尼斯对侄女解释说，"写着司焰生前做过80年男人、1年驴子、1年海鲈鱼、1年乌鸦。"戴奥真尼斯郑重其事地说已经找到一个木头箱子，上面题有："陌生人，无论你是谁，打开它定有惊喜。"他打开箱子，发现24块柏木片，上面写着司焰的故事。

科斯坦茨闭上眼睛。她看见作者退回到漆黑的坟墓里，借着火把的亮光仔细研究起那只奇怪的箱子。天花板上的二极管变暗了，墙壁从白色变成柔和的琥珀色。西比尔说，科斯坦茨，马上就要熄灯了。

她绕着地上的碎布片走到气垫床边，从床下拽出一个残缺不全的空口袋，先用牙咬开一个裂口，再撕成长方形。接着她往食物打印机里倒进一小勺营养粉，按下开关，一盎司黑色的液体伴随着咕噜咕噜的声音流进食碗里。她拿出一根削尖了头的聚乙烯管蘸了蘸这份现做的墨汁，铺好布片，用自制的钢笔画了一朵云。

再蘸几下。

云朵的上方露出城市的塔尖，塔尖的周围多出几个代表飞鸟的小圆点。房间更暗了。西比尔闪着亮光。科斯坦茨，你必须吃点东西了！

"我还不饿，谢谢你，西比尔。"

她挑出一块写着2020年2月20日的布片，放在写着"第A页"的布片旁边，然后把刚画好的云城放在最左边。她吹了一口气，这三片布似乎要飞起来，在微弱的光线下熠熠生辉。

科斯坦茨蹲下身。她差不多1年没有离开这间屋子了。

CHAPTER 1
第一章

陌生人，无论你是谁，打开它定有惊喜

《咕咕云谷》
安东尼·戴奥真尼斯
第A页

戴奥真尼斯手抄本大小30 cm×22 cm。虫蛀霉变严重。现存24页，标注为A至Ω，均受到不同程度的破坏。字迹工整，左斜。泽诺·尼尼斯从2020年开始翻译。

……为了等待一双关注的眼睛，这些木板在箱子里隐忍了多久？亲爱的侄女，我知道你看后一定会怀疑那些稀奇古怪的事情的真实性，所以我必须保证一字未漏。也许以前，人类就是像野兽一样在地球上行走，而飞鸟之城则在人类和神仙之间的天空悬浮。再或者，和所有的疯子一样，那个牧羊人自以为是，在他看来那就是真的。总之，咱们还是先看看他的故事再判断他是不是有病吧。

湖口码头公共图书馆

————————

2020年2月20日　下午4：30

泽诺

大雪纷飞，他陪同5名5年级的学生去公共图书馆。他80多岁不到90，穿帆布外衣、搭扣靴子，领带上印着穿滑冰鞋的企鹅图案。一整天，他都美滋滋的。此时此刻，2月，周四下午4:30，看着孩子们冲在前面跑过人行横道——亚力克斯·赫斯戴着驴头纸帽，蕾切尔·威尔森拿着一支塑料手电筒，纳塔利·赫尔南德斯拉着一个便携式音箱——他简直有些喜不自禁了。

经过警察局、公园管理处和伊甸园之门房地产公司，他们走到了位于"湖畔街"和"公园路"交汇处的湖口码头公共图书馆。这是一座高两层，带有三角形山墙的维多利亚式建筑。一战后这座华而不实的房子被捐赠出来。现在它的烟囱东倒西歪、排水管摇摇欲坠，4扇前窗中有3扇贴着挡风的胶带。路旁的杜松托着厚厚的积雪，拐角处被画成猫头鹰的还书箱也顶着好几英寸的白雪。

孩子们跃过台阶直接跳到门口，儿童部的管理员谢里夫和他们击掌庆祝，然后走下去接泽诺上楼。他的耳朵里塞着浅绿色的耳机，胳膊上沾着做手工用的亮粉，T恤上印着：我喜欢大书 我不会说谎。

一走进图书馆，泽诺便摘下眼镜擦镜片上的水雾。前台的正面贴着心形的纸质说明，后面的墙上有一个箭头，上面写着：咨询台。

电脑桌上的3台监视器闪动着一模一样的屏保图案。散热器的水从天花板上渗出来，一滴一滴地落进放在有声读物书架和两把破扶手椅之间7加仑大的垃圾桶里。

噗铃。噗啦。噗铃。

孩子们一窝蜂地奔向楼上的儿童区，把雪水溅得到处都是。泽诺和谢里夫听着孩子们在楼梯上跺脚然后安静，相视而笑。

"哇噢！"这是奥利维娅·奥特的声音。

"哎哟喂。"这是克里斯托弗·迪伊的声音。

孩子们都上去之后，谢里夫挽起泽诺的胳膊。通往二层的入口被挡住了。泽诺把木板墙喷成金黄色，正中开了一个小拱门，门上方写着：

Ὦ ξένε, ὅστις εἶ, ἄνοιξον, ἵνα μάθῃς ἃ θαυμάζεις

5年级的小家伙儿们靠在木板上望着泽诺，落在他们外衣和书包上的雪花一点点地融化。泽诺走走停停，气喘吁吁。

"你们还认识这些字吗？"

"当然。"蕾切尔说。

"切。"克里斯托弗不屑地哼着。

纳塔利踮起脚尖，伸出一根手指，逐个点着那些字念道："陌生人，无论你是谁，打开它定有惊喜。"

"我的天哪，"亚力克斯用胳膊夹着自己的驴头帽子说，"难道我们要走进书里去。"

谢里夫关上楼梯间的灯，孩子们聚拢到小门前"出口"指示牌的红色光晕里。"准备好了吗？"泽诺大声问。在门另一边的馆长玛丽安喊道："好了。"

孩子们一个接一个地穿过小拱门，进入儿童区。以前书架、桌子和沙包把这里挤得满满当当的，现在它们全被挪到了墙边，取而代之的是30把折叠椅子。房梁上垂下硬纸板做成的云朵，闪着彩色的亮光在椅子上空飘。椅子前方有一个小舞台，舞台的背景墙上糊着一整块帆布，玛丽安在上面画了一座云城。

金光闪闪的塔林、星罗棋布的小窗、迎风招展的三角旗、盘旋而上的塔尖和密密麻麻的飞鸟——小褐腰鸦，大银鹰，拖着长长的翘尾巴的、长着尖尖的弯嘴巴的、所有你想得到和想不到的鸟都在这里扑棱棱地飞。玛丽安关掉顶灯，在唯一一盏舞台灯的照耀下，云朵熠熠生辉，羽毛流光闪烁，高塔里似乎灯火摇曳。

"这是——"奥利维娅说。

"我从来没——"克里斯托弗说。

"咕咕云谷。"蕾切尔轻声说。

纳塔利丢掉手里的音箱，亚力克斯蹿上舞台，玛丽安喊着："小心点，颜料还没干透。"

泽诺在第一排找了一把椅子坐下。他的眼睛一眨一眨的，记忆就这样随着眼皮抖落下来：爸爸在雪堆里摔了一个屁蹲儿；图书管理员拉开装着目录的抽屉；战俘集中营里的一个人在地上划拉着希腊字母。

谢里夫用三个书架分割出一个后台，在那里堆满道具和服装。他把孩子们带过去。奥利维娅挑了一个乳胶帽子戴在头上，看起来像个秃子。克里斯托弗拉着一个画成大理石棺材样的微波炉盒子走到舞台中央。亚力克斯伸着胳膊抚摸画上的尖塔。纳塔利从书包里拿出电脑。

玛丽安的电话嗡嗡响。"比萨好了。"她对着泽诺的好耳朵说，"我去取。速去速归。"

"尼尼斯先生，"蕾切尔拍拍泽诺的肩膀。她的头上编着几根红色的麻花辫，肩头被雪水打湿了一片，她忽闪着又大又亮的眼睛说，"这是你做的？为我们做的？"

西摩

街区的另一边停着一辆庞蒂亚克 Grand AM，盖着 3 英寸厚的雪。一名灰眼睛的 17 岁少年抱着背包在车里睡着了。他叫西摩·斯图尔曼。背包深绿色，是杰斯伯的超大款，里面装着两个高压锅。每个锅配有油毡钉、滚珠、点火器和 19 盎司被称作 B 成分的高能炸药，以及两根在锅盖处和手机的电路板相连的电线。

睡梦中，西摩在树荫下朝一片白色的帐篷走去。但是他每迈出一步，脚下的路就拐个弯，帐篷就远一点，快被逼疯的时候他惊醒了。

仪表盘显示现在是下午 4:42。睡了多久？ 15 分钟。最多 20 分钟。愚蠢。太不小心了。他已经在车里待了 4 个多小时，双脚麻木。还有，他必须上个厕所。

他用袖子擦了擦前挡风玻璃上的雾气，然后壮着胆子拨了一下雨刷器刮掉外面的积雪。图书馆外面一辆车也没有。人行道上一个人也没有。停车场西边的碎石路上只有一辆车，是馆长玛丽安开的斯巴鲁，也披着雪斗篷。

4:43。

"天黑前达到6英寸，"广播里说，"入夜后达到12至14英寸。"

吸、4秒，停、4秒，呼、4秒。想想熟悉的事情。猫头鹰有三层眼皮，它们的眼珠不是球状的而是筒状的。一组猫头鹰被称为国会。

他只需要若无其事地走进去，把书包藏在图书馆的东南角、尽可能靠近伊甸园之门房地产公司的地方，然后大摇大摆地走出来就行了。向北开。等到图书馆6点关门以后再拨通号码。让铃声响5下。

砰！

易如反掌。

4:51，一个穿着樱桃红色皮大衣的身影从图书馆走出来，她戴上帽子，开始铲门前的雪。是玛丽安。

西摩关掉车里的收音机，向下缩了缩身子，想起七八岁时的一件事：在成人非虚构类文学作品区，大概是598的位置吧，玛丽安从高高的书架上抽出一本《猫头鹰田间指南》；她脸上的雀斑能扬起一场沙尘暴，身上散发着肉桂口香糖的味道；她在他旁边带轮子的小凳子上坐下，一页一页地翻着书让他看：猫头鹰站在洞口、猫头鹰坐在枝头、猫头鹰在田间飞翔。

他把自己从回忆中拉回来。"主教"怎么说来着？真正的勇士，不会感到内疚、恐惧和悔恨。真正的勇士是超越人类的。

玛丽安在无障碍通道上挥舞着雪铲撒盐。她顺着"公园路"走了，消失在大雪中。

4:54。

一下午，西摩都在等图书馆人去楼空的时刻，现在终于等到了。

他拉开书包的拉锁，打开和高压锅连在一起的手机电源，摘掉靶场用的耳罩，然后重新拉好拉锁。防风服的右口袋里装着在叔公的工具房里发现的伯莱塔92式半自动手枪。左口袋里还有一部手机，背面写着3个电话号码。

若无其事地走进去，藏书包，大摇大摆地走出来。向北开。等图书馆关门。拨通最上面的2个号码。让铃声响5下。砰！

4∶55。

一辆铲雪车从十字路口开过去，车灯晃眼，噪音刺耳。一辆灰色的小卡车开过去，车门上写着"王牌建筑"。图书馆一层的玻璃上"开放"的灯箱还亮着。玛丽安可能正忙着。她应该很快就离开。

走。下车。

4∶56。

晶莹的雪花啪嗒啪嗒地落在前挡玻璃上，但是他听不到，那些声音好像直接钻进了他的牙根里。啪嗒啪嗒。啪嗒啪嗒。啪嗒啪嗒。猫头鹰有三层眼皮，它们的眼珠不是球状的而是筒状的。一组猫头鹰被称为国会。

他把耳罩扣在耳朵上。戴上帽子。一只手握住门把儿。

4∶57。

真正的勇士是超越人类的。

他从车里走出来。

泽诺

克里斯托弗先围着舞台摆放好泡沫墓碑，又看看微波炉盒子做的石棺，把写有碑文的一面转向观众席：司焰：生前做过80年男人、1年驴子、1年海鲈鱼、1年乌鸦。蕾切尔捡起自己的塑料手电筒。奥利维娅把花环套在橡胶头套上，从书架后面走出来，亚力克斯看见了哈哈大笑。

泽诺拍了一下手："我们要把彩排当成真正的演出，知道吗？明天晚上，你的祖母可能在观众席里打个喷嚏，别人家的孩子可能会哭，或者你们谁忘词了，但是不管发生什么，我们都要把故事讲完，对不对？"

"对的。尼尼斯先生。"

"各就各位吧。好了。纳塔利，音乐。"

纳塔利按了一下电脑，音箱里传出幽灵般的风琴声、门板扇动、乌鸦聒噪、猫头鹰哀号。克里斯托弗在舞台前方展开一块白绸布，他和纳塔利分别拽住一角，跪在舞台两边上下抖动。

蕾切尔穿着雨靴大步走到舞台正中。"这个晚上，提尔王国的小岛上雾气弥漫。"她低头看了一眼台词，抬起头继续说，"作家安东尼·戴奥真尼斯正准备离开档案馆。瞧，他来了，疲惫不堪而且忧心忡忡。病入膏肓的侄女令他愁眉不展。不过，还是让我把在墓地里发现的奇怪的东西拿给他看看吧。"绸布上下翻腾，风琴声骤起，蕾切尔晃动手电，奥利维娅走进光柱里。

西摩

　　雪花落在睫毛上，他眨眨眼。肩膀上背着书包像扛着一块石头，不，是一块陆地。还书箱上猫头鹰的眼睛在他经过的时候好像动了。

　　他戴着帽子和耳套迈上图书馆的花岗岩台阶，一共5级。大门的玻璃里面贴着儿童手写的广告：

　　明天

　　仅此一晚

　　咕咕云谷

　　没人在前台。没人在下棋。没人在电脑桌。没人在翻杂志。大雪把所有人都赶走了。

　　前台后面的箭头上写着"咨询台"。时钟显示现在是5点过5分。3台监视器屏保上的漩涡钻进深渊。

　　他走到东南角，在语种和语言学的架子中间跪下，从最下面一层抽出《便捷英语》《501个英语动词》和《荷兰语入门》，然后把书包塞进落满灰尘的架子后面，再重新把书摆好。

他站起来的时候，一片紫色突然从天而降。心脏撞击耳膜、双腿打颤、尿急、两脚发飘，整条过道里都是他抖落的雪片。不过，总算完成了。

现在，大摇大摆地走出去。

回非小说类文学作品区的路好像全是在爬坡，鞋里灌铅，肌肉不听使唤，眼前的书名跌跌撞撞地往后退《失传的语种》《单词王国》《7步培养双语儿童》；勉强走过社科区、宗教区和字典区；马上就到门口的时候，他感觉肩膀被拍了一下。

不要。不要停。不要转身。

但他还是停下来，转过身。一个瘦高、戴绿色耳机的人站在前台外面。他的眉毛极黑极密，眼睛炯炯有神，T恤上印着"我喜欢大……"，其他字被他抱在胸前的西摩的书包挡住了。

那个人说什么了，耳鸣让他的话听起来好像在千里之外。西摩的心脏像一张被抖来抖去的纸。书包不可能在这儿。它应该在东南角最靠近伊甸园之门房地产公司没人知道的地方。

浓眉人低头看了一眼半敞开的书包，抬起头的时候眉头紧蹙。

西摩的眼前冒出一千个小黑点，耳朵里嗡嗡地响。他把右手插进防风服的右兜里，伸出手指扣住手枪的扳机。

泽诺

蕾切尔装出一副拼尽全力的样子抬起石棺盖，奥利维娅从硬纸板墓穴里取出一个捆着纱线的小箱子。

蕾切尔说："一个箱子？"

"上面有字。"

"是什么？"

"陌生人，无论你是谁，打开它定有惊喜。"

"戴奥真尼斯大师，"蕾切尔说，"想想这只坟墓里的箱子幸存了多少年吧。它熬过了好几百年！地震、洪水、大火，生生死死好几代！现在，它，就在你的手上！"

负责抖动绸布的克里斯托弗和纳塔利虽然胳膊酸痛，但一直没停。琴声绕梁、雪打窗棂，地下室的锅炉像搁浅的鲸鱼似的呜呜呻吟。蕾切尔看了看奥利维娅，奥利维娅解开纱线，从里面拿出一本年代久远的百科全书，那是谢里夫在地下室找到以后喷成金黄色的。

"是本书。"

她装模作样地吹掉封面上的土。坐在第一排的泽诺笑了笑。

"这本书能不能解释，"蕾切尔说，"一个人怎么能80年是人、1年是驴、1年是海鲈鱼、3年是乌鸦呢？"

"咱们看看吧。"奥利维娅翻开书，把它放在背景布前的讲台上。这时，纳塔利和克里斯托弗放下绸布，蕾切尔搬走墓碑，奥利维娅搬走石棺，4.5英尺高、留金黄色狮子发型、穿运动短裤的亚力克斯·汉斯套上一件米黄色的浴袍，拿着牧羊人的小棍走到舞台中央。

泽诺的屁股有些疼，左耳又在耳鸣，他已经在地球上过了86年，全凭坚定的信念才活到现在。他向前探探身子，感觉好多了。亚力克斯独自站在舞台灯光下，凝视着空荡荡的座椅，他的目光不像落在爱达荷州中心小镇破败的图书馆的二层，更像在眺望围绕着提尔古国的绵绵青山。

"我，"他文雅且大声地说，"是司焰，从阿卡迪亚来的一个小羊倌。我不得不讲的那个故事特别荒唐可笑、特别不可思议，你们可能一个字都不会信。但是它们全是真的。我，一个曾经被叫做蠢蛋、废物的人——没错，我，司焰，就是呆头呆脑、缺根筋的傻子——历尽千辛万苦走到地球的边缘，站在了咕咕云谷流光溢彩的大门前。在那里，每一个人都应有尽有，那里有一本书包罗万象——"

楼下传来砰的一声。泽诺听着像枪声。墓碑从蕾切尔的手里掉到地上，奥利维娅打了一个激灵，克里斯托弗闪了一下身。

音乐还在继续。云朵在挂绳上抖了抖。纳塔利的手悬在电脑上。又是砰的一声。回声穿透地板，恐惧像细长的黑手指一样摸过来，落在泽诺身上。

灯光下，亚力克斯咬着下嘴唇看着泽诺。心跳了一下。两下。你的祖母可能在观众席上打个喷嚏。可能有个小孩会哭闹。可能有人忘词。不管发生什么事情，我们都要把故事讲完。

"不过，首先，"亚力克斯的目光重新回到空椅子上，继续说道，"我还是从头说起吧。"纳塔利换了背景音乐，克里斯托弗把白光换成绿光，蕾切尔牵着3只纸羊走上台。

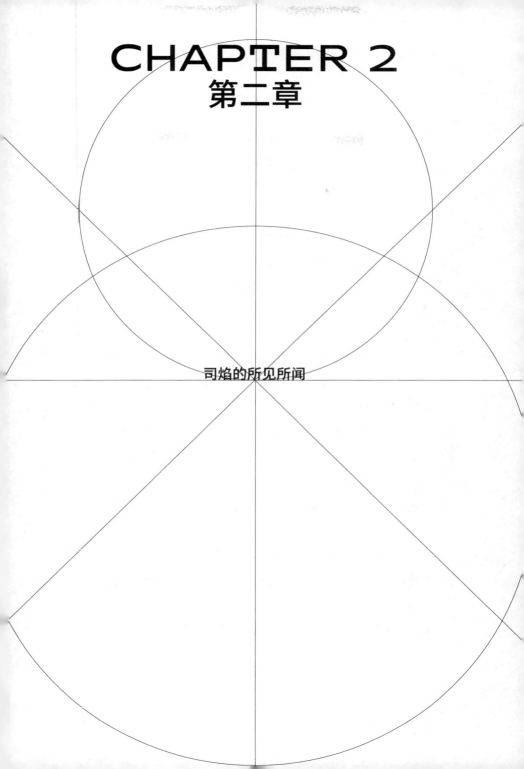

CHAPTER 2
第二章

司焰的所见所闻

尽管学者们仍在争论24页重现文稿的排序问题，但一致认为醉酒的司焰观看阿里斯托芬喜剧作品《鸟》的演出和错把咕咕云谷当作真实之地的情节应该排在旅行的起点位置。泽诺·尼尼斯译。

……烦透了阴雨、烦透了泥巴、烦透了没完没了的咩咩声，也受够了被人叫蠢蛋废物和傻子，于是我离开我的羊群，从牧场跌跌绊绊地进了城。

在广场里，所有人都坐在长凳上。他们面前有3只跳舞的鸟：1只乌鸦、1只寒鸦和1只足有一人高的戴胜。我有些害怕。不过，后来我发现他们是一群温文尔雅的鸟，其中两个老家伙正在聊他们准备建造的奇迹之城，在地球和天堂之间的云朵里、远离人类的烦恼、只有长翅膀的才能到达，那里没有痛苦，人人睿智。我的脑子里马上浮现出一幅画面：在云顶有一座宫殿，金塔林立，群鸟环绕，有猎鹰、红脚鹬、鹌鹑、黑水鸡和布谷鸟。水龙头里哗哗地流出肉汤。一只接一只的乌龟背着蜂蜜饼慢悠悠地走过。红酒顺着街道两旁的水沟流淌。

亲眼看见这些事情之后，我站在那里说："如果能去那儿，我干吗待在这儿？"我扔掉酒壶，直奔塞萨利。众所周知，那是一个巫术横行的地方，我去试试，看能不能找到一个巫师，可以把我送过去……

君士坦丁堡

————————

1439—1452年

安娜

我们所说的君士坦丁堡就是以前居民口中的"城市"。沿着城市的"第四丘"走，在圣西奥法诺皇家修道院过马路，就到了曾经盛极一时的尼古拉斯·卡拉菲特斯绣坊，里面住着一个叫安娜的孤儿。她到3岁才开口说话，可是一开口全是提问。

"玛丽亚，为什么我们要呼吸？"

"为什么马不长手指？"

"如果我吃一个乌鸦蛋，头发会变黑吗？"

"太阳可以装下月亮吗？玛丽亚，这是围绕的另一种方式吗？"

圣西奥法诺的修女们都叫她"猴子"，因为她总爬果树。第四丘的男孩们叫她"蚊子"，因为她总围着他们转。绣工头西奥多拉是个寡妇，说她应该叫"无望"，因为她是唯一一个学了绣法转眼就忘得一干二净的孩子。

安娜和姐姐玛丽亚住在勉强放下一张马鬃垫的小格子间里，里面只有一扇窗。她们的全部家当是4枚铜币、3颗象牙纽扣、一条打着补丁的羊毛毯子、一个也许是妈妈留下的圣·哈利路亚圣像。安娜从来没吃过甜奶油和橘子，从来没走出过城墙一步。在14岁之前，她认识的人除了奴隶就是死人。

黎明。雨。20名绣娘爬上楼梯，走进工作室，坐在自己的板凳上。寡妇西奥多拉走到窗边，逐个打开每一扇百叶窗，说道："主啊，保佑我们不要失去工作。"女工们说："我们罪孽深重。"然后西奥多拉打开针线柜的锁，对金丝、银丝、小盒子里的珍珠分别称重，并且记录在蜡板上。当屋子里能够看清白线和黑线的时候，她们就开始干活了。

年龄最大的70岁，叫特克拉；最小的7岁，是安娜。她靠在姐姐玛丽亚身边，看着她在桌子上摊开做了一半的修女披肩。披肩边缘整齐地悬挂着圆形的饰物，上面绣着躲在葡萄藤里的百灵鸟、孔雀和鸽子。

"看，《施洗约翰》的轮廓已经有了，"玛丽亚说，"接下来我们要补充细节了。"她挑出和底色协调的绣线，纫好针，在披肩的中心框上绣架，然后开始飞针走线。"把针转过来，针尖朝上，从上一针的中间穿过来。像这样，把线分开。看清楚了吗？"

安娜根本看不进去。整天弯着腰，拿着针和线缝圣人、星星、半狮半鹫的怪兽或者教主法衣上的葡萄藤，有人喜欢过这样的日子吗？欧多西亚歌唱3个圣童；阿加塔歌唱受苦的约伯；西奥多拉在工作间里走来走去，像觑视小鱼的苍鹭。安娜想要模仿玛丽亚的针法——倒针绣、锁边绣——可是一只棕色的小野翁落在了眼前的窗台上，它抖抖身子，甩掉背上的水，喳喳喳地唱起来。安娜瞬间就走进了鸟的世界，她看见自己扑棱着翅膀离开窗台，在大雨中起飞。她在雨滴中穿梭，一路向南飞过圣波利欧格达斯教堂的遗址。成群的海鸥在圣索菲亚的圆顶上盘旋，像围在上帝身边的祷告者。海风扫过，宽阔的博斯普鲁斯海峡变成一堆白色的泡沫；一只鼓足了帆的商用船在海峡里打转，但是安娜扶摇直上，直到城市的屋顶变成一条曲线，果园淡出视线，直到九霄云外，直到——

"安娜，"玛丽亚轻声说，"这儿用什么线？"

寡妇西奥多拉的眼神穿过整个工作间落在她俩身上。

"深红色？裹着金属丝？"

"不对。"玛丽亚叹了一口气，"不是深红色。没有金属丝。"

她整日里帮绣娘们取线，取布，取水，取午餐的豆子和油。下午，当女工们听见咔哒咔哒的驴蹄子声、门房的问候声和卡拉菲特斯大人踢踢踏踏的上楼声时，个个都挺直腰板，加快了走针的速度。安娜趴在桌子下面捡线头。她一边认真地捡一边念叨："我个子小，我藏起来，我不会被他看见。"

卡拉菲特斯大人的胳膊长得有些过分，嘴唇沾着红酒的颜色，弯腰驼背气势汹汹。安娜觉得他不像人，反而更像秃鹰。他在局促的绣桌间挪动，啧啧地咂着嘴表示不满。今天他在尤金妮娅的身后停下来，装出教皇的语气说她工作拖拉；说在他父亲那个年代，像她这样不称职的人绝不可能摸到丝绸，连靠近都不行；问她们到底知不知道，萨拉森人占领的省份与日俱增，这座城市是救世主在异教徒的汪洋中最后的落脚地，要是没有城墙的保护，他们早被卖到荒凉的内地为奴了？

卡拉菲特斯正说得唾沫星子乱飞的时候，门房摇铃通报有客人来。他擦擦额头，把挂在衬衫外面的镀金十字架摆正，匆匆忙忙走下楼。所有人长出一口气。尤金妮娅放下手中的剪刀；阿加塔揉揉太阳穴；安娜从椅子下面爬出来；玛丽亚接着绣。

苍蝇围着桌子绕圈。楼下传来男人们的笑声。

在天黑前一小时，西奥多拉把她叫过来："主说，孩子，什么时候摘刺山柑都不算晚。它会减轻阿加塔手腕的疼痛和特克拉的咳嗽。去找找那些马上就要开花的吧。在晚祷钟敲响之前回来。包好你的头发，小心坏人。"

安娜差点跳起来。

"还有，不许跑。小心把你的肠子摔出来。"

她强迫自己慢慢地下楼梯，慢慢地穿过院子，慢慢地从看门人身边经过，然后她飞起来。飞出修道院的一道道门，飞过倒在地上、支离破碎的花岗岩巨石柱，飞过街上两队像没有翅膀的乌鸦一样黑乎乎慢吞吞的僧侣。小路上的水坑闪着亮光；她飞过坍塌的小教堂时，3只吃草的山羊抬起头看着她。

距离卡拉菲特斯工坊不远的地方长着不下20 000株刺山柑，可是安娜却一口气冲到城墙边。在这儿，威武的城墙根下、遍布荨麻的果园里有一个被人遗忘的后门。她翻过碎砖堆、钻进狭小的洞口、爬上旋转楼梯、转6个弯到达顶层、撞开密实的蜘蛛网，进到弓箭手的小塔楼里。光线从两个相对而开的射箭孔透进来，她看见遍地碎石，听见沙子在地缝里流淌。她紧张地咽了一下口水。

屏住呼吸，等待眼睛适应这里的光线。几百年前，有人——或许是厌倦了放哨的孤独的弓箭手——在南面的墙上留下一幅画。墙灰在风雨和时光中脱落，但是壁画依然清晰。

左边，一头驴眼神忧伤地站在海岸边。蓝色的是海水，曲线代表波浪。右边，飘着一艘云船，太高了，安娜够不到。云上有一座城，银色和青铜色的塔林闪闪发光。

她已经盯着这幅画看了6次，每次都心神不宁，仿佛被一股遥远的力量拉扯着，莫名其妙地感受到世界无限大，而自己身在其中却微不足道。它的视角奇特、色彩纯正，画风和卡拉菲特斯工坊里绣娘的作品截然不同。那头驴是谁？为什么它的眼神那么孤立无助？这座城在哪里？天国，天堂，上帝之城？她踮起脚尖，在断裂的墙面上摸到了石柱、拱门、窗户和在塔尖盘旋的小鸽子。

夜莺开始在下面的果园里唱歌。光线渐暗，脚下咯吱咯吱地响，角楼越来越斜，似乎马上就要被吞噬了。安娜从西边的开口钻出去，那里有一排刺山柑正举着叶子迎接西沉的太阳。

她一边走一边摘，一边把花苞装进口袋里，但心仍然沉浸在那个更加广阔的世界里。走到城墙外面去，走过长满水藻的护城河，它就在那里：橄榄树林，羊肠小道，一个小小的身影牵着两匹骆驼穿过果园。石头散发着白天的热气；太阳沉入地平线。晚祷的钟声响起时，她的口袋还空着四分之三。肯定要迟到了。玛丽亚会担心，西奥多拉会发火。

安娜回到角楼，再一次在壁画前驻足。再多看一会儿。暮色中，波浪似乎在翻滚，城市开始发光；驴子在岸边跺着蹄子，决定拼死游过大海。

保加利亚罗多彼山脉的伐木工村

同期

奥米尔

在君士坦丁堡西北200英里的地方有一条水流湍急的河，河边有个小村庄叫伐木工村，一个几乎可以算是完整的男孩在那里降生。他的眼睛湿漉漉的，脸颊粉扑扑的，两条腿用力地踢腾。但是他的上嘴唇左侧有一道裂缝，一直延伸到鼻子下方。

接生婆出去了。婴儿的妈妈把一根手指伸进他的嘴里：通到上腭。他就像突然失去耐心的工匠扔出的一件半成品。她身上的汗变凉了，喜悦被恐惧代替。怀孕4次，她从来没有失去过。虽然她相信自己，但也许是老天保佑。可是这次怎么了？

婴儿号啕大哭。冰雨敲击着屋顶。她用大腿把他托在胸口前，双手挤奶。他大口地吸，咕咚咕咚地咽，但是他的嘴唇合不拢，流出的奶远比喝进去的多。

长女阿玛尼几个小时前就去林子里喊男人们回家了；现在他们应该正急着往家赶呢。两个小姐姐匆匆看了一眼就退回去，好像先要想清楚这样一张脸是否可以看似的。接生婆派一个女孩去河边打水，另一个去埋产后的污物。天完全黑下来，婴儿一直哭哭啼啼的。他们先听见狗叫声，接着听见"树叶"和"针"的铃铛声，两头牛走到牛棚前，停下来。

祖父和阿玛尼从门口进来，一身冰碴，眼神焦虑。"他摔了，马……"阿玛尼看见婴儿的脸，突然停下来。祖父站在她的身后说："你丈夫走在前面，天太黑，马蹄子肯定打滑了。然后那河，哦……"

惊恐在这间小农舍里肆意膨胀。新生儿开始恸哭；接生婆退到门口，黑暗和内心的恐惧使她面目扭曲。

蹄铁匠的老婆提醒过他们，一到冬天亡灵就会在山上作恶：溜门撬锁、使孕妇生病、让婴儿窒息。大家应该在树上拴头山羊作为贡品，另外再往小溪里倒一罐子蜂蜜。但是她丈夫心疼羊，况且她也不愿意浪费蜂蜜。

逞强。

每一次移动，她都能感到一道小小的电流划过腹部。每一次心跳，她都能看见接生婆忙着挨家挨户地报道：小魔鬼降生。他的父亲丧命。

祖父把这个哭闹不止的孩子放在地上，打开裹布，然后弯曲手指，把指关节放在他的嘴唇中间，男孩安静下来。然后，他用另一只手轻轻地拨开他上唇的裂缝。

"很多年前，山那边老远的地方有一个男人，鼻子下面也有这样一条缝。如果你能忘掉他的丑陋，准会说他是一个骑马高手。"

他把孩子还给母亲，牵着牛和羊进屋避寒。然后又出去，摸黑卸下牛轭。动物的眼里映着炉火的亮光，姑娘们聚在母亲身边。

"他是神吗？"

"魔鬼。"

"他怎么呼吸？"

"他怎么吃饭？"

"祖父会把他带到山上去送死吗？"

男孩对她们眨了眨乌黑的眼睛，全记下了。

飞雪接冻雨。她对着屋顶祷告，如果她的儿子对这个世界还有一丁点作用的话，希望他愿意把自己奉献出去。再过几个小时天就要亮了，她睁开眼看见祖父站在床边。他穿着牛皮披肩，肩膀上扛着雪，看起来就像伐木工人嘴里的幽灵、一只经常做坏事的怪物。虽然她对自己说，拂晓的时候，这个男孩将和她的丈夫一起坐在幸福花园的宝座上，那里石头吐奶，溪水淌蜜，远离冬天，但是把他递出去的时候，感觉还是那么撕心裂肺。

晨鸡报晓，车轮嘎吱嘎吱地碾过雪地，她们的小房子亮起来，噩耗再一次把她击垮。她的丈夫和马一起淹死了。姑娘们洗漱、祷告，给"美丽"挤奶，给"树叶"和"针"喂饲料，折松树枝喂山羊。从上午到下午，她一直没力气起床。血液冻僵了。脑子也冻僵了。她的儿子已经蹚过了死神河。或者很快。或者就是现在。

太阳快落山的时候，好几只狗一起咆哮起来。她从床上下来，颤巍巍地走到门口。从高山上吹下来一阵狂风，托起林子里的一片亮光。奶水胀得快要让她崩溃了。

过了很长时间，什么也没发生。然后她看见祖父骑着马从河道上过来，鞍子上好像搭着个东西。狗扑上去，祖父卸车。尽管心里一直念叨着不要不要，她还是伸出手去接祖父手里的东西。

这个孩子还活着。嘴唇苍白，面如死灰，挂着霜的小手发黑。

"我带他去了山上的林子。"祖父捡起块木头放进炉火里，吹了吹，炉子里窜出火苗。他的两只手都在抖，"我把他放下。"

她坐在离火不能再近的地方，用右手托住婴儿的下巴，左手挤奶。奶水直接射进他的喉咙深处，同时也从鼻子和上腭的裂缝中溢出来，但是他在吞咽。女孩们溜进来，心潮澎湃地看着不可思议的事情在眼前发生。火苗变成火焰，祖父却打着寒颤："我上马准备回来。他太安静了。他只是仰头看着树。雪地里的一个小影子。"

婴儿喘了口气继续吞咽。狗在门外哼哼。祖父盯着自己颤抖的双手。很快就会传遍整个村子吧？

"我不能丢下他。"

午夜前，他们被叉子和火把赶出村子。这个孩子咒死了自己的父亲，又蛊惑祖父把他从林子里带回来。他是魔鬼附身，他脸上的缺陷就是证明。

他们放弃牛棚、田地、地窖和7个柳条蜂窝，离开了曾祖父60年前盖起的小屋。他们逆流而上走了好几英里，在寒冷和恐惧中迎来曙光。祖父在烂泥里赶着牛，步履蹒跚。女孩们坐在牛背上，抱着母鸡和陶器。母牛"美丽"跟在后面，小心翼翼地蹚过每一个泥坑。男孩的妈妈骑着马走在最后，男孩在襁褓里眨着眼睛观察天空。

天黑的时候，他们走到大峡谷，这里离村子9英里，道尽途穷。一条小溪在冰雪覆盖的岩石间蜿蜒而下，奇形怪状的云从一个树顶慢悠悠地移到另一个树顶，漫无边际。山谷里回荡着诡异的哨子声，牲口闻风丧胆。

他们在一块凸出的石灰岩下落脚，岩洞的壁画上画着亿万年前的洞熊、欧洲野牛和不会飞的鸟。姑娘们挤在妈妈身边，祖父生起一堆火。山羊抽抽搭搭，狗瑟瑟发抖。婴儿的眼睛盯着篝火。

"奥米尔，"他妈妈说，"我们就叫他奥米尔。长命百岁。"

安娜

　　8岁的安娜帮卡拉菲特斯打完酒从酒馆出来。她推着3壶能让脑袋裂开的深色红酒停在公寓外面休息的时候，听见百叶窗里有一个浓重的希腊口音：

　　尤利西斯在大殿等候，
　　是停是进，心中纠结。
　　皇宫大门，叹为观止，
　　光芒四射。
　　如夜空的月亮，白昼的太阳。
　　黄铜厚壁，直插云霄，
　　蓝色冠顶彩云天。
　　金门扇，银立柱，黄铜为底座，
　　白银门楣高高悬，
　　黄金扣门关和开。
　　威严大狗站两排，左右分两边，

金雕银铸。

伏尔甘[1]的神笔，
在阿尔西诺斯的门口等待永生的守护者……

安娜忘了手推车、红酒、时间，忘了一切。这个发音很陌生，但是嗓音低沉流畅，就像风驰电掣的骑手一样一把抓住了她。接着是一群男孩子重复的声音。然后第一个声音又出现了：

门边一个大花园，一望不到边，
远离风暴和坏天。
4英亩地，
绿篱圈，
只为水果树高参：
红苹果金黄熟；
无花果通体蓝，香果溢汁甜；
石榴深红，籽发光；
胖梨压枝弯；
橄榄青翠四时不断；
煦煦西风常轻拂，
一枚梨落一枚补，

1　是罗马神话中的火与工匠之神。——译者注

苹果接苹果，无花果生无花果……

门是金的，柱子是银的，果实不断档，这个宫殿到底是什么？她像被催眠一样走到墙边，翻过大门，透过百叶窗的缝隙向里张望。里面，4个男孩两两一组围坐在一个老人身边，老人的喉咙处鼓着大包。男孩们无精打采，语调平淡，老人娴熟地翻动摊在腿上的羊皮书，它看起来像一摞树叶，安娜壮起胆子凑得更近一些。

她一共只见过两次书：一本是皮面精致、镶嵌宝石的《圣经》，圣西奥法诺皇家修道院的长老曾经捧着它站在中央通道。另一本是药品目录，集市上卖药草的人发现安娜偷看的时候啪的一声把它合上了。这本书似乎更旧更脏：羊皮上的字迹好像100只海鸟留下的脚印。

家庭教师继续念，女神洒下薄雾掩护访客潜入了华丽的大殿。安娜撞到百叶窗上，男孩们抬起头。心只跳了一下的工夫，管家就端着肩膀出现了，他挥着手让安娜从大门出去，那架势好像在赶偷吃水果的鸟。

她回到小推车旁边，把车靠在墙根上。过往的马车隆隆响，加上开始下雨，屋顶也被砸得啪啪响，她什么都听不见了。尤利西斯是谁？用神奇的迷雾罩住他的女神是谁？勇敢的阿尔西诺斯王国和弓箭手角楼里的壁画是同一个地方吗？大门开了，男孩们跑出来，一边绕过地上的水坑一边恶狠狠地瞪着她。没过多久，老教师拄着拐杖走出来。她拦住他：

"你的诗，写在那些羊皮纸上吗？"

家庭教师艰难地转了一下头。他的脖子上好像挂着一个葫芦。

"你愿意教我吗？我已经认识一些字母了。我认识两根柱子加一根横杆；认识好像绞架的那个；还有一个好像倒着的牛头。"

她用食指在他脚边的泥里画了一个"A"。老人抬起眼皮看了看雨。他的眼白是黄色的。

"女孩子都不请家庭教师。况且你也没钱。"

她从小推车上拿起一个壶："我有酒。"

他来了精神，伸手拿壶。

她说："先教课。"

"你学不会的。"

她没有让路。

老教师叹口气，然后用拐杖在泥巴上写下：Ὠκεανός。

"Ōkeanos '海洋'，'天'和'地'的长子。"他在这个词的外面画了一个圈，用拐杖戳着圆心说："这个是已知的。"然后点着圈外说："这儿是未知的。好了，拿酒来。"

她递过去。他双手举着壶喝起来。她蹲下。Ὠκεανός，泥巴上有7个字母。这里有孤独的旅行者、黄铜墙宫殿、金铸的看门狗和挥洒薄雾的女神吗？

寡妇西奥多拉对安娜执行笞刑。因为晚归，罚打左脚板；因为少了半壶酒，罚打右脚板；每只脚打10下。安娜几乎一声没吭。她花了半宿的时间在脑子里回忆那些文字，以至于第二天跛着脚上下楼、打水、给厨子克莱斯送鳗鱼的时候，她总能看见阿尔西诺斯王国受西风眷顾的小岛，云朵环绕、水果充足，苹果、梨、橄榄、蓝紫色的无花果和红色的石榴，小金人手举燃烧的火把站在亮闪闪的台座上。

两周后，她在赶集回来的路上绕道去了那所公寓。当她看见甲状腺肿大的家庭教师像个盆栽植物似的坐在阳光下的时候，她放下一篮子洋葱，用手指在土地上写下：

Ὠκεανός

然后在外面画了一个圈。

"'天'和'地'的长子。这个是已知的。这儿是未知的。"

老人僵硬地把头转向她，端详起来，好像第一次见似的。他的眼睛亮了。

他叫利西纽斯。他说，厄运来临前，他在西边的一个城市做富人的家庭教师。他有六本书，装在一个铁盒子里：两本有关圣徒的生活、一本贺拉斯的演讲、一本圣·伊丽莎白的神迹、一本初级希腊语法，还有一本荷马的《奥德赛》。但是，萨拉森人占领了他的家乡，他两手空空地逃到首都。幸亏有天使保佑城墙，城墙的基石是圣母亲自码放的。

利西纽斯从口袋里掏出三捆斑驳的羊皮书卷。尤利西斯，他说，曾经是将军，率领来自许耳弥涅[1]、多利切姆、有城墙的克诺塞斯和戈

---

1 古希腊一位女神的名字，她的儿子以她的名字命名了一座城市。——译者注

提那，以及从大海远道而来的部队组成了全世界最伟大的军团。他们乘坐1 000只黑色的船漂洋过海去洗劫华而不实的特洛伊。每艘船上冲下无数的勇士，就像森林里的树叶，或者说像羊圈里盘旋在鲜奶桶上的苍蝇一样数不胜数。他们围了10年才取得最后的胜利，千军万马精疲力竭，但是全部安全返航，除了尤利西斯。这一整首诗都是讲他的回家之路，利西纽斯解释说，有24本，正好对应字母表，背诵下来需要好几天。

但是他只剩下3本，而且每本只剩6页，讲的是尤利西斯离开海神洞之后遭遇风暴，赤身裸体地漂到了淮阿喀亚人的君主、勇敢的阿尔西诺斯的小岛。

他继续说道，以前，王国里的每一个孩子提起尤利西斯的故事都如数家珍。但是早在安娜出生前，先有西边来的十字军烧杀抢掠，后有瘟疫肆虐，一半人死了，又有一半人死了。为了维持守备军的开销，女王只好把王冠卖给威尼斯。现在的国王戴的王冠是玻璃的，还不如他吃饭用的盘子值钱。现在这座城市在黎明前漫长的混沌中一瘸一拐地行走，等待救世主的第二次降临。没人再有时间关注过时的故事了。

安娜盯着眼前的书页。这么多字！要花好几辈子才能全学会吧！

只要厨子克莱斯派安娜去集市，这个姑娘就能找到借口见利西纽斯：送面包的酥皮、熏鱼、烤画眉鸟；她还成功地偷了两次卡拉菲特斯的酒。

作为回报，他教她认字。ἄλφα是第一个字母；βῆτα是第二个；

ὦ μέγα是最后一个。无论是在绣房扫地、送布料、运煤炭，还是坐在玛丽亚身边对着丝绸手指发僵、屏声敛气的时候，她都在练习。她用掉了脑子里上千张白纸。每个字符代表一个声音，声音连在一起就是单词，单词连在一起就是世界：疲倦的尤利西斯坐着木筏离开海神洞；大海的飞沫打湿了他的脸；海神的影子海藻从他蓝色的发梢滑过，在水下闪光。

"你满脑子装的净是些没用的东西。"玛丽亚唠叨道，锁边、牵针和蕾花针她永远学不会。她最擅长的针法一直是扎破指尖，染红布料。姐姐说她应该想象一下，圣徒身着她参与制作的圣衣主持圣典的场面。但是安娜时常走神到海边的小岛，那里泉水清甜，天使像一道光从云端飞落。

"主啊，帮帮我吧。"西奥多拉说，"你到底学过没有？"安娜已经足够大，完全可以理解生活的动荡不安：她和玛丽亚没有家、没有钱、没有人要；全凭玛丽亚的手艺才在卡拉菲特斯绣坊找到容身之地。她们两个敢奢望的最幸福的生活就是，从日出到日落坐在桌子旁，在袍子、餐布和十字褡上绣十字架、天使和花草，直到背驼眼瞎。

猴子。蚊子。无望。可是她欲罢不能。

"一次一个字。"
她学得越多，羊皮书上的字迹越模糊。
πολλῶν δ' ἀνθρώπων ἴδεν ἄστεα καὶ νόον ἔγνω
"我不行。"

"你可以。"

Ἄστεα是城市；νόον是思想；ἔγνω是学习。

她说："他见过有很多人的大城市，学习他们的生活方式。"

利西纽斯翘起嘴角笑的时候，脖子上的大肿块忽悠悠地颤。

"对的，就是这个意思。"

几乎一夜之间，街头巷尾突然对她敞开心胸：硬币、隅石、墓碑、印章、防洪堤的扶壁和嵌在城墙里的大理石板——一条曲折的小巷就是一本独特、厚重的旧书卷，她一一读来。

文字在厨子克莱斯放在灶台边的破盘子边沿上跳动：生命最神圣；在被遗忘的小教堂入口跳动：善有善报。周日，她花了半天的工夫才认出刻在修道院大门口警卫室门楣上的一行字，那是她最喜欢的：

住手，贼子、强盗、杀人犯、马夫和士兵，毕恭毕敬，我们已经品尝过耶稣玫瑰色的血。

安娜最后一次见利西纽斯的时候寒风凛冽，他的脸色像暴风雨来临前的天空，眼神涣散，脖子上的肿块又红又大，显得更加狰狞，仿佛晚上就要吞掉他的整张脸似的。她送来的面包原封未动。

他说，今天咱们学μῦθος、mýthos，意思是交谈或者传授，还有古老的神话或者传说的意思。然后他解释说这是一个充满灵气和变化的字，可以同时证明一件事既是真的又是假的。说着说着，他没了精神。

一阵风从他的手里卷走一册书，安娜追着捡回来，抖了抖，重新放回到他的腿上。利西纽斯闭着眼睛休息了很长时间。"储藏室，"最后他说，"你认识这个词吗？存东西的地方。文本，哦，就是书，是活人存放记忆的地方。当灵魂远行而记忆可以被留下的方式。"

他的眼睛突然瞪得好大，仿佛要看透无尽的黑暗似的。

"但是，书和人一样，会死。它们死在大火和洪水中，死在虫子嘴里，死在暴君心血来潮的瞬间。如果没有人保护，它们就会在世界中消失。当一本书消失的时候，记忆就又经历一次死亡。"

他肌肉抽搐，呼吸断断续续。小巷里树叶刮地，屋顶上流云闪亮，几匹马驮着货从门前经过，赶马人在严寒中行色匆匆，而她在发抖。应该去找管家吗？还是去找放血的医生？

利西纽斯抬起一只胳膊，像爪子一样的手里攥着三本破旧的书。

"不，老师，"安娜说，"这是你的。"

他把书塞进她的手里。她向小巷看了一眼：公寓、墙、左摇右摆的树。她祈祷，然后把羊皮书插进衣服里。

奥米尔

蠕虫带走大姐，发烧带走二姐，不过男孩活下来了。3岁的时候，他可以自己站在犁上，陪"树叶"和"针"耕地。4岁的时候，他可以去小溪边打水，然后连拖带拽地走过鹅卵石，把水壶送到祖父盖的石屋子里。他妈妈两次付钱给蹄铁匠的老婆，请她逆流而上9英里，用针和细绳缝他嘴上的缺口，但是两次都无功而返。从上腭一直通到鼻子的裂缝怎么也合不上。虽然他偶尔感觉耳朵里面发热或者下巴疼，而且经常让肉汤从嘴里流出来，洒到衣服上，但是他强壮、安静，从来不生病。

他最早记住的三件事包括：

1. 他站在"树叶"和"针"中间看它们在小溪里喝水，它们圆润的大下巴上滴落的水珠能够抓住光。

2. 姐姐尼达扮着鬼脸在他的上嘴唇里插进一根小棍儿。

3. 祖父像给野鸡脱衣服一样拔掉它的羽毛，让它露出粉嫩的身体，然后把它放在火上烤。

他成功结交的小伙伴寥寥无几，每次玩"布鲁奇亚历险"的时候，他总是被迫扮演怪物。他们总问母马流产和鹪鹩从半空跌落是不是真的和他的脸有关，但也教他如何找到鹌鹑蛋和在哪个洞里藏着最大的鲑鱼。他们指着峡谷上方陡峭的喀斯特断壁说，上面那棵黑色的紫杉树树干是半空的，邪恶的灵魂住在里面，永远不会死。

很多伐木工和他们的妻子都躲着他。沿河而行的商人不止一次地拽着自己的马钻进树林，唯恐在路上遇见他。他想不起来有哪个陌生人不是带着惊恐和狐疑的眼神看着他。

他最喜欢夏天。那时森林在风中起舞；鹅卵石上的苔藓闪着翠绿的光芒；小燕子在峡谷里嬉戏；尼达唱着歌去放羊；妈妈躺在小溪边的石头上张着嘴，好像要吸进阳光似的；祖父拿着网子和涂着粘鸟胶的罐子带他爬山抓鸟。

虽然祖父弯腰驼背，少两根脚趾，但是走得飞快，奥米尔迈两大步才顶他的一步。他们一边爬，祖父一边细数牛的种种优点：比马更温顺沉稳、不需要吃麦片、粪便不像马粪那么容易烧焦、老了还可以供人食用、会为死去的同伴难过、朝左睡是好天儿，朝右睡是雨天。山毛榉林子给松树留了地儿，松树也给龙胆和报春花留了地儿。到傍晚的时候，12只松鸡落入祖父的陷阱。

他们在一片遍布卵石的沼泽地过夜。几只狗探试着空气中狼的气息在外围警戒。奥米尔点起篝火。祖父把4只收拾干净的松鸡放在火上烤。连绵起伏的山梁被倾泻而下的深蓝所覆盖。他们吃饭，火焰变成火苗，祖父喝着装在葫芦里的李子白兰地，男孩满心欢喜地期待着，仿佛在等一辆装满蛋糕和蜂蜜的马车，看，它挂着车灯，转过弯，轰隆隆地过来了。

"我讲过，"祖父开始说，"大甲壳虫驮着我飞上月亮吗？"

或者他会说："我讲过去红宝石堆成的小岛旅行吗？"

他给奥米尔讲了一个玻璃城的故事。在遥远的北方，人们总是低声细语的，生怕东西碎了；他说他曾经变成蚯蚓钻进阴间。不过所有故事都以祖父历尽千辛万苦，平安回到山上为结局。火苗变成灰烬，祖父开始打呼噜，奥米尔抬头仰望夜空，想象着那些在茫茫星光中漂移的世界的样子。

他问妈妈甲壳虫是不是可以飞上月亮、祖父是否真的曾经在海怪的肚子里住了一整年，妈妈笑着说，据她所知，祖父从来没有离开过大山。她请奥尔米专心收集蜂蜡。

男孩经常独自沿着小路攀上悬崖，找到那棵中空的紫杉树，然后爬上去，在树枝上盯着脚下的河流想入非非：它转了一个弯就消失了，那边有什么奇怪的事情？森林里的树会走；沙漠里长着马身的人跑起来像雨燕飞一样快；地球最高的地方没有四季，海龙在冰山间游泳，蓝巨人永生不死。

他10岁的时候，正好赶上家里的老牛，背部已经凹陷的"美丽"生产进入最关键的时刻。几乎整个下午，母牛翘成拱门似的尾巴下面都挂着两只裹着黏液的小蹄子，在冷飕飕的空气中冒着热气，她却一直若无其事地吃草。最后她抽搐了一下，一只土黄色的小牛滑了出来。

奥米尔向前走了一步，被祖父一把抓回来。祖父一脸困惑。"美丽"舔着自己的小牛，那个小身体在舌头的压迫下来回抖，祖父低声祷告。细雨蒙蒙，可是小牛没有站起来。

然后他才发现祖父早就看到的事情。"美丽"的尾巴下面还有两只小蹄子，紧接着，一个咬着小粉舌头的牛嘴露出来，然后是一只眼睛。又出来一头灰色的小牛。

双胞胎。两只公牛。

灰色的小牛刚一落地就站起来吃奶。土黄色的那只仍然用下巴点着地。"它有毛病。"祖父一边嘟囔一边诅咒公牛的主人收了他配种的钱。但是奥米尔相信小牛只是需要时间而已，它要协调好重力和骨头这对陌生的组合。

灰色的弯着两条细软的小腿在吃奶；先出来的还湿乎乎地蜷缩在草地上。祖父叹了口气。可就在这个时候，它站起来了，而且朝他们走出来，好像在说："谁怀疑我了？"祖父和奥米尔都哈哈大笑。这个家的财产翻倍了。

祖父担心"美丽"喂养两只小牛会力不从心，但是她为了证明自己能够胜任，整天不停地吃。两只小牛迅速成长，并且有了自己的名字，土黄色的叫"大树"，灰色的叫"月光"。

"大树"不喜欢把蹄子搞脏；一眼看不见妈妈就会叫；奥米尔帮它摘身上的刺的时候，它可以安安静静地站半个上午。"月光"则完全相反，总是乱跑，端详飞蛾、毒菌，甚至树桩子；它啃绳子和锁链、吃木屑；敢蹚没膝的泥潭；把角卡在枯树里，然后大叫求救。

但是它们自始至终有一个共同点，那就是对男孩的爱。他用手捧着它们的饭、抚摸它们的鼻子。他经常睡在石屋外的牛棚里，它们就用自己健壮温暖的身体围住他。它们和他玩捉迷藏、赛跑，看谁先跑到"美丽"面前；他们一起站在苍蝇聚集的小溪里踩水坑；它们似乎把奥米尔当兄弟了。

它们还没有等来出生后的第一个月圆之日，就被祖父套上牛轭。奥米尔在车里装上石头，捡起一根小棍，开始训练它们。向前。向后。"叽"代表向右，"噢"代表向左，"唔哦"代表停。一开始，它们对男孩置若罔闻。"大树"坚决不后退，不拉货；"月光"见到树就想把牛轭蹭下去。车翻了，石头滚出来，两头牛跪在地上使劲叫。正在吃草的老"叶子"和"针"抬起头，好像被逗笑了似的，晃了晃花白的头。

"什么东西，"尼达笑着说，"会相信脸长成这个样子的人？"

"让它们知道你可以满足它们所有的需求。"祖父说。

奥米尔重整旗鼓。他用小棍敲它们的膝盖，像赶鸡一样轰它们，吹着哨子挑逗它们，对着它们的耳朵唠叨。那年夏天的山绿得让人过目不忘，草蹿得老高，妈妈的蜂巢装满了蜜，这是他们被赶出村子以后第一次有足够的食物。

"月光"和"大树"的角长开了，屁股变厚，肩膀变宽；到了被阉割的年龄，不但将它们的妈妈比下去，就连"叶子"和"针"也相形见绌。祖父说如果认真听、足够仔细地听，就能听见它们长个的声音。虽然奥米尔百分百地确信祖父在开玩笑，但是没人的时候，他还是会把耳朵贴在"月光"的大肋骨上，闭上眼睛仔细地听。

秋天，消息在山谷里蔓延：勇士苏丹，穆拉德二世，即"世界的守护者"死了。他18岁的儿子（上天庇佑）继承了王位。来家里买蜂蜜的商人郑重其事地说年轻的苏丹正引领他们进入新的黄金时代。在小山谷里，这听起来似乎是真的。路上没有过客也没有泥水。今年的大麦史无前例地大丰收，祖父和奥米尔打谷，尼达和妈妈筛谷，清爽的山风带走谷壳。

一天晚上，就在第一场雪下来之前，两个骑马游历的人沿河道而来。前面人骑的母马毛色光洁，后面仆人的马垂垂老矣。奥米尔和尼达按照祖父的指示待在牛棚里，透过木头缝偷看。旅行者戴草绿色的包头巾、穿羊毛斗篷，胡须整齐，尼达相信一定是小精灵在半夜帮他修剪过。祖父带他们到大山洞看古老的象形文字。然后那个旅行家在这个小巧的农庄转悠，对他们的梯田和收成赞不绝口。当他看到两只被阉割过的小牛时大惊失色。

"你是用巨人的鲜血喂它们吗？"

"这真是难得的福气，"祖父说，"让双胞胎同驾。"

幽暗的光线下，妈妈蒙着脸给客人端上黄油和蔬菜，然后给最后几个柠檬淋上蜂蜜。尼达和奥米尔溜到屋子后面偷听。奥米尔祈盼他们能够讲讲大山外面的故事。旅行者问他们为什么离群索居，这个山谷离最近的村子也有好几里。祖父说这是他们精挑细选的住处，苏丹（祝他永远安好）提供给他们生活所需的一切。旅行者嘟囔了几句，他们没听见。这时仆人站起来，清清喉咙，说道："主人，他们在牛棚里藏了一个魔鬼。"

寂静。祖父拿起一块木头放进火里。

"偷尸的，或者是个法师，扮成小孩。"

"抱歉，"旅行者说，"我的随从忘了自己的身份。"

"他长着一张兔子脸。他说的话牲口唯命是从。这就是为什么他们单过，离最近的村子好几里远，而且阉牛长这么大的原因。"

旅行者也站起来："这是真的吗?"

"他只是一个小男孩。"祖父说。但奥米尔听出了声音里的严厉。

仆人一边朝门口蹭一边说："你现在这么说，他很快就会原形毕露的。"

安娜

城墙外，积恨已久，怨声载道。萨拉森的苏丹死了，女人们在工坊里说，新的那位，刚刚成年，可是睁着眼的分分秒秒都在计划夺城。他像僧侣研究教义一样研究战争。他的泥瓦工在距离博斯普鲁斯海峡半天脚程的地方建了砖窑。他准备在海峡最窄的地方修一个巨大的堡垒，拦截沿黑海航行给城里送盔甲、小麦和红酒的一切船只。

冬天到了，卡拉菲特斯大人开始捕风捉影。一个水罐裂了、一只水桶漏了、一簇火苗蹿起来了：全是新苏丹捣的鬼。他抱怨外省停止订货；指责绣工不努力工作、浪费金线又或者偷工减料、信仰不纯；嫌弃阿加塔太慢、特克拉太老、爱丽丝的图样太单调。红酒里的一只果蝇就能让他心乱如麻好几天。

西奥多拉说卡拉菲特斯需要怜悯，祷告可以化解所有的苦痛，所以天黑之后，玛丽亚跪在小格子间里，对着圣·哈利路亚圣像默默祈祷，她的虔诚穿过房梁传向远方。晚祷结束很长时间之后，夜深人静的时候，安娜壮着胆子从熟睡的姐姐身边爬起来，到洗碗间的橱柜里取了一根牛油蜡烛，然后从床下拿出利西纽斯的羊皮书卷。

也许玛丽亚发现了，但她什么也没说。反正安娜全神贯注，一无所知。烛光在书页上跳动：字母变成诗文，诗文变得光彩夺目，孤独的尤利西斯开始在暴风雨中颠簸。他的木筏子翻了，他呛了好几口咸涩的海水，海神坐在海青色的马车上怒吼着从他身边经过。但是，就在那里，在蓝绿色的另一边，越过隆隆的海浪，斯客里亚王国闪着迷人的光芒。

她的小巢变成了闪亮的小天堂，青铜、水果、葡萄酒。挑一下烛芯，读一行诗，西风徐徐而来：一个侍女抱来一个敞口的水罐，另一个抱来大口的酒壶，尤利西斯坐在国王的桌子上品尝佳肴，国王最喜欢的吟游诗人放声高歌。

冬天的一个晚上，安娜从洗碗间出来，在走廊里看见小格子间的门半掩着，听见卡拉菲特斯在里面说：

"这是什么妖术？"

她感觉每一根血管都被冻住了。她蹑手蹑脚地走到门口：玛丽亚跪在地上，嘴角淌血。房梁低矮，卡拉菲特斯被迫弯着腰，光线昏暗，看不见他的眼睛。他左边的大手拿着利西纽斯的书。

"是你吗？一直是你？自己点蜡烛？带给我们厄运？"安娜想要张嘴，想要承认，想要澄清一切，但是她吓得说不出话来。玛丽亚的嘴没有动，但是她在祷告，在心中那个属于自己的圣地里祈祷。可是她的沉默让卡拉菲特斯更加愤怒。

"她们说：'只有圣人才会把别人的孩子带回自己家。谁知道会带回什么灾难呢？'但是我信了吗？我说，'不过是些蜡烛嘛。不管是谁偷的，也只是为了在夜间祈祷的时候照个亮而已。'可是现在我看见了什么？毒药？巫术？"他揪住玛丽亚的头发，安娜的心里有个东西在尖叫。告诉他，你才是那个贼，你是灾难。说话啊。卡拉菲特斯拽着玛丽亚的头发，从安娜眼前经过，好像她根本不存在似的。他们直奔大厅。玛丽亚踢蹬着双脚反抗比他大一倍的卡拉菲特斯。安娜的勇气一泻千里。

　　他拖着玛丽亚经过一个个的小格子间，绣工们都在门后跪着。突然她的一只脚找到了地，但是紧跟着一个趔趄，卡拉菲特斯的拳头里只剩下一大把头发，玛丽亚的头撞在洗碗间的石台阶上。

　　那个声音好像锤子砸在葫芦上。厨子克莱斯从水盆边转过头；安娜停在走廊里；玛丽亚躺在地上流血。卡拉菲特斯抓住她的衣服，把她软绵绵的身体拖到炉子边，然后把羊皮书扔进火里。他扳着玛丽亚的头，让她根本看不见的眼睛对着火苗，对着慢慢化成灰烬的书。

奥米尔

　　12岁的奥米尔坐在树干半空的紫杉树上，盯着河水拐弯的地方发呆的时候，祖父最小的狗正在路上夹着尾巴拼命地往家跑。在最后一片毛地黄里吃饭的"月光"和"大树"2岁了，长得款款有型：脖子粗壮、肩膀厚实、胸口肌肉线条明显。它们一先一后地扬起下巴，在空气中闻了闻，然后抬起眼睛看着他，好像在等候指令。

　　阳光变成银灰色。寂静的傍晚。他听见狗冲进石屋的声音，还听见妈妈说："这家伙怎么了？"

　　呼吸。4下。5下。6下。三个并排行驶的传令官从弯路上拐过来，他们的旗子沾满泥浆。紧随其后的是骑兵，有的拿着小号似的东西，有的举着矛，开始是十二个，后来越来越多：驴子拉车，士兵走路。他从来没见过这么多人和这么多牲口。

　　他从树上跳下来，抄小路往家跑。"月光"和"大树"跟在他后面，一边跑一边嚼，像乘风破浪的船头一样撞开挡路的高草。奥米尔到牛棚的时候，祖父已经一瘸一拐地从屋里出来，耷拉着脸，好像他一拦再拦的恶报终于来了。当第一批骑兵沿着河道过来的时候，他示意狗禁声，吩咐尼达进地窖，然后自己垂手站在那里，挺直胸膛，却握紧拳头。

他们骑挂着流苏的小型马，手拉五彩缰绳，头戴红色软帽，随身携带戟、铁棍或者在马鞍上捆着各式弓。他们的脖子上挂着装火药的角筒；头发出奇地短。一个穿长筒靴、袖口打着荷叶边的御使从马上下来，在大卵石间站稳脚，右手扶剑。

"真主保佑。"祖父说。

"真主保佑。"

稀稀拉拉掉起雨点。奥米尔看见更多的人走在后面，他们离开大路，除了几头瘦骨嶙峋的山地牛拉着车以外，其余人要么背着箭，要么手里拿着剑。一名传令官的目光落在奥米尔的脸上，露出一副嫌弃的表情。男孩隐隐意识到他和这个地方合在一起就是：原始的洞屋，唇裂的男孩，畸形人的隐居地。

"天快黑了，"祖父说，"夜里有雨。你们肯定累了。我们有饲料，也可以让你们避避雨。来吧，欢迎你们。"他礼貌地引领六个传令官进屋，也许是过于热情，动作有些僵硬。奥米尔看见他不停地抬起两只手，用拇指和食指捻着胡子。他一紧张就会这样。

夜幕降临的时候，雨也跟着落下来。四十个人和几乎同样多的牲口躲在凸出的石灰岩下面，点起两堆呛人的篝火。奥米尔先抱来一些柴火，又送来麦片和干草，穿梭在牛棚和山洞之间。湿漉漉的黑暗中，他始终用头巾遮住自己的脸。每当他停下来的时候，总能感到恐惧挥舞着触须攥住自己的喉咙：他们为什么来这儿？他们要去哪？他们什么时候走？妈妈和姐姐分发给他们蜂蜜、腌菜、泡菜、鲑鱼、羊乳酪和晾干的野味。那几乎是他们过冬的全部食物。

他们中一部分人穿披风和斗篷，看着像樵夫，但是其他人穿狐狸皮或者骆驼皮的大衣，一个人的貂皮大衣上还留着牙齿。大部分人的束腰上挂着短剑。所有人都在谈论他们将要从南边某座伟大的城市里赢得的战利品。

已经过了午夜12点，奥米尔发现祖父还坐在牛棚的板凳上，点着油灯——这太奢侈了，奥米尔很少见他这么浪费——打磨一个看起来好像是新做的牛轭。祖父说，苏丹（愿主保佑他）正在他的首都埃迪尔内征召男人和牲口。他需要战士、放牧人、厨子、蹄铁匠、铁匠和杂役。所有参加的人都会得到奖励，这辈子或者下辈子。

木屑顺着光柱盘旋而上，又在阴影中四散纷落。"他们看见你的牛，"他说，"脑袋差点从脖子上掉下来。"可是他既没笑出声，也没抬头停下手里的活。

奥米尔靠墙坐着。粪便、柴火、稻草和刨花的特殊组合在他的嗓子后面混合出一种熟悉且温暖的味道，他咬着嘴唇忍住泪水。黎明一个接一个地出现，你以为每天都和前一天一样：你安然无恙，你的家人活着，你们在一起，生活一如既往。突然，一切都变了。

他飞快地想象南方城市的样子，但是他看见的既不是城市也不是类似的地方，他甚至不知道该想些什么。他看见的是祖父故事里的狐狸、月光蜘蛛、玻璃塔和架在星星间的桥。

驴在外面叫。奥米尔说："他们要带走'月光'和'大树'。"

"还要一个管它们的。"祖父拿起牛轭端详，然后放下，"牲口不跟外人走。"

晴天霹雳。他一直好奇大山的影子外面有怎样的奇遇在等着他，可是现在，他只想倚着这些木头在牛棚里等，等季节变化，等这些过客变成回忆，等所有事回到从前。

"我不走。"

"曾经，"最后，祖父看着他说，"有一个城，无论乞丐、屠夫还是国王，凡是不听从主的指令的人都变成了石头。全城，每一个女人、每一个孩子都变成石头。没人能逃得过去。"

"月光"和"大树"在另一头靠着墙睡觉。它们的肋骨一起一落，一先一后。

"你将获得荣誉，"祖父说，"然后你会回来。"

CHAPTER 3
第三章

丑老太婆的警告

《咕咕云谷》
安东尼·戴奥真尼斯
第Γ页

……出村口的时候，我路过了一个脏兮兮的丑老太婆。她坐在一个木桩子上，说："傻瓜，去哪？天马上黑，没时间赶路了。"我说："我一直想多看看，让我的眼睛装满新鲜事儿，离开这个泥了吧唧、臭烘烘的小镇和这些永远咩咩叫的羊。我要去塞萨利，到'魔地'找一个巫师把我变成鸟，勇敢的老鹰，或者聪明强壮的猫头鹰也行。"

她哈哈大笑，然后说："司焰，你个呆子。大家都知道你数不到5，可你却坚信自己能数清大海的浪花。你的眼睛里除了你自己的鼻子，什么也装不进去。"

"闭嘴，丑老太婆，"我说，"我听说过一个在云里的城市，那里煮熟的画眉鸟直接飞进嘴里，葡萄酒在水渠里流淌，小风总是暖洋洋的。只要我变成勇敢的老鹰或者聪明强壮的猫头鹰，立马飞去那儿。"

"你总是这山看着那山高，其实那边也好不到哪去。司焰，相信我吧。"丑老太婆说，"每一个角落里都藏着强盗，等着砸开你的头盖骨。每一个阴影里都躲着食尸鬼，等着喝你的血。这里你有乳酪、红酒、朋友和羊群。你已经拥有的比你苦苦追寻的更好。"

　　就像蜜蜂来去匆匆、不停地拜访每一朵花一样，我也不能
停止……

湖口码头　爱达荷州

———————

1941—1950年

泽诺

　　他7岁的时候，爸爸被安斯利·泰伊木材公司招去组装新型弓锯。他们到的时候是1月，漫天飞雪。在此之前，泽诺只在圣诞节的时候见过北加利福尼亚的药剂师撒在展品上的石棉雪花。在火车站，他轻轻地触碰结冰的水坑，然后像被烫到似的把手抽回来。爸爸在雪堆上摔了一个屁磴儿，弄了一身雪，他一步一滑地走过来。"看！看我！一个大雪人！"

　　泽诺笑得眼泪都流出来。

　　公司租给他们一间两室的小屋，既不隔冷也不隔音，离镇子1英里。开始，男孩以为他们住在白茫茫的大平原边上，后来他才知道，那是一个冰封的湖。傍晚，爸爸打开一个2磅的肉丸意面罐头，放在火炉上。下面半罐烫了泽诺的舌头；上面的半罐化成一堆浆糊。

　　"这个家不错，对不对，小羊排？相当棒，是不是？"

　　墙上到处是裂缝，寒气无孔不入，男孩被冻了一个晚上。天亮前1小时，男孩到铲出的雪沟里上厕所，痛苦的经历让他祈祷以后再也没有尿。破晓之后，爸爸带着他到1英里外的杂货店，花4美元买了8双店里最好的犹他州羊毛袜子。他们就地坐在收银台旁边，爸爸给泽诺的每只脚套上两只袜子。

"记住，孩子，"他说，"没有坏天气，只有破衣服。"

学校里的孩子一半是芬兰人，一半是瑞典人，只有泽诺长着黑色的睫毛、胡桃色的眼底、奶茶色的皮肤，和那样一个名字。"摘橄榄的""羊吻""南欧黑人""零"（泽诺的英文ZERO代表"零"——译者注），虽然他不明白那些外号的意思，但他明白它们传达的信息：别惹人烦、别出声、别抖、别搞特殊。放学以后，他在清过雪的迷宫似的街上闲逛，这里是湖口码头市中心，加油站顶上的雪有5英尺厚，M.S.莫里斯五金店屋顶上的雪有6英尺厚；卡德韦尔甜品店里面，大一点儿的男孩子们嚼着泡泡糖聊傻子、同性恋和廉价小汽车，看到他的时候，他们突然闭嘴，然后说："别装神弄鬼的。"

到湖口码头8天之后，他在"湖畔街"和"公园路"交汇处的一座浅蓝色的维多利亚式两层小楼前停住脚步。屋檐上挂着冰柱；牌子上的字被大雪遮住了一半，只能看到：

公共图书馆

他隔着窗户向里张望。这时门开了，两个穿着高领便装、长得一模一样的女人招呼他进去。

"嘿，"一个说，"你看起来很冷。"

"你，"另一个说，"妈妈呢？"

像鹅脖子一样的台灯照亮阅读室的桌子；墙上挂着一个箭头，写着"咨询台"。

"妈妈，"他说，"住在天国。那里的人没有痛苦，什么也不缺。"

两个图书管理员歪着头，姿势如出一辙。一个安排他坐在壁炉前纺锤形靠背的椅子里，另一个走到书架中间，拿来一本套着柠檬色外壳的布面书。

"哈，"第一个姐姐说，"不错。"她们分别坐在他的两边。拿书的人说："当你在这样湿冷的天气里，没办法让自己暖和起来的时候，只能靠希腊人了，"她指着一行文字念道，"带你飞遍全世界，到达一个炎热、多石、阳光明媚的地方。"

壁炉里火星四溅，目录抽屉上的黄铜拉手荧光闪闪。第二个姐姐开始念书，泽诺把双手插到大腿下面。故事里有一个形单影只的水手，他是全世界最孤独的人。他在木筏上漂了18天之后，遇到可怕的风暴。木筏散了，衣服丢了，他被冲到一个小岛的岩石上。女神雅典娜化身成一个小姑娘，给他送水并且护送他去了一个被施过魔法的城市。

首领好奇地看着一望无际的街道，她念着：

星罗棋布的港口，人头攒动的舰队；
他在贵族宏伟的圆顶旁赞叹，
七零八落的小岛，鳞次栉比的塔尖；
深壑高墙，固若金汤。

泽诺全神贯注。他听见海浪在岩石上破碎的声音，闻出海水里咸盐的味道，看见宏伟的圆顶在阳光下闪闪发光。淮阿喀亚人的小岛就是天国吗？妈妈也要在星空下独自漂荡18天才能到那里吗？

女神告诉孤独的水手不要害怕，要勇敢地面对一切。所以他走进像月亮一样飞光留影的大殿，国王和王后赏他甜蜜的美酒、赐他纯银的座椅、听他讲艰辛的经历。泽诺渴望听得更多，但是温暖的炉火、旧纸的气息加上图书管理员抑扬顿挫的声音合成了一个魔咒，他睡着了。

爸爸承诺加保温层、修室内厕所、直接从蒙哥马利·沃德[1]公司预定全新的小电暖器，但是，他几乎每晚从工厂回来的时候都已经累得解不开鞋带。他把一罐牛肉面放在炉子上，点燃一根烟，然后就靠在餐桌上睡着了。融化的雪在他的脚边聚成一汪水，他好像也在睡眠中融化了一点，等到破晓，他会再一次凝固，转头出门。

泽诺习惯每天放学以后去图书馆逗留一会儿，图书管理员——两位坎宁安小姐——给他读完《奥德赛》（Odyssey），接着读《金色羊毛和先前住在阿基里斯的英雄》（The Golden Fleece and the Heroes Who Lived Before Achilles），带他游览了奥杰吉厄岛、厄尔提亚、西方之国和北方乐土等被姐俩称作神话领地，其实并不存在的地方。泽诺只能"神游"到那些地方去。但她们也说过，久远的神话故事可能比现实更可信。所以，也许真有那些地方呢？白天越来越长，图书馆的屋顶开始

1　美国商品零售公司。1872年由A.蒙哥马利·沃德成立于芝加哥，并在全世界首次散发邮购商品目录。——译者注

滴水，高过小屋的大黄松呼呼地抖落身上的积雪，这声音传到男孩耳朵里，让他想起赫尔墨斯领命穿着金鞋冲下奥林匹斯山的情景。

4月，爸爸从厂区带回一只长着斑点的牧羊犬。虽然它闻起来又腥又臭，还总在炉子后面排泄，但是，晚上盖着毯子被它压在身下，听着它规律的、心满意足的哼哼声，泽诺还是满心欢喜。他给它起名叫做雅典娜。每天下午他走出校门，都能看见它在篱笆栏外面的烂泥里摇着尾巴。他们一起去图书馆，坎宁安姐妹给泽诺读赫克托、卡珊德拉和普里阿摩斯国王的100多个孩子的故事，雅典娜在壁炉前的地毯上睡觉。从5月进入6月，湖水变成蓝宝石的颜色，林子里拉锯的声音此起彼伏，木头堆像工厂旁边的城市一样大。爸爸给泽诺买了一条裤兜上缝着一道闪电的工装裤，只是大了3个号。

7月，他走到"使命街"和"森林路"的交汇处，路过一栋带砖砌烟囱的房子，一个女人从前门走出来，站在门廊招呼他。这时，他才发现原来房子是两层，车道上停着一辆浅蓝色的1933年别克Model 57。

"我不会吃人的，"她说，"不要把狗带过来。"

房间里挂着深紫红色的窗帘，密不透光。她自报家门说是博伊兹顿夫人，丈夫几年前死于一起工厂事故。她长着黄头发、蓝眼睛，脖子中间的瘊子像一群被麻醉在半路的甲壳虫。餐厅的盘子上站着一座星形饼干堆起的金字塔，挂着白花花的糖衣。

"吃吧。"她点燃一支烟。她背后的墙上挂着一个一英尺高的耶稣像，在十字架上俯视着他们。"反正也要扔了。"

泽诺拿起一块：糖、黄油，好吃。

房间四周全是架子，上面摆着几百个瓷娃娃，粉红的脸颊、红帽子、红连衣裙，有的穿木屐，有的拿权子，有的在接吻，有的趴在许愿井口窥视。

"我见过你，"她说，"在镇子上闲逛。在图书馆和那些女巫聊天。"

他不知道说什么好。瓷娃娃让他感觉很不舒服，况且，他的嘴被填得满满的。

"接着吃。"

第二块比第一块更好吃。这是谁啊，烤一盘子饼干就是为了扔掉吗？

"你爸爸是新来的，对吧？在工厂？卖苦力？"

他成功地点了点头。耶稣目不转睛地看着他。博伊兹顿夫人长长地吸了一口烟。她的样子很悠闲，但是眼光毒辣，这让他想起赫拉的看守百眼巨人，他不但头上长满眼睛，就连指尖上也全是，这么多眼睛，即使睡觉的时候闭上50只，也还有50只睁着继续警戒。

他拿起第三块。

"你妈妈呢？在照片里吗？"

泽诺摇摇头，突然感觉屋子里没了空气，肚子里的饼干正在变成黏土，雅典娜在门廊呜呜着，罪恶感和混乱席卷而来，他离开桌子，落荒而逃，甚至没来得及道谢。

周末，他和爸爸跟博伊兹顿夫人一起礼拜。腋下湿了一大片的牧师严肃地说邪恶势力正在集结。然后，他们一起回到博伊兹顿夫人家。她把一种叫做"老护林人"的东西倒进一对蓝色的玻璃酒杯里，爸爸打开桌子上的珍妮斯收音机，幽暗沉闷的房间里响起摇滚乐，博伊兹顿夫人哈哈大笑，露出满嘴的牙齿。她的指甲划过爸爸的胳膊。泽诺希望她再拿出一盘饼干，但是爸爸说："孩子，你现在到外面去玩一会儿。"

他和雅典娜走到湖边。他在沙子上搭了一个淮阿喀亚人的小王国：高墙林立、果园葱郁，外加一支松果舰队。雅典娜蹿上蹿下地叼来树枝，他一根一根地扔进水里。货真价实的壁炉、停在私家车道上的别克 Model 57、名副其实的房子，换作两个月以前，这是他梦寐以求的。但是现在，他只想和爸爸回家，回到小屋，在炉子上热罐头面。

雅典娜捡回来的树枝越来越大，最后它竟然拖来一棵没扎根的小树苗。湖面上波光粼粼，大黄松把松针抖落在泽诺的王国里。他闭上眼睛，感觉自己缩小、缩小，小到可以站在沙岛王宫的中心，仆人给他换上暖和的长袍，引领他走过亮着火把的长廊，所有人都热情地欢迎他。在正殿，他和尤利西斯、妈妈、英俊威猛的阿尔西诺斯一起向雷霆之主宙斯敬酒，感谢他为迷路者指引方向。

磨蹭到最后，他只能回到博伊兹顿夫人家找爸爸，爸爸在里屋喊道："再等3分钟，小羊排！"于是，泽诺和雅典娜顶着防蚊罩，坐在门廊下等。

9月随着8月过，就像后脚跟着前脚跑。10月飞雪落山梁。平日，他们经常晚上去博伊兹顿夫人家，周日则整天在一起。11月到了，爸爸仍然没有修厕所，也没有直接从蒙哥马利·沃德公司预定全新的电暖器。12月的第一个周日，他们从教堂回到博伊兹顿夫人家，爸爸打开收音机，广播里说353架日本飞机轰炸了美国在瓦胡岛的海军基地。

厨房里，博伊兹顿夫人的面口袋掉在地上。泽诺说："什么叫'全民总动员'？"没人回答。雅典娜在走廊里叫。播音员说大约有数千名海员死亡。他看见爸爸额头左边的血管突突地跳。

外面，"使命街"上的雪堆已经高过泽诺。雅典娜在雪里挖出一条地道。眼前没有车子开过，头顶也没有飞机经过。街面上没有其他孩子。整个世界好像都沉默了。几个小时之后，他回到屋里，爸爸一直围着收音机走圈，两只手攥成拳头互相撞，博伊兹顿夫人端着一杯"老护林人"站在窗边，地上的面粉还是没人收。

广播里一个女人说："晚上好，女士们、先生们，"她清清喉咙，"今晚，我在这里讲话，是因为我们到了最紧要的关头。"

爸爸举起一根手指："是总统夫人。"

雅典娜在门口呜呜着。

"几个月以来，"总统夫人说，"我们一直有预感，但现在仍然不敢相信。"

雅典娜开始汪汪叫。博伊兹顿夫人说："你能让那个畜生闭嘴吗？"

泽诺说："爸爸，我们回家行吗？"

"无论付出什么代价，"总统夫人继续说，"我坚信我们一定能够成功。"

爸爸摇摇头。"这些孩子吃着吃着早饭头就没了。他们被活活烧死。"

雅典娜又叫起来，博伊兹顿夫人用颤抖的双手按住额头。架子上的几百个瓷娃娃——牵手的、跳绳的、拎桶的——突然充满了可怕的能量。

"现在，"广播说，"我们回到今晚的节目中。"

爸爸说："我们要给这些日本混蛋点颜色看看。小伙子们，给他们点颜色看看。"

5天以后，他和锯木厂的另外4个人乘车去博伊西登记牙齿和胸围。圣诞节过后的一天，爸爸踏上了去马萨诸塞州新兵训练营的路。泽诺开始和博伊兹顿夫人一起生活。

湖口码头　爱达荷州
————
2002—2011年

西摩

　　刚出生的时候，他尖叫、嗷喊、号啕大哭。蹒跚学步的时候，他翻来覆去只吃那几样：麦片、凉华夫饼、1.69盎司包装的原味mm豆，不要圣诞包装的，也不要分享包。如果邦尼给他花生味的，他就闹翻天。她可以摸他的胳膊和腿，但不能碰他的脚和手。耳朵是禁地。香波是无法摆脱的恐惧。理发＝绝不可能。

　　家的名字叫做金橡树，是刘易斯顿按周付费的汽车旅馆。她用打扫其他16间客房的收入抵房租。她的男朋友像暴风雨一样说来就来说走就走：这个叫杰德，这个叫迈克·高特里，这个被叫做火鸡腿。打火机叭叭地响，制冰机嗡嗡地叫，运木头的货车把窗户震出咔哒咔哒声。最惨的时候，他们在庞蒂亚克车里过夜。

　　3岁的时候，西摩决定不再忍受内衣上的标签和早餐麦片在塑料袋里沙沙响的声音。4岁的时候，如果果汁里的吸管插倒了，他会尖叫。如果她打一个大喷嚏，他会抖上半个小时。人们说："他有什么毛病？"他们说："你能不能把他关起来？"

　　他6岁的时候，邦尼得知叔祖父巴婆去世。虽然他们20年没见，但他把湖口码头的双倍宽[1]移动房留给了她。她扣上手机盖，摘下塑料手套扔进14号客房的浴缸里，丢下挡在门口的推车，把烤箱、米罗华DVD一体机和两垃圾袋衣服装进庞蒂亚克Grand Am里，然后带着西摩一口气朝南开了3个小时。

房子离镇子1英里，在一条被称作"世外桃源"的碎石小路的尽头，四周野草丛生。在一扇破窗户旁边喷着"我不叫911"。屋顶好像被大力士掀起来似的卷了一个边。律师刚一走，邦尼就跪在车道上泣不成声。她哭了那么久，把两个人都吓坏了。

松树林从三面环抱着这所房子。院子里，成千上万只白色的蝴蝶在蓟的花朵间穿梭。西摩坐在她身边。

"哦，小负鼠，"邦尼擦擦眼睛，"没事，只是这该死的日子太长了。"

房子后面的树在空中闪光；蝴蝶翩翩起舞。

"为什么，妈妈？"

"因为希望。"

一根在空中飘的蜘蛛丝抓住阳光，被照亮了。"噢，"他说，"因为希望，该死的日子太长了。"妈妈笑喷了，他又被吓了一大跳。

邦尼用胶合板钉住坏窗户，清理橱柜里的老鼠屎，把巴婆被花栗鼠啃过的床垫子拖到马路上，然后以19%的利息全额贷款买了两个新床垫。她在二手店淘到一个橘黄色的双人沙发，浇上半罐夏威夷林

---

1 按照美国住房分类标准，双倍宽移动房宽度不超过6.1米，长度27.4米。单倍宽不超过5.4米。——译者注

地清香剂之后和西摩一起拉进屋。太阳下山的时候，他们并肩坐在门口的台阶上，一人两个华夫饼。高空中，一只鹗正朝着湖水飞去。一只母鹿带着两只小鹿在工具房旁边抖着耳朵。天空变成紫色。

"种子啊——发芽，"邦尼唱道，"草场啊——茂盛，树木啊——就要长叶子……"

西摩闭上眼睛。微风就像金橡树的蓝毛毯一样轻柔，也许更轻柔；蓟散发出一种像圣诞树一样让人暖暖的味道；身后那堵墙的里面就是他自己的房间，虽然天花板上有污渍，但看起来像云朵、像美洲狮、像海绵。妈妈的声音里充满喜悦，当她声情并茂地唱到母羊咩咩叫、阉牛撒欢儿跳、雄山羊放响屁的时候，他情不自禁地哈哈大笑。

湖口码头小学一年级 =26 个 6 岁的孩子 +24×40 英尺 + 经验丰富的讽刺家奥尼金夫人。她分配给西摩的深蓝色课桌看着就烦心：边框变形、螺丝生锈。桌脚蹭在地上发出刺耳的声音，他感觉眼球上扎了无数根针。

奥尼金夫人说："西摩，你见过其他孩子坐在地上吗？"

她说："西摩，你在等一个终生难忘的邀请吗？"

她说："西摩，如果你不坐在……"

在校长的桌子上有一个马克杯，上面写着"我喜欢微笑"。他的腰带上有一圈慢跑的卡通走鹃。邦尼穿着全新的"旅行车管家"POLO衫，费用将从她的第一次薪水中扣除。她说："他特别敏感。"校长詹金斯说："他有爸爸吗？"同时第三次瞥了一眼她的胸。

后来，在车里，邦尼把车停在"使命街"的路沿上，吞下3片治疗偏头痛的药。

"小负鼠，你在听我说吗？如果听见了，摸摸你的耳朵。"

4辆卡车呼啸而过：2辆蓝色，2辆黑色。他摸摸自己的耳朵。

"我们是什么？"

"一个团队。"

"团队做什么？"

"互相照应。"

过去一辆红色的轿车。又过去一辆白色的卡车。

"你能看着我吗？"

他看着她。她的衬衫上挂着一个磁贴胸牌，上面写着"保洁员邦尼"。名字比职务的字体小。两辆路过的卡车把他们的车震得打晃，他听不出它们的颜色。

"我不能因为你不喜欢你的课桌就在上班的时候扔下工作。他们会解雇我的。我不能被炒。我需要你去试试。你愿意试试吗？"

他开始努力。卡门·霍马切亚拿毒藤碰他的时候，他努力不尖叫。托尼·莫里纳里的飞盘撞到太阳穴的时候，他努力不哭出声。但是9月过了9天之后，七魔鬼山的一场大火使整个山谷浓烟滚滚，奥尼金夫人说空气质量太差，不宜做室外运动，必须关紧门窗，否则会得慢性哮喘病。没过几分钟，便携式电脑冒出一股和邦尼用巴婆的微波炉解冻墨西哥肉卷时一样的气味。

他忍过数学课、午饭和拼读练习课，但是到复习课的时候，他的忍耐接近极限。奥尼金夫人让大家在自己的座位上画出心中北美洲的颜色，西摩想用一片浅绿色围住墨西哥湾。他努力只动手和手腕，这样桌子就不会晃出吱吱吱的声音；他努力不喘气，这样就可以闻不到任何气味，但是汗却顺着肋骨淌下来。韦斯利·欧曼不停地鼓捣左脚的鞋祥，粘上，撕开，撕开又粘上；托尼·莫里纳利一直噗噗噗地抖嘴唇；奥尼金夫人正在白板上写一个巨大的"美——国"，笔头发出呲啦呲啦的噪音；教室里的挂钟哒哒哒地响，所有这些声音一窝蜂似的冲进他的脑子里。

头晕耳鸣：他所有的经历从远方"隆隆"而至。它们摧毁山川、湖泊、湖口区的市中心；荡平操场；掀翻所有的汽车；它们在电脑外咆哮，在门板上碰撞。黑色的针孔在眼前扩散。他用双手捂住耳朵，可是喧嚣吞掉了光明。

辅导员斯拉特里小姐说这可能是感官失调或者多动症，也许兼而有之。孩子太小，她不能确定。况且她不是医生。但是他的尖叫吓到别的孩子，所以周五校长詹金斯给西摩放假，建议邦尼尽快约见医生。

邦尼揉着鼻梁问："这个，啊，是免费的吗？"

车行的经理史蒂夫说，邦尼，你要是胆敢带着孩子来上班，我就解雇你。所以，周五早上，她拔掉炉子的点火器，把一盒麦片摆在灶台上，然后把"星光男孩"DVD设置成重复播放的状态。

"小负鼠？"

DVD 里，星光男孩穿着闪亮的套装从夜空跌落。

"如果你听见了就摸摸耳朵。"

星光男孩找到了被网子兜住的犰狳一家。西摩摸摸耳朵。

"当微波炉的计时器显示'000'的时候，我就回来了。好吗？"

星光男孩需要帮助。该呼唤"真正的朋友"了。

"你就坐在这里，行吗？"

他点头。庞蒂亚克开出颠簸的"世外桃源"。卡通片里，"真正的朋友"猫头鹰划破夜色，在星光男孩的照耀下，用嘴撕破大网，救出犰狳。"真正的朋友"大声宣布患难见真情。屋顶上好像有一只大蝎子在磨爪子。

西摩在自己的房子里听。然后到门口去听。在厨房的推拉门边上听。那个声音持续不断：吧哒、剌啦、剌啦。

电视上，黄色的大太阳冉冉升起。"真正的朋友"该回巢了。星光男孩也该回天庭了。

最好的朋友，最好的朋友，星光男孩唱道：

我们永远不分离，

我在天空中，

你在我心中。

西摩拉开推拉门，看见一只喜鹊飞下屋顶，落在后院一块鸡蛋形的大石头上。它垂下尾巴，喳喳地叫。

一只鸟。根本不是蝎子。

一整夜的暴风雨吹散了浓烟，带来一个明媚的清晨。蓟抖动紫色的花冠，小昆虫四处奔波。房子后面有成千上万棵与山比高的松树，随着摇摆呼吸。呼、吸、呼、吸。从没腰的野草到鸡蛋形的大石头西摩走了19步，当他爬上去的时候，喜鹊拍着翅膀飞到林子边的一棵树上。石头上生长着一簇簇的苔藓，粉色的、橄榄色的、橘黄色的。走到这儿来简直是太棒了！开阔。生机。再走走。

西摩又向前走了20步，被一道带刺的铁丝网拦住去路。身后是推拉门、厨房、巴婆的微波炉；前方是3 000英亩的森林，主人在得克萨斯州，和湖口区的人从未谋面。

喳、喳——啊——喳。喜鹊叫着。

从铁丝网下面钻过去很容易。

站在森林里，光线完全不一样：是另一个世界。苔藓像挂在枝条上的小旗子一样迎风招展；天空在头顶被分割成若干块亮片。这儿有一个蚁丘，足有半个他那么高；这儿有一块花岗岩，像小货车那么大；这儿有一块树皮，穿在身上充当星光男孩护胸的盔甲正合适。

西摩爬到半山腰，看见空地上有一棵死去的大黄松，它像一个从地下世界冒出来的骷髅巨人，挥舞着无数手臂，被一圈道格拉斯冷杉围在中间。冷杉吹落成双成对的松针，在他身边飞起千千万万只降落伞。他抓住一根，仿佛握住一个短身子细长腿的小人。"小针人"勇敢地从他的脚尖跳到地上。

西摩在死树脚下，用树皮和树枝为"小针人"搭了一所房子。就在他把苔藓床垫放进屋里的时候，一只幽灵在他头顶10英尺高的地方尖叫起来。

嗷——嗷——嗷？

西摩胳膊上的每一根汗毛都竖起来了。猫头鹰太善于伪装了，它叫了三声才被男孩发现。他长出一口气。

它在树荫里眨眼，3下、4下，它闭上眼睛。看不见它了。眼睛睁开了，又看见它了。

它和托尼·莫里纳利一样大，眼睛和网球一个颜色，直勾勾地盯着他。

他站在死去的大树脚下，抬头迎接猫头鹰自上而下的目光。森林一呼一吸间，有事情发生了：那个遥远，但让他在醒着的每一秒都心神不宁的轰鸣声——喧嚣——消失了。

这个地方有魔力，猫头鹰好像在说，你只需要坐下、呼吸、等待，它就会来找你的。

他坐下、呼吸、等待。地球在轨道上又转了1 000公里。男孩心里一直打不开的结开了。

邦尼找到西摩，把他拉起来。她头上挂着树皮，工服上沾着鼻涕；而他根本不知道是过去了1分钟、一小会儿，还是10年。猫头鹰消失了，就像一股烟。他东张西望却怎么也找不到。它钻进森林里了。邦尼一边抚摸他的头，一边抽泣，"……再找不到你，我就要报警了，你为什么不老老实实待着呢……"拽着他走出树林的时候，她又是诅咒又是骂，结果牛仔裤被铁丝网划破了；厨房里微波炉的计时器哗哗哗地响；经理史蒂夫来电话说她被解雇了；她把电话扔在双人沙发上，扳着他的肩膀——这样他就不会扭来扭去——说道："我想我们要一起扛，我想我们是一个团队。"

他装睡，然后爬到窗边，打开窗户，把头探出去。夜色中一股浓烈的洋葱味。有东西在叫，有东西在动。窸窣窸窣窸窣。森林就在那边，过了铁丝网就是。

"真正的朋友，"他说，"我给你起个名字，就叫'真正的朋友'。"

泽诺

楼下，在博伊兹顿夫人的客厅里，大人们穿着笨重的鞋子踢踢踏踏地走来走去。5名塑料士兵从罐头盒里爬出来。士兵401握着步枪向床头匍匐前进；410拖着反坦克炮越过被子沟；413离暖气太近，脸被烤化了。

怀特牧师亲自端着一盘火腿和饼干上楼来，气喘吁吁地坐在黄铜小床上。他拿起把步枪举过头顶的士兵404说，他没想到会和泽诺谈这些，但是他听说泽诺爸爸牺牲的那天，单枪匹马送4个日本鬼子下了地狱。

楼下有人在楼梯口说："瓜达康纳尔岛，在哪？"另一个人说："对我来说在哪都一样。"雪花从卧室的窗前飘过。紧接着，泽诺的妈妈划着金色的小船从天而降，所有人都目瞪口呆地看着。他和雅典娜上船，妈妈划桨，他们一起去天国，那里蓝绿色的大海劈开黝黑的峭壁，柠檬在温暖的阳光下挂满枝头。

后来，他重新回到铜床上。怀特牧师正带着士兵404围着床做蛙跳，跳出一股头油味。爸爸再也不会回来了。

"向真正的英雄致敬，"牧师说，"你爸爸是真正的英雄。"

晚些时候，泽诺端着盘子悄悄下楼，从后门溜出去。雅典娜一瘸一拐地从杜松丛里蹭出来，他喂它吃火腿和饼干，它真诚地看着他表示感谢。

鹅毛大雪。一个人在他的脑子里小声说，你现在孤零零一个人，这也许是你的错。天暗下来。他迷迷糊糊地走出博伊兹顿夫人的院子，沿着"使命街"走到"湖畔街"路口，翻过护道，一步一滑地走到湖边。参加葬礼的鞋子里灌满了雪。

现在是3月底，在远处的湖心、半英里以外的地方，最先融化的冰开始变成一块块黑色的补丁。左手的黄松在岸边筑起一道宏伟却飘摇的高墙。

泽诺走到冰面上，积雪越来越薄。被风冻干又被风吹散。他觉得离岸边越远，脚下黑黢黢的水越深。30步。40步。他回头的时候已经看不见工厂、镇子，甚至岸边的树也看不见了，就连他的足迹也被风和雪抹掉了。他独自悬浮在白茫茫的世界。

再走6步。7步。8步。停。

四周空荡荡的：全白的拼图被拆成碎片撒在空中。他感觉自己在某个东西的边缘摇摆。身后是湖口区：透风的教室、泥泞的街道、图书馆、带着烟油气息的博伊兹顿夫人和她的瓷娃娃。回到那里他是"摘橄榄的""羊吻""零"：一个有着外国血统的孤儿，个子矮小，名字怪异。前面有什么呢？

雪面下一条裂痕在白色中突围。在鳞片后面忽隐忽现的是淮阿喀亚人的皇宫吗？铜墙银柱、葡萄园、梨园、泉水？他想看得真切一些，但是眼睛好像走错了方向：它们穿过白色的漩涡，看向他的大脑深处。无论付出什么代价，总统夫人说，我坚信我们一定能够成功。但是没有爸爸，他要付出什么代价？又如何奢望成功呢？

再远一点点。他蹭着一只脚向前挪了半步，第二道裂缝低吼着穿透冰面，好像是从湖心开始的，笔直地从他的双腿间穿过，直奔镇子而去。他感觉裤子后面被猛地扯住，好像绳子已经放到最长，现在他要被拽回家了。他转过身，看见雅典娜叼着他的腰带。

此时此刻，他才感到心惊肉跳，好像有一千条蛇在皮肤里游走。他屏住呼吸，尽可能轻起轻落地跟着雅典娜的足迹，颤颤巍巍地顺着冰面往回走。上岸，翻护道，过"湖畔街"的十字路口。心跳声在耳朵里震荡。他站在胡同的尽头浑身打颤，雅典娜舔舔他的手。博伊兹顿夫人的客厅里灯火通明，大人们站着说话，他们的嘴像胡桃夹子娃娃的嘴一样一张一合。

教会里十几岁的少年清扫了步行道，屠夫送他们一些尾骨作为奖励。为了营造轻松的氛围，坎宁安姐妹开始给他读希腊喜剧。一个叫阿里斯托芬的剧作家，她们说他创造了最完美的世界。她们读完《云》（*The Clouds*）读《公民大会妇女》（*Assemblywoman*），然后读《鸟》（*The Birds*）：两个老家伙厌倦了尘世的堕落，于是到天空之城和鸟一起生活，结果他们发现麻烦如影随形。每到这个时候，雅典娜就在字典区打盹儿。博伊兹顿夫人每天晚上喝"老护林人",然后一根接一根地抽骆驼牌香烟。他们玩克里比奇纸牌,用钉子在纸板上记分。泽诺笔挺条直地坐着,手里的牌整齐地铺开一个扇面,心里却琢磨着,虽然我在这个世界,但另外还有一个世界,就在那儿。

四年级。五年级。战争结束了。从低海拔地区过来乘船游湖的人源源不断,在泽诺眼里,游船满载着幸福的家庭:妈妈、爸爸、孩子。爸爸的名字被刻在市中心的纪念碑上。有人递给泽诺一面旗子,有人说着英雄的种种事迹。后来,在博伊兹顿夫人家吃晚饭的时候,怀特牧师坐在主位上,摇着火鸡腿说:

"阿尔玛,阿尔玛,出怪拳的拳击手,你叫他什么?"

博伊兹顿夫人正嚼到一半,牙上沾着西芹,她说:

"水果宾治!"

她咯咯笑;他也笑着咽下一口酒。四周架子上200个胖嘟嘟的瓷娃娃睁着大眼睛看着泽诺。

他12岁的时候,坎宁安姐妹把他叫到借还书柜台,递给他一本88页厚的4色彩印书《亚特兰蒂斯的人鱼》(*The Mermen of Atlantis*)。"一直想给你看这本书。"姐姐说。她的眼睛四周布满皱纹。妹妹在书后面盖上还书日期。泽诺带着书回家,坐在小铜床上看。第一页,公主被一群穿着青铜盔甲的陌生人劫持到海上。醒来时她发现自己被关押在一个大圆玻璃罩子下。这是一座水下城市,城里那些穿青铜铠甲、戴金色臂章的人长脚蹼、尖耳朵、有鳃裂。他们有厚实的三头肌和强壮的双腿,大腿间的凸起让泽诺的心里一阵翻腾。

这些奇怪的美男子可以在水下呼吸；他们不辞辛劳；在城里，精致的水晶塔比比皆是；弯弯的拱桥、闪亮的大潜艇。气泡顺着水晶灯金黄色的光束攀升。到第10页，笨拙的水上人为了营救公主向水下人宣战。水上人用鱼叉和火枪进攻，水下人以三叉戟和强健的肌肉还击。泽诺目不转睛地盯着他们鳃上细细的红线和又长又壮的四肢，热血沸腾。在最后几页，争斗越发凶残，就在圆顶出现裂纹，所有人危在旦夕的时刻，他看到"待续"。

他把这本书在抽屉里关了3天，依然挡不住它的光芒。即使在学校，也被它搅得心神不宁。它是有放射性的危险品。只有在确定博伊兹顿夫人睡觉之后、房子里彻底安静下来的时候，他才敢接着往下看：愤怒的水手用鱼叉攻击具有防护功能的穹顶；优雅的水下士兵身着深红色的长袍，舞动着三叉戟和强健的大腿，游来游去。很多次他在梦里听见他们敲打卧室的窗户，但是他刚一张嘴说话，水就灌进来。惊醒之后，他感觉自己掉进了冰湖里。

一直想给你看这本书。

第4天晚上，泽诺捧着《亚特兰蒂斯的人鱼》走下咯吱咯吱响的楼梯，从紫红色窗帘的蕾丝花边前走过，经过散发着令人恶心的香气的干花罐，哆哆嗦嗦地打开壁炉，把书扔进去。

自卑、脆弱、怯懦——他和爸爸截然不同。他很少去市区，忍痛绕开图书馆。如果在湖边或者商店门口看见坎宁安姐妹，哪怕只是瞥见其中一个，他也会转头、缩脖子，赶紧藏起来。她们知道他没有还书，知道他毁坏了公共财产。她们肯定想知道原因。

镜子里，他的腿显得太短、下巴显得太柔弱。他不知道如何安放自己的两只脚。也许，在某个地方有一座属于他的闪亮的城市，也许他可以在某个地方焕然一新，成为他向往的那个聪明、阳光的人。

偶尔，在回家的路上或者起床的时候，他突然感到眩晕和恶心，感觉被一群人窥视。跟踪他的人个个衬衫滴血，一脸谴责。同性恋，他们用手指戳着他说，娘娘腔。水果宾治。

泽诺16岁了。他在安斯利·泰伊木材公司的机械修理店当兼职学徒。朝鲜人民军越过三八线，朝鲜战争开始。8月，教徒们按照习惯，在周日的下午围坐在博伊兹顿夫人的桌子旁抱怨新一代美军的缺点。说他们如何娇惯、如何在过度放纵的文化中变得软弱，不思进取。胆小鬼的头顶上飘着橘黄色的烟圈。

"没有你爸爸那么勇敢。"怀特牧师说着，夸张地拍了拍泽诺的肩膀。泽诺听见，在远方，有一扇门开了。

朝鲜：在学校的地球仪上是一个绿色的小手指。看起来并不是遥不可及。

每天晚上下班以后，他围着湖跑半圈。跑到"西岸路"3英里，然后调头回来再跑3英里。雅典娜冲破飞溅的雨水跟在后面，她鼻子和嘴巴上的毛已经变白，跑起来也一瘸一拐，但仍然一如从前的勇猛。有时候，衣着鲜亮、井然有序的亚特兰蒂斯士兵出现在他身旁，但总是若即若离地和他保持着距离，就像中间隔着烫手的电线似的。那时他会加速，拼命想要甩掉他们。

变成17岁那天，他请求博伊兹顿夫人允许他开着旧别克车去一趟博伊西。她用手里的烟点燃一根新的；咕咕钟嘀嗒嘀嗒响；她的一群孩子站在架子上；3个不同的圣像顺着3个不同的十字架俯视着他们。透过她肩膀后面的窗户可以看见厨房外面，雅典娜蜷缩在树篱下面。1英里外，老鼠正在他和爸爸来湖口区度过第一个冬天的小屋里打瞌睡。心已经愈合，但再也不可能完好如初。

在峡谷之字形的山路上，他晕了两次车。在招兵办公室，一个医科学生把冰冷的听诊器扣在他的胸口，然后舔了舔笔尖，仔细检查了表格中的每一项。15分钟后，他成了列兵E-1泽诺·尼尼斯。

西摩

邦尼虽然没花一分钱就得到了双倍宽的房子，但同时也继承了巴婆每个月558美元的土地贷款，另外还有燃料费＋爱达荷州税＋湖口区公共设施费＋垃圾费＋蓝河银行床垫贷款＋庞蒂亚克保险＋翻盖电话＋为了把车开上主路必须买的扫雪机＋2 652.31美元信用卡到期还款＋健康保险，哈哈，开玩笑。她从来没交过健康保险。

她在"杨树叶客栈"做小时工，打扫房间——每小时10.65美元——晚饭时间在"猪肉饼屋"轮班——每小时3.45美元外加小费。如果没人订饼，穆克特先生会要求她去门口打扫卫生，可是没人会为此付小费。

每天，6岁的西摩自己从校车上下来，自己走完"世外桃源"，自己开门。吃一块华夫饼，看"星光男孩"，不出屋。小负鼠，你在听吗？你可以摸摸自己的耳朵吗？你可以发誓吗？

他摸摸自己的耳朵。他在胸前画个十字。

但是只要进家，无论什么天气，无论雪多深，他一定马上扔掉书包从推拉门跑出去，钻过铁丝网，在林地半山腰的空地上找到那棵死

101

去的大黄松。

有时他只能感觉到自己的存在，脖子根一阵阵地发麻；有时他能听见低沉的嗡嗡声在林子里穿行；有时什么也没有；但是，如果能偶遇"真正的朋友"便是最幸福的日子。它在离地10英尺的树上枕着鸟粪睡觉，西摩第一次看见它就是在这根枝丫上。

"你好。"

猫头鹰低头看西摩；风吹乱了它脸上的毛；它的眼神像个漩涡，流转中带着久别重逢似的理解。

西摩说："不只是课桌，还有课间休息以后，满身大汗的邓肯和韦斯利和米娅的贴纸一样全是泡菜味，还有……"

他说："他们说我是神经病。他们说我可怕。"

猫头鹰在逐渐暗淡的光线中眨了眨眼。它的头有排球那么大。它看起来像10 000个树精的合体。

11月的某个下午，西摩问"真正的朋友"是不是也会被响亮的噪音吓一跳，是不是有时也会感觉听见太多的声音，它有没有希望全世界都能像此时此刻这样清净，在这样一片空地上，无数银色的小雪花静静地在空中飞？猫头鹰从树枝上飞起来，落在远处的一棵树上。

西摩跟过去。猫头鹰一路朝着西摩的家滑翔，边飞边叫，好像发出邀请似的。西摩走进后院的时候，猫头鹰已经站在屋顶上等他。它对着深深的积雪发出长长的一声嚯噢，然后眯起眼睛盯着巴婆破败的工具房，看看西摩，再看看工具房。

"你想让我进去？"

幽暗的小屋里，男孩在堆得满满当当的物品中发现一只死蜘蛛、一个苏联防毒面罩、几个生锈的工具箱和一对挂在工具台上方的射击用护耳。他戴上以后，世界的唠叨声消失了。

西摩拍手、摇晃装满轴承的咖啡罐、砸锤子，什么都听不到。世界变得美好了。他走出来，站在雪地里，抬头看着站在屋顶山墙上的猫头鹰："是这个吗？你说的是这个吗？"

奥尼金夫人允许他在休息、喝柠檬气泡水和复习反馈时间戴耳罩，并且同意在他连续5天不犯错的情况下给他调换课桌。

辅导员斯拉特里小姐奖励他一个多纳圈。邦尼给他买了新的"星光男孩"光盘。

越来越好。

当世界过于吵闹、过于嘈杂，或者他感觉摇摇欲坠、轰鸣声不堪忍受的时候，他就闭上眼睛，扣上耳罩，幻想自己走进森林的空地。500棵道格拉斯杉随风摇摆；伞兵"小针人"悬浮在空中；死去的大黄松像根白骨，屹立在星空之下。

这个地方有魔力。

你只需要坐下、呼吸、等待。

西摩就这样顺利度过了感恩节游行、圣诞音乐盛会和情人节的混乱。他咽下了烤点心、肉桂酥和烤碎面包块。每隔一个周四，他用一次"不用哄洗发水"。邦尼的指甲嗒——嗒——嗒地敲方向盘的时候，他不再抽搐。

春天，在一个风和日丽的日子，奥尼金夫人带着一年级的学生迈过积雪融化的水坑，走到"湖畔街"和"公园路"的拐角处，那里有一栋浅蓝色的房子，门廊歪斜。其他孩子一窝蜂似的跑上楼梯；一个满脸雀斑的图书管理员发现西摩一个人站在"成人非小说"区。他必须抬起一个耳罩才能听见她说话。

"你说他有多大？他像不像戴着一个蝴蝶结？"

她从架子高处拿下一本《野外指南》，翻给他看，他在第一页就看到"真正的朋友"左脚抓着一只老鼠在空中盘旋。接下来一张图还是它：站在高处俯视白雪皑皑的草原。

西摩的心突突地跳。

"大灰猫头鹰，"她读道，"就长度而言，是世界上最大的猫头鹰，也被称作煤烟猫头鹰、蓄须猫头鹰、幽灵猫头鹰和北方幽灵。"她看着他，遍布雀斑的脸上绽放着笑容。"书上说，它们的翅膀展开以后足有5英尺宽。它们可以听见田鼠在雪下6英尺深的地方的心跳。它们的大脸盘有助于收集声音，就像你把手拢在耳朵边一样。"

她把两只手放在耳朵边。西摩摘掉耳罩，做了同样的动作。

那年夏天，每天邦尼出发去"杨树叶"之后，西摩便立刻把麦片倒进垃圾袋，冲出推拉门，绕过鸡蛋形的大石头，再钻过铁丝网。

他用树皮做飞碟，在水坑上撑杆跳，在斜坡上滚石块，还和一只顶着羽冠的啄木鸟做了朋友。森林里有活着的黄松，像校车那么大，鹗在最高处建了一个窝；山杨林的叶子哗啦啦响，就像雨滴落在水面上。每隔两三天，"真正的朋友"就会出现一次，站在那棵只剩下骨架的大树上，在它的领地像慈善的上帝一样眨着眼睛倾听。

就在这块弹丸之地，男孩在猫头鹰对着松针咳嗽的时候看到了松鼠的嘴、老鼠的背、一堆吓人的田鼠头、一截塑料绳、绿色的碎蛋壳、一只鸭子的脚。他在巴婆的工作台上组装出一个个奇异的骨架：3个头的田鼠、8条腿的蜘蛛花栗鼠。

邦尼发现他T恤上的扁蚤、头发上的芒刺和地毯上的泥巴，所以放好洗澡水以后她说："有人要来抓我了。"西摩把可乐瓶里的水倒进另一个可乐瓶；她穿着"猪肉饼屋"的工作服和偏大的黑色锐步鞋唱起伍迪·格思里的歌，唱着唱着就在浴室的防滑垫上睡着了。

二年级。他从学校走到图书馆，把耳罩挂在脖子上，坐在"有声书"架子旁的小桌上。猫头鹰拼图、猫头鹰绘本、电脑上的猫头鹰游戏。长着雀斑的图书管理员玛丽安一有空就会给他读书，为他解惑。

非小说598.27：

大灰猫头鹰的理想居住地是靠近森林、视野开阔、田鼠丰富并且具备有利的制高点的地方。

当代鸟类学杂志：

大灰猫头鹰难得一见又极易受到惊吓，因此我们对它所知甚少。但我们已经知道它串联起啮齿动物、森林、草场和真菌，这张多维度的关系网错综复杂，有待进一步研究。

非小说598.27：

大灰猫头鹰的卵只有十五分之一可以被孵化并且存活。幼鸟被乌鸦、貂、黑熊和大角猫头鹰捕食；雏鸟经常挨饿。它们需要辽阔的狩猎场所，栖息地极易受到破坏：牲口践踏草场导致猎物数量骤降；山火烧毁巢穴；误食中毒的啮齿类动物；死于车祸；撞在铁丝网上。

"看，这儿说美国现在大约有11 100只大灰猫头鹰。"玛丽安拿出大计算器，"咱们按照3亿美国人计算吧，取个整数。按3，再安8个'0'。做得好，西摩。还记得除号吗？1、1、1。等号。"

27 027。

他们两个盯着这个数字，若有所思。27 027个美国人，一只大灰猫头鹰。27 027个西摩，一个"真正的朋友"。

在有声书旁边的桌子上，他努力想把它画出来。一个椭圆，中间两只眼睛，那就是"真正的朋友"。然后在旁边加上27 027个圆点，是人。他大概点了700下之后，手开始抽筋，笔尖也钝了。该回家了。

三年级。他的小数作业得了93分；可以吃比萨、撒盐饼干、乳酪通心粉。玛丽安给了他一瓶零度可乐。邦尼对着DVD机热泪盈眶地说："小负鼠，你太棒了。"

10月的一天下午，西摩戴着耳罩拐进"世外桃源"，一眼就看见早上还空荡荡的胡同里站着一个4×5英尺的椭圆形广告牌，上面写着：

伊甸园之门
即将呈现
联排和独栋
定制首选

配图中有一只带着10个斑点的雄鹿在薄雾笼罩的水池旁饮水。牌子旁边回家的路似乎还是老样子：路旁两条泥坑里的越橘叶子染上了秋天的红色。

一只啄木鸟擦着地面飞走了。不远处一只松貂在吱吱叫。美洲落叶松随风摇摆。他又看了看广告牌，再看看马路。恐慌在他的心里伸出第一根黑色的触手。

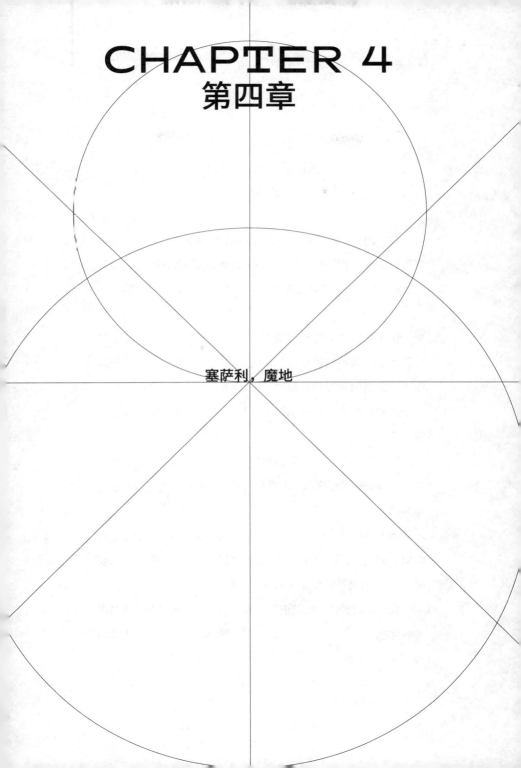

CHAPTER 4
第四章

塞萨利，魔地

《咕咕云谷》
安东尼·戴奥真尼斯
第Δ页

在不同文化的民间传说中，喜剧性的英雄最终总是不远万里到达魔地。虽然这部手稿中很多讲述司焰去塞萨利的篇章已经丢失，但第4页可以证实他已经到达魔地。泽诺·尼尼斯译。

……渴望找到魔法的证据，我直奔中心广场。雨篷上的鸽子是披着羽毛的巫师吗？半人半马会在集市的畜栏间走来走去并且发表演说吗？我拦下三个挎篮子的女仆，问在哪里可以找到把我变成鸟的巫师：勇敢的老鹰，或者聪明强壮的猫头鹰。

其中一个说："哦，卡尼迪尔可以。她可以从甜瓜里榨出阳光，把石头变成野猪，也可以从天空摘下星星，但是她不能把你变成猫头鹰。"另两个咯咯地笑。

她继续说道："还有，梅罗伊。她可以让河水停止流动、把山川化成尘土、把神灵拽下宝座，但是她也不能把你变成老鹰。"三个人笑着笑着身体裂成了两半。

我根本没害怕，接着进了一家小旅馆。天黑以后，旅店老板的女仆"健身房"把我叫到厨房。她小声告诉我，老板娘在顶层留了一间卧室，里面存着练习魔法所需的各种物品，鸟爪子、鱼心，甚至死尸。"午夜时分，"她说，"如果你从钥匙孔看进去，也许可以找到你想要的……"

阿尔戈斯

———

服役时长 55—58年

科斯坦茨

她4岁。在17号隔间里，妈妈戴着金色的VR眼镜在"巡视者"上走路，她伸伸胳膊就可以够到。

"妈妈。"

科斯坦茨轻轻拍妈妈的膝盖，用力拽她的工装。都没有反应。

一个不及科斯坦茨小手指的指甲长的黑色小东西在墙上爬。它摇晃着触角；伸腿、弯腿、伸腿；它嘴上参差不齐的尖状物要不是太小，她真的会害怕。她伸出一根手指挡住它的路，它竟然爬上去，顺着她的手掌，爬到她的手背；这一系列复杂的行为让小女孩眼花缭乱。

"妈妈，你看。"

"巡视者"呼呼地转。她的妈妈沉浸在另一个世界里：竖起脚尖旋转，张开双臂翱翔。

科斯坦茨把手按在墙上：那个小动物从她的手上下来，回到原来的路上继续爬，经过爸爸的床之后，在墙和天花板的交界处消失。

科斯坦茨目不转睛地看。妈妈在她身后挥舞着胳膊。

一只蚂蚁。在阿尔戈斯上有一只蚂蚁。怎么可能。所有成年人都觉得不可能。不要着急，西比尔对妈妈说，孩子总要花很多年才能学会区别事实和幻想。有些人需要更长的时间。

她5岁。不超过10岁大的孩子围成一圈坐在教室"入口"。陈夫人说："西比尔，请展示一下 β Oph2。"他们面前出现了一个直径10英尺、黑绿相间的球体。"这些棕色的，这里，孩子们，是赤道上含硅的沙漠。我们都知道这是高纬度地区的落叶林带。我们希望两极的大洋，这儿，还有这儿，能够周期性地冻结……"

球体转动的时候，有几个孩子伸手去摸图像，但是科斯坦茨的手像被钉在大腿下一样一动不动。绿色斑块很迷人，但是那些黑色的——在边缘的黑色和锯齿——让她害怕。陈夫人解释说这些是β Oph2还没有被绘制出来的地方，因为这颗星球太遥远。但是随着它逐渐靠近，西比尔将补充更多细节。在科斯坦茨眼里，这些图像看起来像深渊，有人会掉下去，却没人能够逃跑。

陈夫人说："星球的质量是……"

"地球质量的1.26倍。"孩子们回答。

杰茜·寇碰碰科斯坦茨的膝盖。

"氮气呢？"

"76%。"

杰茜·寇又捅捅科斯坦茨的大腿。

"氧气呢？"

"科斯坦茨，"杰茜小声说，"圆形、着着火、被垃圾覆盖，是什么？"

"20%，陈夫人。"

"非常好。"

杰茜移了半个身子，靠在科斯坦茨的腿上，对着她的耳朵低声说："地球！"

陈夫人愤怒地瞪着她们。杰茜坐直了，科斯坦茨感觉脸唰地一下热起来。β Oph2在"入口"上空旋转：黑色、绿色、黑色、绿色。孩子们齐声唱道：

你可以是1，

也可以是102，

所有人一起，

所有人一起，

去 β Oph2。

阿尔戈斯是一艘世代飞船，外观像一张唱片。没有窗户、没有楼梯、没有坡道、没有电梯。86个人住在里面。60个人在这里出生。23个人，包括科斯坦茨的父亲在内已经老到忘记了地球。每执行任务两年发一双新袜子，4年发一套新工装。每个月第一天，供给舱发出6袋2公斤重的面粉。

我们是幸运的，大人们说，我们有干净的水、新鲜的食物、从来不生病、我们有西比尔、我们有希望。如果精打细算，我们永远应有尽有。所有我们自己解决不了的事情，西比尔都可以帮我们解决。

关键是，大人们说，我们必须留意墙壁。一墙之隔，等待我们的就是毁灭：宇宙辐射、失重、2.73°K（相当于零下270.42°C）。在墙外待3秒，手和脚会膨胀一倍；舌头和眼睛里的水分会蒸发；血液里的氮分子会凝结成块；你会窒息，然后冻成冰。

科斯坦茨6岁半的时候，陈夫人第一次把她、雷蒙和杰茜·寇带到西比尔面前。他们在弧形的走廊里经过生物实验室、24号隔间、23号隔间、22号隔间、转着圈地靠近飞船的中心，最后进入一道门，上面写着"一号舱"。

"我们不能带任何有可能会影响到她的东西进去，这点非常重要，"陈夫人说，"所以我们要在连廊接受净化处理。请闭上眼睛。"

外门封闭，西比尔宣布，净化开始。

墙壁里传出风扇提速的声音。冷气飕飕地灌进工装，刺眼的亮光三次冲进眼睛。第二道门开了。

他们走进一个14英尺宽、16英尺高的圆舱。西比尔被挂在正中央的悬筒里。

"好高啊。"杰茜·寇嘟囔着。

"就像好几亿根金头发。"雷蒙小声说。

"这个舱的，"陈夫人说，"温度、运行和过滤系统都是独立的，和阿尔戈斯的其他地方没有关系。"

欢迎。西比尔说。琥珀色的亮点顺着她的触须流动。

"今天你显得很可爱。"陈夫人说。

我喜欢来客人。西比尔说。

"在这里，孩子们，保存着我们这个物种的智慧。每一张被绘制出来的地图、每一次人口普查的结果、所有出版的书籍、每一场足球比赛、每一首交响乐、每一张报纸、100多万物种的基因——总之，所有我们能想到的、所有我们可能会用到的都在这里。西比尔是我们的守护者、我们的领航员、我们的看护者——她保证我们不偏离航线，保证我们健康，并且保证所有的人类遗产不丢失、不消亡。"

雷蒙对着玻璃吹了一口气，在蒸汽上写下一个R。

杰茜·寇说："等我大到可以进图书馆的时候，我一定直奔游戏区，围着'花果山'飞。"

"我要玩'银人剑'，"雷蒙说，"基尔说它有20 000关。"

科斯坦茨，西比尔说，等你能进图书馆的时候要做什么？

科斯坦茨回头看了一眼，他们进来的那扇门此时关得严丝合缝，已经和墙融为一体，说道："'丢失'和'消亡'是什么意思？"

午夜惊魂。第三顿饭结束了，妈妈和科斯坦茨等其他家庭回到自己的隔间，爸爸回到4号农场的种植园之后才回17号隔间。她们收拾好缝纫桌旁等着妈妈缝缝补补的工装——这一箱拉锁坏了，这一箱破了或者开线了。一点都不能浪费，什么都不能扔。然后用牙粉刷牙、梳头。妈妈吃了一片安眠药，亲吻过她的额头之后就在下铺睡了。科斯坦茨爬到上铺。

墙壁黯然失色：从紫色到灰色，最后变成黑色。她努力呼吸，让自己睁着眼睛。

它们悄无声息地来了。锃亮的牙齿像剃刀一样的野兽；头上长角、流着口水的魔鬼；无眼的白色幼虫在床垫里汩涌；最可怕的是长着骷髅四肢的怪物在走廊里奔跑，它们撕开隔间的门，顺着墙壁往上爬，啃掉天花板。科斯坦茨贴在床板上不敢动，妈妈已经不省人事。她想要眨眼睛，但是眼睛火辣辣的；她想要呼喊，但是舌头冻住了。

"她，"妈妈问西比尔，"从哪学来的？我以为我们入选是因为具备超乎常人的理智，我以为我们已经丧失了想象的能力。"

西比尔说：有时候基因出人意料。

爸爸说："她能有，要感谢老天。"

西比尔说：她会把它发扬光大的。

距离8岁还差3个月。光线减弱，妈妈吃了安眠药，科斯坦茨爬上自己的床。她用手指撑着眼皮，不让它们掉下来。从0数到100，再从100数到0。

"妈妈？"

没有回答。

她顺着梯子下来，拖着毛毯从熟睡的妈妈身边走出去。补给舱里有两个成年人戴着VR眼镜在"巡视者"上走步。他们身后亮着在空中游走的"明日安排"——"日光110"图书馆大厅太极，"日光130"生物工程会议。她穿着袜子蹑手蹑脚地走过2号和3号厕所，经过6个关着门的隔间，停在门框发光的4号农场外面。

走进里面，空气中弥漫着药草和植物的芳香。100个不同的架子上投射出30种不同高度的生长光，植物挤满了从地板到天花板的每一个空间：这儿是水稻、那儿是羽衣甘蓝、大白菜挨着芝麻菜、西芹下面种着豆瓣菜、豆瓣菜下面是土豆。过了一会儿，她才适应这里耀眼的光线，认出15英尺外站在梯子上的人就是爸爸。他被滴水管缠绕着，头扎在莴笋丛里。

科斯坦茨已经长大了，她知道爸爸的农场和其他三个不一样：那些农场整齐划一，4号农场却一团糟：电线、传感器、生长架见缝插针，不同的物种在不同的托盘里疯长、小萝卜一边是胡萝卜，一边是匍匐生长的百里香。白色的长毛顺着爸爸的耳朵垂下来；他至少比其他孩子的爸爸年长20岁；他总种不能吃的花，就为了看看它们长什么样，还喜欢操着可笑的口音嘟嘟囔囔地抱怨堆肥液。他声称可以尝出莴笋在地里的时候是否快乐；他说一颗成熟得恰到好处的鹰嘴豆的气味就能把他弹回到无限无限远的斯客里亚岛[1]，那个他曾经生活过的地方。

她小心翼翼地选择能落脚的地方走到爸爸身边，戳戳他的脚。他抬起遮光眼罩，笑着说；"嘿，小家伙儿。"

他银白色的胡子上沾着土，头发上挂着叶子。他从梯子上下来，给她裹好毯子，带她走到远处的冰柜墙，墙上探出30个钢把手。

"嗯，"他说，"种子是什么？"

1　希腊神话，淮阿喀亚人居住的海岛。——译者注

"一粒种子就是一棵睡觉的小植物，一个保护睡觉的植物的容器，还是那棵睡着的植物醒来之后的一顿饭。"

"非常好，科斯坦茨。你今晚想把谁叫醒？"

她看看、想想，不急不慌。最后她拉开左边第4个把手。抽屉冒着冷气；里面有好几百个冰冻的箔纸信封。她从第三排挑出一个。

"啊哈，"他看着信封说，"松科、松属、波斯尼亚松。选得不错。现在，屏住呼吸。"

她深深地吸一口气，憋住。他撕开信封，一粒长着浅棕色翅膀、只有0.25英寸大的种子滑进他的手心。"一棵成熟的波斯尼亚松，"他轻声说，"可以长到30米高，每年结出上万颗松果。它们不畏冰雪、大风和污染。装在种子里的是整片荒野。"

他把种子放在她的嘴边，咧着嘴笑起来。

"还不行。"

种子似乎预感到什么，抖起来。

"好了。"

她长出一口气。种子飞起来。父女两个看着它在拥挤的架子上飞翔。它振动翅膀朝外面飞，她以为跟丢了，接着便发现它落在黄瓜架上。

科斯坦茨用两根手指捏住它，把翅膀拽下来。他帮助她在空托盘的胶膜上捅了一个洞，她把种子按进去。

"好像我们让它去睡觉，"她说，"其实是我们把它吵醒了。"

爸爸的眼睛在浓密的白眉毛下炯炯有神。他把她推到运用气培法进行种植的桌子下面，接着自己也爬进来，然后命令西比尔调暗灯光

（爸爸说，植物吃光，而且也会吃撑）。阴影落满屋子。她把毯子扯到下巴，歪头靠在爸爸的胸前，倾听工装里爸爸的心跳声、墙里管道的哼哼声和水从成千上万根白色的根须滴落的声音。水滴穿过一层一层的植物到地下的管子里汇合，等待下一个循环。与此同时，阿尔戈斯又在浩瀚无垠的宇宙飞奔出 10 000 公里。

"爸爸，你能接着讲那个故事吗？"

"太晚了，小南瓜。"

"就讲巫师把自己变成猫头鹰那一段，好不好？"

"好吧。只讲那一段。"

"还有司焰变成驴那一段。"

"行。然后睡觉。"

"然后睡觉。"

"不许告诉妈妈。"

"不告诉妈妈，我保证。"

爸爸和女儿玩着熟悉的游戏，两人都满意地笑起来。科斯坦茨在毯子里蹭了蹭，心中升起渴望。水一滴一滴地从根尖跌落，好像要一起去温柔的巨兽肚子里打盹儿似的。

她说："司焰刚到塞萨利，魔地。"

"对。"

"但是他没看见任何雕像复活，也没看见巫师在房顶上飞。"

"可是他住的旅店里的女仆，"爸爸说，"告诉他，如果他在午夜时分跪在顶层的屋门口，透过钥匙孔往里看，也许可以看到魔法。所以司焰溜出房间，他看见女主人点亮一盏灯，俯身在一个满满登登装了好几百个小玻璃罐的箱子里拣出一个，然后脱掉衣服，把瓶子里的东西从头到脚涂遍全身。她拿出三块乳香扔进灯里，嘴里念着魔咒——"

"是什么？"

"她说：'咕噜咕噜''吧啦吧啦''嘛哩嘛哩'。"

科斯坦茨哈哈大笑。"上次你说是'咕吧喱咕吧喱'和'噜啦噜啦'。"

"哦，也有那两个。灯一下子亮了，然后——砰——灭了。虽然很难看清楚，但是借助从打开的窗户透进来的月光，司焰看见女主人的后背、脖子和手指尖长出羽毛；鼻子向下弯，并且变得坚挺；脚勾成黄色的爪子；胳膊变成美丽宽阔的棕色翅膀；还有眼睛——"

"——变成原来的3倍大和清澈的蜂蜜色。"

"对了。然后呢？"

"然后，"科斯坦茨说，"她张开翅膀，从窗户飞出去，飞过花园，飞进夜空。"

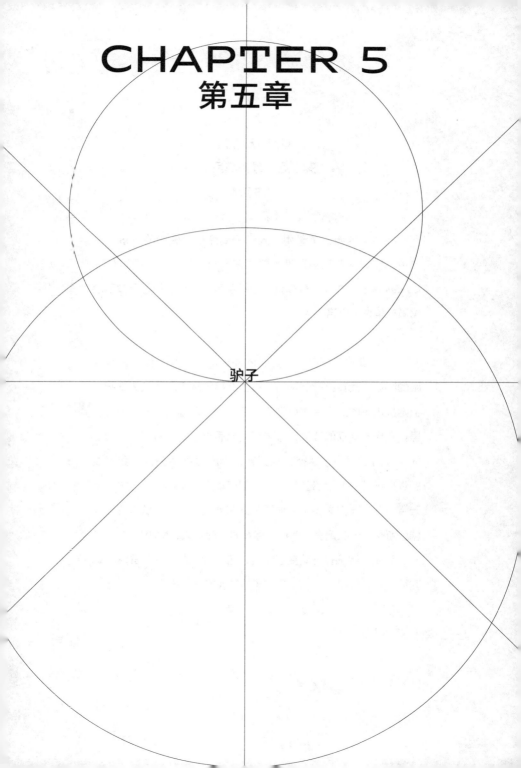

CHAPTER 5
第五章

驴子

《咕咕云谷》
安东尼·戴奥真尼斯
第E页

在古老的西方传说中，人稀里糊涂地变成驴的故事广为流传，比如阿普列乌斯著名的流浪题材小说《金驴记》（*The Golden Ass*）。在此，戴奥真尼斯顺手牵羊，至于他是否做了改编尚存争议。泽诺·尼尼斯译。

猫头鹰刚从窗口飞走，我就冲进房间。我一件一件脱衣服的时候，女仆打开保险箱，检查女巫的罐子。我从头到脚涂上她挑出来的药膏，然后学着女巫的样子拿起三块乳香扔进灯里。我念着女巫的咒语，灯果然先亮后灭，和我看到的一模一样。我闭上眼睛，等待。我要转运了。过不了多久，我就能感觉到胳膊变成翅膀了！很快我就可以像太阳神的马一样直上云霄，飞去天空之城了。那里美酒遍地流淌，乌龟驮着蜂蜜蛋糕。所有人丰衣足食。西风常伴左右，而且人人聪明！

脚底，我感觉开始变了。脚趾和手指合并；耳朵舒展；鼻孔扩张；脸似乎拉长了，我祈祷的是羽毛长……

湖口码头公共图书馆

————————

2020年2月20日　下午 5：08

西摩

他的第一发子弹葬身在浪漫小说中。第二发打中一个浓眉男人的左肩，让他转了一个身。那个人单腿跪地，把背包放在地毯上，好像放下一个沉重却易碎的鸡蛋似的，然后开始爬。

走啊，一个声音在西摩的脑子里说。跑啊。但是腿不听使唤。窗外飘着雪花。开枪后的白烟在摆放字典的架子上蔓延。带来恐慌的矿物质在空中闪光。让-雅克·卢梭就在那儿，隔一个架子，JC179.R，一本绿色的精装书。他说：如果你忘了地球上的资源平等地属于每一个人，但是地球并不属于任何人，你就会迷失！

走。马上。

他的防风服被打出两个洞，周围的尼龙烧焦了。他把衣服毁了，邦尼会失望的。粗眉男人侧着身子、单手耙地，在小说和非虚构类文学作品之间的通道里爬行。杰斯伯躺在地毯上，中间的口袋半敞着。

西摩等着耳罩里响起轰鸣声。他看着水从天花板变色的瓷砖里渗出来，滴进半满的垃圾桶。噗铃。噗啦。噗铃。

泽诺

枪声？在湖口码头公共图书馆？这种话不可能用问号吧？也许是谢里夫怀里抱着的一摞书掉了；也许是上了年纪的地板终于断了一个支架；也许是某个捣蛋鬼在厕所里放爆竹；或者是玛丽安用力关上微波炉的门。关了两次。

不对，玛丽安去取比萨了。速去速归。

难道和孩子们进来的时候，一层还有其他的老顾客？坐在棋桌上？扶手椅里？还是用电脑呢？记不清了。

停车场里除了玛丽安的斯巴鲁，再没有其他车了。

不会是它吧？

泽诺的右边，克里斯托弗准确无误地用舞台灯照亮旅馆女仆的扮演者蕾切尔，与此同时，司焰的扮演者亚力克斯在黑暗中用清晰明亮的嗓音念出自己的台词："我怎么了？我的腿上长出毛——为什么，这不是羽毛！我的嘴——感觉好像不是鸟嘴！这不是翅膀！——是蹄子！噢，我没有变成聪明强壮的猫头鹰，我变成了一头大蠢驴！"

克里斯托弗收回灯光，亚力克斯戴上纸质的驴头，跌跌绊绊地离开舞台的时候，蕾切尔强忍着不笑，纳塔利的音箱里传出猫头鹰的叫声，奥利维娅扮演的强盗在后台已经戴好滑雪面具、手握锡纸宝剑准备出场。和这些孩子编这出戏是泽诺这辈子最幸福的事，是他有生以来做过的最伟大的事——虽然有点不对劲，那两个问号一直在他的脑子里穿梭，无论他设置怎样的障碍，它们总能见缝插针地出现。

不是书掉了。不是微波炉的门。

他回头看了看。他们拦在儿童区入口处的木墙有一面还没有漆好，钉子露在外面，滴落的金色涂料干燥后反着光。墙正中的小门关着。

"哦，亲爱的，"女仆蕾切尔忍着笑说，"我一定是把女巫的罐子搞混了！但是，司焰，别急，我知道所有女巫的解药。你去马厩里等着，我给你摘几枝鲜玫瑰回来。只要吃下去，魔咒马上解除，甩尾巴的工夫你就从驴变回人了。"

纳塔利的音箱里传出蟋蟀在夜里摩擦翅膀的声音。泽诺不寒而栗。

"真是噩梦！"驴子亚力克斯哭喊着说，"我想说话，可是我嘴里出来的声音不是羊叫就是驴叫！我还能不能转运了？"

在昏暗的后台，克里斯托弗戴上自己的滑雪面具，加入奥利维娅的角色。泽诺搓了搓手。为什么感觉冷？这是夏天的晚上，不是吗？不对，不对，现在是2月。他穿着大衣和两双毛袜子——孩子们的戏里才是夏天，魔地塞萨利的夏天。强盗即将抢劫小旅馆，马上会命令变成驴的司焰驮着装满赃物的褡裢匆匆出城。

这是对那两声巨响最合适的解释。没错，就是它。但是，还是应该下楼。只是去确认一下。

"噢，我真不应该碰巫术，"亚力克斯说，"求女仆快点拿着玫瑰回来吧。"

西摩

　　图书馆窗外、暴风雪刮不到的远方，地平线吞掉了太阳。粗眉毛的伤者已经爬到楼梯口，蜷缩在最下面的台阶上。鲜血已经浸透T恤的上角，漫延到"我喜欢大书"的"大"字上面。他的脖子和肩膀被染成深红色，这让西摩感到恐慌，他不知道人身体里装着这么耀眼的颜色。

　　他本来只是想在图书馆墙那边的伊甸园之门房地产公司外面搞点小动静。做个宣言。唤醒民众。做个勇士。但是现在，他做了什么？

　　受伤的人弯曲右手，西摩左边的散热器嘶嘶地响，他的瘫痪终于结束了。他拎起背包急匆匆地回到刚才藏包的非小说类文学区拐角，只是这次在架子上选了更高的位置，然后一路小跑到门口，透过玻璃上的纸向外张望：

天那

劝一此办

谷云却却

雪花漫天飞舞。杜松排成行，还书箱、空无一人的便道，以及旁边一辆顶着半英尺积雪的庞蒂亚克，这一切都像装在雪球里一样滚进他的视线。十字路口出现了一个穿樱桃红皮大衣的身影，抱着一摞比萨朝图书馆走来。

玛丽安。

他从里面把门锁死，关上灯，迅速跑过参考书区，然后绕过受伤的人直奔图书馆后面的防火通道。紧急出口，门上写着。警报会响。

他犹豫了。他掀开耳罩，各种声音蜂拥而至。咕噜咕噜的锅炉、噗铃噗啦的滴水。远处，一个突兀的声音，好像蟋蟀的叫声，又像警笛声——正从几个街区以外飞速靠近。

警笛？

他重新扣上耳罩，双手握住门的推把儿。就在他把头探进大雪的同时电子警报器尖叫起来。一串蓝色和红色的光照亮了整条小巷。

他缩回来，关上门，警报停止了。就在他再一次冲到前门的时候，一辆闪着警灯的SUV骑上马路牙子，在即将撞到还书箱的一刹那停下来，司机夺门而出。玛丽安手里的比萨掉在地上。

一道强光落在图书馆门前。

西摩低头弓背矮下身子。他们将横冲直撞地闯进来，然后向他开枪。一切都结束了。他慌忙跑到前台，拉起桌子横在入口的地垫上，堵住前门；接着把一个书架推到窗户前。有声书、磁带和光盘撒了一地；最后，他靠着书架蹲下，努力调整呼吸。

他们怎么能来得这么快？谁报的警？难道5个街区以外的警察局能够听到那两声枪响？

他打中了一个人；他还没有引爆炸弹；伊甸园之门毫发未损。全搞砸了。楼梯口那个受伤的人目睹了他的每一个行动。即使在暖光灯的阴影里，西摩依然看见他T恤上的血迹变大了。他每只耳朵里插着一个翠绿色的无线耳机：它们一定连着手机。

泽诺

克里斯托弗和奥利维娅戴着滑雪面具，正在往便利的交通工具、驴子司焰的褡裢里塞值钱的东西。亚力克斯说："哦，太沉了，停停停，求你们了。你们是不是搞错了，我不是牲口，我是人，从阿卡迪亚来的小羊倌。"强盗1克里斯托弗说："这头驴为什么有这么多废话？"强盗2奥利维娅说："它再不闭嘴，我们就被发现了。"并且用锡纸剑狠狠地刺了亚力克斯一下。这时，楼下出口的警报响了，然后又停了。

五个孩子全部斜眼看向坐在第一排的泽诺。看起来他也认为是测试，于是戴着面具的强盗继续洗劫小旅馆。

泽诺站起来的时候，髋关节脱臼的疼痛不请自来，不过这已经是家常便饭。他朝演员们竖起大拇指，然后颤颤巍巍地走到后面，轻轻地拉开小拱门。楼梯口的灯没亮。

一楼传来叽里哐当的声音，好像书架倒了。然后恢复平静。

唯一的一点亮光来自顶层"出口"的指示灯，红光把金色的木墙染成狰狞恐怖的绿色。遥远的警笛刺耳，红色和蓝色的光像鞭子一样轮流抽在楼梯的边缘。

往事撕破黑暗：朝鲜，破碎的前挡玻璃，白雪覆盖的斜坡上士兵的身形。他摸索到扶手，小心翼翼地走下两级，突然发现楼梯口蜷缩着一个人。

谢里夫仰起头，脸色苍白。他左肩的T恤上有一块黑，或许是湿了，或许是什么可怕的东西。他抬起左手，把食指放在嘴唇上。

泽诺犹豫不决。

谢尔夫挥手让他回去。

他转身，尽可能不让靴子出声；金墙上的字头顶若隐若现：

Ὦ ξένε, ὅστις εἶ, ἄνοιξον, ἵνα μάθῃς ἃ θαυμάζεις

一板一眼的古希腊语像突然出现的外星人和寒流一样让他猛然一惊，刹那间体会到安东尼·戴奥真尼斯在研究箱子上几百年前的题字时的感受：一个从未来穿越回来的陌生人，对于即将进入的那个完全不属于自己的过去一无所知。"陌生人，无论你是谁……"他自以为看懂了这句话的含义，实在太可笑了。

他退回来之后，关好拱门。舞台上，强盗正赶着驴子司焰走在出塞萨利城的石子路上。克里斯托弗说："哎呀，这是我见过的最没用的驴！每走一步就抱怨一声。"奥利维娅说："等回到咱们的据点，卸下这些战利品，马上割断它的喉咙，扔下悬崖。"亚力克斯把掉到鼻子上的驴头向上推推，又挠了挠额头。

"尼尼斯先生？"

舞台灯熄灭了。泽诺靠着折叠椅，不让自己打晃。

克里斯托弗戴着面具说："对不起，我忘词了。"

"不，不，"泽诺故作镇定地说，"你非常出色。你们都很棒。非常有趣。非常精彩。所有人都会喜欢的。"音箱里发出蝉鸣和蟋蟀叫的声音；纸板云在线上扭转；五个孩子全盯着他。他要做什么？

"那，"强盗奥利维娅转着塑料剑说，"我们继续吗？"

CHAPTER 6
第六章

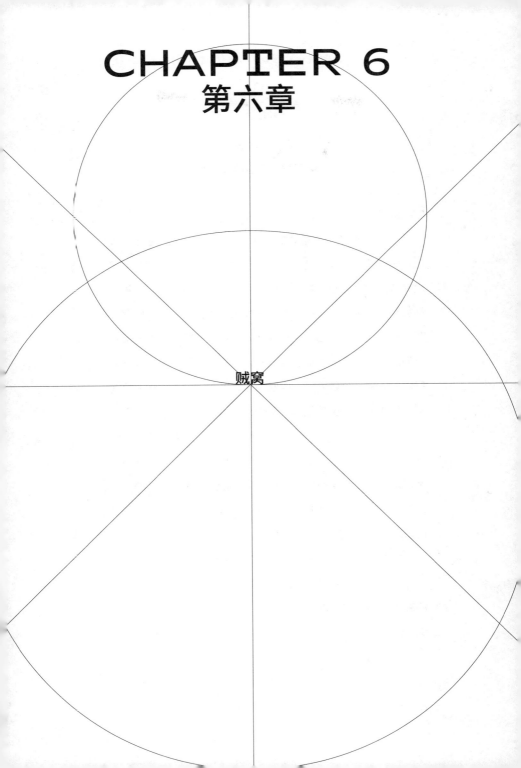

贼窝

《咕咕云谷》

安东尼·戴奥真尼斯

第Z页

　　……临出城，我用我的大鼻孔闻到最后一片花园里玫瑰花盛开的味道。噢，这香气多么甜蜜，多么令人悲伤！可是每次我转头想去看看或者闻闻的时候，可恶的强盗就用手里的棍子和剑打我。我不堪重负的肋骨插进鞍囊，没有钉掌的蹄子痛苦不堪。我们越爬越高，弯弯绕绕地走上了塞萨利北部炎热多石的山路。我又开始抱怨自己命运不济。可是，每次我张开嘴哭泣的时候，总是发出一声既响亮又可怜的驴叫。结果只有一个，就是招来那些恶棍更凶狠的一顿毒打。

　　群星垂落。日头高照，炙热刺眼。他们赶着我爬上一个几乎寸草不生的高地，成群的苍蝇围着我飞，后背火辣辣的，远远近近，我能看到的只有岩石和悬崖。停下来以后，他们放我去吃像钉子一样的荨麻草，我脆弱的嘴唇被扎得生疼。我驮着的鞍囊里不仅有珠宝手镯和老板娘的头饰，还有柔软的白面包、咸肉和羊乳酪，全是他们从旅馆偷来的东西。

　　傍晚，我们到了一个洞口。很多强盗走出来，先站在岩石的高台上拥抱把我带回来的那两个贼人，然后捅着我走过一间又一间堆着金银、闪着宝气的赃物储藏室，最后，把我关在一个黑漆漆的破山洞里。我只能靠吃发霉的稻草解饿，舔从岩石上渗出来的小水珠解渴，而且整晚山洞里都回荡着强盗们狂欢时的笑声。我张开嘴哭泣……

君士坦丁堡

————————

1452年　夏

安娜

她12岁了。但是没人庆祝。她不再去废墟玩尤利西斯溜进勇敢的阿尔西诺斯王宫的游戏：仿佛卡拉菲特斯把利西纽斯的书扔进火海之后，淮阿喀亚人的王国也随之化成了灰烬。

玛丽亚被卡拉菲特斯揪掉的头发重新长出来，眼睛周围的淤青也褪去很久了，但是更深处的伤却不见好转。她在阳光下龇牙咧嘴、忘记东西的名字、前言不搭后语、在黑夜中被头疼逼得疯跑。在一个阳光明媚的上午，正午的钟声敲响之前，她突然扔掉手里的针和剪刀，抓着眼睛说：

"安娜，我看不见了。"

坐在板凳上的寡妇西奥多拉皱了一下眉；其他绣工抬头看了一眼又低头继续工作。卡拉菲特斯正在楼下讨好某个教区的主教。玛丽亚张着胳膊四处摸索的时候划拉掉桌子上的东西。一个线轴滚到她的脚边，慢慢地散开。

"起雾了？"

"没有，姐姐，来。"

安娜带她走下石台阶，回到小屋去祈祷。圣·哈利路亚，帮助我好起来吧，帮助我学会那些针法吧，帮助我不犯错吧。一个小时以后，玛丽亚看见了眼前的手。晚饭的时候，绣女们七嘴八舌地给出各种诊断：痛性尿淋沥？三日疟？尤金妮娅送来一个护身符；阿加塔建议喝点黄芪和水苏茶。但是绣女们谁也没有大声说出她们真正的心思，那就是利西纽斯的书有黑色的魔法，虽然毁了，但是仍然不断地给姐妹俩带来厄运。

这是什么魔法？

你满脑子装的都是没用的东西。

晚祷告之后，西奥多拉端着一盆点燃的药草走进她们的小屋，蜷起长腿坐在玛丽亚身边说道："上辈子，我认识一个烧石灰的人，他只能看见世界1个小时，然后就什么也看不见了。他的世界总是一片黑暗，像地狱一样。医生、邻居和外乡人都无计可施。但是他虔诚的妻子省下每一块银子，带他走出上帝守护的西利夫里，去了圣地'源之源'，那里的姐妹请他品尝了圣井里的水。等到烧石灰的人回——"

西奥多拉忽然想起来什么，在空中画了一个十字。烟从这面墙飘到另一面墙。

"怎么了？"安娜低声问，"烧石灰的人回去之后怎么了？"

"他看见天上的海鸥、海上的船，还有采花的蜜蜂。从此之后，每一个见到他的人都在谈论这个奇迹。"

玛丽亚双手扶着膝盖坐在简陋的小床上，像一只断了翅膀的麻雀。

安娜问："多少银子？"

一个月以后的某天黄昏，她站在圣西奥法诺皇家修道院的院墙下，先是东张西望，再侧耳倾听，然后她爬上墙头，钻过铁栅栏，轻轻一跳，落在后厨的屋顶上。她又蹲着听了一会儿。

厨房升起袅袅炊烟，礼拜堂传出轻声的唱诵。她想起坐在小床上的玛丽亚，现在正歪着头拆她今天绣的一个简单的花环，准备重绣。天色越来越暗，她看见卡拉菲特斯扯着玛丽亚的头发。她被拖到大堂，头撞在楼梯上，安娜觉得自己的头被重重地打了一下，顿时眼冒金星。

她跳下屋顶，走进鸡舍抓起一只母鸡，只容母鸡叫了一声就扭断它的脖子，然后把鸡塞进裙子里，回到后厨的屋顶，钻出铁栅栏，顺着常青藤滑到地上。

过去几周，她一共偷了四只鸡，在集市上卖了6个铜币，这离去"源之源"给姐姐祈福还差老远。脚刚一沾地，她就飞快地跑开。修道院的墙在左手边，马路在前面。昏黄的光线下，一队人和一队牲口分别从两头走过来。她低下头，用一只胳膊护住母鸡，准备像影子一样悄无声息地走进集市。可是，一只手从背后拍了她一下。

是个男孩，和她岁数相仿。鼓眼、大手、光脚，瘦得只剩一双眼睛。他们认识，他是渔夫的外甥希梅留斯，厨子克莱斯嘴里让人恨得牙根痒痒、一无是处的坏男孩。他的额头上盖着厚厚的刘海儿，马裤的腰带上露出刀把儿，他在奸笑。

"偷了给上帝的贡品？"

她的心扑通扑通地使劲跳，如果路过的人听不见，她反倒觉得奇怪呢。圣西奥法诺的大门近在咫尺：他可以把她拽进去，让她撂开裙子，暴露罪行。她见过被绞死的小偷：去年秋天，三个妓女打扮的人倒骑着毛驴被送上了阿玛斯特里亚的绞架，最小的那个也就安娜现在这么大。

她会因为偷家禽被吊死吗？男孩回头看着她刚跳下来的那堵墙，盘算了一会儿说："你知道岩石上的小修道院吗？"

她谨慎地点点头。那是城边靠近索菲亚港的一处废墟，三面环水，令人生畏。几个世纪以前也许是一座人气兴旺的大修道院，但现在一片荒芜，让人望而却步。第四丘的男孩曾经告诉过她，吃灵魂的魔鬼经常在那里出没，他们的仆人抬着尸骨搭成的王座从一个房间串到另一个房间。

两个穿锦缎的卡斯提尔人骑着马过来，奢侈的香气扑面而来。男孩一边让路一边微微地鞠了一个躬。他说："我听说，那个修道院里有很多值钱的古董：象牙杯、蓝宝石手套、狮子皮。我还听说圣灵的遗骸一直在主教的金罐子里发光。"12个教堂同时响起漫长的钟声。他望着她身后的路，仿佛在夜色中看到闪光的宝石一样忽闪着两只大眼睛说："城里有很多花大价钱收旧东西的外国人。我带路，咱们去小修道院。你背着麻袋爬上去，装满。无论找到什么，咱们全部卖掉。下一个海上起烟的夜晚，到贝里萨留斯塔下面找我。否则，我会把狐狸偷鸡的事儿告诉虔诚的姐妹们。"

海上起烟：他的意思是起雾。她每天下午盯着工坊的窗户看，秋天总是碧空如洗，天空的蓝好像一碰就会碎，让人心疼。克莱斯说，天太透亮了，一眼可以看到上帝的卧室。有时候，安娜在房子的空隙间能够看到远方的小修道院：残缺的塔楼、高耸的院墙、被砖堵死的窗户。那是一片废墟。蓝宝石手套、狮子皮——希梅留斯是个傻子，只有傻子才会相信他的话。尽管如此，她的心中仍然升起一线希望。希望的一部分是海上升起迷雾。

一天下午，真的起雾了：傍晚的时候，滚滚而来的白色罩住了普洛彭提斯，整座城淹没在这片浓密、阴冷和沉默的白色之中。透过工坊的窗户，她眼看着圣使徒大教堂的圆顶消失、圣西奥法诺修道院的院墙消失，最后楼下的庭院也不见了。

天黑下来。祷告。然后她从盖在她和玛丽亚身上的毯子里爬出来，踮着脚尖走到门口。

"你要出去？"

"上厕所。睡吧，姐姐。"

穿过走廊，贴着院子边绕过看门人，走上棋盘似的街道。雾气融化了院墙和声音，把人影变成鬼影。她一路狂奔，想要甩掉那些吓人的夜间警告：流浪的巫师、四散的疾病、地痞流氓、躲在暗处的狗。她一溜烟地跑过金属加工厂、毛皮加工厂和制鞋厂：所有人都老老实实地待在栅栏门里，所有人都在听从上帝的旨意。再下一个陡坡，终于到了。她在塔座旁边哆哆嗦嗦地等男孩。月光倾泻而下，迷雾如奶。

她猜希梅留斯肯定改主意了，这让她既如释重负，又有一点失望。这时，他从阴影里走出来：右肩搭一根绳子，左手拿一个麻袋。他一句话不说地带着她穿过渔夫门，经过鹅卵石沙滩和12只倒扣的小船，在一艘搁浅的小划艇旁边停下来。

这么多补丁，这么多破洞，简直不能算船了。希梅留斯把绳子和麻袋放在船头，拉着小船走到水边。自己站在没过胫骨的水里。

"还能浮起来吗？"

他一脸怒气，于是她上船。他在水里轻松地随波浪起伏，推着船离开沙滩。他把两只船桨锁好，喘了口气，桨头的水滴滴答答地落下来。一只鸬鹚从头顶飞过，男孩和女孩一起注视着它从雾中飞出，又在雾中消失。

他朝着海港划的时候，她抓着船舷，指甲陷进木头里。眼前雾蒙蒙的水面突然现出一艘抛锚的大帆船，船体庞大，沾满贝壳，船舷高不可攀，黑色的海水灌进肮脏的船身，船锚被海草缠绕。她想象中的船应该风驰电掣，华丽威严；再靠近的时候，她感觉毛骨悚然。

每一次喘息，她都希望有人出来阻止，但一个人也没有。他们终于到达防波堤。希梅留斯收起桨，从船尾扔下两根没挂鱼饵的线，"如果有人问，"他小声说，"就说我们在钓鱼。"然后好像为了证明似的，拽着一根鱼线晃了晃。

小划艇上下颠簸；空气中弥漫着贝壳的味道；海浪撞在防波堤外面的岩石上支离破碎。她从来没有离家这么远过。

男孩拿起一个敞口水罐，不停地弯腰舀走两只光脚丫子之间的海水。他们身后圣殿港巍峨的塔尖已经消失在雾霭中。这里只剩下远处海浪拍打岩石和近处船桨敲打船身的声音，还有她夹杂着兴奋的恐慌。

他们划到防波堤的一道缺口前，男孩对着黑压压的远处扬扬下巴，说道："这儿，来一个作妖的浪，我们就可能被直接卷进大海。"他们花了点时间才稳住船，他收回桨，递给她绳子和麻袋。雾太厚，一开始她根本没看见墙，等到终于看到的时候才发现，它是世界上最老、最破的东西。

小船忽高忽低。城里的某个地方传来钟声，仿佛来自世界的尽头。恐惧油然而生：瞎眼的鬼魂，恶魔的仆人坐在骨头宝座上，乌黑的嘴唇上沾着幼童的鲜血。

"快到顶的地方，"希梅留斯小声说，"能看见几个排水口吗？"

她只看到高耸的碎砖堆和粘在上面的贻贝。这就是露出水面的院墙，砖块的颜色深一条、浅一条，海草丝丝缕缕地挂在上面。它刺破迷雾，仿佛没有尽头。

"找一个钻进去。"

"然后呢？"

他突兀的大眼珠似乎在黑暗中燃烧起来。

"装满麻袋，扔下来给我。"

希梅留斯让船头尽量靠近院墙；安娜抬起头看了看，觉得自己在晃。

"这绳子很结实。"他说。好像她抵触的是绳子似的。一只蝙蝠绕着小船划了一个"8"字，然后飞走了。如果不是为了她，玛丽亚可以看得清清楚楚，她是寡妇西奥多拉最棒的绣娘；上帝会对她笑的。坐不住、学不会、总闯祸的是安娜。她盯着如同乌黑的镜子一般的水面，想象着自己即将被淹没的样子。这难道不是自己罪有应得吗？

她把绳子和麻袋挂在脖子上，默背那些字母：A是第一个字母写作ἄλφα，B 是第二个字母写作βῆτα，Ἄστεα 是城市；νόον 是思想；ἔγνω 是学习。她站起来的时候，船左摇右摆差点掀翻。希梅留斯轮番推动两只桨，终于把船尾抵在墙根。小船沉下去的时候刺啦刺啦响，浮上来的时候突突突地抖。安娜右手抓住墙缝中的一束海藻，左手搭在一块小砖上，抬起一只脚带动整个身体蹿上墙，小船在下面一沉。

她贴在墙砖上，希梅留斯划着小船离开。她脚下只剩下黑色的水流。圣·哈利路亚知道这水有多深。圣·哈利路亚知道这水有多冷。圣·哈利路亚知道她有多害怕。唯一的出路就是向上。

泥瓦匠手下纵横交错的砖块在岁月的冲刷中变得参差不齐，所以找个搭手并不费劲。于是尽管害怕，她还是很快便沉醉在爬墙的节奏中：一只手抓、两只手、落一只脚、两只脚。没过多久，希梅留斯和脚下的水被大雾抹掉了，而她好像攀上了通往云端的天梯。有一点害怕，你没有全神贯注；太害怕了，不要动。伸手、贴、撑、起、伸手……不能为任何事情分一点点心。

安娜脖子上挂着绳子和麻袋，脚下踩着酥松的砖块，从第一位君主一直爬到最后一位君主，终于抬头看见希梅留斯提到的一排洞：雕刻成狮子头模样的排水口，每一个都和她一样大。她成功地把上半身探进一头狮子的大嘴里，然后扭动肩膀带动全身爬过一堆淤泥。

几百年前，这里也许是修道院的餐厅。她索性带着一身湿乎乎的泥低头猫腰地走进去。前方不远的地方，一群老鼠在黑暗中潜行。

静止。倾听。透过氤氲的月光，她看见塌陷的木顶下有一张凌乱的桌子，和卡拉菲特斯工坊中间那张贯穿左右的大桌子一样长，上面长满蕨类植物；墙上的挂毯被雨水泡坏了。她摸了摸挂毯边，挂毯后面有东西匆匆逃进更黑的地方。她的手指碰到墙上的一个金属架子，也许是插火把用的，已经锈得不成样子。这东西能值钱吗？希梅留斯描述过的珍宝历历在目——她也幻想过勇敢的阿尔西诺斯宫殿的模样——但是这里怎么能是宝库呢？所有东西都被时间和风雨破坏了。这里是老鼠的王国。就算有谁的侍从曾经对这块地虎视眈眈，那他肯定也死去300年了。

她以为右边是个直上直下的裂缝，结果竟然是个楼梯，于是她贴着墙，一步一个台阶地下去。楼梯转来转去，出口一个接着一个。第三次看见门厅的时候，她拐进去。走廊两侧的小屋像是修道士的房间。似乎有一个骨头堆。枯叶沙沙响。地上的裂缝张开大嘴等着她掉进去。

她东张西望地看了看，继续跌跌绊绊地往里走。小屋边窗透出鬼魅的光，让她对时间和空间失去知觉。进来多久了？玛丽亚睡着了还是正提心吊胆地等着她从厕所回去？希梅留斯还在等吗？他的绳子够长吗？他和他破旧的小船是不是已经被大海吞噬了？

她突然感觉精疲力竭。孤注一掷却一无所获；很快鸡就该叫了，晨祷即将开始，西奥多拉快醒了，她会拿起《玫瑰经》，在冰冷的石头上跪下。

安娜摸索着回到楼梯口，爬到一个小木门前，推门进去。那是一个圆形的房间。房顶露出半边天，空气中弥漫着泥土、苔藓和时间混在一起的味道。还有其他的东西。

羊皮纸。

天花板未经装饰，一片空白，她好像钻进了一个巨大的、被钻过孔的头盖骨里。月色朦胧，仿佛雾里看花。这里的柜子顶天立地，却没有门。有整柜的碎片和苔藓。也有整柜的书。

她目瞪口呆。这里有成堆的碎纸、掉渣的卷轴，还有被雨水打湿的、成捆的手抄本。利西纽斯的声音从记忆深处飘出来：书，和人一样也会死去。

她在麻袋里满满当当地塞进12本原稿，然后把它拖下楼梯，在四通八达的走廊里边走边回忆，终于回到有挂毯的大屋。她把绳子的一头系在麻袋口上，然后爬上瓦砾、钻出排水口，把麻袋推到面前。

绳子绷着劲、高声抱怨着蹭下墙。她心想希梅留斯肯定走了，扔下她一个人在这儿等死。可就在她绝望的时候，他和他的小船出现在墙边。雾气笼罩，它们比她想象的小很多。绳子松弛下来，重物被卸下去，她把绳子扔下去。

现在爬下去吧。她朝脚下望去，感觉肚子里翻江倒海，只好盯着自己的手，然后移动脚趾。踩到常青藤，又踩到酸豆，还有几簇野生百里香，接着左脚落在横梁上，还有右脚。她上船了。

指尖刺痛，裙子污浊，心惊肉跳。"你怎么去了这么长时间？"希梅留斯低声说，"这是金子吗？你找到什么了？"

他们沿着防波堤进入海港的时候，夜色正在徐徐谢幕。希梅留斯拼命地划，她担心桨会嘎巴一声断开。她从麻袋里拿出最上面的一本。又大又厚。她翻开第一页。满篇竖道。下一页也如此。每一栏里都是记账的符号。整本书好像都是这样的。账本？登记簿？她又掏出一本。比刚才那本小一点，但也是一列一列不同的符号，而且被水淹过，可能还被火烧过。

她心灰意冷。

雾气染上一层淡紫色的光。希梅留斯收起船桨，从她手里抢走第二本书，闻了闻，然后皱起眉头盯着她问道：

"这是什么？"

他期待的是豹皮、镶嵌着宝石的象牙酒杯。她回忆起胡子拉碴的利西纽斯，他苍白的嘴唇像虫子似的嚅动着："即使内容没有价值，承载着内容的东西也有价值。它们可以被反复使用——"

希梅留斯把书扔回麻袋，用脚趾捅进去，气鼓鼓地拿起桨继续划船。抛锚的大帆船像是停在一面镜子上。希梅留斯的小船靠岸了。他把船拖过水线，倒扣在沙滩上，在肩膀上一圈一圈认真地绕好绳子，然后用另一个肩膀扛起麻袋。安娜像童谣里唱的跟在小鬼后面的仆人一样走在后面。

他们先路过房子气派精美的热那亚区，那里很多房子装着玻璃窗，有的外墙上贴着马赛克，还有可以俯视金角湾城墙的阳台。在威尼斯区的入口，拿着武器的士兵站在拱门下边打哈欠边轰赶着东张西望的孩子。

走过一排厂房之后，他们停在一个大门口。"你要张嘴，"希梅留斯说，"就叫我大哥。不过什么也不许说。"

一个跛脚的仆人出来领路。庭院里有一棵粗壮的无花果树，舒枝展叶地寻找阳光。他们穿过院子，靠在墙边等候。鸡鸣狗叫。安娜似乎看见敲钟人在雾里爬上钟楼，拉动绳子，唤醒城市；羊毛商人打开百叶窗；小偷溜回家；修道士正在接受第一顿鞭打的考验；螃蟹在船底打瞌睡；燕鸥在浅滩觅食；克莱斯在生火；西奥多拉从石台阶上下来，走进工作间。

主啊，保佑我们不要失去工作。

我们罪孽深重。

院子另一边5块灰色的石头变成5只大鹅，它们睁开眼睛，扑棱着翅膀，对着他们咯咯地叫。天空的颜色变得真实。马车跑上街道。玛丽亚将要对西奥多拉说安娜感冒了，或者说发烧了。但是这种诡计又能够撑多久呢？

终于，一个半睡半醒的意大利人打开门，他穿着天鹅绒短袖上衣，盯着希梅留斯看了很久很久，最后断定他一文不值，重新关上门。天空越来越亮，安娜把手插进麻袋，在潮湿的手抄本里翻找。她掏出来的第一本书霉迹斑斑，一个字也看不清。

利西纽斯痴迷那种用剖开妈妈肚子取出来的小牛的皮做成的牛皮纸。他说在这种纸上写字就像听最美妙的音乐一样，但是这些书是羊皮纸，摸起来粗糙拉手，闻起来像油腻变质的肉汤。希梅留斯是对的：这些东西一文不值。

仆人端着一盆牛奶走过去。他倒着小碎步生怕洒出来。饥肠辘辘的安娜感觉自己轻飘飘地浮起来。她又搞砸了。西奥多拉会打她的脚掌，希梅留斯将揭发她从修道院偷鸡，玛丽亚永远也不会有足够的银币换取"源之源"圣地的保佑,而当安娜的身体在绞架上摇摆的时候,观刑的人会唱"哈利路亚"。

生活为什么是这个样子?为什么她穿姐姐穿剩的内衣和补丁摞补丁的衣服,而卡拉菲特斯那样的人却穿着丝绸和天鹅绒走来走去,还有仆人一路小跑地跟在后面?为什么这样的外国人有整盆整盆的牛奶和养着鹅的庭院?为什么他们每个节日都有不同的衣服?希梅留斯递给她一本书脊上打着结、快要散架的小书。

"这是什么?"

她从中间翻开,利西纽斯教她的古希腊文字跃然纸上。印度,上面写着:

产独角马,他们说,这个国家也养独角驴。他们用这些角制作酒器,即使有人在里面倒上致命的毒药,喝的人也不会受到伤害。

下一页接着写道:

我听说,为了不让癫痫病人痊愈,海豹吐出凝乳,让我说,海豹就是名副其实的邪恶的生灵。

"这个,"她心跳加速,低声说,"给他们看这个。"

希梅留斯把书拿回去。

"不是这样看。要这样。"

男孩揉了揉凸出的大眼珠。字体优美流畅。安娜瞥见:我听说鸽子是对异性最温柔最克制的鸟——这是专门讲动物的吗？——跛足仆人在叫希梅留斯，他拿着书和麻袋跟着仆人走进大房子。

鹅看着她。

希梅留斯走了，心跳还不到50下的时候，他就出来了。

"怎么了？"

"他们想和你谈谈。"

上两级石台阶、经过堆满木桶的储藏室、进入一个散发着墨水味的房间。三张大桌子，各种东西七零八落：细蜡烛、鹅毛笔、墨水瓶、笔尖、锥子、刀片、封蜡、芦苇笔和压羊皮纸的小沙袋。一面墙上挂满航海图，另一面墙上靠着一排卷轴，瓷砖上遍布鹅粪，有些被踩了，印在地上。三个没有胡子的外国人正围着中间的桌子研究她找到的手抄本，像一群鸟一样叽里呱啦地讲着他们自己的语言。其中最黑最矮的一个用怀疑的眼神盯着她："那个男孩说你能看懂，是吗？"

"我们的古希腊语没有想象中的那么好。"

她伸出一根手指放在书上，居然没有抖，"自然，"她念道，"教会刺猬对自己的需求精打细算。因此，既然一年四季需要食物，既然……"

三个男人又像麻雀一样唧唧喳喳地闹起来。最矮的那个求她不要停，于是她又勉强念了几行：凤尾鱼的特殊习性、关于"快板"的描述。最后个子最高、衣着最华丽的人让她停下来，他在卷轴、教义和书写工具中踱步，然后停下来凝视着一个衣橱，仿佛眺望远方的风景似的。

桌子下面，一群蚂蚁在甜瓜皮上大快朵颐。安娜觉得自己掉进了荷马唱诵尤利西斯的某个篇章，好像众神高高在上，正在天国窃窃私语，他们即将穿越云层，下来安排自己的命运。高个子操着生硬的希腊语问："这本书哪来的？"

希梅留斯说："一个隐蔽的地方，很难去。"

"修道院？"高个子问。

希梅留斯谨慎地点点头，三个意大利人面面相觑。希梅留斯一直点头。很快，所有人都一起点头。

"你们，"最矮的人一边从麻袋里掏其他的手稿，一边问，"在修道院的什么地方找到的？"

"一间屋子。"

"一间大屋子？"

"比一般的大房间小。"希梅留斯说。

三个人异口同声地说：

"还有和这个类似的手稿吗？"

"它们是怎么摆放的？"

"平放？"

"竖放？"

"有多少？"

"房间怎么布置的？"

希梅留斯用拳头托着下巴，假装回忆。三个意大利人目不转睛地看着他。

"房间不大，"安娜说，"我没看见任何装饰。是圆的。天花板上曾经有吊顶，但是现在屋顶坏了。还有其他书和卷轴像厨具那样放在壁龛里。"

三个人激动不已。最高的一个从毛皮镶边的上衣里摸索出一袋子硬币倒进手里。安娜看见在欧洲各国流通的金币和君士坦丁堡的银币，晨光在写字台上移动舞步，她突然有些头晕眼花。

"我们的国王，"高个子意大利人说，"要尝遍每一道菜。你懂这个意思吗？海运、贸易、宗教、军事。但是，他真正的情趣、他的爱好，直说吧，就是各种古代手抄本。他深信所有最美的事情都发生在1 000年前。"

说完他耸耸肩。安娜没有办法让自己的视线离开那堆钱。

"这本动物书的钱。"他递给希梅留斯12枚硬币。希梅留斯目瞪口呆。中等身材的人拿起鹅毛笔，用刀片修剪笔尖。最矮的人说："拿来的越多，我们给得越多。"

他们走出院子的时候，云开雾散，天空一片灿烂的玫瑰色。希梅留斯大步流星，安娜紧跟其后。他们在一排高大美丽——现在显得更高大、更美丽——的木头房子间穿梭，喜悦在她的身体里跳跃。在第一个集市里，他们买了4个乳酪、蜂蜜加香叶馅的炸糕，一股脑全塞进嘴里，滚热的油烫到她的嗓子眼。希梅留斯把钱分给她，她把沉甸甸、亮闪闪的硬币藏在腰带里，然后飞快地跑过圣芭芭拉教堂的影子，穿过第二个集市。这个集市更大，停满了货车、各色布料、装油的广口瓶子；磨刀人正在装磨轮；一个女人伸手扯掉鸟笼子罩；一个小孩攥着一把蔷薇花。大街上熙熙攘攘：马、驴、热那亚人、格鲁吉亚人、犹太人、比萨人、助祭、修女、兑换钱币的人、音乐家、信差、两个掷牛角骰子的赌徒、一个拿着文件的公证人、一个贵族停在摊位前，身后的仆人高举着阳伞。如果玛丽亚想买天使，现在可以了。天使会在她的头顶盘旋，用翅膀拍打她的眼睛。

前往埃迪尔内

同年秋天

奥米尔

　　他离开家9英里，路过了自己出生的小村庄。大队人马停在路上等传令官挨家挨户地征来更多的人和牲口。雨点有节奏地落下来，奥米尔裹着牛皮披肩瑟瑟发抖。他凝视着湍急的河水奔腾的碎片和飞溅的泡沫，想起祖父说过的话。他说，在高高的山岗上，最细的水流，小到你可以用一只手拦住它，终将流入大河。那条河虽然一泻千里、汹涌澎湃，也不过是茫茫大海的一滴眼泪。海洋环绕世界，装着所有人的所有梦想。

　　阳光退出山谷。妈妈、尼达和祖父怎么过冬呢？他们所有的存货几乎都进了这些骑兵的嘴。家里大部分干木材和一半大麦在"大树"和"月光"的身后。他们还有"树叶""针"、一头山羊和屈指可数的几罐蜂蜜。他们希望奥米尔可以带着战利品回家。

　　"大树"和"月光"耐心地站在原地，它们戴着颈箍，牛角低垂，后背热气蒸腾。男孩剔掉它们蹄子里的石子，又检查了它们肩膀的勒痕。看起来它们只活在当下，根本不担心未来，这让男孩有些嫉妒。

第一天晚上，他们在野外露营。年代久远的喀斯特巨石高高在上，像赛场上的瞭望塔。乌鸦呱呱地叫出千军万马的气势从营地上空飞过。天黑之后，云层渐薄，银河在头顶上像旗帜一样慢慢展开。奥米尔和赶牲口的人围坐在篝火边，操着五花八门的口音谈论他们即将进攻的城市。"诸城之首"，他们这么叫它，是连接东方和西方的桥梁，是世界的交点。有人说那里是罪恶的温床，异教徒食婴奸母。有人说那里阔绰得超乎想象，就连穷人都戴着金耳环，妓院的尿壶也镶着绿宝石。

一个老人说，据说那座城被牢不可破的高墙守护着。全城鸦雀无声，直到一个叫马赫的小牛倌开口："又不是女人。即使像他这么丑的男孩，在那里也能爽一把。"他指指奥米尔。其他人哄堂大笑。

奥米尔离开火堆，发现"月光"和"大树"在远处望着他。他走过去抚摸着它们的肚子说别害怕。但是，他到底是在安慰它们呢？还是在安慰自己呢？

上午，他们沿路下到黑乎乎的石灰岩峡谷。货车被堵在桥上。骑兵下马，赶牲口的一边挥手吆喝一边用鞭子抽，"大树"和"月光"被吓得屎尿横流。

牛惊慌的叫声在牲口群里此起彼伏。奥米尔慢慢哄着他的牛向前走。走到桥边，他只看见用绳索捆在一起的没皮的原木，既没有栏杆也没有扶手。周围的峭壁像高墙一样直上直下，令人望而却步的悬崖上到处是绝处逢生的云杉。原木下面很深的地方有一条奔涌咆哮的河，白花花的。

桥的另一头，两匹骡子拉的车已经下桥。奥米尔转身看着他的乍，向后退了退。这些木头沾了粪便光顺溜滑，透过木头之间的缝隙，他看见靴子下面的岩石上闪着疾驰而过的水光。

"大树"和"月光"缓慢笨拙地走上桥，车轮几乎擦着桥边。车轮转了1圈，2圈3圈4圈，突然"大树"这边的轮子一滑、小车一斜，两头牛停下脚步，整车的柴火朝后滚去。

"月光"劈开腿，负担起大部分货物的重量，等待它的兄弟恢复，但是"大树"被吓傻了。它的眼睛骨碌碌转，然后开始大叫，岩石上回响着它的怒吼。

奥米尔咽了一下口水。如果再多滑一点儿，车就会带着牛和货一起翻下桥。

"拉，兄弟，拉。"两头小公牛一动不动。激流溅起水雾，小鸟在岩石间蹦跳，"大树"大口大口地喘着气，仿佛要把一切都吸进鼻孔似的。奥米尔摸摸它的鼻子，又拍拍它土黄色的大脸。它的耳朵抽了一下，粗壮的前腿颤抖着，不知道是因为用力还是紧张，或者兼而有之。

男孩能够觉出压在它们身上的分量，也能感觉到车、桥和脚下的水所承受的压力。如果他没有出生，爸爸不会死，妈妈也会继续在村子里生活。她可以和其他女人聊天、卖蜂蜜、传八卦，和别人一起分享生活。姐姐或许也可以活下来。

不要看下面。让牛知道你可以满足它们所有的需求。只有你保持镇定，它们才可以不慌乱。奥米尔把脚跟悬在桥外，压低"月光"的角，一边摩挲它的肋骨，一边对着它的耳朵说："加油，哥们儿，拉。

为了我，你的兄弟会跟着你的。"牛歪着头好像在琢磨男孩的请求。桥、悬崖和天空被它巨大、湿润的瞳孔吸收、缩小。就在奥米尔以为无计可施的时候，"月光"侧身靠向挽具，奥米尔看见它胸部的血管凸起，然后车被拉回到桥上。

"好样的。现在稳住，对，就是这样。"

在湿滑的原木上，"大树"抬起一只蹄子放在另一只蹄子前，跟着"月光"一起向前。奥米尔跟着后面，抓着车尾。心扑通扑通又跳了几下之后，他们从桥上过去了。

峡谷豁然开朗，山地变成丘陵，丘陵变成连绵起伏的平原，泥泞的马道变成平坦的大路。"月光"和"大树"颠荡着大屁股在宽阔的路面轻松前行，脚下坚实的土地让它们心情舒畅。传令官在沿途的每一个村庄征集新兵和牲口。他们用一成不变的声调重复着：苏丹（真主保佑他）号召你们前往首都，助他武装夺取"诸城之首"。那里遍地珠宝、丝绸和美女。所得既所有。

离家十三天后，奥米尔和他的两头牛到达埃迪尔内。剥了皮的木头堆成山，山连山闪着光。空气中弥漫着湿木屑的气息。有沿街叫卖面包和奶皮的孩子，也有为了见识隆隆开过的大篷车而满街跑的孩子。天黑之后，骑小马的地保与传令官会合，举着火把把牲口分类。

"大树"和"月光"被归入最大最强壮的牲口队，和奥米尔一起被安置在郊区空旷无边的大牧场里。奥米尔看见，牧场边上有一顶灯火通明的帐篷，大得超乎想象，似乎可以装进整个森林。里面有一群人：卸货、刨沟，好像还为巨人挖了一个坟墓。坟墓里躺着一个圆柱形的黏土模子，圆筒套圆筒，全是30英尺长。

　　每天白天，奥米尔和他的牛在大帐篷和1英里外的煤坑间往返拉煤。随着煤越来越多，帐篷里越来越热，牲口在门口望而却步。赶牲口的人卸货；铸造工人把一铲一铲的煤扔进炉子里；一群毛拉在祈祷；还有很多人在拉风箱，他们三人一组聚在硕大的风箱前，个个汗流浃背。奥米尔在唱诵的间隙听见燃烧的声音，感觉好像有一个特别特别大的东西，正在帐篷里嚼啊，嚼啊。

　　晚上，他找了几个能接受他长相的赶车人，问他们被带到这儿来帮忙做什么。一个说，听说苏丹要做一个铁推机器，但是他不知道推机器是什么。另一个说那是像雷一样响的弩炮。有人说是诅咒，有人说是"城市摧毁者"。

　　"帐篷里，"一个长着花白胡子、戴金耳环的人说，"苏丹在造一个可以彻底改变历史的机器。"

　　"它能做什么？"

　　"有了那个机器，"他接着说，"小的可以干掉大的。"

　　牛车队源源不断地运来锡片、铁块，甚至教堂的大钟。牛倌们私下议论，这些东西是从几百英里外、信仰基督教的城市里搜刮来的。看起来，全世界都送来贺礼：铜币、几百年无人问津的贵族青铜棺材盖；奥米尔听说，苏丹在东方征服了一个国家，带回来的财富足够让5 000人一辈子富得流油，这些金子银子也会被熔化，变成机器的一部分。

　　外凉内热，隔着热浪，帐篷左摇右晃，但是奥米尔却目不转睛：

戴着长袖牛皮手套的铸造工人走到飘忽不定的火海地狱旁、爬上脚手架、把生铜丢进大锅、撇去浮渣。有人密切关注金属的熔化程度，有人望天，有人诚心乞求天公作美。一个小雨滴，奥米尔身边的一个人小声说，都可能让炉子嘶嘶地叫起来，然后炸开，地狱之火就全跑出来了。

到了该在铜汤里加锡的时候，包着头巾的士兵把所有人赶出帐篷。他们说，在点石成金的时刻，金属不能被肮脏的眼睛玷污，只有受到神灵庇佑的人才可以待在里面。他们封死了帐篷所有的入口。奥米尔半夜醒来，看见远处升起万丈光芒，就连帐篷下面的地都闪着亮光，好像地心某种强大的力量即将喷薄而出。

"月光"侧卧在湿草地上，耳朵贴着奥米尔的肩膀。"大树"站在旁边，背对着帐篷吃草，对这些可笑又疯狂的人不屑一顾。

祖父，奥米尔想，我已经看见做梦都不敢想的事情了。

大帐篷又亮了两天，好几个排烟口里蹿着火星。天气一直晴好。第三天，铸造工人把大锅里的合金液体倒进水槽，液体流进地下的模子里，不见了。有些人拿着铁杆来回走，捅破铜水里的气泡；有些人拿着铁锹往沟里铲湿沙子；有些人拆帐篷。毛拉守在冷却的土堆旁轮流祈祷。

拂晓的时候，他们刨开沙子，切开圆筒，派擅长挖沟的人下去用锁链捆住机器，然后把连接锁链的绳子套在牛轭上，每10头牛一组，一共5组，在牛倌的带领下把"城市摧毁者"从地下拉了上来。

"大树"和"月光"被分配在第2组。吆喝、鞭打。绳索嘎吱响，牛轭吱吱叫，牛队缓慢地移动，脚下的沙子被碾成尘土。

"拉，伙计，用力。"奥米尔喊着。牛蹄子一脚一脚地陷进更深的泥土里。增加到6根锁链、6根绳子、6根牛。天快黑的时候，驾辕的小阉牛大口大口地喘着粗气。随着一声撕破嗓子的吆喝，"嚯""嘿"声此起彼伏，60头牛并驾齐驱地拉起来。

它们一起向前探，一起被无法抗拒的力量拖回来，再一起向前，移动1步。如此反复。牛倌喊着、拽着；牛群惊慌失措地咆哮着。

庞然大物像鲸鱼出水一样跃出地面。牛队拖着重物走了大约50码才被叫停，小牛们喷着水雾喘息。奥米尔检查"大树"和"月光"的辔头和蹄子。机器还没凉透，身上有划痕也有被磨得锃亮的地方，在阴凉的傍晚冒着热气。

马赫抱着皮包骨头的胳膊自言自语："他们需要发明一种另类的货车。"

铸造地距离苏丹的试验场只有1英里，可是他们花了3天的时间。辐条不堪重负，轮子掉了3次。修车匠没日没夜地东奔西跑。车轮随着时间的推移，一寸一寸地陷进土地里。

站在牧场里可以看见苏丹的新宫殿。吊车钩着被箍住的大管子把机器送上木头平台。小商贩不失时机地凑过来：卖干小麦和黄油的，卖烤画眉和熏鸭子的，卖整袋的大枣、银项链和羊毛软帽的。卖狐狸皮的随处可见，好像全世界的狐狸都被做成了披肩。有些人穿着雪白的貂皮大氅，有些人穿着上好的呢子大衣，雨打在上面结成水珠纷纷滚落。奥米尔没有办法从他们身上移开视线。

中午，牲口群被分成两队，分别待在牧场的两边。为了能够将阅兵仪式尽收眼底，奥米尔和马赫爬上试验场最靠外的一棵大树。率先走向平台的是一群被剪了毛的羊，它们身上涂着红白相间的颜色，脖子上挂着铃铛，后面是100名黑马骑兵，再往后是重现苏丹光辉时刻的奴隶表演。马赫小声说，国王一定在仪仗队队尾的某个地方，愿真主庇佑他。但是奥米尔只看见侍从、旗帜、打镲的乐师和2个鼓手。那面鼓太大了，所以一边一个敲鼓的男孩。

祖父的锯咬进木头、牛不停嘴地嚼、山羊在叫、狗在喘、溪水汩汩冒着泡、唱歌的燕八哥、逃跑的小老鼠。1个月前，他会说：家乡的山谷里到处都是声音。可是现在，他觉得那里简直是寂静无声的。捶打声、铃铛声、呼喊声、号角声、绳子呜咽、大马嘶鸣——这些噪音让人心烦意乱。

下午，6声响亮的军号过后，所有人的注意力集中在平台上闪闪发光的那台大机器上。先是一个戴红色帽子的人钻进去，紧接着一个拿着羊皮的人也钻进去。站在树下的人说他们肯定是去填火药，但是男孩听不懂。那两个人爬出来之后，滚过来一个打磨光滑的大花岗岩石球。9个人合力把它推到前面，送进炮筒。

它顺着倾斜的炮筒向下滚的声音那么沉重和刺耳，奥米尔感觉它正越过所有观看的人直奔自己而来。阿訇开始祷告，镲声和号声四起。戴红帽子的第一个人走到机器前端，把干草似的东西塞进黑色的洞口，点燃火捻，然后跳下平台。

观众噤声。没人注意到太阳沉得更低了，牧场上笼罩着一层寒气。马赫说，他老家的山头上出现过一个陌生人，声称自己会飞。人们聚在一起等了一整天，那个人总说："我马上就飞。"可是每次都指着不同的方向。他一边走，一边伸开胳膊挥舞着。人越来越多，有些人被挡住视线，太阳也快下山了，于是那个不知道该干什么的人脱下裤子，让大家看了看他的屁股。

奥米尔笑了。又有几个人爬上平台。天空飘起雪花。人群一阵骚动。镲声第3次响起来。牧场最前面，也许是苏丹观礼的地方，数百面王旗上的马尾随风飘扬。奥米尔抱紧树干取暖。2个人爬上铜管，戴红帽子的对着洞口往里看，就在这时，大炮发射了。

仿佛上帝的手指刺破云层，拨动地球脱离轨道一般，千磅石球以迅雷不及掩耳之势飞出去：只听见它从牧场呼啸而过时划破空气的声音——奥米尔还没有从声音中醒过神的时候，牧场另一边的树已经枝飞叶散。

与此同时，0.25英里外的另一棵树似乎也化为乌有。奥米尔不由得想，这个球会不会一直飞，永远不停，击碎一棵接一棵的大树、一堵又一堵的高墙，直到飞出视线，飞出世界。

远方，至少1英里以外的地方，岩石和泥土在空中喷向四面八方，就像有一架无形的犁在翻地一样。爆炸的回声在奥米尔的骨头里回荡。人群中响起欢呼声，与其说是胜利的喜悦，倒不如说是昏迷后的惊醒。

机器的嘴在支架上冒着烟。两个炮手中的一个双手捂着耳朵，低头盯着戴红帽子的人唯一幸存的一点点东西。

风带走平台上的烟雾。"心中的恐惧，"马赫嘟囔着。他对着奥米尔，但更像对自己说似的，"比这个东西更可怕。"

安娜

她和玛丽亚在圣玛丽春天教堂外排队。和她们站在一起的是另外12个忏悔者。头巾里修女的脸像凋谢的蓟，暗淡无光，死气沉沉；看起来个个都活了一个多世纪的样子。一个人拿着碗收走安娜的银币，另一个人接过碗，把银币倒进内兜，第三个人招呼她们下楼。

烛光下，她看见装着圣人手骨和脚骨的圣物箱遍布各处。在教堂的最里面，她们从一个脚下堆满蜡油的朴素的祭坛旁挤过去，摸索地走进一个岩穴。

泉水汩汩；安娜和玛丽亚的鞋底在潮湿的石头上打滑。院长拿着铅杯，俯身在水池中涮了涮，然后倒入很多水银，又搅了搅。

安娜替姐姐捧着杯子。

"什么味儿？"

"凉凉的。"

祷告声带着湿气在耳边回荡。

"你全喝了？"

"是的。"

重回地面以后，世界变得五颜六色。风起云涌。教堂的院子里树叶削刮着地面到处飞。阳光低低地落在城墙上，石灰岩闪着光。

"你能看见云吗？"

玛丽亚仰起脸，对着天空说："看见了。我感觉世界比以前明亮了。"

"你能看见城门上的旗子在飘吗？"

"对，我看见了。"

安娜在风中感谢上苍。她心想，终于，我做对了一件事。

玛丽亚清醒、平静地过了2天，从早到晚飞针走线。但是喝过圣水后的第3天，她又开始头疼，看不见的小鬼又回来吞噬她的视力。到中午的时候，她额头冒汗，已经站不起来。"我肯定弄洒了，"安娜搀她下楼的时候，她嘟囔着，"还是我喝得不够多？"

晚饭时，所有人心事重重。"我听说，"欧多西亚说，"苏丹派了1 000多名泥瓦匠去上游修堡垒。"

"我听说，"艾琳说，"如果磨洋工就会被砍头。"

"我们可以缝上。"海伦娜说。但是没有人笑。

"知道他们叫那个堡垒什么吗？那些异教徒怎么说？"克莱斯回头看了一眼，眼睛发光，既兴奋又害怕地说，"割喉。"

西奥多拉说这些话对提高绣功毫无益处。她还说城墙坚不可摧，城门拦住了象背上的野蛮人、使用中国投石机的波斯人和用人头做酒杯的保加利亚克鲁姆军。500年前，她说，一大群野蛮人，多得看不到边，封锁了这座城。5年，全城人都靠吃皮鞋度日，直到皇帝从布拉切尼宫圣殿取走圣母袍。那天，他先围着城墙向人展示了一圈，然后把袍子浸在海水里。圣母唤出风暴，舰队在岩石上撞得稀巴烂，这些冒犯神灵的野蛮人全部沉入海底，城墙依然屹立不倒。

信仰，西奥多拉说，是我们的铠甲，虔诚是我们的利剑。所有人默不作声。有家的人回家，没家的人回到自己的小格子间。安娜站在水井边接水。卡拉菲特斯的驴还在嚼，干草只剩下薄薄的一层；鸽子在屋檐下抖动翅膀；夜晚转凉了。也许玛丽亚说得对；也许她喝的圣水还不够多。安娜想起那三个等着她的意大利人，真丝上衣、天鹅绒袍子、沾着墨的双手。

还有和这个类似的手稿吗？

它们是怎么摆放的？

平放？竖放？

雾气袅袅而来，像是还愿似的，慢慢溢出屋檐。

她又一次逃过门房，顺着曲里拐弯的小胡同走到港口。希梅留斯靠在小船上睡觉，被她叫醒的时候眉头紧皱，仿佛正把无数女孩合成眼前的一个似的。最后，他抬起一只手抹抹脸，点点头，然后在岩石上尿了好半天才拖着船下水。

她把绳子和麻袋放在船头。四只鸥鸟轻声叫着从头顶飞过，希梅留斯抬眼看看，朝岩石上的小修道院划过去。这次她信心十足。在墙上每爬高一步，恐惧就减少一分。很快她的脑子里只剩下两件事：移动和抓住。手指抠住冰冷的砖块，双腿举起身体。摸到排水口，钻进狮子嘴，落在大餐厅。神啊，帮帮我吧。

虽然未到月圆之日，皎洁的月光依然穿透雾气。她找到楼梯，上楼，从长廊走进圆屋。

这里一片狼藉，布满灰尘。幼小的蕨类植物在潮湿的纸张上肆意丛生，所有东西都在霉烂破碎。橱柜里有些厚重的寺院记录，她搬不动；有些书页因为返潮黏在一起，有些因为霉菌再也分不开。不过她还是尽可能地装满一麻袋，拖下楼、用绳子降到小船上。希梅留斯背着麻袋，穿过雾蒙蒙的胡同去意大利人的大房子。路上，她始终和他保持着一步的距离。

跛脚仆人招呼他们进院子的时候打了一个大呵欠，下巴差点掉下去。工作间里，两个小个子的抄写员瘫在墙角的椅子里，睡得很香。高个子的搓着双手，好像已经等了一个晚上。"来，来，让我看看拾荒人带来了什么。"他把口袋里的东西倒在两排点燃的蜡烛中间。

希梅留斯伸出双手烤火，安娜却目不转睛地看着这个外国人翻阅手稿。特令、遗嘱、演讲稿、申请书；看起来好像很久前参加过某个修道院集会的要人名单：地方军总司令、副司库大人、来自萨洛尼卡的访问学者、皇家服饰大臣。

他逐页翻阅那些发霉的手稿，枝状大烛台一会儿歪向这边，一会儿歪向那边。安娜发现了一些第一次没有注意到的事情：膝盖处的袜子破了；外衣的胳膊肘磨旧了；袖子上沾着墨。"不是这个，"他说，"不是这个。"然后用自己的语言嘟囔起来。空气中混杂着橡木瘿墨、羊皮纸书、木柴和红酒的味道；墙角的镜子反射着烛光；一块包着亚麻布的板子上钉着一些小蝴蝶；有人在拐角的桌子上临摹航海图一类的东西，总之，这间屋子里洋溢着惊喜和狂热。

"都不值钱。"意大利人做出结论，但仍然爽快地在桌子上摞起4枚银币，并且看着她说："孩子，你知道诺亚和他儿子的故事吗？他们是怎么把开辟新世界的所有东西装上船的？1 000年来，你的城市，这个摇摇欲坠的首都，"他对着窗户摊开一只手，"就像那只方舟一样。除了那两个生命以外，你知道伟大的王还在船里装了什么吗？"

百叶窗外响起第一声鸡叫。她感觉到希梅留斯在火边颤抖，他的眼里只有银子。

"书。"抄写员微笑着说，"在我们的诺亚和书舟的故事里，你能猜到洪水是什么吗？"

她摇摇头。

"时间。日复一日，年复一年，时间把旧书从世界带走。你上次带来的手抄本？那是艾利安写的，他是凯撒时代的学者。那本书侥幸活了1 000多年，才在这个时间，进入这间屋子，落在我们的手里。一个抄写员誊写过，几十年后，另一个抄写员又誊写过，它从一卷纸变成一本古书。第二个抄写员被埋入地下很久很久之后，第三个抄写员来了，继续抄。每一次这本书都九死一生。坏脾气的修道院院长、笨手笨脚的修士、入侵的野蛮人、打翻的蜡烛或者饥饿的虫子……但是几百年，它们都没有得逞。"

烛火跳动。他的眼睛好像聚集了屋内所有的亮光。

"世间万物，孩子，什么山川、财富、帝国啊，都是过眼云烟。我们相信它们万古流芳，那是因为我们生命短暂。在上帝的眼里，城市的诞生与消失和蚁冢的搬来搬去并无差别。年轻的苏丹不但组建军队还有新式武器，推倒城墙对他来说不费吹灰之力。"

她的心揪起来。希梅留斯一点一点地朝桌子上的硬币蹭过去。

"方舟撞在岩石上了，孩子。海浪涌进去。"

　　她的生活一分为二。一半生活在卡拉菲特斯工坊，她精疲力竭，担惊受怕。千篇一律的笤帚和盘子、细线和金属丝、提水取炭打酒搬布卷。苏丹的新闻每天传进工坊里：他训练自己不睡觉；他亲自带兵在城墙外测量；"割喉"的士兵发射了一个大球，击中了威尼斯从黑海运送食物和盔甲的大帆船。

　　安娜第二次带玛丽亚到"源之源"，花11个银币从弯腰驼背、面容枯槁的修女手里买来祝福。玛丽亚一口吞下水银汤，整日精神焕发。可是一天后感觉大不如从前。她双手抽搐、腹部绞痛，有时候感觉一群夜鬼在撕扯她的四肢。

　　安娜还有另一半生活。每当迷雾笼罩城市的时候，街道里总会响起她风风火火的脚步声。然后希梅留斯划船送她到防波堤，她翻墙进入修道院。如果有人问，她就说挣钱帮姐姐减轻痛苦——难道没有其他原因吗？不想再给抄写员墨迹充盈的商店送一袋子发霉的书吗？她又一次装了满满一袋子书，又一次被证实是满满一袋子长毛的清单。但是意大利人要求他们再接再厉，找到什么送什么，并且鼓励他们很快就能发现像艾利安一样的宝贝，甚至更值钱的，比如失传的雅典悲剧、希腊政治家的演讲稿和揭示天象和气流奥秘的《地震雷》。

　　她知道，这些意大利人不是来自威尼斯，他们称那里是唯利是图和贪婪小人的富窝；也不是来自罗马，他们说那里是寄生虫和妓女的温床。他们来自一个叫做乌尔比诺的城市，他们说那里谷满油溢，人性发光。乌尔比诺城墙里，最穷的孩子，无论男孩女孩都学数学和文学，城里既没有罗马疟疾横行的时期，也没有寒雾弥散的季节。最矮的那个人向她展示了8个鼻烟壶藏品，壶盖上分别画着微缩的圆顶大教堂、中心广场的喷泉、手持公平秤的公正女神、抱住大理石柱的勇气之神和在葡萄酒里兑水的酒神。

"我们的主人、正直的伯爵、乌尔比诺的领主从来没有输过。"他说，"无论是战争还是其他事。"中等个儿的补充道："他宽宏大量，随时倾听每一个人的进言。"高个子说："殿下用餐的时候喜欢听古书，即使出征也不例外。"

"他的梦想是，"第一个人说，"建一座图书馆，比教皇的更恢弘，装下所有文本，直至地老天荒。而且，供所有人免费阅读。"他们的眼睛像燃烧的煤炭一样光芒四射，嘴唇像被葡萄酒浸过一样红润。他们向她展示一路为主人收集的宝藏：以撒时期制作的赤陶半马像、马可·奥勒留用过的墨水瓶和一本不是用鹅毛笔蘸墨写成的中国的书。他们说那是一个木匠转着竹滚子完成的，据说那种机器可以在抄写员写完一份的时间里做出10份来。

安娜屏气凝神地听着。从出生到现在，周围的人让她坚信自己是一个出生在"终点"的孩子：王朝的终点、时代的终点、人类统治的终点。但是此刻，她被抄写员的激情点燃，意识到在乌尔比诺那样的城市里，在她看不见的地方，还有其他的可能。白天，她梦想着飞过爱琴海，降落在一座干净明亮的大殿里。船只、岛屿、风暴从身下经过；风在指间流淌；放眼望去全是"公正之神""酒神"和排列整齐、供人随意阅读的书籍。

正面光辉灿烂，像夜晚的灯，像白天的太阳。

孩子，方舟撞上岩石了。

你满脑子装的都是没用的东西。

一天晚上，抄写员翻腾完鼓囊囊的麻袋以后，对着发霉的手稿摇摇头。"我们要找的，"最矮的人操着蹩脚的希腊语说，"不是这种东西。"他们的桌子上乱七八糟地扔着羊皮纸、小刀、吃剩的比目鱼和放干的葡萄。"我们的主人在寻找秘境汇编。"

"我们相信古人去过很远的地方——"

"——世界的四个边角——"

"——他们知道，可我们还不知道的地方。"

安娜背对炉火站着，想起利西纽斯在土地上写的 Ὠκεανός。这个是已知的。这儿是未知的。她从余光中看见希梅留斯在偷葡萄干。"我们的主人，"高个子说，"相信某个地方，也许在老城的废墟下，有一个沉睡的本子，里面记载着世间所有的事情。"

中等个子点点头，双眼放光地说："还有未解之谜。"

希梅留斯抬起头，满嘴食物地说："我们要是找到呢？"

"我们的主人会非常高兴。"

安娜眨眨眼。一本装下全世界和未解之谜的书？这书一定很大很大吧？她永远也搬不动。

CHAPTER 7
第七章

磨坊主和悬崖

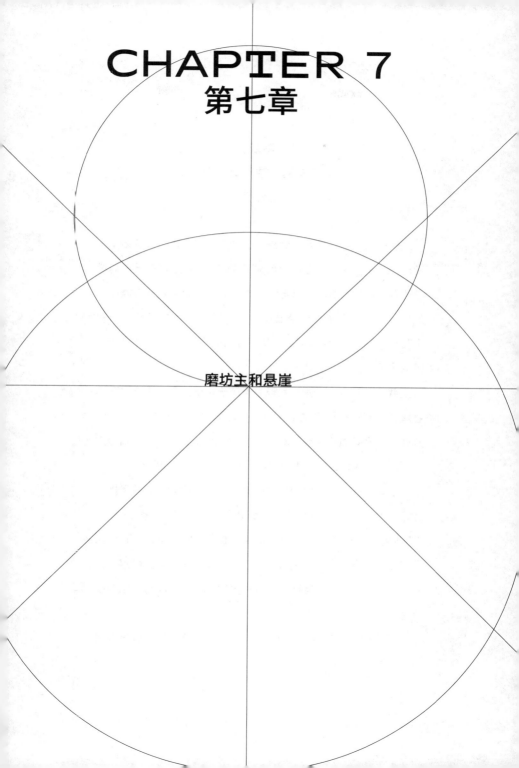

《咕咕云谷》
安东尼·戴奥真尼斯
第H页

　　……那帮强盗把我赶到悬崖边缘，数落我是一只多么多么没用的驴子。一个说应该把我推下绝壁，让我在岩石上撞得粉身碎骨，这样秃鹰就可以吃到鲜肉。另一个说不如一刀捅在我的肚子上。第三个，也是最坏的一个说："为什么不两个一起上呢？"捅一刀，再推下去！我朝边上看了一眼那可怕的深渊，结果尿了一脚。

　　我简直是自作自受！我根本不属于这里，不应该立足在这悬崖顶的岩石和荆棘之中。我应该在头顶的蓝天白云中翱翔，我要飞到没有烈日和寒风的城市，那里常年和风拂花、山峦披绿，人人丰衣足食。我太傻了。我为什么总是不知足？

　　这时，往北去的大腹便便的磨坊主和他的大肚子儿子拐过弯来，磨坊主说："你们打算怎么处置这头老驴？"强盗回答："它半死不活，还不停地抱怨，我们准备把它扔下去。我们正在讨论要不要先给它肋骨上来一刀。"磨坊主说："我脚疼，我儿子喘不上气，所以我们给你两个铜板换它，看他还能走多远吧。"

　　强盗很高兴既能甩掉我又能多两个铜板。我也很高兴可以不被推下悬崖。磨坊主爬上我的背，他儿子也爬上来。虽然脊柱生疼，但是我的脑子里展开一幅画卷：磨坊主美丽的小农舍、他年轻貌美的妻子和玫瑰盛开的花园……

朝鲜

——————

1951年

泽诺

擦这儿、扫那儿、搬这个，他们叫你小猫咪的时候你要咧着嘴笑，睡觉时雷打不动。生平第一次，泽诺不是人堆里皮肤最黑的那一个。过南太平洋的途中，有人给他起了一个外号叫"Z"，这个骨瘦如柴的爱达荷州小孩心甘情愿地成为"Z"。他在最下面的几层甲板上闲逛，黑暗中到处是叮叮当当的响声和男人的身体。他看见留平头的年轻人，窄条背带勒出线条丰满的躯干，小臂上青筋缠绕；穿短裤的男人像一个倒三角形；大下巴的男人像火车头前的排障器。他和湖泊码头的距离一米一米地拉开，心中的希望一点一点地增长。

在平壤，结冰的河水闪着光。军需官发给他棉服、针织帽和一双带底的混纺薄袜子。泽诺仍然穿着两双犹他州羊毛袜子。汽车运输官命令他和长雀斑的布卢伊特、一个来自新泽西的二等兵从空军基地开道奇 M37 到前哨送补给。沿途大部分是积雪覆盖的单车道，几乎不能称之为路。1951 年 3 月初，到达朝鲜 11 天之后，他和布卢伊特驾驶装有配给和新鲜农产品的车跟在一辆吉普车后面爬上陡坡，拐过一个急弯。布卢伊特握着方向盘，两个人一起唱着：

我不停不停吹泡泡

美丽的泡泡空中飘

高啊高

飞上天

突然前面的吉普车断成两截。车轮的碎片落在他们左手的道边，炮弹从右边呼啸而过，眼前好像有人扔出一个老式的木把手榴弹。布卢伊特踩下刹车。先是奇怪的响声，好像在水下敲钢鼓的声音，接着一片刺眼的亮光。泽诺觉得耳朵里最纤细的一部分一下子被扯出来。

道奇翻了两个跟头之后侧面着地，落在盖着一半雪的土坡上。他像蜘蛛一样趴在前挡风上，一股热乎乎的东西顺着小臂流淌，巨大的呜呜声堵住两只耳朵。

布卢伊特已经不在驾驶座上。泽诺隔着侧面的碎玻璃，看见穿绿色毛质军装的中国军人冲下石子堆，朝他而来。卡车后斗弹出无数麻袋，从破洞里喷出来的脱水蛋粉扬向空中，士兵一个接一个地穿过蛋雾，脸和身体被画上黄色的条纹。

他心想：我就知道。千辛万苦地跑到地球的另一边，照样还是逃不掉。他们马上就到，以往的落魄却在此时一一登场：雅典娜把我从冰上拖走，《亚特兰蒂斯的人鱼》化成黑焦。有一次，安斯利机厂经理麦科马克先生对他说，你裤子的拉链开了，当他面红耳赤地准备拉上的时候，麦科马克先生又说，不要，我喜欢这样。

岁数大的人叫麦科马克先生同性恋、娘娘腔。

其他护卫呢？布卢伊特呢？掩护他们的人呢？被扔在斜坡上的时候，泽诺竟然没有感到恐慌，只是有些恍惚。一片柳叶似的金属刺破大衣的袖子，扎进他的小臂，但是不疼，至少他没觉出来。他能感觉到扑通扑通的心跳和嗡嗡的耳鸣，仿佛把头埋进枕头里，就像回到博伊兹顿夫人家的小铜床上，做了一个让人糟心的梦。

他跟着人走到马路对面，穿过一片结冰的梯田，他猜是菜地，然后被推进牲口棚。在那里，他看见鼻子和耳朵冒血的布卢伊特，他正比划着想要根烟。

整晚，他们在冻土上紧紧地靠在一起，等着被枪毙。泽诺自己拔出小臂上的金属片，用袖子包扎好伤口，重新穿上战地服。

黎明，他们排队走上凹凸不平的北上之路，路上遇到几支战俘小队：法国人、土耳其人，还有2个英国人。每天都有几架飞机从头顶经过。有一个咳嗽不停的人、一个双臂骨折的人、一个眼球悬在眼窝上的人。泽诺左耳的听力逐渐恢复。布卢伊特犯起烟瘾，不止一次地扑进雪地，寻找士兵刚刚扔进去的烟头，可是从来没有找到一根能抽的。

分给他们的水有一股便桶的味道。每天一次，中国人在雪地里放下一锅煮好的玉米，锅底总有烤焦的玉米，虽然有人拒绝食用，但这却让泽诺回忆起湖边小屋，爸爸在火炉上加热的罐头。他狼吞虎咽地吃进去。

每到休息的时候，他就脱下一双犹他州的毛袜子塞进腋窝里，换上暖和、干燥的另一双。这是保住性命最好的办法。

4月，他们看见一条河，河水的颜色像加过奶的咖啡。河的南岸，有一片农民的小木屋，后面连着一个长条厨房和库房，看起来是一个固定的营地。战俘被分成两组，他和布卢伊特被归入"健康组"。营地边有一条峡谷和河，另一边就是中国的东北。放眼望去尽是细高的松柏，被风剪切过的枝条全部朝向同一个方向。没有放哨的狗，没有警报，没有带刺的铁丝网，没有瞭望哨。布卢伊特嘟囔着："我们往哪跑呢？"

他们住在茅草屋里，躺在铺了稻草的地上，忍受着虱子的折磨。20个人没有军官，全是比泽诺大的士兵。他们在黑暗中小声聊着妻子、女友、美国佬、新奥尔良之旅和圣诞大餐。在这里住的时间最长的一个人说，冬天的时候，每天死很多人。中国人代替朝鲜人接管这个营地之后，他们的待遇才有所改善。后来，他慢慢发现两眼发直——没完没了地唠叨汉堡、三明治、姑娘，或者怀念家乡——的人通常就离死不远了。

因为泽诺行走自如，所以被任命为伙夫：每天大部分时间负责捡木头，加热战俘厨房里每一个灶火上的黑色水壶。最开始的几周，他们喝大豆或者玉米粥。晚餐可能有长虫的鱼肉或者比橡果还小的马铃薯。胳膊疼的时候，拖回来一捆柴他就要在角落里躺下休息。

半夜三更，疼痛来袭：缓慢，但是让人无法呼吸，在那漫长的被抽空的时间里，泽诺以为自己永远也缓不过来了。上午，几个情报官分别用蹩脚的英语宣讲替资本主义战争贩子拼命的种种危害。你们是帝国主义的爪牙，他们说，你们的制度是失败的，难道你们不知道纽约有一半人在挨饿吗？

他们分发长着吸血鬼的牙齿和以美元为眼的山姆大叔的画像。有人想洗热水澡，吃T骨牛排吗？只需要摆好姿势照几张相、签一两份诉状、坐在麦克风前念几句谴责美国的话就可以。他们问泽诺美军在冲绳有多少架B-29轰炸机，他说："90 000。"还有飞机，也许比有史以来所有的飞机加在一起还要多。他告诉审问官自己生活在水边之后，被要求画出湖口码头。为了验证准确性，2天之后，审问官说地图丢了，让他又画了一遍。

一天，警卫把泽诺和布卢伊特从营房叫出来，带到基地后面、靠近峡谷的司令部，战俘们把那里叫做"岩石沟"。他用卡宾枪的枪头指了指四个单独摆放的箱子中的一个，就走了。那个箱子看起来像用泥巴掺上石子和谷子秆做的大棺材，木头顶盖得严严实实。7英尺长，大约4英尺高，足够一个人躺下或者跪着，但是站着不行。

恶心、酸臭、反胃：靠近时，闻到的气味难以形容。泽诺憋住呼吸，推开盖子。一群苍蝇扑面而来。

"天啊。"布卢伊特小声说。

里面，靠里侧，有一具尸体：瘦小、苍白。他穿着胸前带两个大兜的英式作战服上衣，也许是他的军装，也许不是；眼镜片碎了一块。他抬起一只手推了推眼镜。泽诺和布卢伊特吓得跳起来。

"放松。"布卢伊特说。那个人像遇到外星人似的抬眼看着他们。

他的手指甲黢黑残损，上面萦绕着一圈惊慌失措的苍蝇；他的脸上和喉咙上覆盖着污物。泽诺把盖子完全掀起来，放到地上以后才看清楚棺材板上密密麻麻写满了字，一半英文，一半其他文字。

ἔνθα δὲ δένδρεα μακρὰ πεφύκασι τηλεθόωντα。奇怪的印刷体，全部倒向一侧。

在那里种树，树木高大，郁郁葱葱

ὄγχναι καὶ ῥοιαὶ καὶ μηλέαι ἀγλαόκαρποι。

梨树、石榴树和苹果树硕果累累。

他的心狂跳不止。他知道这些句子。

ἐν δὲ δύω κρῆναι ἡ μέν τ' ἀνὰ κῆπον ἅπαντα。

那里有两股泉水，一条灌溉菜园。

"小孩儿？你又听不见了？"布卢伊特已经跳进箱子里，正架着那个人的腋窝想把他托起来，他扭着头躲避难闻的气味，那个人居然戴着破眼镜眨了眨眼。

"Z？你准备一天都捏着鼻子吗？"

他把能够收集到的信息汇总。一等兵雷克斯·布朗宁，东伦敦某校初中教师，自愿参军。因为试图逃跑，被判"态度改造"，在箱子里度过了两个星期，每天放风20分钟。

有人说他"不撞南墙不回头"，也有人说他"作"，因为众所周知，想从5号营地逃出去就是天方夜谭。囚犯都蓬头垢面、营养不良，虽然虚弱，但是明显比朝鲜人高，一眼就能被认出是西方人。想要成功通过警戒线，必须走100英里的原始山路，绕过无数多的检查站，再穿峡谷过河流。对他们发善心的朝鲜人将毫无悬念地被枪毙。

尽管如此，泽诺知道，初中教师雷克斯·布朗宁尝试过了。有人在营地南面几英里外的地方找到他。当时他在一棵15英尺高的松树上，中国人砍断大树，用吉普车把他拖回来。

几周后，泽诺在山坡捡柴火的时候，看见雷克斯·布朗宁就在下面的小路上。最近的岗哨就在几百码开外的地方。他虽然瘦骨嶙峋，但是不瘸不拐，动作敏捷，他不时地抓一把植物的叶子装进上衣口袋。

泽诺赶紧扛起柴火捆，蹚着灌木丛走下去。

"喂。"

13步。12步。10步。"喂。"

他还是没停下来。泽诺气喘吁吁地跑到小路上，一边暗自祈祷哨兵不会听见，一边大喊："淮阿喀亚人的国王、勇敢的阿尔西诺斯王宫里这些天赐神物。"

雷克斯猛一转身，险些摔倒。站稳之后，他忽闪着破眼镜后面的大眼睛。

"差不多这样。"泽诺说着脸红了。

那个人笑起来，笑容温暖而真诚。他脖子上的泥已经清洗干净，裤子上的补丁也针线齐整。他大概30岁，米黄色的头发，亚麻色的眉毛，双手纤细——泽诺忽然发现，换一个环境，在另一个世界，雷克斯·布朗宁是个帅哥。

雷克斯说："泽诺多托斯。"

"什么？"

"亚历山德里亚第一任图书馆长。他的名字叫泽诺多托斯。托勒密国王任命的。"

他嘴里的"图书馆"变了调。风吹树摆。泽诺把陷进肩头的柴火卸下来。

"一个名字而已。"

雷克斯抬头看天，好像在等待指令。他脖子的皮肤绷得很紧，泽诺几乎看见血管里流淌的鲜血。在这种地方，他显得那么不真实，仿佛随时可能被一阵风吹走。

他毫无征兆地掉头走上小路。下课了。泽诺捡起柴火跟着他往山下走。"我家镇子上的两个图书管理员给我读过。是《奥德赛》。两遍。第一遍在我刚搬过去不久。第二遍在我父亲去世之后。不知道为什么。"

走不了几步，雷克斯就停下来摘叶子，泽诺则扶着膝盖等着天旋地转的感觉过去。

风撕扯开头顶的卷云。"就像他们说的，"雷克斯说，"古希腊和古罗马时期是图书馆管理员和教师的饭碗。"

雷克斯微笑地看着他，泽诺虽然没搞明白这个笑话是什么意思，但还是回敬了一个微笑。山梁上的哨兵用中文朝他们喊话，他们只好继续走。

"那些是希腊文？是你写在木头盖子上的？"

"上学的时候，我不喜欢它。你懂的。看上去枯燥无味、死气沉沉的。古典学老师让我们自己挑4页《荷马史诗》翻译和背诵。我选了第7本。折磨，反正当时我是这么想的。这些句子一个字一个字地'走'进我的脑子里——在室外：我要讲一个漫长的故事，告诉你上帝让我遭受的所有不幸。下楼：但是对我而言，现在不顾悲伤让我吃饭也是一种折磨。去厕所：没有比心怀恶意更卑鄙的事情了。"

"但是一个人在黑暗中过了14天之后，"雷克斯敲着太阳穴说，"如果还能在老脑壳里找到些残缺的回忆的话，真是惊喜呢。"

接下来的几分钟两个人都沉默不语。尽管雷克斯放慢脚步，但仍然很快走到5号营地门口。

烧柴火的烟雾。发电机的噪音。厕所味儿。小树在风中弯腰低诉的声音从四面八方传过来。泽诺看见忧郁抓住雷克斯，然后又慢慢地松开手。

"我知道图书管理员为什么给你读那些老故事，"雷克斯说，"因为，如果这些历史悠久的故事讲得足够好，你便可以绝处逢生。"

湖口码头　爱达荷州

———————

2014年

西摩

伊甸园之门的标志在"世外桃源"的路边站了好几个月，并没有带来任何变化。森林里，最高的树上的鹗离开巢飞向墨西哥；第一场雪顺着山梁飘下来，铲雪机把它们清进护道；周末的街道上堵满了去滑雪山的车；邦尼在"杨树叶客栈"收拾客房。

每天放学回家，11岁的西摩都要从牌子旁经过。

伊甸园之门
即将呈现
联排和独栋
定制首选

他把书包扔在客厅的双人沙发上，从后门冒雪去找那棵死去的大黄松。每隔几天，"真正的朋友"出来一次，在那里倾听田鼠吱吱的叫声、老鼠挠爪子的响动，还有西摩怦怦的心跳。

4月第一个温暖的清晨，两辆自动卸载卡车、一辆拖车拉着一辆蒸汽压路机停在他家门前。在气压刹车的呻吟声、对讲机粗粝的叫声和卡车的突突声中，周五放学的时候，"世外桃源"被夷为平地。

刚刚下过一场春雨，西摩跪在新铺的柏油路上。所有东西都带着新鲜的沥青味。他用两根手指捏起一条搁浅的蚯蚓，感觉就像从水里捡起一条粉色的细绳。这条虫子不想被雨水从地下隧道冲到硬路面上，是不是？它发现自己被困在陌生的地面了吗？

拨云见日，阳光洒在街道上。西摩向左边看了看，大约有 50 000 条蚯蚓在晒太阳。虫子，他忽然意识到，柏油路上趴满了虫子。成千上万只虫子摞着成千上万只虫子。他把手上的虫子放进越橘树丛里。然后又去救第二只、第三只。松树滴着水珠；沥青冒着热气；虫子在挣扎。

已经救了 24、25、26。乌云遮住太阳。一辆卡车从"十字街"拐过来。会碾碎多少虫子？加快速度。快一点。43、44、45。他希望卡车停下来，能有个人招呼他过去，听他解释。卡车越来越近。

几个测量员把白色的小卡车停在路的尽头，爬上房子后面的大树。他们支起三脚架，绕着树干拉起绳子。4月底，森林里响起链锯低沉的嗡嗡声。

西摩放学回到家里，耳朵里的噪音让他惶恐不安。他想象着从高处俯视森林的样子：这里有他家的房子、日益变小的森林、林子中心的空地；"真正的朋友"也在，坐在他的树枝上，两只眼睛的椭圆形区域周围有 27 027 个小圆点。

邦尼对着餐桌上的一堆账单发愁。"哎呀，小负鼠，这不是我们的财产。他们想怎么做就怎么做。"

"为什么？"

"因为这是规定。"

他把额头抵在推拉门上。她撕下一张支票装进信封，舔了舔，封上口。"你知道吗？那些锯对我们来说是好消息。还记得我同事杰夫吗？他说伊甸之门顶层能涨到20万呢。"

夜幕降临。邦尼又把那个数字说了一遍。

拉着原木的卡车轰隆隆地从家门口经过；推土机从"世外桃源"的一头走到另一头，画龙似的一直开到山坡上。每天，只要最后一辆卡车离开，西摩就会戴着耳罩在新路上走一走。

奄拉在碎砖烂瓦前的污水管像倾倒的柱子；大捆的电缆随处可见；空气中弥漫着木头、锯屑和汽油的味道。

"小针人"葬身泥土。我们的腿断了，他们抱怨着，那声音听起来像木琴，我们的城市毁了。半山腰，车轮碾过"真正的朋友"的空地，地上的树根和树枝一片狼藉。即便这样，死去的大黄松依然屹立不动。西摩在每一截断枝、每一根树杈上搜寻，直到脖子发酸。

没有没有没有没有。

"你好？"

寂静。

"你能听见吗？"

他一直没有见到"真正的朋友"。4周。5周。5周半。森林里一天比一天亮，一天比一天亮得时间长。

房产广告在新马路上遍地开花，现在多了2块"已售"的牌子。

西摩拿了一张宣传页，湖畔生活，上面写着，你梦想的生活。附带一张布局图和航拍远方湖景的照片。

图书馆的玛丽安告诉他，伊甸园之门的人打破所有区域限制和约束，举办了一场发布会，给听众分发裹着糖皮商标、特别诱人的纸杯蛋糕。她说，他们已经买下图书馆旁边墙皮脱落的维多利亚式老房子，准备改造成展室。

"发展，"她说，"是这个镇子不变的主题之一。"她从"地方志"的文件柜里拿出一个世纪前的黑白照片。六个伐木工人并肩站在倒地的雪松树干上；钓鱼的人抠着鱼鳃，举起一码长的鲑鱼；小屋的墙上挂着好几百张海狸皮。

西摩盯着这些照片，心里翻江倒海。他看见10万个"小针人"从森林的废墟中飞起来，浩浩荡荡地登上卡车，奋不顾身地在轮胎下插进小镖，在承包商的靴子里扔进钉子，让货车燃起熊熊大火。

"湖口码头有很多人，"玛丽安说，"对伊甸园之门满怀期待。"

"为什么？"

她苦笑着说："哦，你知道他们怎么说？"

他一无所知，于是开始啃领角。

"钱不是一切。它是唯一。"

她看着他，好像在等他笑出来，但是他不知道哪里可笑。一个戴眼镜的女人突然竖起大拇指，指着图书馆后面说道："厕所好像堵了。"玛丽安赶紧跑过去。

非虚构类 598.9：

194

美国每年有3.65亿～10亿只鸟因为撞上玻璃而死亡。

鸟类学摘要：

众多观测者报告，乌鸦死后，将有大批同伴（有记录表明超过100只）飞落地面，围着它转圈，时间长达15分钟之久。

非虚构类 598.27：

诸多研究员作为目击者证明，猫头鹰撞上铁丝网后，它的伴侣会在鹰巢里对着树干一动不动地站上好几天，直到死亡。

6月中旬的某一天，西摩从图书馆回家之后，隔着伊甸园之门发现"真正的朋友"落脚的大黄松被锯断了。早上的时候，房后面的半山腰上还有一个尖角，现在，那里只有空气。

有人从卡车上拉出一根橘黄色的软管；挖沟机铲出数条沟；有人喊着："迈克！迈克！"从后院卵石到山顶森林的景色如今被堆满断树残枝的土丘所代替。

他扔下书包跑出去。沿着"世外桃源"跑进"春水街"，再顺着55号路的碎石辅路一直向南。车辆呼啸而过。他奔跑，不只因为愤怒，更多的是心痛。必须阻止这一切。

正是用餐时间，"猪肉饼屋"人头攒动。西摩气喘吁吁地站在引位台前面，辨认每一张脸。经理看见他了；顾客等着叫号。邦尼端着满满两胳膊盘子从后厨走出来。

"西摩？你受伤了？"

她屈膝蹲下，五盘小馅饼和炸鸡排竟然丝毫没晃。他抬起一个耳罩——

气味：牛肉馅、枫浆、薯条。声音：岩石测绘、切片机、自动卸载卡车倒车警报。距离伊甸园之门1.5英里，他仍能听见。他感觉他们正在建圈禁自己的监狱，又感觉自己是一只被蜘蛛网缠绕住的苍蝇。

用餐人看着他们。经理看着他们。

"小负鼠？"

他结结巴巴不知道说什么好。一个服务员推着儿童椅从他们身边走过，椅子腿上的轮子咕噜咕噜地压在瓷砖上。一个女人的笑声。一个人的喊声。"上菜！"森林树木猫头鹰——他的脚底似乎感觉到链锯在啃树干，"真正的朋友"被惊醒，来不及想了：当又一个安全的避风港被捣毁的时候，你像幽灵一样落在阳光下。

"西摩，把手放进我的兜里。摸到钥匙吗？车就在门口。坐进去。那里安静。做呼吸练习。我以最快的速度去找你。"

松树上光影摇曳。他坐在庞蒂亚克里。吸气，数4下；屏息，数4下；呼气，数4下。邦尼戴着围裙出来，坐进车里，用两只手腕蹭着额头。她打包了三个草莓奶油薄饼。

"自己拿，宝贝，没事了。"

夕阳卖弄着自己的鬼把戏：拉长停车位；催眠大树。第一颗星星才露面，就又把自己藏起来。最好的朋友最好的朋友，我们永远不分离。

邦尼掰下一角饼递给他。

"我拿下你的耳罩，好不好？"

他点点头。

"摸摸你的头，好不好？"

她的手指挂住他打结的头发，他忍住没有躲。一家人离开饭馆，开着卡车走了。

"改变很难，孩子，我知道。生活很难。但我们还有房子。我们还有院子。我们还有彼此。对不对？"他闭上眼睛，看见"真正的朋友"在漫无边际的荒地停车场上空打转，它无处猎食、无处落脚、无处安睡。

"有邻居在旁边不是那么可怕的事。也许他们的孩子和你同岁呢。"

一个系围裙的少年跌跌撞撞地从后面出来，把一个圆鼓鼓的黑袋子扔进垃圾车。西摩说："他们需要广阔的狩猎场。他们尤其喜欢制高点，那样才能抓到田鼠。"

"什么田鼠？"

"像老鼠。"

她摆弄着他的耳罩。"从这往北，你的猫头鹰至少有20个地方可以去。更大的森林、更好的森林。它可以自己选。"

"有吗？"

"当然。"

"有很多田鼠？"

"多得数不清。比你的头发还要多。"

西摩开始吃饼。邦尼对着后视镜照了照，叹了一口气。

"你没骗我，妈妈？"

"我发誓。"

阿尔戈斯

————

服役时长61年

科斯坦茨

今天是她10岁的生日。早上，在17号隔间，"熄灯"变成"日光"模式，屋子亮了。她上厕所、梳头、用牙粉刷牙，然后拉开挂帘，看见妈妈和爸爸站在那里。

"闭上眼睛，伸出手。"妈妈说。科斯坦茨很听话。虽然闭着眼睛，但是她已经知道妈妈放在手臂上的东西是什么：新工装。淡黄色，袖口和裤边用"X"形的针脚锁边，领子上绣了一棵小波斯尼亚松，和两年半之前在4号农场里发芽的种子遥相呼应。

科斯坦茨把衣服捧到鼻子跟前，闻到一股特别珍贵的味道：清新。

"你长大了，穿它合适。"妈妈一边说，一边拉上科斯坦茨脖子前的拉锁。所有人——杰茜·寇、雷蒙、陈夫人、李泰文和99岁的数学教师波里博士——聚在补给舱。大家合唱"图书馆日"的时候，萨拉·简把用真面粉做的两个大薄饼，上下摞在一起放在她的面前。层层叠叠的糖浆顺着饼边流下来。

每一个人都盯着薄饼，尤其是十几岁的男孩，他们过完10岁生日之后就再也没吃过用真面粉做的薄饼。第一张饼，科斯坦茨卷起来咬了4口；到了第二张，她开始细嚼慢咽。吃完之后，又端起盘子舔了舔。掌声四起。

然后妈妈和爸爸陪她回到17号隔间。不知道怎么搞的，袖子上沾了一滴糖。她担心妈妈会生气，可是妈妈高兴得根本顾不上。爸爸也只是皱皱眉头，然后伸出一根手指把它蹭掉了。

"刚开始有些复杂，"妈妈说，"不过，最终你会爱上它的。你该成熟一点了，你会发现这个可以帮——"她正说着，弗劳尔斯夫人进来了。

弗劳尔斯夫人的眼睛有白内障，看起来雾蒙蒙的。她的气息总带着浓缩胡萝卜糊的味道，个头似乎一天比一天矮。爸爸把她带来的"巡视者"放在妈妈做针线活的桌子旁。

弗劳尔斯夫人从工装兜里掏出一个闪着金光的VR眼镜。"当然，这是旧的，是阿莱加瓦夫人用过的，她与你同在。虽然看起来没那么好，但是它通过了所有的检测。"

科斯坦茨走上去，"巡视者"在她脚下轻轻地弹动。爸爸喜忧参半地握住她的一只手。弗劳尔斯夫人说："那里见。"然后就颤颤巍巍地走出门，回到她自己的6号房间。科斯坦茨感觉妈妈把眼镜套在她的枕骨上，绕过耳朵，严严实实地挡住她的眼睛。她以为会疼，结果发现和有人在身后用冰凉的手蒙住脸的感觉一样。

"我们马上到。"妈妈说，爸爸点点头。"我们一直在你身边。"17号隔间的墙消失殆尽。

她站在一个宽敞的大厅里，两侧摆满书架，每层高15英尺，共有3层，配有数百张梯子，看起来有好几英里长。在第三层上面，两个对称的大理石拱廊托起一个圆筒形的券顶。透过正中的长方形天井，可以看见云朵从深蓝色的天空飘过。

她面前到处是人，或站在桌子旁，或坐在扶手椅里。上面几层，有人在书架前埋头苦读，有人斜靠在围栏上，有人上梯子，有人下梯子。天空中，从近到远全是飞翔的书，有的和手掌一样小，有的像床垫一样大；有的飞离书架，有的飞回书架；有些像鸣鸟一样轻盈，有些像大鹳一样笨拙。

她从来没有到过这么开阔的地方，所以安静地站在原地看了好一会儿。数学老师波里博士——他的头发依然乌黑浓密，没有变成银白色，看起来既湿漉漉又干巴巴的——像体格健壮的年轻人一样，两级台阶并一级地从右侧的梯子上跳下来，稳稳地站在地上，然后对她眨眨眼，露出乳白色的牙齿。

在这里，科斯坦茨黄色的工装比在17号隔间里显得更加鲜艳。糖浆的污点也不见了。

弗劳尔斯夫人从很远的地方朝她走来，一只白色的小狗在她脚边蹦蹦跳跳地一路跟着。她是更整洁、更年轻、更光彩照人的弗劳尔斯夫人：淡褐色的眼睛清澈明亮，红褐色的短发知性干练；穿深绿色的裙子和深绿色的夹克，像一株新鲜的菠菜。她的胸前绣着金色的"馆长"字样。

科斯坦茨弯腰逗小狗：它的胡须来回颤，黑色的眼睛炯炯有神。她把手指插进它的绒毛里，感觉软软的。她高兴得差点儿笑出声。

"欢迎，"弗劳尔斯夫人说，"来到图书馆。"

她带着科斯坦茨在大厅里走。所到之处，不同岗位的工作人员从桌子旁抬起头，对着她们微笑。几只气球魔术般地腾空而起，上面写着"今天是你的图书馆日"，科斯坦茨看着它们从天井飞向天空。

她看见离她们最近的书籍是青绿色、栗色和深紫色的，有些看起来苗条精致，有些像厚重的大桌面。"去吧。"弗劳尔斯夫人说，"仔细点。"于是，科斯坦茨小心翼翼地碰了一下书脊，那本小书竟然自己跳出来，在她面前打开。半透明的书页上冒出三朵雏菊，每朵花的花心都闪烁着"ＭＣＶ"三个字母。

"有些特别搞怪。"弗劳尔斯夫人说着拍了书一下，书自己合上，飞回到架子上。科斯坦茨顺着书架望出去，大厅漫无边际。

"它还——"

弗劳尔斯夫人笑着说："只有西比尔才说得准。"

三个少年，李氏兄弟和雷蒙——更瘦更干净的雷蒙——蹿上梯子，弗劳尔斯夫人喊着："慢点，哎哟。"科斯坦茨不断地提醒自己：我没有离开17号隔间，只是穿着新工装、戴着半新的VR眼镜站在"巡视者"上。旁边就是爸爸的床和妈妈的缝纫桌——弗劳尔斯夫人、李氏兄弟和雷蒙分别在自己的隔间里，戴着自己的VR眼镜，站在自己的"巡视者"上。大家都挤在一张在星际间穿梭的光盘里，所谓图书馆就是存在西比尔，那个闪烁的枝形吊灯里的各种数据。

"历史在我们右边，"弗劳尔斯夫人说，"左边是现代艺术和语言学；那些男孩正赶着去游戏区，非常受欢迎，肯定的。"她在一张空着的双人桌旁边停下来，招呼科斯坦茨坐下。桌子上放着两个小盒子：一盒铅笔，一盒长方形的纸。盒子中间有一个小金属槽，里面刻着"答疑处"。

"为儿童图书馆日准备的,"弗劳尔斯夫人说,"要讲解的东西太多,我化繁为简。4个问题,1个寻物的小游戏。问题1:我们的目的地离地球多远?"

科斯坦茨毫无自信地眨着眼,弗劳尔斯夫人一脸慈祥。"不需要你背下来,亲爱的,这是图书馆的事。"她指着那两个盒子说。

科斯坦茨拿起一支铅笔:太像真的了,她真想用牙咬一咬。还有纸!这么干净,这么挺括:除了图书馆,整个阿尔戈斯再也找不到一张如此干净的纸。她写下从地球到 β Oph2 有多远?之后看着弗劳尔斯夫人。弗劳尔斯夫人点点头。她把纸条插进金属槽里。

纸掉下去。弗劳尔斯夫人清清喉咙,抬起手指指科斯坦茨身后的书架,第三层一本棕色的厚书弹出来。它擦着天井疾驰而过,灵巧地避开其他几本在空中飞翔的书,迟疑片刻之后落在科斯坦茨面前,并且自动翻看。

上面是一张跨页的图表,标题为"确定存在的外太阳系宜居地区列表,B-C"。五颜六色的小宇宙在第1栏里旋转:有的怪石嶙峋,有的烟雾缭绕,有的被层层包围,有的拖着长长的冰尾。科斯坦茨的指尖从上到下划过一串名字,停在 β Oph2 上。

"4.239 9 光年。"

"好极了。问题2:我们行进的速度是多少?"

科斯坦茨写下问题,投入小槽。第一本书升空离开的同时,一捆图表卷轴降落在桌面,舒展开之后,正中亮蓝色的一部分腾空而起。

"每小时 7 734 958 公里。"

"正确。"弗劳尔斯夫人竖起3根手指说道，"舱内人类的理想寿命是多少？"问题进入小槽。6份不同尺寸的文件飞离书架，款款而来。

114岁。第一份文件写着。

116岁。第二份写着。

119岁。第三份写着。

弗劳尔斯夫人俯身挠了挠趴在脚边的狗的耳朵。她一直在观察科斯坦茨。"现在，你知道阿尔戈斯的速度、要飞行的距离和在这样的环境下乘客的预期寿命了。最后一个问题：我们的旅行要持续多久？"

科斯坦茨盯着桌子。

"亲爱的，用图书馆。"弗劳尔斯夫人用指甲敲敲小槽。科斯坦茨写下问题投进去。纸片刚消失，穹顶上就出现一张纸，像羽毛一样飘飘荡荡地落在眼前。

"216 078地球天。"

弗劳尔斯夫人注视着她。她的目光从宽广的大厅转向远方，在那里书架和梯子汇聚成一点。她突然茅塞顿开，但灵感转瞬即逝。

"科斯坦茨，那是多少年？"

她抬起头。电子鸟在穹顶上穿梭，一百本书、卷轴和档案以各种姿势在空中纵横交错。她感觉图书馆里所有的人都在看着她。她写下216 078地球天是多少年？投进去。一张纸徐徐而下。

592。

木桌面开始震荡摇摆，看起来好像在发抖，大理石地板此起彼伏，她的胃里翻江倒海。

所有人一起，

所有人一起……

592年。

"我们永远也不——"

"是的，孩子。我们知道 β Oph2 有和地球一样的大气层，有和地球一样的液体，而且很可能有某种类型的森林。但是我们见不到。咱们谁也见不到。咱们是承前启后的人，中间人，为后代铺路搭桥的人。"

科斯坦茨双手撑在桌面上。她感觉自己要晕倒了。

"真相难以接受，我知道。这就是为什么我们不急着带孩子进图书馆的原因。我们要等到你们足够成熟的时候。"

弗劳尔斯夫人从盒子里拿起一张纸，在上面写了点什么。"来，我还想再给你看一样东西。"她把纸片塞进小槽。一本像17号隔间的门一样宽一样高的旧书从书架的二层晃悠出来，笨拙地扑腾了几下，来到她们面前，摊开。书页墨黑，仿佛无底洞的入口。

"这本'地图集'，"弗劳尔斯夫人说，"恐怕有点过时了。不过，我会在每个孩子的图书馆日推荐这本书。只是，他们更喜欢虚拟的讨巧的东西。来吧。"

科斯坦茨伸出一根手指碰了一下，马上又缩回来。然后单脚踩在上面。弗劳尔斯夫人拉起她的手，她闭上眼睛，绷紧全身，和弗劳尔斯夫人一起迈步。

她们没有坠下深渊，而是悬浮在墨黑之中。黑暗里到处是透光的小孔。"地图集"的边框在科斯坦茨的身后摇荡，透过一个长方形的亮孔，科斯坦茨看见图书馆里的书架。

"西比尔，"弗劳尔斯夫人说，"带我们去伊斯坦布尔。"

黑色的深渊里，一个小斑点逐渐膨胀，从圆点变成蓝绿色的圆球；雾气腾腾的蓝色半球在阳光里旋转，披着灯网的另一半没入未知的深蓝。"那是——？"科斯坦茨问道。此刻，如果不是她们在垂直降落，就是圆球正朝她们飞驰而来：它一边转一边膨胀，溢出她的视野。她屏住呼吸。它像一个被米黄色和红褐色装点的翡翠岛，颜色光鲜艳丽，而且离得越近越充盈、越丰润、越令人眼花缭乱，她从未想到或者说从来没有幻想过把10亿个4号农场聚集在一起的情景。现在她知道是她和弗劳尔斯夫人在下降。空气似乎是透明的，又仿佛发着红光，脚下是密密麻麻的公路和屋顶。最后，她们的脚落在地球上。

这是一片空地。碧空如洗，万里无云。荒草中白色的大石头像巨人遗落的牙齿。她们的左边是一条被堵塞的公路，绵延起伏，两边是历经沧桑却依然宏伟的石墙，丛生的野草中，每隔50米便有一座风骨犹存的塔楼。

科斯坦茨感觉自己的头被架在火上。他们说地球是一片废墟。

"你知道，"弗劳尔斯夫人说，"我们的速度太快了，来不及接收新数据。看这情景，这里是60或者70年前的伊斯坦布尔，那时阿尔戈斯还没有离开近地轨道。"

野草！叶子像妈妈的剪刀片一样的野草。叶子像杰茜·寇的眼睛一样的野草。柔弱的青梗上顶着紫色小花的野草——爸爸曾经多少次对野草赞不绝口啊！脚边的一块石头上长着黑斑——这是苔藓吗？爸爸经常提起的苔藓！她伸手去摸。手从空中划过。

"你只能看，"弗劳尔斯夫人，"'地图集'里唯一真实的东西是地面。我就说嘛，小孩子尝试过的新东西都很难复原。"

她带科斯坦茨朝城墙走去。所有东西都死气沉沉的。"或早或晚，孩子，"弗劳尔斯夫人说，"所有活着的东西都将死去。你，我，你妈妈，你爸爸，所有人，所有事。这些墙砖里最多的就是蜗牛、珊瑚等死了很久的东西。走吧。"

最近的塔楼影子里有几个人影：一个抬头仰望，一个站在楼梯中间。科斯坦茨看见衬衫、纽扣、蓝色裤子、男士凉鞋和女士夹克，但是软件模糊了他们的脸。"保护隐私。"弗劳尔斯夫人说。她指着蜿蜒而上的楼梯说，"咱们上去。"

"我记得你说只有土地是真的。"

弗劳尔斯夫人微微一笑。"亲爱的，在这里转悠的时间足够长的话，你也会发现一两个秘密的。"

每上一级台阶，旧城墙两侧的现代化城市便展开更大的画幅：天线、汽车、油布、开着1 000扇窗户的高楼，所有东西都在时光中凝固。她屏气凝神，想要把每一样东西都记住。

"自从人类出现以来，我们一直想战胜死亡，无论是通过药物还是科技、积聚能量、穿越旅行或者编排故事，但无一成功。"

她们爬到塔顶，科斯坦茨极目远眺：铁锈色的砖块、白骨累累的石灰岩、墙壁上如潮水般涌动的青藤。太多了。她感觉头晕目眩。

"但是，我们的确建造了一些东西，"弗劳尔斯夫人继续说，"经久不衰。公元410年左右，这座城市的国王，西奥多修斯二世开始修建这些城墙，4英里长，和当时已经建好的8英里长的海城墙相连。它的外墙有2米厚，9米高，内墙5米厚，12米高。谁知道里面有多少尸骨呢？"

一只落在扶手上的小虫子被镜头送到科斯坦茨面前。它的壳蓝黑相间，荧光闪闪，腿竟然分节：是只甲虫。

"1 000多年了，这些墙抵挡住每一次入侵。"弗劳尔斯夫人说，"所有书籍必须在港口上缴，抄写之后才归还主人，当然都是手抄。于是很多人以各种理由坚信，这座城市的藏书量比全世界所有图书馆的总和还要多。每当地震、洪水和敌人来犯的时候，城里的居民都齐心协力地在城墙上修筑防御工事。虽然野草从四面八方爬上墙头，虽然雨水顺着墙缝蔓延，但是没有人知道这些墙什么时候倒下过。"

科斯坦茨伸手去碰甲虫，扶手变成像素点。她的手指再一次从空气中划过。

"你和我都没有机会到达 β Oph2，亲爱的，这是让人心酸的事实。但是，你会慢慢懂得并且相信，为比生命更长久的事业而努力是高尚的。"

墙岿然不动，墙边的人如泥塑木雕，树不摇不晃，汽车不移不走，甲壳虫被时间冻结。她突然冒出一个想法，也许是记忆：一群10岁的孩子出现在她面前，和妈妈一样，他们都在飞船里出生，在图书馆日被点醒，一起梦想着站在 β Oph2 上，走出阿尔戈斯尽情呼吸。他们搭建庇护所、他们翻山越岭、他们发现生命体——第二个地球！可是图书馆日之后，他们从自己的隔间走出来时完全换了一副模样：额头凹陷、肩膀下垂、眼神暗淡。他们再也不在走廊里奔跑，在熄灯以后服用安眠药。她发现，有时候大孩子盯着手或者墙壁发呆，或者像背着石头一样，萎靡不振地从补给舱走过。

你，我，你妈妈，你爸爸，所有人，所有事。

她说："但，我不想死。"

弗劳尔斯夫人微笑着说："我知道，亲爱的。你会活着，活很久。你要完成一段特殊的旅程。过来，该走了。这里的时间莫名其妙，第三顿饭已经开始了。"她拉着科斯坦茨的手飞离塔楼，城市远去，海峡、大洋、陆地、地球依次出现，又逐渐变小，最后只剩一个小孔。她们从"地图集"回到图书馆。

在大厅里，小狗摇着尾巴扑到科斯坦茨的腿上，弗劳尔斯夫人慈祥地看着她，厚重破旧的"地图集"合上书页，升空，飘回到书架上。天井上露出一片淡紫色的天空。空中飞着几本书。大部分人已经离开。

她手心出汗，脚底生疼。想起比她小的孩子正跑着去吃第三顿饭，她感觉像被刀割似的痛。弗劳尔斯夫人指着漫无边际的书架说："这里的每一本书，孩子，都是一道门，通向另一个时空的大门。你的人生就在你的面前，这里归你所有。有这些足够了，你不觉得吗？"

CHAPTER 8
第八章

一圈接一圈

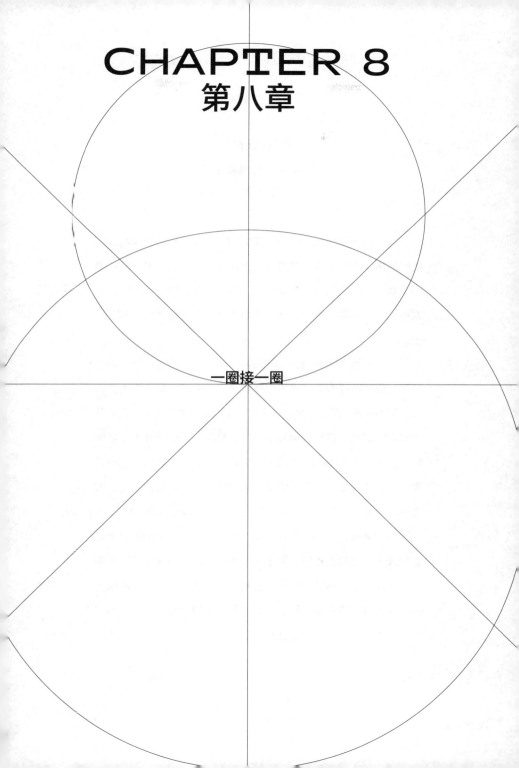

……向北，向北，磨坊主和他的儿子骑着我一直向北。我肌肉酸痛，脚底开裂。我渴望休息。我想吃面包，来一两片羊肉或者美味的鱼汤和一杯酒也好。可是，我们刚一到他们那个遍地石头、冰霜满地的农场，磨坊主就把我带进磨坊，套在碾子上。

我拖着沉重的步伐卖力地拉着石头转，一圈又一圈，没完没了。似乎在这个天寒地冻、环境恶劣的乡下，每个农民都有大麦和小麦等着磨。如果我稍微慢一下，磨坊主的儿子肯定会从角落里抄起棍子狠狠地抽我的后腿。最后，他们放我去草地的时候，天上下起冰雨，冷风呼啸而过，马群也不愿意和我分享哪怕是一口青草。更可恶的是，它们竟然以为我要拐骗它们的妻子。天哪，我根本没兴趣！最近几个月都不可能有玫瑰花了。

我望着天，看飞鸟奔向更绿的地方，心中充满期盼。为什么老天如此残忍？难道我为了自己的好奇心付出的代价还不够吗？我在那个野蛮的山谷里只能转磨，一圈、一圈，一圈接一圈，转得我心烦意乱、晕头转向。我感觉自己掉进阴间，喝了一肚子孟婆汤，我看见阎王……

前往君士坦丁堡

——————

1453年1—4月

奥米尔

他们要把大炮从艾迪尔内测试场运到140英里以外的"诸城之首",速度比爬还慢。60头牛被分为30组编成一个浩浩荡荡的牛车队,牛轭拴在队伍中间的杆子上。队伍太长,拼接而成的杆子说不准哪个地方就断开了,车队一天要停上几十回。他们的前面和后面,分别有拉长管炮、石弩和火枪的牛车,加在一起也许有30门大炮。还有火药和石弹,那些石弹大得奥米尔都抱不住。

路两边匆匆赶路的人和牲口像河流绕过卵石一样从队伍边走过:驮着褡裢的骡子,挂着数十个陶土水壶的骆驼,堆满食物、木板、绳子和布匹的小推车。世界真是丰富多彩啊!奥米尔看见算命的、苦行僧、占星家、学者、面包师、军需兵、铁匠、衣衫褴褛的潜修者、历史记录者、江湖郎中和携带各色旗子的旗手。有穿皮甲的,有帽子上别羽毛的,有光脚的,有穿锃亮的大马士革高筒皮靴的。他看见一队奴隶,每人的额头上有3道平行的疤痕(马赫解释说,死一个主人划一道);还看见一个趴在地上祈祷的人,他的眉毛结着痂,好像在头上插了一根苍白的长指甲。

一天下午，一个赶骡子的人低着头从队伍边疾驰而过。他穿熊皮大衣，上嘴唇也有一个裂缝，但是和奥米尔的完全不一样，和奥米尔的目光相遇的时候，他躲开了。从此以后，奥米尔再也没见过他。

他在惊喜和沮丧间徘徊。他挨着火睡觉，醒来的时候只剩火星，衣服上挂着亮晶晶的冰霜。火苗被重新挑起来，他和其他人坐在一起，从同一口铜锅里舀大麦、香草和马肉渣吃，他第一次有了被接受的感觉，体会到什么叫万众一心。这项任务意义重大，它让一个长着这样一张脸的男孩拥有了一席之地——所有人都像听到祖父故事里魔笛的召唤一样，奔向东方那个伟大的城市。曙光一天比一天来得早，白天的时间越来越长。头顶乌泱泱飞过迁徙的鹤、鸭子，还有鸣禽。仿佛黑暗已经过去，胜利就在眼前。

但是，下一秒钟，他的心情又一落千丈。"大树"和"月光"的脚底粘着厚厚的泥块，铁链声、绳索声、哨子声此起彼伏，牲口哀怨的叫声不绝于耳。善良的祖父做的颈箍可以活动，但很多牛轭是死的。只有少数牛习惯在坑坑洼洼的地面负重前行，所以牛群受伤时有发生。

奥米尔每天从粗心大意的人身上吸取一个教训。有人懒得上蹄铁；有人不检查颈箍，导致倒刺划伤牛背；有人干完活不马上卸下车辕为牛减负；有人不罩住牛角，以免它们互相剐蹭。总有流血，总有惨叫，总有痛苦。

修路工排着长队走在最前面，他们加固渡口，在泥地上铺板子。离开艾迪尔内8天之后，大部队走到一条小河前，深水急流，漩涡翻滚，污浊的河面上并没有桥梁。前面的赶车人说河床的鹅卵石湿滑危险，但领队要求强行通过。

大部队几乎过去一半的时候，"大树"正前方的牛滑倒了，它的同伴只坚持了一瞬间，腿就折了。断腿的声音太响了，奥米尔甚至觉得自己的心被震裂了。受伤的牛倒下去，它的同伴在旁边咆哮，整个队伍被牵向左侧，奥米尔感觉到"大树"和"月光"在两头牛跌进激流的时候浑身发力撑起额外的负担。一个牛倌拿着长矛跑到前面，先刺穿一头，接着捅向另一头挣扎的牛。鲜血流进河里。铁匠砍断铁链，放开它们。牛倌们在队伍里走来走去，吆三喝四地安抚牲口。很快，有人骑着马把两头死牛从水里拽出来。因为它们的肉还可以吃。铁匠在泥泞的岸边支起炉子和风箱，准备修补链锁。奥米尔把"大树"和"月光"牵到草地上，不知道它们做何感想。

夜色降临，他趁"大树"和"月光"吃草的时候，先后为它们梳毛、清理蹄子。他心里想着，为了表示尊重，永远不吃被屠杀的动物。但是，天全黑下来之后，湿冷的空气中飘散的全是肉味儿，肉碗在人们的手里传递，他忍不住了。他嚼着，感觉天压在身上。天的分量带给他深深的迷茫。

日落一次，天长一些，他的牛快被榨干了。有一次，"大树"对着奥米尔忽闪着湿漉漉的大眼睛，好像在祈求原谅。每天早上，"月光"在被套上颈箍之前总是兴致勃勃的，观察蝴蝶和兔子，或者耸着鼻子辨别风中不同的气味，但是只要戴上牛轭，它们就只知道低头吃草，好像心烦透顶什么也不想做。

男孩站在它们身边，双脚踩在没过脚踝的泥巴里。他用帽子挡住脸，看着"月光"的长睫毛优雅地慢慢抬起、慢慢落下。它年轻的时候，看上去是银色的，阳光下映出无数道小彩虹，可是现在，看起来是灰白的。一群苍蝇落在它肩膀化脓的伤口上——第一群苍蝇。奥米尔意识到，春天来了。

君士坦丁堡

————————

同年同月

安娜

黏稠的黑暗中冒出一只铅碗，里面的水加了水银，玛丽亚一饮而尽。回家的路上，纷纷扬扬的雪片擦过墙皮，掠过地面。玛丽亚挺起胸膛，说道："我可以自己走。我感觉棒极了。"但是她晃悠悠地飘到马车道，差点被碾碎。

天黑之后，她在她们的小巢里发抖。"他们在马路上鞭打自己，我听见了。"

安娜侧耳倾听。整个城市都静悄悄的，只有雪打屋顶的声音。

"谁，姐姐？"

"他们的哭声真动听。"

她开始哆嗦。安娜把全部家当——亚麻内衣、羊毛罩裙、斗篷、披肩和毯子裹在她身上；在手炉里加煤；可是玛丽亚依然不停地颤抖。从出生，姐姐就一直陪着她，还能陪多久呢？

城市上空的天瞬息万变：紫色、银色、金色、黑色。雪丸、冻雨、冰雹。西奥多拉隔着百叶窗向外看了看，低声诵念：耶稣将现身天堂，整个人间将陷入忧伤。克莱斯在洗碗间里说，如果大难临头，应该先把所有的酒喝光。

大街上，人们谈论的话题在诡异的天气和数字间转换。有人说，此时此刻苏丹的20 000大军正从埃德尔内赶过来。有人说，他的士兵接近100 000。垂死之城能够集结多少守卫者？ 8 000？还有人猜差不多4 000，但其中只有300人会正确使用弓弩。

8英里长的海城墙、4英里长的路城墙、192座塔楼，仅凭4 000人就能守住吗？

这些部队都是由皇家警卫队征集组建的，但是安娜在圣·西奥法诺城门前的庭院里看见一个士兵守着一堆锈迹斑斑的大刀。后来，她又听见有人说，苏丹是奇才，能讲7门语言，能背诵古诗，擅长天文学和几何学，是温和仁慈的君主，包容各种宗教信仰。下一个小时，他变成嗜血成性的魔鬼，命人在浴缸里淹死襁褓中的弟弟，然后砍掉执行者的人头。

在工坊里，西奥多拉禁止绣女们捕风捉影地散播恐怖，只允许她们聊针线活和光辉的上帝。用染色的细线缠绕金属丝，绕好的金属丝每三根一组、缝一针、转绣架。一天早上，西奥多拉对玛丽亚大加赞赏。她不辞辛苦，为十二门徒绣了12只鸟，这顶绿色的锦缎兜帽将被缝在主教的长袍上。玛丽亚双手颤抖，她挺直腰背，低声祈祷，安娜看见她放好翠绿色的线轴，把丝线穿进针孔，情不自禁地想着：如果人的末日到了，圣日里，主教穿着锦缎长袍又能干什么呢？

雪花纷落、落雪结冰、冰雪融化、寒雾封城。安娜慌慌张张地跑过庭院，在港口找到在小船边瑟瑟发抖的希梅留斯。船板和船桨上镀着一层冰釉，冰碴儿在他的袖口闪闪发光，港口里停着几艘锁在一起的商船。他在船里放下一个火盆，然后点燃一块木炭，甩出鱼线。安娜凝视着火星在雾气中炸开又在雾气中消逝，心里升起淡淡的忧伤和喜悦。希梅留斯从怀里掏出一串干无花果和为某个特殊的夜晚而储存的一罐蜂蜜。脚下的火盆热情洋溢，让他们感觉温暖和喜悦。船桨自顾自地滴着水，他们一边吃，希梅留斯一边唱。那是一首讲述胸肌像小羊一样的美人鱼的渔歌。海水撞击着小船，他突然煞有介事地告诉她，据说热那亚的船长愿意在萨拉森人进攻之前，帮人从海上偷渡回热那亚，只要出得起钱就行。

"你想逃？"

"他们让我划船。整天，整晚，在甲板下面，泡在自己的尿里？你是甘愿为20艘萨拉森人的船干活，还是宁愿被架在火上？"

"但是城墙，"她说，"之前抵住了那么多次进攻。"

希梅留斯接着划桨，桨架咯吱咯吱响，小船破水前行。"我叔叔说，去年夏天，匈牙利一个铸造工拜见了咱们的皇帝。那个人擅长做武器，能把石墙变成尘土。但是他要的青铜比我们全城所有的10倍还要多。再说我们的皇帝，叔叔说的，也没钱从色雷斯雇100个弓箭手。他已经穷得叮当响了。"

海浪拍打大堤。希梅留斯的桨停在半空中。

"然后呢？"

"皇帝没钱。匈牙利人找能付得起的人去了。"

安娜盯着希梅留斯看：大眼球、鼓膝盖、宽脚板，看起来像7种生物的混合体。她听见高个子的抄写员说：苏丹的新式武器推倒城墙不费吹灰之力。

"你是说匈牙利人不关心买家用他的机器干什么？"

"世界有很多人，"希梅留斯说，"不关心他们的机器被用来做什么。只要赚钱就行。"

他们到围墙了。她像个舞蹈家一样爬上去；世界变小了，只剩下身体的移动和对手脚起落的记忆。从狮子嘴钻进去，她如释重负地踩在坚实的地面上。

这一次，她在荒废的藏书室里逗留的时间比以往更长。早已经把没有门的柜子翻遍了，他们想要的东西几乎都拿走了，所以她在阴暗中漫不经心地走着，随手捡起几卷虫蛀的纸——她猜是账单。忽然，她看见后面，在一摞湿透的羊皮纸后面，有一个污浊的棕色小本子，好像是山羊皮。她把它拽出来，扔进麻袋里。

雾气凝重，月色惨淡。鸽子在破屋顶上咕咕地叫。她一边默默祈祷，一边系紧麻袋口，拖下楼梯。她钻出排水口，爬下墙，跳进船里，一言不发。希梅留斯饥寒交迫地划着小船回到港口，火盆里的碳灭了，寒雾天罗地网似的把他们团团围住。威尼斯人的拱廊下没有士兵。他们赶到意大利人家的时候，漆黑一片。院子里的无花果树挂着冰霜，鸭子不见踪影。男孩和女孩靠在墙根哆嗦，安娜祈祷太阳快些升起。

希梅留斯终于鼓足勇气推了推门，竟然开了。工作间里所有的桌子空无一物。壁炉是冷的。希梅留斯打开百叶窗，清冷的月光照进屋里。镜子不见了，赤陶半马像、蝴蝶标本、羊皮书卷、刮刀、锥子和小刀都不见了。用人走了，鸭子飞了或者被煮熟了。瓷砖上散落着折断的鹅毛笔；地板上残留着墨迹；这间屋子就是一个被挖空的墓穴。

希梅留斯把麻袋扔在地上。晨曦微露，他看起来像一个弯腰驼背、头发灰白的老人，恐怕活一辈子也不会这么苍老。有人在外面叫喊。"你知道我恨什么吗？"公鸡报晓，女人在哭。世界末日快到了。安娜想起克莱斯说过的话：有钱人的房子和其他东西一样，一点就着。

他们口口声声拯救古物，声称利用古代的智慧培育未来，这些乌尔比诺的抄写员比盗墓贼强在哪了？他们来到这里，等待这座城市被洗劫之后蜂拥而上，搜刮最后的财富，然后逃之夭夭。

空荡荡的橱柜底部有东西吸引了她的注意力：一个小珐琅鼻烟壶，抄写员8个藏品中的1个。壶盖裂了，上面是一座宫殿，玫瑰色的天空遮住了宫殿的正面，两边各有一个塔楼，3个阳台错落有致。

希梅留斯沮丧地望着窗外，安娜把小壶塞进裙子里。晨雾上方，太阳无力地露出脸，混沌不清。她转头对着太阳却感受不到一丝温暖。

她背着一麻袋湿书回到修道院，把它藏在和玛丽亚共享的小格子间里。没人问她去哪了，干了什么。一整天，绣女们像过冬的草一样低头工作，默不作声。她们不停地对着手哈气，或者在手套里捂手。工程过半，她们面前的丝绸上已经可以看出圣人们修长的身形。

"信仰，"西奥多拉在桌子间走动的时候说，"是逃离一切苦恼的通道。"玛丽亚俯身在锦缎兜帽上飞针走线，正在用细线和耐心编织一只夜莺。下午，海风怒吼，雪片落在圣索菲亚面朝大海的圆顶上像被粘住似的，绣女们说这是征兆。晚上，树木结冰，绣女们说这也是征兆。

晚饭是肉汤配黑面包。有人说如果他们愿意，西方信仰基督教的国家会来救他们，威尼斯、比萨或者热那亚可以派遣小舰队运送武器和骑兵击溃苏丹。但也有人说意大利只关心航线和贸易通道，他们和苏丹签订了协议，宁愿死在萨拉森人的箭头上也不会让教皇来这里抢功。

基督再临，最后的时刻。阿加塔说，圣·乔治修道院的长老们保存着一个表格，每面12块瓷砖，皇帝死后，名字会被刻在相应的位置。"整张表上，只剩一块空瓷砖。"她说，"等到我们的皇帝的名字被写上之后，就满了，历史的圆环就合上了。"

安娜在壁炉的火苗里看见匆匆而过的军队。她摸了摸裙子里的鼻烟壶，帮玛丽亚从碗里舀起一勺汤。玛丽亚把勺子送进嘴里之前，汤洒在外面。

第二天早上，卡拉菲特斯大人的仆人风风火火地跑上楼的时候，20个绣女全部坐在板凳上。他气喘吁吁，面红耳赤地冲到针线柜前，把金丝、银丝、珍珠和丝绸一股脑地装进皮箱里掉头就跑，一个字也没说。

西奥多拉追出去。绣女们聚到窗前观望：院子里，门房把整捆的丝绸放在卡拉菲特斯的驴子身上，他的靴子在泥地里一滑一滑的。西奥多拉在跟仆人说话，但她们听不见说了什么。后来，他急匆匆地走了，西奥多拉回到楼上，脸上带着雨水，裙子上沾着泥，她让大家继续缝，让安娜捡起仆人掉在地上的别针。大家都心照不宣，她们被主人遗弃了。

中午，巡警在街道上喊话，说太阳落山的时候将关闭城门。像成年男子的腰一样粗的锁链拴着浮标封锁了金角湾，阻止北面的进攻。同时加固博斯普鲁斯海峡口对面的加拉达墙。安娜仿佛看见卡拉菲特斯在热那亚人的船上，正弯着腰发疯似的翻腾自己的旅行箱，城市在他的身后渐渐远去。她还看见希梅留斯赤脚站在渔夫当中接受城市舰队司令的检查。他剪短了头发，腰间插一把皮把小刀——他使尽浑身解数表现出阅历和胆量，但他毕竟还是一个小男孩，高个、大眼，在雨里穿着打着补丁的外衣。

到下午3点左右，已婚的和有孩子的绣娘都走光了。街道上传来呱嗒呱嗒的蹄子声、咕噜咕噜的车轮声和车夫的吆喝声。安娜一直盯着斜眼看着锦缎兜帽的玛丽亚。她听见高个子的抄写员说：*方舟撞在岩石上了，孩子。海浪涌进去。*

奥米尔

　　每一个人都在研究头顶上的大杂烩；每一个人都心神不宁。赶车人扯着嗓子说苏丹既有耐心又宽宏大量；说他说一不二；说他运筹帷幄，知道射石炮一定会在最关键的时刻出现在战场上。但是历经艰辛之后，奥米尔感觉到人群中涌动着无法言说的烦躁。老天翻了脸，暴雨连着暴雨；鞭子声、抱怨声。有时候被人盯着脸，他能够感觉到赤裸裸的怀疑，所以他开始离开火堆，躲进阴影里。

　　上坡路可能要走一天，但是下坡路最麻烦。刹车失灵，车轴变形，牲口因为害怕和痛苦哀号不止；长杆的接口每次断开的时候拽倒一头牛，隔不了几天就有一头牛被宰。奥米尔对自己说，他们所有的努力、所有这些生命都是为了完成运送大炮的使命，他们做得对。必须打，这是上帝的旨意。但是不经意间涌起的乡愁却让他不能自拔：刺鼻的烟味、半夜的马叫声，还有树上的露珠和溪水里的泡泡；妈妈在火上烤蜂蜡；尼娜在蕨菜地里唱着歌；有关节炎的祖父还剩8根脚趾，穿着木鞋一瘸一拐地走进牛棚。

　　"他怎么找老婆？"尼娜曾经问，"他的脸长成那个样子。"

"不是因为他的脸，"祖父说，"是因为他的脚臭。"他抓住奥米尔的脚，举到鼻子跟前，打了一个喷嚏，所有人哈哈大笑。祖父把男孩紧紧地搂在怀里。

第18天，几个固定用的铁箍松开，可恶的大炮掉下车，一时怨声载道。20吨重的炮在泥地上闪闪发光，仿佛一件被上帝遗弃的乐器。

偏偏就在此时开始下雨。整个下午，所有人都在想方设法把大炮抬回到车上继续赶路。当天晚上，一些神学者在煮饭的篝火旁鼓舞士气。他们说，城里的人不会养马，只能买我们的。他们整天躺在舒服的卧榻上；他们训练小狗跑圈，互相舔屁股。现在可以随时发起进攻，他们运送的武器是胜利的保障，他们推动的是命运的车轮。正因为他们的付出，攻城将势如破竹，比从牛奶里捡起一根头发还容易。

炊烟袅袅。大家都睡了，剩下奥米尔独自困惑。"月光"站在火光旁边，甩着缰绳。

"你要干什么？"

"月光"带他到树下去找它的兄弟。它孤独地在那儿为后腿疗伤。

虽然苏丹遵从天意，势在必得，但是把这么重的一个家伙送到那么远的地方，无异于痴心妄想。还剩最后几英里路的时候，车队每前进一步，牛好像就离地狱近一步，这段行程不像奔赴"诸城之首"，反倒像赶往阴曹地府。

到终点的时候，尽管有奥米尔的悉心照料，"大树"仍然拒绝让左后腿承受任何重量，"月光"几乎抬不起头。两兄弟似乎只是为了讨好奥米尔才一直坚持，对于它们而言，只剩下服从命令，无论多么不可思议也要执行，因为，那是男孩希望的。

他走在它们身边，泪眼模糊。

4月的第二个星期，他们到达君士坦丁堡陆地城墙外的空地。号声震天，人们欢呼雀跃，争先一睹大炮的风采。奥米尔幻想过无数种关于这座城市的样子：长爪子的怪物站在塔尖上，地狱之犬在下面拖着铁链。但是当他们拐过最后一个弯，他亲眼看见的时候，还是倒吸了一口凉气。眼前一片无垠的荒地，遍布帐篷、装备、牲口、火把和士兵，他们挤在一条像河一样宽的壕沟里。对面的城墙向两边绵延数里，仿佛不可逾越的悬崖无声地屹立在斜坡之上。

阳光阴霾，灰色的天幕低垂，没有尽头的城墙显得苍白萧条，仿佛守护着一座白骨之城。即使有大炮，他们又怎么能冲破这道屏障？他们就像大象眼中的跳蚤、山峰脚下的蚂蚁。

安娜

　　她和几百个孩子一起响应号召去修复城墙。他们搬运铺路石、石板，甚至墓碑，给砖匠递砖，砖匠再用灰泥把它们填补在合适的位置。好像为了重建没有尽头的城墙，全城都被拆散了。

　　她整天搬砖挑水；在脚手架上工作的泥瓦匠里，有她认识的面包师和两个渔民。没有人敢大声说出苏丹的名字，好像一说就会把他的军队引进城似的。日子变得漫长。春天的午后冷风骤起，乌云蔽日，让人感觉像冬天的夜晚。墙头上，赤脚的修道士捧着遗物匣跟在十字杖持棒者身后，忧伤、低沉地唱诵。她心想：灰泥和祷告，哪一个更能阻止入侵者呢？

　　4月2日那天晚上，当所有孩子又冷又饿地往家走的时候，安娜穿过5号军门旁边的果园，去了老弓箭手的角楼。

　　后门还在，只是堆满碎石。转6个弯到达塔顶。她扯断几根藤；白银青铜城依然在云朵间穿行，只是壁画脱落的面积越来越大。她用脚尖踢踢想要漂洋过海的驴子，然后爬到弓箭手朝西的眺望台。

　　她一眼望到外墙之外、护城河之外，顿感天寒地冻。一个月前，她和玛丽亚去圣玛丽春天教堂时路过的小树林和果园，现在已经变成堆放木头的荒地，两头被削尖的木头杆子躺在地上，就像大梳子的锯齿。她极目远眺，在巍峨的城墙和岩壁外面，又一座城把先前的城团团围住。

数千顶萨拉森人的帐篷在风中抖动。火把、骆驼、马匹、手推车，远方尘土飞扬，人头攒动。太多了，她数不清。老利西纽斯是怎么形容在特洛伊城墙外的希腊军队的？

旷野里的人啊：
像秋天的叶子、流动的沙，
移动的大军黑压压。

1 000堆篝火在风中越燃越旺，1 000面战旗迎风飘扬，安娜口干舌燥。即使有人可以溜出城门逃跑，那也不会是她吧？

她的脑海里浮现出西奥多拉说过的话：我们惹怒了上帝，孩子，现在他要打开我们脚下的土地。她轻声向圣·哈利路亚祈求：如果有一线希望，请给她一个启示。她观察着，颤抖着。风吹过，星星没出现，启示没有来。

主人逃跑，看门人失踪，寡妇西奥多拉的房门紧闭。安娜从橱柜里拿出一根蜡烛——现在这些东西属于谁？——借着炉火点燃，然后回到自己的小格子间。瘦得像一根针的玛丽亚靠在墙上。她一辈子被教导要相信人受够苦、干够活——就像尤利西斯在勇敢的阿尔西诺斯王国岸边不停地洗衣服一样——才能善终。她一直在努力相信，也想要相信。受难即救赎。死亡即重生。也许到最后就轻松了。但是安娜还在受苦。她不想死。

木制的小圣·哈利路亚举着两根手指，在壁龛里看着她。蜡烛噼噼啪啪地响，安娜裹着头巾，从床底下拉出前几天和希梅留斯一起拿回来的麻袋，掏出几团湿纸：收成记录、税收记录。最后是掉色的山羊皮小本子。

皮子上留着水印；边缘生出黑斑。但是当她看见书页上整齐的字迹，全部像被风吹倒一样斜向左侧的时候，心跳加速了。好像和生病的侄女有关，还有像野兽一样在地上行走的人。

下一页：

……在云端有一座宫殿，金塔林立，群鸟环绕，有猎鹰、红脚鹬、鹌鹑、黑水鸡和布谷鸟。水龙头里哗哗地流出肉汤……

她往前翻：

……我的腿上长出毛——为什么，这不是羽毛！我的嘴——感觉好像不是鸟嘴！这不是翅膀！——是蹄子！

再翻：

……我越过山口，绕过盛产琥珀的森林，翻过冰山，终于到达世界的边缘。那里冰天雪地，人们已经40天没有见过太阳。他们一直哭泣，直到山顶上的信使看到阳光⋯⋯

　　玛丽亚在梦里呻吟。安娜吓得抖了一下，恍然大悟。云城。海边的驴。里面记载着世间所有的事情。还有未解之谜。

CHAPTER 9
第九章

冰天雪地　世界之边

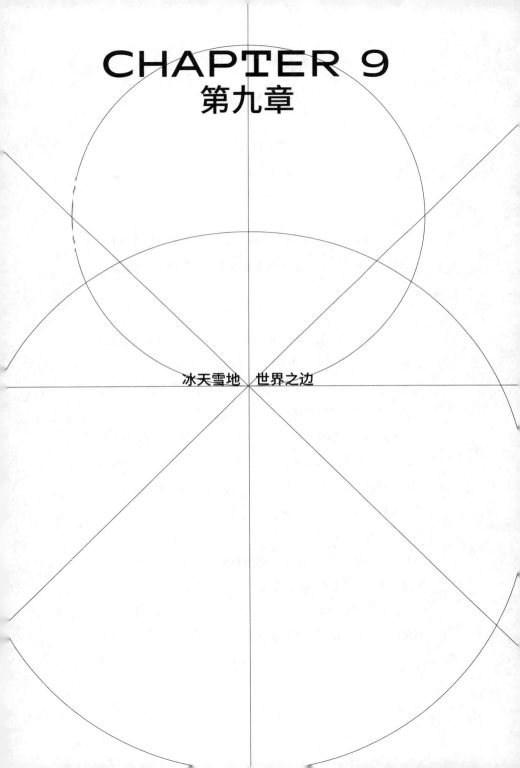

《咕咕云谷》
安东尼·戴奥真尼斯
第1页

由于多卷丢失，司焰如何挣脱磨坊主的碾子，成功逃跑的情节尚未明了。相关驴子的故事中提到，它被卖给游僧。泽诺·尼尼斯译。

……野蛮的人赶着我一直向北，还是向北，直到土地变成白色。那里的房子都是用野蛮的狮身鹰首兽的骨头搭起来的。天太冷了，住在那里的毛茸茸的野人开口说话的时候，话都冻上了，他的同伴要等到开春才能听到他说了什么。

我的蹄子、我的脑壳、我的每一根骨头都被冻得生疼。我总是想家，在我的脑海里，它不再是与世隔绝的泥潭，而是天堂。田野里，蜜蜂轻唱，牛群撒欢儿，我和我的羊群在太阳西下、晚星升起的时候畅饮美酒。

一天晚上——黑夜持续了40天——他们生起一大堆火，然后跳舞，跳得忘乎所以，我趁机咬断绳子。我在星光闪耀的黑夜里转悠了好几个星期，终于走到世界的终点。

天空黑得像地狱里的地窖。在大海上，华丽的蓝色冰船往来穿梭，我以为能看见长着巨眼、走路打晃的人在平静的水里游泳。我祈祷能够变成一只鸟，勇敢的老鹰，或者聪明强壮的猫头鹰，但是上帝对我不理不睬。我在冻冰的岸边走啊走，冷冷的月光落在我的后背上，但我一直盼望……

朝鲜

————

1952—1953年

泽诺

冬天的厕所里冒出一个个冻石笋。河水结冰，中国人只能给少数几个工棚里供暖，于是美国人和英国人合并了。布卢伊特嘟囔说他们早已经好得穿一条裤子。但是泽诺对英国囚犯的到来满心欢喜。他和雷克斯只交换了一个眼神，两个人就迅速把草垫子并排靠在墙上。每天早上他睡醒之后，按约定伸胳膊叫醒旁边的雷克斯。当然，他们也没地方可去。

冰雪封山，但他们每天要上山砍灌木，背回来当柴火烧。雷克斯准备了新的课程作为礼物送给泽诺。

Γράφω, *gráphō*，抓、拉、刮，或者写：书法、地理和摄影的词根。

Φωνή, *phōnḗ*，声音、嗓音、语言：和声、交响乐、麦克风、喇叭、电话的词根。

Θεός, *theós*，上帝。

"把你认识的字熬成汤，"雷克斯说，"然后你会发现古人坐在锅底看着你。"

这些事是谁告诉他的？泽诺暗中观察：雷克斯的嘴、头发、手，看着这个人和看着火光一样让人心满意足。

泽诺和所有人一样，最终没有躲过痢疾。他前脚从厕所回来，后脚就申请回去。布卢伊特说已经带泽诺去过营地的医院。所谓医院就是一个棚子，所谓"治疗"就是医生把鸡的肝脏放进病人的肋骨里。他宁愿马上死掉，好把袜子送给布卢伊特。

没过多久，他连去厕所的力气也没有了。由于缺乏维生素B1而不能动弹，他奄奄一息地蜷缩在垫子上。他以为自己8岁，在家乡，穿着出席葬礼的鞋子在结冰的湖面上发抖。他一步一步朝着白色的漩涡走过去。他看见前方有一座城，高塔林立，忽明忽暗。只要不停地往前走就一定能够摸到它的门。但是每次他想动的时候，雅典娜总是把他拽回来。

如果他清醒的时间足够长，布卢伊特就给他灌粥汤，嘴里唠叨着："嗯，不行，孩子，你不能死，不能丢下我。"其他时间雷克斯坐在旁边，擦拭他的额头。他用生锈的铁丝固定住眼镜框，像画符驱邪一样，用指甲在霜冻的墙上写下希腊文字。

泽诺刚能下地走，便被迫开始捡柴。有些日子，即使背一小捆柴，他也只能走走停停。雷克斯在他旁边蹲下，用一块木炭在树干上写下"Ἀλφάβητος"。

A是ἄλφα，希腊字母的第一个字母：倒转的牛头。B是βῆτα，希腊字母的第二个字母：房子的平面图。ὦ μέγα是希腊字母的最后一个字，一个大大的 O：鲸鱼张开血盆大口准备吞掉前面所有的字母。

泽诺说："字母表。"

"非常好。这个呢？"

他写下：ὁ νόστος。

泽诺在记忆的小抽屉里搜寻。

"Nostos."

"对。Nostos，回家，平安回家。当然，用一个英文单词解释希腊文总是不够准确。nostos 也是一首回家的歌。"

泽诺站起来，一阵眩晕，他扛起柴火。

雷克斯把木炭装进兜里。"曾经，"他说，"疾病、战争、饥饿无时不在，太多人在不该死的时候死了，他们的尸体被海洋或者泥土吞噬，或者只是消失在我们的视线里，再也没出现，没人知道他们的命运……"他凝视着冻土下 5 号营地黑漆漆的房子。"想象一下听到英雄凯旋的老歌的感觉。相信它。"

大风卷起悬崖下鸭绿江冰面的积雪，雪片翻着跟头。雷克斯把头缩进领子里，"它的歌词不多，但是一直被传唱。"

单数、复数，名词、动词：雷克斯对古希腊语的热忱帮助他们度过了最艰难的时光。一个周二的晚上，天黑之后，他们挤在厨房的火堆旁边，雷克斯用木炭在板子上写下两行《荷马史诗》递给泽诺：

τὸν δὲ θεοὶ μὲν τεῦξαν, ἐπεκλώσαντο δ' ὄλεθρον

    ἀνθρώποις, ἵνα ᾖσι καὶ ἐσσομένοισιν ἀοιδή

墙板漏风，群星闪耀。泽诺感觉后背冷风飕飕，他和雷克斯的影子重叠在一起，看起来就像两个骷髅。

θεοὶ是神灵，复数。

ἐπεκλώσαντο意思是他们编织，表示以前，过去时。

ἀνθρώποις代表人，复数。

泽诺一呼一吸，火苗噼啪四溅，墙板消失了。这些诗句的含义跨越数百年，从他心底某个不为看守、饥饿和痛苦所动的地方流淌出来。

"这是神灵做的事，"他说，"他们把我们的毁灭编织成一首歌传给后人。"

雷克斯看看板子上的希腊文，看看泽诺，再看看希腊文，摇了摇头。"嗯，是智慧。血淋淋的智慧。"

湖口码头　爱达荷州
————
2014年

西摩

8月的最后一个周一，11岁的西摩从图书馆回家。在即将拐进"世外桃源"的时候，他看见"十字街"的路边躺着一团棕色的东西。他曾经在这里遇到过两只被撞死的浣熊和1只被碾碎的郊狼。

是一只翅膀。大灰猫头鹰的断翅。绒毛和棕白相间的飞羽，连着鲜肉的锁骨。

一辆本田车呼啸而过。他在路面和路边的草丛里搜寻猫头鹰的尸体。可是除了地沟写着"活力啤酒"的空酒瓶以外，他一无所获。

他走到家门口，背着书包站在车道上，把翅膀贴在胸口。伊甸园之门的工地里，一套联排别墅几乎竣工，还有4座已经拔地而起。起重机上吊着一个架子，两个木匠在下面前前后后地忙活。云涌电闪，他突然离开地球，站在1 000 000英里之外的地方。他看见一粒尘埃从不毛之地疾驰而过，冲进一片空白。他回到车道上。没有云，没有闪电：湛蓝的天空，两个木匠在固定架子，他们的钉子枪噗噗噗地响。

邦尼去上班了，但是开着电视。电视上，一对老夫妻正拉着箱子

242

朝游艇走。他们举起香槟酒碰杯，玩老虎机，哈哈地笑。哈哈哈哈。他们的笑容那么真诚。

翅膀闻起来像用过的枕头。飞羽上棕色、褐色和淡黄色混杂的条纹触目惊心。每27 027个美国人才有一只大灰猫头鹰。每27 027个西摩才有一个"真正的朋友"。

猫头鹰肯定一直在"十字街"边的某一棵道格拉斯冷杉上狩猎。一只猎物，或许是老鼠，遛到人行道边，它的鼻子在闻，它的身体在抖，它的心跳为听力超凡的"真正的朋友"点燃一盏指路的灯。

老鼠准备穿过沥青路；猫头鹰展开翅膀、俯冲。与此同时，一辆车从西面飞奔而来，远光灯劈开黑夜，速度异乎寻常地快。

真正的朋友：它听见了。它的声音纯洁、明亮、动听。它总会飞回来的。

屏幕上，游艇爆炸了。

天刚黑，西摩就听见车子声，听见邦尼拿钥匙开门的声音。她带着漂白剂和枫糖浆的气味走进他的房间。他看着她拿起翅膀。"噢，小负鼠，我很难过。"

他说："必须有人负责。"

她伸手想要摸摸他的额头，他却转头对着墙。

"有人必须进监狱。"

她把手放在他的后背上。他全身僵硬。隔着紧闭的窗户和墙，他听出"十字街"上车水马龙，他听见可恶的人类机器没完没了地叫嚣。

"你想让我明天在家吗？我可以请病假。咱们一起做华夫饼怎么样?"

他把脸埋进枕头里。5个月前，铁丝网那边的山坡是红松鼠黑雀姬鹟鶒袜带蛇绒啄木鸟风蝶狼苔藓猴面花10 000只田鼠5 000 000只蚂蚁的家。现在它是什么?

"西摩?"

她说，从这往北，真正的朋友至少有20个地方可以去。更大的森林，更好的森林。她说，更多的田鼠，比西摩的头发还要多。那都是骗人的。他低着头摸到耳罩，然后戴上。

早上，邦尼去上班。他把翅膀埋在后院的卵石旁边，然后在坟上摆了一些小石头。

几年前，西摩在巴婆工具房的长凳下发现3箱机油和一块胶合板，这些东西的下面有一块铺着油布的凹地，里面存放着30张泛黄的"爱达荷州自由民兵组织"的传单、2箱子弹、1把黑色伯莱塔手枪和一个带绳把手的大木箱，箱盖上喷着"25 M67破片手雷"。

他用两只脚钩住洞口，俯身够到一个把手，把箱子拽上来，然后用螺丝刀麻利地撬开箱子的搭扣。里面有5×5个小格子，一共躺着25枚橄榄绿色的手雷，握把朝下，插着保险。

图书馆的电脑上，一个头发斑白、长着大酒糟鼻的老人在讲解M67的基本构造。6.5盎司高效炸药。引信4~5秒。致命半径5米。"一旦脱手，"他说，"内部弹簧弹出，击锤撞击火帽，火帽将引燃……"

玛丽安面带微笑地走过来。西摩赶紧隐藏窗口，直到她在视线里消失，才又重新打开。

那个人站在掩体后面，压下握把，拔下保险，扔出去。老远的地方，尘土漫天。

西摩点了一下"回放"，又看了一遍。

每个周三，"猪肉饼屋"双班倒，邦尼要过了11点才能到家。她在冰箱里留了一盆通心粉，盆上贴着字条，写着：一切都会好的。西摩腿上架着年过40的碎片手雷在餐桌边坐了一下午。

大约7点钟，最后一辆卡车离开伊甸园之门。西摩戴上耳罩，从后院钻过新围栏，在空旷的工地里转悠。他的兜里装着一颗手雷。联排别墅后院新铺的草皮闪着阴暗恶毒的绿光。两边的独栋别墅已经装上门，但是门把手和锁眼还空着。

每户门前立着一个开发商的标志和装宣传页的透明盒子——*湖畔生活 你梦想的生活*。西摩选中左手的联排别墅。

这里应该是厨房，柜子还空着。楼上的玻璃粘着塑料膜。从一扇窗户望出去，他看见几棵幸存的冷杉，透过树枝的间隙，他看见一片空地，那里曾经有过"真正的朋友"落脚的大树。

没有卡车。没有人声。没有音乐。夜幕降临，一架飞机从天空飞过，尾线划过残月。

他下楼，拉开大门，敞着门站在新铺的人行道上。他穿着短裤和运动衫，脖子上挂着耳罩，手里拿着一颗手雷。

这不是我们的财产。他们想怎么做就怎么做。

更大的森林，更好的森林。他可以自己选。

他使劲攥着把手，屏住呼吸，食指伸进拉环。只需要拉一下。他看见自己把炸弹扔进屋里：房子的正面土崩瓦解，大门上的五金件四处飞散，玻璃粉碎。爆炸的余波飞过码头、飞过群山，传进"真正的朋友"的耳朵里。无论一只翅膀的大灰猫头鹰的灵魂站在什么神秘的地方，它总会眨眨眼睛。

拉开保险。

他双腿发抖，心跳加快，但是手指没有退缩。他记得视频里的景象：砰，尘土像喷泉一样直冲云霄。5、6、7、8。拉。

他做不到。他控制不住自己的双脚。他的手指从安全环里滑出来。月亮还在那里，但是随时可能落下去。

阿尔戈斯

———————

服役时长64年

科斯坦茨

　　12岁和13岁的孩子在做介绍。雷蒙展示说，已经确认 β Oph2 的大气中存在包含生物信号的气体。杰茜·寇预测了 β Oph2 上温带草原的微气候。科斯坦茨是最后一个。一本书从图书馆书架的2层朝她飞过来，落在地上，自动翻开，书页里长出一根6英尺高的花茎，和一朵脸朝下的花。

　　其他孩子发出惊叹。

　　"这个，"她说，"是雪花莲。雪花莲是地球上一种很小的花，在寒冷的天气里绽放。我在'地图集'里找到两个可以看到它们盛开的地方，到时候那里将是一片雪白。"她挥舞着胳膊好像在招呼散落在图书馆各个角落里的雪花莲。

　　"在地球上，每朵雪花莲可以结出数百颗不起眼的小种子，每颗种子带有一个小脂肪粒，学名叫做油质体，蚂蚁喜欢——"

　　"科斯坦茨，"陈夫人说，"你的介绍应该围绕着 β Oph2 的生物地理学讲。"

　　"而不是100亿亿亿亿米以外远的死花。"雷蒙说。其他孩子哈哈大笑。

"蚂蚁，"科斯坦茨接着说，"会把种子带回去，然后舔掉油质体，留下一颗干净的种子。也就是说，种子在蚂蚁很难找到食物的季节为蚂蚁提供了食物，然后蚂蚁种下很多雪花莲，这就是共生，一个循环——"

陈夫人一边走上前，一边鼓掌。花消失了，书飞走了。

"好了，科斯坦茨，谢谢你。"

机器里打出来的第二顿饭是牛排和2号农场的香葱。妈妈忧心忡忡。"你先是整天钻进脏兮兮的'地图集'，现在又折腾蚂蚁了？我不喜欢你这样，科斯坦茨。我们的使命是未来，难道你想终此一生都像——"

科斯坦茨叹了一口气，准备听尽人皆知的警示宣讲，"疯癫的埃利奥特·菲申巴赫"的故事。埃利奥特·菲申巴赫在他的图书馆日之后，再也没有离开过自己的"巡视者"。他荒废学业、违反规定，一头扎进"地图集"里，直到磨烂双脚。妈妈说，他已经精神失常。西比尔限制了他进入图书馆的权限，大人没收了他的VR眼镜。他居然花了几个晚上的时间，利用厨房里的支架砸开外墙，刺穿了阿尔戈斯的外壳，置整船于生死边缘。妈妈总是说，幸亏在他钻出最外面一层之前被关进了自己家的隔间。可是他在关禁闭的时候，用偷偷攒下的安眠药自杀了。他的尸体被抛出气闸舱的时候，连一首歌都没有。妈妈不止一次地站在走廊里指给她看，埃利奥特·菲申巴赫试图凿开，让全船人陪葬的地方。现在那里，也就是2号和3号盥洗室之间留着一块用钛打的补丁。

科斯坦茨听着听着就走神了。桌子对面的伊齐基尔·李比她大一点，温文尔雅，正在揉着眼眶打哈欠。他的饭一口没吃，脸上一副病恹恹的白色。

数学老师波里博士坐在伊齐基尔的左边，拍着他的肩膀说："基尔？"

"他只是学累了。"伊齐基尔的妈妈说。但是在科斯坦茨看来，他可不仅仅是累了。

爸爸走进来，眉毛上沾着肥料。"你没有出席陈夫人的会议。"妈妈说，"而且，脸上还沾着脏东西。"

"对不起。"爸爸说。他从胡子上扯下一片叶子，塞进嘴里，朝科斯坦茨眨了眨眼。

"爸爸，咱们的小松树今天怎么样？"科斯坦茨问。

"在你20岁之前，一定会穿透屋顶的。"

他们嚼着牛排，妈妈换了一个更有说服力的方法激发科斯坦茨身为阿尔戈斯一员的自豪感。他们的事业是人类的未来；他们代表希望、新知、勇气和韧性；他们为人类迎接新的曙光，开拓机会、积累知识。并且问她为什么不多花些时间在游戏区呢？比如在"雨林路线"里，魔杖一闪，硬币便可以在水上漂，或者锻炼反应能力的"纠结的乌鸦"。伊齐基尔·李的头一下一下地撞在桌子上。

"西比尔，"李太太站起来，说道，"伊齐基尔怎么了？"男孩直起身，呻吟着，然后摔下椅子。

一阵惊呼。有人说："怎么回事？"妈妈大声呼喊西比尔；李太太托起伊齐基尔的头放在自己的腿上；爸爸大叫着找蔡医生；就在这个时候，伊齐基尔在妈妈身上吐出一堆黑色的污物。

妈妈失声尖叫。爸爸拽着科斯坦茨离开餐桌。李太太的脖子、头发和波里博士的裤腿全被弄脏了。所有人都惊慌失措地放下自己的饭。爸爸推着科斯坦茨走进走廊的时候，西比尔说，启动1级隔离检疫，所有闲杂人等立即回到自己的房间。

17号隔间里，妈妈命令科斯坦茨从手臂到腋窝进行彻底消毒，并且向西比尔询问了4次生命指标。

脉搏和呼吸平稳，西比尔说，血压正常。

妈妈登上她的"巡视者"，戴好VR眼镜。一瞬间，图书馆里的人接受到她的"速传"："……我们怎么知道它不具备传染性……请萨拉·简对所有东西进行消毒……除了接生，蔡医生还见过什么？几处烧伤、一只骨折的胳膊、几个老死的人？"

爸爸捏捏科斯坦茨的肩膀。"没事的。去图书馆，完成今天的功课。"他走出去。科斯坦茨靠墙坐着。妈妈皱着眉头，仰着下巴在房间里踱步。科斯坦茨走到门口，推了一下。

"西比尔，为什么不开门？"

科斯坦茨，现在无关人员都不能走动。

她看见伊齐基尔面部抽搐，看见他摔下椅子。爸爸去那里安全吗？这里安全吗？

她在妈妈身边站上自己的"巡视者"，戴上VR眼镜。

图书馆里，成年人坐在桌子旁边对着在头顶盘旋的文件指指点点。陈夫人领着一群十几岁的孩子爬到2层，在桌子中间放下一本橘黄色的书。雷蒙、杰茜·寇、奥米可伦·飞利浦和伊齐基尔的弟弟泰文安静地注视着一个1英尺高的女人穿着浅蓝色的工装从书里走出来，她的胸牌上写着"Ilium"。她说，"在你的长途飞行中，如果需要在房间隔离，必须严格约束日常活动。每天锻炼，在图书馆里寻找其他同伴，而且……"

雷蒙说："你是听说有人吐了，还是亲眼所见？"杰茜·寇说："我听说，无论如何1级隔离要持续7天。"奥米可伦说："我听说，2级隔离要持续2个月。"科斯坦茨说："我希望你哥哥快点好起来，泰文。"泰文像琢磨数学题时一样眉头紧锁。

楼下，陈夫人穿过大厅，和大人们坐在一起，各种细胞、细菌和病毒的图像在他们周围打转。雷蒙说："咱们去玩9倍黑吧。"于是，有4个人蹦蹦跳跳地上梯子去游戏区。科斯坦茨又盯着飞翔的书籍看了一会儿，然后从桌子中间的盒子里拿出一张纸，写上"地图集"，插进小槽里。

"塞萨利。"她说。然后便掉进地球的大气层，飘到希腊中心橄榄绿和铁红色相间的山地上空。公路以及被栅栏、灌木和围墙圈出的多边形土地在脚下一一闪现。终于，一个熟悉的村庄走进她的视线——煤渣砖砌的院墙、悬崖下的石板屋顶——现在，她走在品都斯山脉乡下咯吱咯吱响的路面上。

暴土扬尘的大路岔路不断，左右两边的羊肠小路像精致的花纹蜿蜒上山。路边有一排房子，一所房子前停着一辆汽车的空壳，旁边的房子前有一个面孔模糊的男人坐在塑料椅子里。窗台上的植物已经枯萎。门口的柱子上有一个骷髅的标记。

她向右转，选了一条自己熟悉的路。弗劳尔斯夫人说得对：其他孩子觉得"地图集"枯燥无味，因为在游戏区那些复杂巧妙的游戏里，可以跳跃，可以挖隧道，而在这里只能走。不能飞，不能建，不能打，也不能合作；感觉不到泥巴攥住靴子或者雨点砸在脸上；听不到爆炸声和瀑布声；几乎不能离开大路。在"地图集"里，道路两边的东西：墙壁、树木和人全像空气一样看不见摸不到。唯一真实的东西只有地面。

但是科斯坦茨却对它情有独钟，爱不释手。她的双脚落在孟加拉国遗址、古巴离岛的沙地上，去看面孔模糊、衣着过时的石化人、拥挤的环岛、广场和遍布帐篷的城市、被瞬间定格的鸽子、雨点、公共汽车和戴着头盔的士兵、涂鸦、庞大的碳捕捉工厂、生锈的坦克、水车——一个正常运转的星球所应具备的一切尽收眼底。她最喜欢果园：哥伦比亚向阳而生的芒果树；塞尔维亚紫藤缠绕的露天咖啡馆；锡拉库扎爬满常青藤的果园院墙。

正前方是一位被镜头捕捉到的老妇人。她穿黑色长袜、灰色连衣裙，戴白色口罩，炎炎烈日下，正弓着背推着一辆装满玻璃瓶的童车爬坡。从她身体穿过的时候，科斯坦茨闭上眼睛。

矮墙高篱，大路瘦成小路穿过草木繁杂的田地。天空变成银色。大树后面的画面经过处理，显露出奇怪的凸起和阴影。延伸的小路逐渐变成羊肠小道，风景越发萧条和荒凉。最后，在小径的尽头，也就是"地图集"的摄像头推出最远的地方有一棵巨大的波斯尼亚松树，大约25米高，直插云霄，就像她在4号农场种下的幼苗的老祖宗一样。

她停下脚步，深吸一口气：她曾经无数次拜访过这棵树，她不知道自己想要找些什么。摄像头在粗糙的树枝间捕捉到一大片云。树朝着山的方向生长，仿佛自时间伊始它就长在那里。

她在17号隔间的"巡视者"上大汗淋漓，气喘吁吁。她使劲探着身子抚摸树干，指尖所碰之处化作一团污渍。被太阳炙烤的山地上站着一个女孩和一棵活了几个世纪的松树。这里是魔地：塞萨利。

熄灯前，爸爸戴着氧气面罩、护目镜和大号头灯回到17号隔间。"以防万一。"他说，声音沉闷。门自动封闭。他在妈妈的缝纫桌上放下3个盖着的托盘，然后消毒双手，摘掉面罩。

"炖西兰花。西比尔说以后要在自己家打印食物了，所以，这可能是近期的最后一顿鲜菜了。"

妈妈咬着嘴唇。她的脸像墙一样苍白。"伊齐基尔怎么样？"

爸爸摇摇头。

"是传染病？"

"还不确定。蔡医生陪着他。"

"为什么西比尔不能解决？"

我正在努力。西比尔说。

"快点儿。"妈妈说。

科斯坦茨和爸爸开始吃饭。妈妈坐在自己的床上，对饭菜无动于衷，但是又让西比尔检查了他们的身体指标。

脉搏和呼吸平稳。血压正常。

科斯坦茨爬上自己的床。爸爸把餐盘堆在门口，然后用下巴抵着她的床垫，拨开挡在她眼睛上的卷发。

"在地球上，那时我还是个小孩，大部分人都会生病。出疹子，发低烧。所有自然人都会生病，这是人的一部分。我们把病毒当成魔鬼，但事实上这样的病毒少之又少。生命擅长寻求合作，而不是争斗。"

天花板上的二极管暗下来，爸爸把一只手放在她的额头上。她感觉突然被抛向空中，走进"地图集"，站在西奥多修斯的城墙上，白色的石灰岩在阳光下一层一层地剥落。自从人类出现以来，弗劳尔斯夫人说，我们一直想战胜死亡。无一成功。

第二天早上，科斯坦茨、杰茜·寇、奥米可伦和雷蒙在图书馆2层的扶梯上等波里博士来教上午的微积分。杰茜说："泰文又迟到了。"奥米可伦说："我也没看见李太太。基尔也吐了她一身。"4个孩子都不出声了。

最后，杰茜·寇说，有人告诉她如果感觉自己病了，要说："西比尔，我不舒服。"如果西比尔查出问题，会派蔡医生和戈德伯格工程师穿着防化服去他的房间，然后西比尔会打开医务室的大门，把他关在里面隔离。雷蒙说："听起来太可怕了。"奥米可伦小声说："看。"楼下，陈夫人带着6个不满10岁的孩子穿过大厅。

和高耸的书架比起来，那几个孩子显得很渺小。几个大人把仓促准备的写有今天是你的图书馆日的气球放上穹顶。雷蒙说："他们还没有吃薄饼。"

杰茜·寇说："生病是什么感觉？"奥米可伦说："我讨厌多项式，

但我真希望波里博士早点儿出现。"楼下，一群小孩手拉手唱起来，清脆的声音响彻大厅：

> 我们的动作整齐划一，
>
> 所有事情齐心协力，
>
> 所有人一起，
>
> 所有人一起，
>
> 去——

西比尔宣布，所有非医务工作者回到自己房间，没有例外。启动2级隔离检疫。

泽诺

随着天气转暖，雷克斯在5号营地四周凝望远山的时间越来越长，他咬着下嘴唇沉思，好像能够看到什么泽诺看不见的景色。一天下午，雷克斯招手叫泽诺靠近，虽然周围50英尺的范围内连个鬼影都没有，他仍然压低嗓门说：“你注意到没有，每周五，那些汽油桶？”

“他们要把空桶运回平壤。”

“谁负责装车？”

“布里斯托尔和福蒂尔。”

雷克斯注视着他，仿佛想知道他们之间有多少无须语言的默契。

“你留意过厨房后面那2个桶吗？”

点名之后，泽诺在路过厨房的时候检查了它们，不由得心惊肉跳。那些装炒菜油的桶看起来和汽油桶一模一样，只是桶盖可以移动。如果一个人钻进去，足够容身。但是，即使能装下他们两个，就像雷克斯设想的那样，布里斯托尔和福蒂尔答应把他俩偷偷装进去，并且抬上卡车，混在空汽油桶里，他们也不知道在美国轰炸机的威胁下，没有前车灯的卡车要在危机四伏的路上东躲西藏多少天才能到达平壤。再有，因为缺乏维生素，他们患有夜盲症。两个衣衫褴褛、蓬头垢面的人怎么能在爬出桶之后，神不知鬼不觉地饿着肚子走好几里山路，穿过好几个村子呢？

稍晚一点，天完全黑下来之后，新的希望开始在他的心里蠢蠢欲动：如果侥幸成功呢？如果他们没有被士兵、村民或者友善的B-26打死呢？如果他们进入美国防区呢？那么雷克斯就可以回伦敦，见他的学生和朋友，也许还有别的人，一个这些月一直盼着他回去的人，一个善良的雷克斯不忍心提起、比泽诺更成熟、更值得他挂念的人。Νόστος，Nostos：回家，平安回家；经历船难的水手平安回家吃团圆饭时唱的歌。

泽诺能去哪呢？湖口码头。博伊兹顿夫人家。

他想告诉雷克斯，逃跑是电影里的情节，是很久以前温和的战争里的故事。况且，这些折磨很快就要结束了，不是吗？但是，雷克斯却每天规划细节，制订更灵活机动的计划。比如分析士兵换岗的规律；把一个罐头盒打磨成他所谓的"信号镜"；琢磨如何把食物缝进帽檐里；晚点名的时候躲在哪里；在桶里如何小便，又如何不让自己泡在尿里；应该现在就去跟布里斯托尔和福蒂尔套近乎呢？还是等到逃跑前几个小时再去？他们从阿里斯托芬的《鸟》里选出两个化名，雷克斯是珀斯特泰洛斯，寓意真正的朋友；泽诺是欧厄尔庇得斯，代表美好的希望；看见海岸线的时候，他们将大声喊出"赫拉克勒斯[1]"！如此这般，仿佛即将上演的只是一次有趣的冒险，或者一

---

1 希腊神话中的一位大力英雄。——译者注

部高水准的惊险喜剧片。

夜里，他感觉雷克斯蓄谋已久的心思像聚光灯一样光芒万丈——恐怕全营地的人都能看出来。每次想到自己钻进油桶被抬上卡车运去平壤，他就喉咙发紧。

三个周五过去了。营地上空飞过一群向北方迁徙的白鹤和黄鹂。雷克斯只是不停地念叨着他的计划，这让泽诺松了一口气。排练就好。永远排练不演出就好。

但是，5月的一个周四，雷克斯在去接受"再教育"的路上拐进光线暗淡的战犯厨房对泽诺说："我们走。今晚。"

泽诺盛了些黄豆，坐下；想着要把它吃下去，他有些想吐；太阳穴突突地跳，他害怕被人听见。他觉得自己应该一动不动；他觉得雷克斯的话把所有的东西都变成了玻璃。

外面，万事俱备。不到一个小时，车身上遍布枪眼、满载油桶的苏联平板大货车轰隆隆地开进营地。

傍晚开始下雨。泽诺把最后一块木头搬放进厨房，然后在最后一缕阳光逝去的时候，穿着湿衣服蜷缩在自己的草垫子上。

人们陆陆续续地回来，雨劈劈啪啪地落在屋顶上。雷克斯的垫子仍然空着。他真的躲在厨房的棚子后面了？瘦弱、苍白、坚定、一脸雀斑的雷克斯当真缩在生锈的油桶里？

当营房被夜色笼罩的时候，泽诺命令自己爬起来。现在，布里斯托尔和福蒂尔随时有可能装车。卡车要走了，士兵要进来清点人数了，机会稍纵即逝。他的大脑传出信号，但腿拒绝移动。也许是他的腿发出请求——让我动——但是被大脑拒绝了。

最后几个人也回来了，倒在自己的垫子上吹口哨，发牢骚，咳嗽。泽诺看见自己站起来，溜出门，走进夜色。刚刚好，还是已经错过了？珀斯特泰洛斯在桶里等，但是欧厄尔庇得斯不见踪影。

隆隆隆，是卡车启动了吗？

他告诉自己雷克斯只是纸上谈兵，他会意识到自己的计划漏洞百出，无异于自杀。可是雷克斯并没有跟布里斯托尔和福蒂尔一起回来。他希望从他们的身影中找到蛛丝马迹，但是一无所获。雨小了，变成屋檐的水滴。漆黑一片。他听见有人用指甲挤跳蚤；看见博伊兹顿夫人的瓷娃娃，它们绯红的脸蛋、直愣愣的钴蓝色的眼睛和指责的红嘴唇。胆小鬼。同性恋。水果宾治。零。

大约在午夜12点，士兵把他们叫醒，并用手电筒照着他们的眼睛，威胁说要审讯、动刑，甚至处死他们，但并没有立即执行。第二天清晨、上午、下午，雷克斯都没有出现。接下来的几天，泽诺接受了五次单独审问。你们是知己，你们形影不离，听说你们总在土地上写密码。士兵看上去也很烦的样子，好像大戏开场，唯一的观众却没有到。泽诺一直等待雷克斯在几英里外被抓，或者被关进其他营地的消息；一直期待在某个角落里看到一个精干的小个子，推推鼻子上的眼镜，露出一个微笑。

其他的囚犯只字不提，至少没有当着泽诺的面说过什么，就像雷克斯从来没有出现过似的。也许他们知道雷克斯已经死了，不想让他难过；也许他们认为雷克斯是过来套话的卧底；也许他们太饿太累，无暇顾及。

最后，中国人不再提问。可是，他不知道这是因为雷克斯的出逃让他们感到难堪还是雷克斯已经被枪毙、埋葬。总之，他们不需要更多的回答了。

布卢伊特和他并肩坐在院子里。"打起精神，孩子。活着的每一分钟都是好时光。"但是大部分时间，泽诺感觉不到自己还活着。雷克斯惨白的胳膊，密密麻麻的雀斑、写字时手背上隆起的青筋。他想象着雷克斯平安回到伦敦，在5 000英里之外的地方洗澡、刮胡子、穿上普通人的衣服、夹着书本走进墙上爬满常青藤的中学校园。

雷克斯的缺席像一把被遗落的手术刀横在他的肚子里。清晨的阳光洒在鸭绿江上，波光粼粼，然后它慢慢爬上山丘，点亮荆棘的刺尖；众人小声议论着：我们的部队离这儿还有10英里，6英里，翻过那座山。明早就到。

如果雷克斯被杀了，他是一个人死的吗？那天晚上，卡车隆隆地开走的时候，他有没有以为泽诺在旁边的桶里，想要和他说话？还是自始至终他都知道泽诺不会同行？

6月，雷克斯失踪三周后，泽诺、布卢伊特和其他18名最小的战俘被赶到院子里，翻译说他们被释放了。在检查站，两个面色红润的美国士兵对着花名册核对了泽诺的名字，然后，一个人递给他一张卡片，上面写着：核实松狮狗。一辆救护车开过边界线，把他拉到帐篷里灭蚤。一个士兵用DDT（滴滴涕）把他从头到脚喷了一个遍。

红十字会发给他一个安全剃须刀、一管剃须膏、一瓶牛奶和一个汉堡。面包那么白，肉那么嫩，看起来都不像真的，但是闻起来货真价实。泽诺相信这是一个陷阱。

他坐船回美国，两年半前也是这艘船把他送去了朝鲜。他已经19岁，109磅，在船上每隔11天接受一次问询。

"你是怎么反抗中国人的，举6个例子。""谁的待遇最好？""为什么给某某人烟？""你有没有对共产主义萌发丝毫的兴趣？"他听说黑人士兵更惨。

不知道为什么，一名精神病学的军医递过来一本《生活》杂志，翻出一个穿比基尼的女人照片："看看，什么感觉？"

"不错。"他把杂志还回去，感觉身心疲惫。

他几乎逢人就问，最后在5号营地露面的英国一等兵雷克斯·布朗宁的情况。他们说，我们不是皇家海军陆战队，我们是美国陆军，我们要找的人就够多的了。纽约码头，没有管乐队，没有彩灯，没有喜极而泣的亲人。汽车开出布法罗，他开始哭泣。城镇一闪而过，取而代之的是连绵不绝的黑暗。6个间距20英尺的牌子擦身而过，被照亮的字牌上写着：

狼

剃须

整齐有型

小红帽

追着他

Burma-shave 剃须膏

西摩

六年级的老师贝茨先生，染着胡子，精力充沛，高高在上，对学生戴着耳罩上课视而不见。每天早上，他以打开"非常——贵——所以——你们——最好——不要——碰"的优派投影机，让学生在白板上观看新闻的方式叫早。教室前面，山崩砸毁了克什米尔的村庄，座位上，学生们头发蓬乱，哈欠连天。

帕蒂·戈斯-辛普森每天用硬核冰包背4根鱼条到学校。因为餐厅装修，所以每天中午11:52，她把可怕的鱼条放进贝茨先生教室后面可怕的微波炉里，按下可怕的计时按钮。气味扑面而来的时候，西摩感觉自己脸朝下摔进泥潭里。

他尽可能躲到离帕蒂最远的地方，捂住鼻子和耳朵做白日梦："真正的朋友"的森林起死回生，苔衣悬挂在树杈上，雪片从枝间层层抖落，"小针人"把地面盖个严严实实。可是，9月底的一天上午，帕蒂·戈斯-辛普森对贝茨先生说西摩对待她午饭的态度伤害了她，所以，贝茨先生命令西摩挨着帕蒂坐在中间的桌子上吃饭。恰巧旁边就是投影机。

11：52。鱼条在加热。哔噗哔噗。

西摩闭着眼睛，但是仍然听见鱼条在转，帕蒂按开微波炉的门，鱼在小盘子里咝咝地冒着热气，她坐下了。贝茨先生坐在讲台后面一边咯吱咯吱地啃着小萝卜，一边拿着手机看综合格斗集锦表演。西摩趴在饭盒上，想同时捂住鼻子和耳朵。今天不吃饭了。

他闭着眼睛默数到100的时候，帕蒂·戈斯-辛普森走过来，用一根鱼条敲他的左耳朵。他腾地一下直起身，帕蒂正咧着嘴笑；贝茨先生什么也没看见。帕蒂斜着眼睛，用鱼条指着他，好像拿着一把枪。

"砰，"她说，"砰。砰。"

西摩心里的最后一道防线崩溃了。轰鸣，自从发现"真正的朋友"的翅膀的那一刻起，他每天被轰鸣叫醒。现在，它在学校里炸开了。它从足球场的上空集结而来，所向披靡。

贝茨先生拿着萝卜在鹰嘴豆泥里蘸了一下。大卫·贝斯特打了一个嗝；韦斯利·欧曼突然爆笑；轰鸣的气浪穿过停车场。蝗虫黄蜂链锯手雷战斗机尖叫咆哮愤怒肆虐。帕蒂咬掉鱼条手枪的枪管，学校的墙塌了。贝茨先生教室的门飞出去。西摩把两只手放在投影机架子上，车被推动了。

候诊室的广播说：新鲜采摘的爱达荷苹果美味无敌。皱巴巴的体检表不足为凭。

医生在敲键盘。邦尼穿着前面带两个兜的"杨树叶客栈"工作服，对着翻盖手机低声说："我周日连上两个班，苏齐特，我保证。"

医生晃着小手电分别照了照西摩的两只眼睛，说道："你妈妈说你在森林里和猫头鹰聊天？"

墙上有一本杂志，写着：每天15分钟，做更好的你。

"你和猫头鹰聊什么，西摩？"

不要回答。这是陷阱。

医生说："你为什么破坏教室的投影机，西摩？"

一个字都不要说。

结账的时候，邦尼的手在包里捞了半天，然后说："有可能，寄账单给我吗？"

出医院之前，西摩顺手从筐里拿走6本彩色帆船的填色书。回到自己的房间，他在帆船周围画了很多螺旋形的线，包括考纽螺线、对数螺线和斐波那契螺旋线：60个不同的大漩涡吞掉60艘不同的船。

晚上。他的目光透过推拉门、穿过后院，落在洒满月光的伊甸园之门的空地上。盖了一半的联排别墅里只亮着一盏木工灯，"真正的朋友"的魂魄从楼上的窗子前飘飘荡荡地远去。

邦尼把1.69盎司包装的原味mm豆和一个白盖儿的橘黄色瓶子并排摆在桌子上。"医生说这些药不会让你变傻，只是把事情变简单。更冷静。"

西摩用手掌根揉着眼睛。"真正的朋友"的魂魄跳到推拉门上。他尾巴上的羽毛不见了；他少了一只翅膀；他的左眼受伤了；他脸上的羽毛可以反射声音；他的嘴是灰褐色羽毛中的一道黄线。他在西摩的心里说：我想我们要一起扛，我想我们是一个团队。

"早上一片，"邦尼说，"晚上一片。有时候，孩子，我们需要一点帮助才能解决烦心事。"

科斯坦茨

她走在尼日利亚拉各斯的街头，在一个水边广场停下来。四周全是耀眼的白色酒店，一个小喷泉，40棵种在黑白相间的花槽里的椰子树。她抬头向上看，脖子根有一点针扎的感觉：好像有些不对劲。

爸爸4号农场的冰柜里有一个椰子。他说，所有的种子都是旅行家，但是椰子最勇敢。它们落在能够被潮水卷起来并且带进大海的沙滩上。它们习惯了漂洋过海，纤维状的大硬壳里备足了12个月的营养，胚芽在里面安全无恙。他把椰子放到她手上，椰壳冒着冷气，壳的底部有3个气孔：2只眼睛1张嘴。他说，一个小水手的脸，他要吹着口哨环游世界。

左手有一个牌子，上面写着欢迎来到新洲际。她走进树荫里，在树叶的间隙中仰望天空。VR眼镜开始收缩，爸爸出现在眼前。

走下"巡视者"的时候，她像往常一样感觉有些晕。已经熄灯了。妈妈正坐在床边，双手捧着消毒粉消毒。

"对不起，"科斯坦茨说，"也许我在里面的时间太长了。"

爸爸拉起她的一只手，白色的眉毛拧出一个扣。"不，不，和这个无关。"借着盥洗室里的一点亮光，她看见爸爸身后妈妈的工装和眼罩反常地颠倒了摆放位置，纽扣从袋子里滚出来，掉在床下、缝纫机的椅子下和马桶的窗帘轨道里。

再盯着爸爸看的时候，她似乎预感到他要说什么了，并且强烈地感觉到他们已经离开自己的星球，正在冰冷寂寞的空间极速前进，再也不能回头了。

"基尔·李，"他说，"死了。"

伊齐基尔死后第二天，波里博士死了。据说，基尔的妈妈已经失去意识。还有21个人——船上总人数的四分之一——出现症状。蔡医生一刻不停地照顾船员；工程师戈德伯格在生物实验室通宵达旦地寻找解决方案。

一个65年没有和任何外来生命接触的密闭磁盘怎么会发生瘟疫呢？它是通过接触飞沫还是食物传染的呢？难道是空气？水？是深空辐射穿透防护层，破坏了他们的细胞核，还是沉睡多年的某个基因突然活跃了？为什么无所不知的西比尔束手无策呢？

在科斯坦茨的记忆中，爸爸几乎从来没有用过他的"巡视者"。但是现在，除了睡觉，他几乎分分秒秒戴着VR眼镜在图书馆查阅资料。妈妈在回忆隔离前的每一个细节。她在走廊里遇到李夫人了吗？伊齐基尔的呕吐物溅到她的工装上了吗？有没有飞进嘴里的呢？

一周前，似乎天下太平。一切按部就班。大家穿着打补丁的工装和袜子在走廊里交头接耳。你可以是1，也可以是102……每周二鲜莴苣、每周三3号农场的豆子、每周五理发、牙医在6号隔间、女裁缝在17号隔间、波里博士的微积分课每周三个上午、西比尔总是温柔地注视着每一个人。然而，尽管如此，科斯坦茨的潜意识里不是仍然感到某种可怕的不安吗？霜凌不是正一层一层地糊上外墙上吗？

她动动眼镜，爬上通往图书馆二层的梯子。正在看书的杰茜·寇抬起头，眼睛离开雪地里那1 000只鼻孔偾张、惨然失色的死鹿。

"我在看高鼻羚羊。这种细菌导致它们大面积死亡。"

奥米可伦靠在椅子上发呆。

"雷蒙呢？"科斯坦茨问。

楼下，大人们的桌子上空播放着很久以前的瘟疫画面。士兵躺在床上，医生穿着防化服。她的脑海中情不自禁地浮现出基尔被送到气闸外的尸体和没过多久、相隔几十万公里的波里博士：他们在虚空中留下的痕迹就像悲惨的童话中的面包屑路径一样。

"这里说，不到12小时死了20万只。"杰茜说，"至今无人查明原因。"科斯坦茨在楼下最远的地方看见爸爸一个人埋头在一堆技术图纸里。

"我听说，"奥米可伦盯着圆筒形穹顶说，"3级隔离要持续1年。"

"我听说，"杰茜低声说，"4级隔离是永远。"

图书馆时间无限延长；妈妈和爸爸几乎寸步不离地站在"巡视者"上。17号隔间越来越反常。爸爸把挂在马桶边的生物塑料帘剪成碎片，然后用妈妈的缝纫机做出了一样东西——她不敢问是什么。密闭的房间里，打印机像打嗝似的喷出的营养面糊气味恼人，科斯坦茨似乎闻到恐惧在船舱里蔓延发酵的味道：隐秘的、有毒的，从墙面上渗进来。

后来，她钻进"地图集"走到孟买郊外。那里有一片巨大的米色塔群，每座塔高40或50层，绕塔而建的小路上有穿纱丽的女人、穿运动服的女人和穿短裤的男人。科斯坦茨与他们擦肩而过，他们都面无表情。半英里长的红树林像绿色的围墙拦住右边的小路。她想穿过被定格的慢跑者，却发现有些不对劲，画面出现令人不安的褶皱：也许是人，也许是树，也许是空气。她提速，却力不从心，只能像幽灵一样穿过那些人：每迈一步，她就感觉在阿尔戈斯里潜行的恐怖即将把手落在她的后脖子上。

天黑之后，她才从"地图集"里出来。图书馆柱座上的小壁灯荧光闪闪。被月光照亮的云层在穹顶上空一闪而过。

穿梭往来的文件已经所剩无几，为数不多的几个人趴在桌子上。弗劳尔斯夫人的小白狗跑过来，摇着尾巴坐在她面前，但是弗劳尔斯夫人却不见踪影。

"西比尔，几点了？"

熄灯时间4点10分。科斯坦茨。

她摘下眼镜，从"巡视者"上下来。爸爸坐在妈妈的缝纫机前，眼镜低低地挂在鼻梁上，借着台灯的亮光做活。隔离服的帽子搭在他的腿上，就像一只硕大的昆虫被割掉的头。她担心熬夜又会挨骂，但是他专心致志，只顾自言自语。她突然意识到自己渴望一顿训斥。

上厕所、刷牙、梳头。她站在两层床板中间的楼梯上，心突然一惊。妈妈不在她的床上。不在爸爸的床上。也不在厕所。妈妈根本不在17号隔间里。

"爸爸？"

他吓了一跳。妈妈的毯子扔在床上。她起床以后总是把毯子叠得方方正正。

"妈妈去哪了？"

"嗯？她去串门。"缝纫机嘎哒嘎哒地响起来，线轴飞转。她等着它停下来。

"她怎么出门的？"

爸爸捏起窗帘的边缘、对齐、放在针下面，缝纫机哒哒地继续敲。

她又问了一遍。他默不作声地拿起妈妈的剪刀剪断线头，然后才说："告诉我这次你去哪了，小南瓜。你一定走了很远吧？"

"西比尔真的放妈妈出去了？"

他站起来，走到她的床边。

"把这些吃掉。"

他语气平静，但眼神游离。他手里有3片妈妈的安眠药。

"为什么？"

"有助于你休息。"

"3片不多吗？"

"全吃掉。科斯坦茨，没问题。然后我会用毯子裹住你，就像蚕蛹在蚕茧里一样，记得吗？我们以前总是这样的。到早上你就全知道了，我保证。"

药片在她的舌头上溶化。爸爸塞好她腿边的毯子，重新坐到缝纫机前，抬起缝衣针。

她瞥了一眼妈妈的床扶手，还有她凌乱的毯子。

"爸爸，我害怕。"

"想听司焰的故事吗？"缝纫机响了几声停下来。"司焰逃离磨坊主之后，一直走到世界的边缘，还记得吗？陆地伸进了冰冻的大海，大雪纷飞，那里只有黑色的沙子和结冰的海草，方圆1 000英里也没有一点玫瑰的气息。"

灯光摇曳。科斯坦茨靠在墙上，硬撑着不让眼皮合上。大家都危在旦夕。唯一能让西比尔放妈妈走出隔间的理由是——

"但是司焰始终满怀希望。他被制约在一个不属于自己的身体里，远走他乡，到达世界的边缘。他在海岸边举头望月，企盼在黑夜中看见女神下凡来帮他。"

科斯坦茨在空中看见月光洒在冰面上，看见驴子司焰在寒冷的沙子上留下的脚印。她想坐起来，但是脖子突然发软，撑不住头了。雪片钻进毯子里。她抬起一只手想要接住它，但是伸手不见五指。

两个小时以后，爸爸靠在扶手上，摸黑扶她起床。安眠药让她摇摇晃晃、昏昏沉沉，他把她的胳膊和腿套进一个充气人里——用生物塑料窗帘改装的衣服。腰太肥，没有手套，袖口是缝死的。拉上拉锁的时候，她还迷迷糊糊地抬不起头。

"爸爸？"

他用氧气面罩把她的头和衣服领子一起扣住，又用农场里的防漏胶带把它们封好，然后按下一个开关。她感觉衣服开始膨胀。

氧气 百分之三十。氧气面罩里一个录好的声音直接传进她的耳朵，接着头灯打出一道白色的光柱，照亮整个房间。

"你能走吗？"

"我快热死了。"

"我知道，小南瓜，你做得非常好。走给我看看。"他额头的汗珠被头灯照亮，他的脸和胡子一样白。尽管又怕又困，她还是努力走了几步。怪异的充气袖子沙沙响。爸爸蹲下，一只手拿起她的"巡视者"，另一只手费力地从妈妈的缝纫桌上拿起铝凳，走到门口。

"西比尔，"他说，"我们有一个人不舒服。"

科斯坦茨靠着他，又热又害怕，等待西比尔的质疑、劝说等等等等，就是没想到她居然说：

很快有人来。

科斯坦茨感觉安眠药在拉着她的眼皮向下，她的血液和思想也随之下沉。爸爸面无血色。妈妈摊开的毯子。杰茜·寇说，如果西比尔发现你有问题……

氧气 百分之二十九。氧气面罩说。

门开了，两个从头到脚穿着防化服的人从漆黑的走廊里笨重地走过来。他们的手腕上捆着灯，因为衣服是从里面充气的，所以看起来像让人毛骨悚然的庞然大物。他们的脸完全被铜镜面罩遮挡住，身后拖着缠着铝带的长管子。

爸爸用挡在胸前的科斯坦茨的"巡视者"推开他们，他们踉跄地后退。"别过来。求你们。她不去医务室。"他催她赶紧绕过他们。于是她穿着打滑的生物塑料靴，跟着头灯左摇右晃的光柱走进没灯的走廊。

餐盘、毯子，所有能被打捆的东西都被码在墙边了。路过补给舱的时候，她匆忙地看了一眼，那里已经不是原来的补给舱了。以前摆着3排桌子和长凳的地方，现在支起20顶白帐篷，每顶帐篷里伸出若干管子和电线，到处闪着医学仪器的指示灯。她在一顶敞开的帐篷里看见一只伸在毯子外的光脚丫。他们快到拐角了。

氧气 百分之二十六。她的面罩说。

是那些生病的船员吗？妈妈在那些帐篷里吗？

他们经过2号和3号盥洗室，经过被封的4号农场——她的松树苗在里面，现在6岁了，和她一样高——顺着走廊转到了阿尔戈斯的中心。爸爸一路拽着她，累得气喘吁吁，两个人一起倒在地上，头灯的光柱歪向一侧。水利通道，一扇门上写着；8号隔间，另一扇门上写着，7号隔间——她觉得他们被卷进了旋风的中心，又好像被扫进了漩涡中心的大洞。

最后，他们走出一道门，上面写着1号舱。苍白、喘息，爸爸的脸上汗珠闪闪。他回头看了一眼，把手掌贴在门上。齿轮转动，连廊开启。

西比尔说，进入净化区。

他带科斯坦茨走进去，把"巡视者"放在她身边，让凳子靠着门框骑在门槛上。

"别动。"

她在连廊里就地坐下，双手抱着膝盖。衣服沙沙作响。她的面罩说：氧气 百分之二十五。西比尔说，净化开始。科斯坦茨隔着面罩大叫："爸爸。"外层门开始关闭，但是被凳子挡在半路。

凳子腿发出尖叫的同时弯了。门被卡住。

请移除门口的障碍物。

爸爸带着4袋营养粉回来了。他把它们放在半瘫的凳子上掉头就跑。

接着，他搬来一个循环马桶、干洗巾、一个没拆封的食物打印机、一张充气床、一条装在密封袋里的毯子、更多营养粉——爸爸进进出出地忙活着。请移除门口的障碍物。西比尔反复说。凳子在压力下更加扭曲。科斯坦茨开始呼吸急促。

爸爸又放下两袋营养粉——为什么这么多？——然后迈过门槛，蹭着墙坐下去。西比尔说，为了实施净化处理，你必须移除门口的障碍物。

面罩对着科斯坦茨的耳朵说：氧气 百分之二十三。

爸爸指着打印机说："你会操作，对不对？还记得低压线接在哪里吗？"他双手扶膝，胸口起伏，汗水顺着胡子流。凳子被挤得吱吱叫。她费力地点点头。

"外面的门一关，你马上闭眼。西比尔会净化空气，消毒每一样东西。结束后，她会打开里面的门。记住了吗？你进去之后，把其余的东西也搬进去。所有的。都搬完之后，里面的门就会封死。数100下再摘掉面罩，这样才安全。懂吗？"

恐惧敲打着她身体里的每一个细胞。妈妈的空床。补给舱里的帐篷。

"不。"她说。

氧气 百分之二十二。面罩说，试着放慢呼吸。

"里面的门封死之后，"爸爸重复，"数到100再摘下面罩。"他用自己的身体顶住门，西比尔说：外门被堵，障碍物必须移除。爸爸瞥了一眼黑漆漆的走廊。

"我12岁的时候，"他说，"申请离开。我所能看到的，在一个小男孩的眼里，只有死亡。我对生活有梦想有期盼。'如果能够在别处，为什么留在这里？'记住了吗？"

1 000个魔鬼在黑暗中潜行，她晃动头灯对准他们，魔鬼后退了。可是，她的灯刚一移开，魔鬼就冲回来。凳子又开始尖叫。门缝又缩小1厘米。

"我是个傻瓜，"他抹了一下额头，那只手看起来瘦骨嶙峋；他的喉咙凹陷；银色的头发已经灰白。有生以来第一次，爸爸看起来像个老人，甚至比实际年龄更老。好像，一呼一吸间，他最后的岁月就被吸走了。她在面罩里说："你说过，傻瓜的可贵之处在于傻瓜永远不懂放弃。"

他歪头看着她，使劲地眨眼睛，好像思绪在眼前奔跑一样，只是稍纵即逝。"是奶奶，"他喃喃地说，"她总是这么说。"

氧气 百分之二十。面罩说。

一颗汗珠滚到爸爸的鼻尖，抖了抖，落下。

"家，"爸爸说，"在斯客里亚，房后有一道水渠。即使干旱，即使在最热的天气里，只要你跪在旁边的时间足够长也一定有惊喜。一颗被风带来的种子、一只象鼻虫，或者一朵勇敢的独自绽放的小七瓣莲。"

一波又一波的睡意席卷而来。爸爸在干什么？他想要告诉她什么？他站起来，颤巍巍地迈过变形的凳子，走出连廊。

"爸爸，求你了。"

他转过脸，不让她看。伸出一只脚挡住门，拔出变形的凳子。连廊关闭。

"不，不要——"

外门封闭，西比尔说，开始净化。

风扇转出越来越大的噪音，她感觉冷气喷在生物塑料衣上。灯闪了3下，她闭上眼睛。里面的门开了。惊慌，无力，后背刺痛。科斯坦茨依次把马桶、营养粉、床、未拆封的食物打印机拉进去。

里面的门封闭。唯一的亮光是在高塔里闪动的西比尔。一会儿橘黄色，一会儿玫瑰色，一会儿黄色。

你好，科斯坦茨。

氧气 百分之十八。面罩说。

我喜欢来客人。

1、2、3、4、5。

56、57、58。

氧气 百分之十七。

88、89、90。妈妈凌乱的毯子。爸爸被汗水浸湿的头发。毯子外的光脚丫。数到100了。她撕开封条，摘下面罩，好像被安眠药推了一下似的倒在地上。

CHAPTER 10
第十章

海鸥

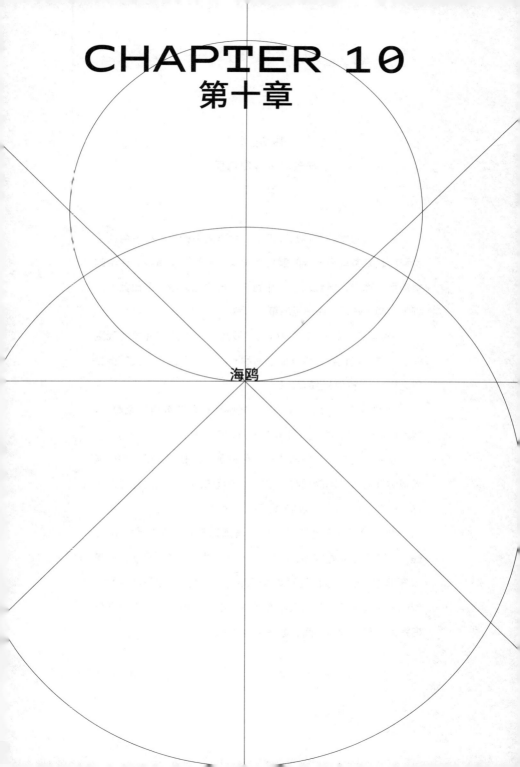

《咕咕云谷》
安东尼·戴奥真尼斯
第 K 页

……夜色中，女神从天而降。她有洁白的身体、灰色的翅膀和看起来像鸟嘴一样的鲜橙色尖嘴。虽然她没有我期待中的女神那么高大，但我还是被吓到了。她落地之后，迈出黄色的脚走了两步就开始在一堆海草上啄食。

"宙斯尊贵的女儿，"我说，"我恳请你念几句咒语把我变成别的样子，让我可以飞到应有尽有、没有痛苦、每天都像世界之初一样光辉灿烂的云城。"

"你在吵吵什么？"女神问。她嘴里的鱼味差点把我熏倒。"我飞遍各地，根本没有那样的地方，云上没有。哪都没有。"

显然，她是一个冷血的神，在骗我。我说："好吧，那么能否请你飞到某个晴朗温暖的地方，帮我带回一枝玫瑰花呢？这样，我至少可以回到以前的样子，开始新的旅程。"

女神抬起一只翅膀指着另一堆冻海草说："那是北海的玫瑰。我听说如果吃够量，会有奇妙的感觉。不过，我现在就可以告诉你，像你这样的蠢驴永远不可能长出翅膀。"然后她大叫起来。哇哇哇，听起来不像咒语，反而更像嘲笑。但是我仍旧把那沾着泥雪的东西放进嘴里嚼了嚼。

虽然吃起来有股臭萝卜的味道，但我的确感觉到变化。我的腿在缩短，耳朵也是，下巴后面开裂。我觉出鳞片爬上后背，黏液蒙住双眼……

湖口码头公共图书馆

————————

2020年2月20日　下午5：27

西摩

他蜷缩在倒地的有声读物书架旁边，透过一小条窗户偷偷向外张望：外面又多了两辆警车，好像他们正围着图书馆盖墙。"公园路"上，一些人弯着腰跑过雪地，密集的红色亮点跟着他们。热扫描仪？激光瞄准器？三个蓝色的灯在杜松上方盘旋：类似遥控无人机。这些，就是我们选择用来重建地球的东西。

西摩爬到放字典的架子后面，努力咽下拥堵在嗓子眼的恐慌。这时，前台的电话响了。他用手捂住耳罩。6声、7声、8声，停。紧接着，玛丽安办公室——楼下的一个杂物间——的电话响起来。7声、8声，停。

"你应该接。"楼梯口受伤的人说。耳罩让他的声音若即若离。"他们希望和平解决。"

"请安静。"西摩说。

前台的电话又响了。楼梯口的人就够麻烦了，他把一切都搅黄了。如果他不出声还能好点儿。西摩让他摘下浅绿色的耳机扔到虚构区。他一直在流血，血流到肮脏的地毯上。事情一团糟。

西摩手脚并用地爬到前台，扯掉墙上的电话线。然后玛丽安办公室的电话又响了，他爬进去，也把电话线拔了下来。

"那是一个错误。"受伤的人大喊。

玛丽安的门上贴着一张纸：图书馆：嘘——。她那张长满雀斑的脸一遍遍地从眼前飘过，他使劲地眨眼，想把她赶走。

大灰猫头鹰。世界上最长的猫头鹰。

他坐在她办公室的门口，把手枪放在腿上。红蓝相间的警灯在青少年小说的书脊上留下模糊的色斑。他能够感觉到外面，就在窗户旁边，那排山倒海般的喧嚣。有狙击手在瞄准他吗？他们有透视眼一样的工具吗？他们过多久才会冲进来击毙他？

他从左兜里掏出手机，手机背面写着三个数字。第一个引爆炸弹1，第二个炸弹2；如果出现意外，就播第3个。

西摩播了第三个数字，移开一个耳罩。铃声响了好几次，嘟嘟嘟嘟，没有接通。

这说明他们已经接到消息了？他想说点什么吗？

"我需要救治。"楼梯口的人说。

他又播了一次。叮叮叮叮叮叮叮叮叮嘟嘟。

西摩说："喂？"

电话没接通。也许救援在路上。说明他们已经收到消息，正在准备支援。他只需拖延时间，等待援兵。拖延，等待。"主教"的人会回电话或者赶来帮忙，一切都将迎刃而解。

"我口渴。"受伤的人大喊。小朋友窃窃私语的声音。呼啸的风声。激流拍岸的声音。幻觉。他重新扣上耳罩,从玛丽安的桌子上拿起画着卡通猫的马克杯,爬到自动饮水机前,接满水,放在那个人伸手能够拿到的地方。

扶手椅旁边放着一个接水的垃圾桶,还差四分之一就满了。锅炉在他的正下方,轰隆隆的噪音让人心烦意乱。我们所有人必须强大起来,"主教"说,接下来的事情将以我们意想不到的方式考验我们。

泽诺

　　各种疑问走马灯似的出现在他的脑子里。向谢里夫开枪的人是谁？他的伤势有多重？为什么谢里夫示意他回去？如果图书馆外面的灯是执法人员或者医护工作者的，他们为什么不冲进来呢？是因为攻击者还在这儿吗？他是一个人吗？有人通知家长吗？他想干什么？

　　舞台上，驴子司焰正在世界边缘的冰面上行走。纳塔利的音箱里传出海浪涌上沙滩，浪花飞溅的声音。穿黄色紧身衣的奥利维娅戴着柔软的大海鸥头饰，伸出一只自己做的翅膀，指着一堆绿色的棉纸说："我听说，如果吃够量，会有奇妙的感觉。不过，我现在就可以告诉你，像你这样的蠢驴永远不可能长出翅膀。"

　　亚力克斯扮演的司焰捡起一些绿色的棉纸，塞进纸驴嘴里，走下台。

　　海鸥奥利维娅对着椅子说："对于这样一个愚蠢的人来说，追寻天空中的城堡毫无益处。聪明人是要'脚踏实地'的。"

　　亚力克斯在台下喊道："哦，变了，我感觉到了。"克里斯托弗把灯光从白色变成蓝色，背景布上咕咕云谷的塔熠熠生辉，纳塔利把隆隆的海浪声换成水底汩汩的气泡声和潺潺的流水声。

亚力克斯戴着纸鱼头走上台。因为出汗，他的刘海儿贴在额头上。"我们能休息一会儿吗？尼尼斯先生？半场？"

"他的意思是中场休息。"蕾切尔说。

泽诺抬起头，把视线从自己颤抖的双手移到舞台。"对，对，当然，友好安静的中场休息。好主意。你们演得太棒了，每一个人都很棒。"

奥利维娅摘掉面具。"尼尼斯先生，你真的觉得我可以说'蠢驴'这个词吗？明天晚上有教会的人来。"

克里斯托弗去开灯，泽诺说："不，不，黑点儿更好。明天你们要在后台忙碌，那儿的光线很暗。来，咱们坐到后台去，到谢里夫搭的架子后面去，离开观众席，明晚就是这个路线。咱们去那儿聊，奥利维娅。"

他把他们赶到三个书架的后面。蕾切尔收拾好自己的台词，坐进折叠椅子里。奥利维娅把皱巴巴的绿棉纸装进书包。亚力克斯一边在衣架下面爬，一边唉声叹气。泽诺打着领带，穿着搭扣靴子站在他们中间。他脚边微波炉箱子做成的石棺顷刻之间变成5号营地指挥部后面的隔离箱——他希望雷克斯从里面坐起来，憔悴、邋遢，然后整整眼镜——然后它变回纸箱子。

"你们，"他小声说，"谁有手机？"

纳塔利和蕾切尔摇摇头。亚力克斯说："奶奶说到六年级才可以有。"

克里斯托弗说："奥利维娅有。"

奥利维娅说："我妈妈把它拿走了。"

纳塔利举起一只手。台上,在书架的另一侧,她的音箱还在水下冒泡儿,这让他有些分不清方向。

"尼尼斯先生,什么是速去速归?"

"什么?"

"玛丽安小姐说去取比萨,速去速归。"

"速去速归就像打架。"亚力克斯说。

"是拌嘴。"奥利维娅说。

"放在嘴里的是花生酱。"克里斯托弗说。

"速去速归就是时间短。"泽诺说,"一小会儿。"外面,湖口区响起此起彼伏的警笛声。

"但是,现在不是比速去速归长了,尼尼斯先生?"

"你饿吗,纳塔利?"

她点点头。

"我渴。"克里斯托弗说。

"雪天可能会晚一点,"泽诺说,"玛丽安很快就回来了。"

亚力克斯站起来。"咱们喝点咕咕云谷的根汁饮料吧?"

"那是为明晚准备的。"奥利维娅说。

"我觉得,"泽诺说,"每人喝一瓶没问题。你能安安静静地把它们拿过来吗?"

亚力克斯跳起来。泽诺踮起脚尖,从书架顶上看着男孩走上舞台,钻到背景布后面。

"为什么，"克里斯托弗问，"他必须安安静静的?"蕾切尔用食指点着台词练习。奥利维娅说："那么，那句脏话呢? 尼尼斯先生?"

谢里夫会不会失血而死? 泽诺是不是应该快些行动? 亚力克斯穿着浴袍和短裤，拉着1箱24罐根汁饮料从背景布最远的一边钻出来。

"小心，亚力克斯。"

"克里斯托弗，"亚力克斯走到夹板舞台的舞台口时，全神贯注地盯着箱子顶上的一瓶饮料小声说，"这有一个——"然后他被绊了一下，12罐饮料飞下舞台。

西摩

他盯着电话默念：响。马上响。但是它继续沉默着。

下午5:38。

邦尼的保洁工作应该交接完了。脚酸、背痛，她在等他。他要开车去接她，然后把她送到"猪肉饼屋"。窗口飞驰而过的是警察的巡逻车吗？她的同事在议论图书馆出事了吗？

他努力想象"主教"的勇士们在附近集结的场面，他们使用无线电密码协调各方力量准备营救他。或者——他产生了一个新的疑问——警察干扰了他的指令。也许教会的人没有接到他的电话。他想起在雪地里移动的红色亮点、在树篱上盘旋的无人机。湖口码头的警察有这个能力吗？

受伤的人躺在楼梯上，用右手压住流血的肩膀。他闭着眼睛。地毯上干涸的血迹从栗色变成黑色。最好不看。西摩把注意力转移到虚构类和非虚构类中间幽暗的长廊里。他把整件事搞得一团糟。

他愿意为此付出生命吗？替无数被人类赶出地球的生灵出头？为不能说话的代言？难道这不是英雄所为吗？英雄为那些不能自己

战斗的人而战。

　　既害怕又困惑，身体发痒，腋窝出汗，脚冷，尿急。一个兜里是伯莱塔，另一个兜里是手机。他摘掉耳罩，用冲锋衣的袖子擦擦脸，又看了看通往图书馆后面的厕所的通道。就在此时，楼上传来一连串砰砰砰的声音。

CHAPTER 11
第十一章

在鲸鱼肚子里

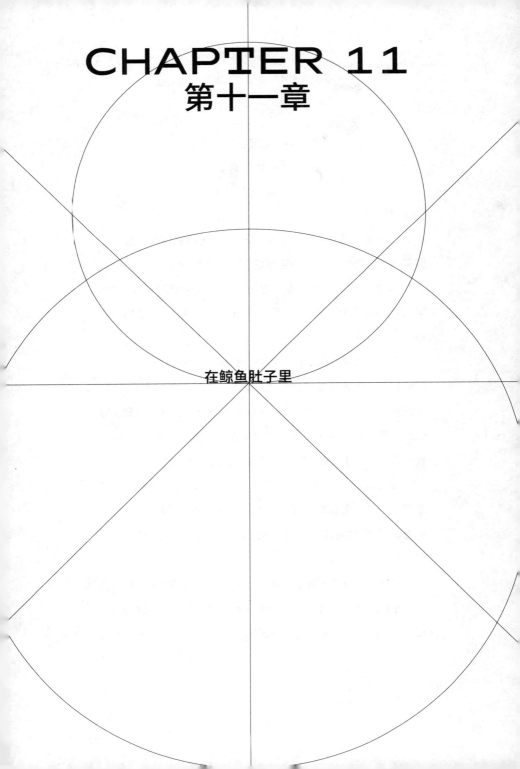

《咕咕云谷》
安东尼·戴奥真尼斯
第^页

……我尾随长着鳞片的兄弟们穿过无尽的深渊，摆脱机警又可怕的海豚。一头海中怪兽毫无征兆地出现在我们上面。它的体型庞大，无可匹敌；它的嘴像特洛伊城门一样宽广；牙齿像海格力斯之柱一样高大；牙尖像珀尔修斯的剑一样锋利。

它张开血盆大口要吞掉我们，我静静地等死。永远也到不了云城了。永远也见不到海龟，吃不到它背上的蜂蜜蛋糕了。我将死在冰冷的大海里，我的鱼骨将葬身在怪兽的肚子里。我们这一群都被它卷进山洞似的大嘴里。可是尽管它牙大齿尖，我们却完好无损地从宽松的大牙缝掉进它的食管里。

在巨兽的肚子里翻腾无异于身陷大海，我们在这里见识了万物众生。它每次张嘴的时候，我都会冲到前面一饱眼福：埃塞俄比亚的鳄鱼、迦太基的宫殿、穴居人被白雪覆盖的洞穴。

最后，我终于厌倦了：虽然走了这么远，但我还在原地打转，丝毫没有接近目的地。我是一条海里的鱼，一条在更大的海中更大的鱼肚子里的鱼。我想知道，世界是不是在一条更加大的鱼肚子里游泳。我们所有鱼都在鱼肚子里的鱼的肚子里。

后来，我实在烦透了这些问题，于是闭上带鳞片的眼睛，睡着了……

君士坦丁堡

———————

1453年4—5月

奥米尔

两边 1 英里的范围内，锤敲、斧劈、骆驼喘息、狗吠牛叫。他经过制箭营、马具营、工匠营和铁匠营；裁缝在帐篷里努力把帐篷变得更大；男孩们提着米篮子到处串；50 个木匠用剥了皮的原木搭起云梯。污水沟已经挖好；装饮用水的水桶堆成山；建在最里面的大型简易铸造厂已经竣工。

人们从营地的各个角落赶来一睹大炮的风采。笨重的大炮在车上闪着希望的光芒。人群的躁动让牛不安地挤在一起："月光"奋拉着脑袋站在那里磨牙，看起来好像睡着了。"大树"侧卧在他的旁边，抖着耳朵。奥米尔学着祖父的样子捣碎金盏花的叶子，拌上唾液，忧心忡忡地揉"大树"的后腿。

黄昏的时候，从埃迪尔内护送大炮过来的人在冒着热气的大锅前集合。队长站在台子上大声说苏丹对他们万分感激，承诺胜利之后，他们可以自己选房子、占花园、挑老婆。

木匠连夜赶制大炮的支架和护栏，奥米尔被吵得睡不着觉。第二天，牛车队忙了一整天才把它运到指定位置。偶尔，外护城墙的炮眼里飞出一支弩箭，嗖的一声扎在车上或者插进泥地里。马赫用拳头捶着城墙大喊："我们投回去的东西比你们这个大。"所有听见的人都哈哈大笑。

当天晚上，他们在草地喂牛的时候，马赫发现奥米尔坐在一块石灰岩上，于是凑上去，蹲在他旁边抠膝盖上的血痂。他们的目光从营地转到护城河，再到砌着红砖条的白土粉塔。夕阳下，远处城墙上杂乱的屋顶好像被点着了一样。

"你相信明天这个时候，那些都将成为我们的吗？"

奥米尔沉默不语。他不好意思说那么大的城让他望而生畏。他们是怎么建起这样一个地方的？

马赫乐此不疲地唠叨着要为自己选两层高、有水渠灌溉梨树和茉莉园的房子；要娶黑眼睛的妻子生5个儿子；至少要12把3条腿的凳子——他总提3条腿的凳子。奥米尔想起山谷里的石头屋，做凝乳的妈妈，烤松果的祖父，乡愁滚滚而来。

他们的左边有一座低矮的小山丘，山顶四周布满沟壑和盾牌，布围墙里的帐篷在风中抖动，那就是苏丹大营。帐篷里住着他的禁卫军和大臣，装着他的圣物和猎鹰，还有占星家、学者和品菜师；厨房帐篷、厕所帐篷和冥想帐篷，瞭望塔旁边是苏丹的帐篷——红色和金色，足有一片小树林那么大。奥米尔听说，帐篷里面像天堂一样色彩斑斓。他简直望眼欲穿。

"我们的国君，用他无穷的智慧，"马赫追随着奥米尔的视线说，"发现了一个漏洞。软肋。你看见河水流进城里的地方吗？看见城门边城墙下沉的地方吗？自从先知开始，水就在那儿流，愿主保佑他，汇集、渗透、侵蚀。那里的地基不稳，斜面的石头松动。我们就是要从那里攻进去。"

城墙上下的岗哨纷纷亮起火把。奥米尔努力想象着那幅画面：就算游过护城河、爬过远处的陡坡，翻过外城墙、经过城垛边的打斗，也只能到达内外墙夹缝中的无人之地，它的塔楼有12个人那么高。你需要一双翅膀；只有神才可以做到。

"明晚，"马赫说，"明晚，那里将有两所房子是咱们的。"

第二天早上，净仪、诵读之后，旗手绕过一顶顶帐篷，走到最前面，在曙光中举起鲜艳的旗帜。大鼓、铃鼓、响板响彻全军，吹吹打打既是灭敌人的士气也是鼓舞自己的斗志。奥米尔和马赫目不转睛地看着火药手——很多人手指不全，很多人的喉咙和脸上带着烧伤——装备巨型大炮。他们表情僵硬，善变的爆炸物使他们始终处于恐慌之中；他们散发出硫黄的气味；他们像巫师一样用奇怪的方言窃窃私语。奥米尔祈祷别被他们看见，这样如果有什么问题，他们不会怪罪到他的脸上。

他们在不到4英里长的陆地城墙边布置了14个炮台，没有一个能够比过奥米尔和马赫帮忙运来的大炮。很多常见的攻城武器——投石机、吊索、弹弩——也一一就位。不过这些和锃亮的大炮、漆黑的马车、束腰衣上沾着火药的炮手比起来显得那么简陋。春日清透的薄云像奔赴战场的快艇一样从头顶飘过，太阳跃出屋顶的一瞬间，城墙外的士兵眼前一黑。最后苏丹塔顶一块反光的布料发出信号，锣鼓收声，旗手扔掉手中的大旗。

炮手点燃60多门大炮的火药。军营里所有人，从应征入伍的先遣队中手持棍棒和长柄大镰刀的赤脚羊倌到伊玛目[1]和大维齐尔[2]——从仆人、马夫、厨子和做箭头的工匠到戴着纯洁的白色头巾的苏丹禁卫军的精英——都在观望。城里的人也在观望。他们沿着内城墙和外城墙，三五一群地聚在一起：弓箭手、骑兵、挖地道的、僧侣、好奇的和胆大的。奥米尔闭上眼睛，用小臂夹着耳朵，仍然抵挡不住层层累积的压力和雄伟的大炮喷薄欲出的愤怒的能量。他祈祷自己马上入睡，等到睁开眼睛的时候就会发现已经回到家乡，正靠在树干半空的紫杉树上醒盹儿。

大炮一个接一个地开火，炮筒里喷出的白色烟雾向前冲的同时炮膛向后反冲，地动山摇，60多颗石弹以迅雷不及掩耳之势飞向城里。

城墙上下尘土飞扬，碎石乱发。破砖块和碎石灰岩如雨纷飞，落在400米以外的人身上，军中吼声震天。

烟雾飘远以后，奥米尔看见外墙的塔楼塌了一部分，但是墙好像完好无损。炮手把橄榄油泼在巨大的炮身上，为大炮降温。一个军官正在组织部下装第二颗千斤重的炮弹。马赫怀疑地眨着眼睛。欢呼声久久不能平息。安静下来之后，奥米尔听见惨叫声。

1　指清真寺内率领穆斯林群众举行拜功的领拜师，与中国清真寺的阿訇相同。——译者注

2　是奥斯曼帝国苏丹以下最高级的大臣，相当于宰相的职务。——译者注

安娜

开炮的时候，她正在院子里劈捡回来的木头。一连12响之后，远处传来碎石砸地的隆隆声。换作几天前，苏丹大炮的轰隆声都有可能让工坊里一半的女人哭哭啼啼。但是今天早上，她们只是守着煮鸡蛋，在空中画了一个十字。架子上的水壶晃了晃，克莱斯走过去摆好。

安娜把木柴拉进洗碗间，生起炉火。8个绣女离开饭桌，无精打采地上楼工作。屋子里太冷了。没有人争分夺秒。卡拉菲特斯带着金线、银线和珍珠跑了，丝绸所剩无几，还有牧师买绣花礼服吗？似乎所有人都相信世界末日即将到来，她们唯一的使命便是在它到来之前净化自己的灵魂。

西奥多拉挂着拐棍站在窗边。玛丽亚还在绣锦缎兜帽，她的眼睛几乎贴在绣花架子上。

每天晚上，安娜在小格子间里安顿好玛丽亚之后，便走到外墙和内墙之间的平台，跟其他的妇女儿童一起往炮筒里填泥炭、土块和碎砖瓦。她看见修女像往常一样帮忙把炮筒挂在滑索上；看见婴儿被集中照料，以便妈妈们参与劳动。

大炮被驴拉的吊车运到外墙的城垛上。天黑之后，在萨拉森人大军压境的情况下，视死如归的勇士们匍匐前进，迅速搭建掩体，放低炮筒，用树枝和稻草填满周围的空地。安娜看见掩体里有整棵的灌木和树苗——甚至地毯和挂毯，所有可以缓冲可怕的石头炮弹的东西都被派上用场。

远处，苏丹的大炮对着外墙咆哮的时候，她感觉骨头被炸开了，心在心窝里乱颤。有时候，炮弹从目标上飞过，呼啸地落在城里，她能听见它葬身果园和废墟，或者砸毁房子的声音。有时候，石弹落在掩体上，非但没有碎石飞溅，而是整个陷下去，守将们便会欢呼雀跃。

寂静让她更加害怕：停火的间隙，她听见萨拉森人在墙根唱歌，听见他们攻城的机器在转，听见马嘶驼鸣。顺风的时候，她还能闻到他们的饭香。和想让她死的人离得如此之近。她知道，阻止他们如偿所愿的只有一墙砖瓦。

她一直干到伸手不见五指才拖着沉重的步伐回修道院。她从洗碗间拿了一根蜡烛，爬上床，躺在玛丽亚身边。指甲断了，双手糊着泥。她拉过毯子，把两个人裹紧，然后翻开棕色的羊皮小本子。

故事进展很慢。有些书页发霉，部分字迹模糊；抄写员没有空格；脂油蜡烛火苗乱窜，亮光微弱；她精疲力竭，一行一行的文字总在眼前摇摆起舞。

故事里的羊倌意外地把自己变成一头驴，又变成一条鱼，现在他正在海中怪兽的大肚子里游泳，一边躲避想要吃掉他的野兽，一边观赏陆地的风景。愚蠢、可笑，这不可能是意大利人寻找的秘境汇编。能是它吗？

但是，当古老的希腊文字连贯起来的时候，她就像翻过岩石修道院的院墙一样掉进了故事里——手抓这儿，脚踩那儿——让人绝望的寒冷荡然无存，取而代之的是司焰鲜活荒谬的世界。

海洋怪兽正在迎战另一个比他更大更凶残的巨兽。我们周围全是惊涛骇浪，一艘艘载有100名水手的大船在我眼前沉落，一个个小岛被掀翻从我身边卷走。我害怕地闭上眼睛，一门心思地想云上金光灿烂的城……

翻开一页书，行走在字里行间：歌手走出来，脑子里出现了一个五彩斑斓、嘈杂喧嚣的世界。

苏丹，一天晚上克莱斯大声宣布，不仅用他的"割喉"切断了这座城市东边的命脉，而且派海军封锁了西边的海域；他不仅有源源不断的大军和吓人的大炮，还带来塞尔维亚挖银矿的人，那是全世界最厉害的矿工。现在他们要在城墙下面挖出一条通道。

玛丽亚听见之后惊恐万状。她在小格子间周围摆满水碗，跪在中间，盯着水面寻找地下活动的迹象。晚上，她推醒安娜，让她听地板下面镐和铁铲刨挖的声音。

"声音大了。"

"我什么也没听见，玛丽亚。"

"地板动了？"

安娜搂着她说："快睡觉，姐姐。"

"我听见他们说话。他们就在咱们的下面聊天。"

"是烟囱里的风声。"

尽管说得理直气壮，安娜也感觉毛骨悚然。她想象着，就在床的正下方有一个洞，一排穿着长袍的人趴在里面。他们的脸上抹着黑泥，眼睛巨大无比。她屏住呼吸，倾听他们的刀尖划过石板的底部。

月底的一个黄昏，安娜走在城东搜集食物，当转到圣索菲亚面朝大海被风化的一侧时，她停下来。两栋房子之间的海面倒映着伫立在海港岩石上的小修道院。它起火了。破碎的窗户里火光闪闪，一柱黑烟扶摇直上。

钟声四起——是催促人们去灭火还是其他原因，她不知道。也许只是提醒大家像往常一样过日子。一个男修道院的院长捧着一幅圣像，闭着眼睛，步履蹒跚。他后面跟着两个修道士，每人端着一个冒烟的香炉。修道院的烟在暮色中徘徊。她想起潮湿腐臭的走廊、坍塌的天花板下发霉的藏书室，还有小格子间里的手抄本。

日复一日，高个子意大利人说，年复一年，时间把旧书从人世间带走。

一个脸上有疤的女佣站在她面前，"回家吧，孩子。钟声召集修道士去掩埋尸体，现在不是闲逛的时候。"

她回到家里，发现玛丽亚呆若木鸡地坐在一片漆黑的小格子间里。

"是烟吗？我闻到烟味儿。"

"是蜡烛。"

"我有点晕。"

"可能是饿的，姐姐。"

安娜坐下，拉起毯子裹住两个人，然后拿起姐姐腿上的锦缎兜帽。她已经绣完12只鸟中的5只——代表圣灵的鸽子、代表耶稣复活的孔雀和要拔出耶稣手上钉子的交喙鸟。她用兜帽把玛丽亚的顶针和剪子卷起来，从角落里拿出破旧的手抄本，翻开第一页：我最亲爱的侄女，希望这本书带给你健康和光明。

"玛丽亚，"她说，"听着。"她开始从头读。

醉醺醺的司焰傻乎乎地把剧本里的魔幻之城当真了。他奔赴魔地塞萨利，结果意外地把自己变成一头驴。现在她的速度明显提高。她大声朗读的时候，奇怪的事情发生了：玛丽亚听着她平缓的声音，感觉不那么难受了。她放松下来，把头枕在安娜的肩膀上。驴子司焰被强盗绑架，被磨坊主的儿子鞭打，精疲力竭地拖着开裂的蹄子走到世界的尽头。玛丽亚既没有发出痛苦的呻吟声，也没有念叨矿工在地下打洞。她坐在她的身旁，在烛光下眼神明亮，一脸陶醉。

"你真的认为这是真的吗，安娜？鱼能吞掉整艘船？"

一只老鼠从石板地上跑过来，抬起前腿，仰起头，抽着鼻子闻她，好像在等她回答。安娜回忆起最后一次和利西纽斯坐在一起的情景。Μῦθος，他写道，mýthos对话、传说，救世主出现之前的黑暗里的传奇。

"有些故事，"她说，"真的和假的混在一起。"

楼下的大厅里，寡妇西奥多拉在月光下捻着念珠。隔着一个小格子间，只剩半口牙的厨子克莱斯正捧着酒壶喝酒，她把皮开肉绽的双手搭在膝盖上幻想着夏天走出高墙，在樱桃树下散步，看满天的乌鸦。

向东1英里，抛锚的大帆船上，被招入城市海防应急队的男孩希梅留斯和其他30个船夫坐在大船桨上。他的后背抽筋，双手鲜血淋漓，还剩8天可以活。圣索菲亚大教堂地下蓄水池漆黑平静的水面上漂着3艘小船，每艘船上都装着春天的玫瑰。牧师的唱诵声在黑暗中回荡。

奥米尔

他沿着城墙向北，第一次看见金角湾——一片半英里宽的银色水域，波澜不惊地流入大海——简直是世界上最令人赞叹的景象。海鸥在头顶盘旋；水鸟像天神一样从芦苇荡起飞；苏丹的两艘船像着了魔法一样从眼前滑过。祖父说海洋可以装下所有人的所有梦想，可是直到现在，他也想不明白。

入海口西岸，土耳其人的栈桥周边万头攒动。牛车队接近码头的时候，奥米尔才看清楚：吊车、绞盘、运炮筒和军火的码头工人、等着装车的驮马，他相信再也不会看见如此壮观的场面了。

但是日子一天天地过去，几周之后，他最初的惊喜已经荡然无存。他和他的牛被分配到拉巨石的8牛小组，负责把黑海北岸采石场的花岗岩，沿着金角湾栈桥运到城墙外临时搭建的铸造厂。石匠在那里把岩块凿磨成和炮筒口径相当的炮弹。全程4英里，几乎都是上坡。枪炮对射程的追求永无止境。牛车队从日出干到日落，还没有从长途跋涉中恢复体力的牛队苦不堪言。

虽然白天有"月光"替瘸腿兄弟减轻负担，可是一到晚上摘掉脖套之后，"大树"仍然趔趔趄趄地倒在地上。奥米尔带着草料和水整晚陪着它。它耷拉着脑袋把下巴抵在地上，肋骨凸起、凹陷、凸起、凹陷：健康的牛永远不会这样躺着。人们看它的眼神，俨然像盯着一顿大餐。

先是雨，后是雾，再有太阳炙烤，苍蝇成群。苏丹的步兵团冒着枪林弹雨，用木材、报废的武器、帐篷布等所有能够找到的东西填满莱克斯河沿岸的壕沟。他们斗志昂扬，每隔几天冲锋陷阵一次。

死伤无数。很多人冒死搬运尸体，却成为另一具尸体。尸体越来越多。几乎每天早上，奥米尔给他的牛套上车辕的时候，总有一柱焚尸的烟雾升上天空。

到栈桥的路穿过从基督徒的墓地改造而成的露天战地医院。伤兵和死人躺在古老的墓碑中间：马其顿人、阿尔巴尼亚人、瓦拉几亚人和塞尔维亚人，他们中有些人痛不欲生，看上去已经脱了人形，疼痛如翻腾的泥浆抹平了他们曾经为人的痕迹。治疗师点燃柳枝和苜蓿，从驴车的土罐子里掏出一把蛆虫为士兵清理伤口。他们在伤员中穿梭，人群蠕动、惨叫或者昏厥。奥米尔的脑海中出现一幅画面：死去的人被埋在将死之人的身下，寸土之隔，他们的肉体腐烂变绿，牙齿却咬得咯咯响，不禁黯然神伤。

从两个方向来的驴车与牛车队擦肩而过，车夫的表情难以捉摸，烦躁？害怕？气愤？或者兼而有之。怨恨，奥米尔意识到，像传染病一样在队伍中蔓延。在围城三个星期以后，有些人不再是为上帝而战，不为苏丹，不为抢劫，只因为气急败坏。杀光。同归于尽。奥米尔的心里也燃起怒火，他只希望上帝愤怒地一拳刺破星空，砸毁房屋，让希腊人死得干干净净，然后让他回家。

5月1日，乌云密布。金角湾天色昏暗，大雨倾盆。搬运工把巨大的、带有白色石英条纹的花岗岩石球顺着坡道滚下去，装上牛车。

远处，投石机抛出的岩石在城墙上空划出一道道野蛮的弧线，然后消失在视线中。回铸造厂的路上，刚走了半英里路，牛车就陷进深深的车辙里。"大树"左摇右晃，其他的牛吐着舌头大口喘气，口水横流。它想回到大路上，但是挣扎几步之后又开始晃悠。整个车队停滞不前，其他车队经过的时候，牛倌跑过去稳住货车。

奥米尔钻进牛群，摸了摸"大树"瑟瑟发抖的后腿，它流出两条鼻涕，大舌头一遍一遍地舔上牙膛。它温柔地转动眼珠憧憬着远方，眼睛里雾蒙蒙一片尽是疲惫。过去的五个月仿佛夺去了它十年的光景。

奥米尔手拿刺棒、脚踩破鞋，走过气喘吁吁的牛队，在一辆车边停下来，对高高在上、坐在货堆上愁眉不展的军需官说：

"牛需要休息。"

军需官半惊讶半厌恶地张大嘴巴，然后拿起牛鞭。奥米尔感觉自己的心脏在黑暗中震颤。他想起来：很多年前，祖父曾经带他上山去看伐木工人。他们正在砍一棵古老的银杉树，那树足有25个人摞起来那么高，独木成林。他们唱着低沉豪迈的歌，像把钉子锤进巨人的脚踝里一样，有节奏地把楔子敲进树干里。祖父把那些工具的名字讲给他听，楔子、火绒、积木、晶石。可是此时，当军需官挥舞着牛鞭蹿起来的时候，他只记得大树倾斜、树干轰然倒地、伐木工人喊出的"哈——喽"、破裂的木头散发出浓郁芬芳的气味时自己的感觉，不是欢喜，而是悲伤。伐木工人看着世代代只识星光、雨雪和乌鸦的枝干被碾作尘埃的时候，似乎被集体的力量所感动了。但是那个年龄的奥米尔却感到绝望，并且意识到这种情感不会得到认同，应该隐藏起来，即使对祖父也不例外。为什么忧伤，祖父会说，人又能做什么呢？小孩子不应该过分同情人类以外的东西。

军需官的鞭子尖在奥米尔耳边一寸的地方炸响。

一个从埃迪卡内过来的白胡子赶车人大喊一声："放过这个男孩吧。他也是为牲口好。先知，真主保佑他，曾经为了不吵醒睡在袍子上的猫而割断袍子。"

军需官低着头眨眨眼。"如果我们不能把货运过去，"他说，"我们都会挨鞭子，包括我在内。走着瞧。你，你这张脸，挨的鞭子会是最多的。赶牲口去，否则咱们都得喂乌鸦。"

大家回到自己的牲口旁边，奥米尔回到车辙里，蹲在"大树"旁边呼唤它的名字，它站起来。他用刺棒拍了拍"月光"的肩，两头牛驾着车辕向前走起来。

CHAPTER 12
第十二章

鲸鱼肚子里的男巫

《咕咕云谷》
安东尼·戴奥真尼斯
第M页

……怪兽肚子里的水平静下来，我感觉饿了。我向上瞟了一眼，恰巧发现一份美味的小吃。一条闪亮的小凤尾鱼浮出水面，它先漂了一会儿，然后开始跳舞，那是我见过的最诱人的舞姿。我甩着尾巴冲过去，拼命张大嘴……

"哎哟，哎哟，"我哭喊着，"我的嘴！"渔夫的眼睛如灯，双手似鳍，阴茎像大树。他们住在鲸鱼肚子里的一个小岛上，岛中间有一座尸骨山。"放开我。"我说，"你们这么强壮，我不够吃。再说了，我根本不是鱼！"

渔夫互相看看，其中一个说："是你在说话，还是那条鱼？"他们把我带到高山上的洞穴里找可以和鱼对话的巫师。蓬头垢面的巫师当年遭遇船难，已经在里面住了400年。"伟大的巫师，"我上气不接下气，讲话越来越困难，"请把我变成鸟吧。勇敢的老鹰，或者，聪明强壮的猫头鹰也行，那样的话，我就可以飞到云城，那里没有痛苦，总是刮西风。"

巫师哈哈大笑。"即使长出翅膀，蠢鱼，你也不能飞到一个根本不存在的地方。"

"不对，"我说，"真的存在。就算你不信，我也信。否则，这一切都是为了什么呢?"

"好吧,"他说,"告诉这些渔夫大鱼住在哪里,我就给你一双翅膀。"我鼓鼓鱼鳃,表示接受。然后他嘟囔着魔咒,把我抛到空中,越过高山,一直到怪兽的牙龈,它沾满血污的尖牙像柱子一样顶破月亮……

阿尔戈斯

—————

服役时长64年

1号舱内第1—20天

科斯坦茨

她醒过来的时候依然穿着爸爸做的生物塑料服躺在地上。机器在塔台里闪烁。

下午好，科斯坦茨。

周围全是爸爸搬到连廊里的东西："巡视者"、充气床、循环马桶、干洗巾、营养粉、未拆封的食物打印机。氧气面罩在她身旁，头灯关闭。

恐惧在她的意识里一滴接一滴地汇聚成河。两个穿防化服的人、铜镜面罩上大门敞开的17号隔间里扭曲变形的画面、补给舱里的帐篷、爸爸脸上的憔悴、眼睛里的红血丝、每次头灯的光柱落在他身上时，他表现出的惊慌失措。

妈妈不在床上。

使用小循环马桶让她感觉暴露了隐私。工装的下半身被汗水浸透。

"西比尔，我睡了多长时间？"

你睡了18个小时，科斯坦茨。

18个小时？她数了数营养粉：13袋。

"生命指标？"

体温理想。脉搏和呼吸完美。

科斯坦茨在舱室里转了一圈，找到门。

"西比尔，放我出去。"

我不能。

"你不能是什么意思？"

我不能打开舱门。

"你当然可以。"

我的首要任务是照顾船员的健康，我有信心保证你在这里的安全。

"让爸爸来接我。"

好的，科斯坦茨。

"告诉他我要马上见到他。"小床、氧气面罩、食品袋。她胆战心惊。"西比尔，13袋营养粉可以供1个人吃多少顿饭？"

按照热量消耗的平均值计算，1袋脱水食物可以制作6 526份营养全面的饭菜。睡了这么久你是不是饿了？需要我为你准备一份营养餐吗？

爸爸在图书馆对着专业图纸冥思苦想。缝纫凳被外门挤得吱吱响。我们有一个人不舒服。杰茜·寇说，走出自己隔间的唯一方法是告诉西比尔你不舒服。如果西比尔检查出问题，会派蔡医生和戈德伯格工程师护送你去医务室。

爸爸感觉不舒服。当他说出来的时候，西比尔打开17号隔间的大门，准备把他送到隔离区，但是他先把科斯坦茨送到了西比尔的船舱，还有足够她吃 6 500 顿左右的饭。

她双手颤抖地摸到后脑勺上的 VR 眼镜。"巡视者"在地板上呼呼地启动。

去图书馆？西比尔问。没问题，科斯坦茨。你可以吃——

桌边没有人。梯子上没有人。空中没有飞行的书。空无一人。穹顶的圆孔上，天空湛蓝。科斯坦茨大喊："有人吗？"弗劳尔斯夫人的小狗举着尾巴从桌子下面跑出来，两眼放光。

没有老师上课。没有孩子上上下下地跑去游戏区。

"西比尔，人都去哪了？"

大家都在别的地方，科斯坦茨。

星罗棋布的书站在自己的位置上。洁白的长方形纸片和铅笔躺在盒子里。几天前，妈妈在一张桌子旁大声宣读：*最顽强的病毒可以在物体表面存活数月：桌面、门把手、卫生间。*

她打了一个寒颤，抽出一张纸，写下：1 个人多少年可以吃完 6 526 顿饭？

答案飘飘荡荡落下来：5.959 8 年。

6 年？

"西比尔，请让爸爸到图书馆来找我。"

好的，科斯坦茨。

她坐在大理石地板上，小狗跳到她的腿上。它的毛摸起来是真的，脚底粉色的小肉垫是暖的。头顶飘过一片银色的云彩，好像一幅儿童画。

"他怎么说？"

他没有回答。

"现在几点？"

"日光"13点过6分，科斯坦茨。

"有人吃第三餐吗？"

他们没吃第三餐。没人。你想玩个游戏吗，科斯坦茨？智力游戏？还有"地图集"，我知道你最喜欢去那儿。

数码狗眨了眨它的数码眼。数码云寂寞地飘过数码的黄昏。

她从"巡视者"下来的时候，1号舱的墙壁已经模糊不清。"熄灯"时间到了。她用头顶着墙，大声喊："有人吗？"

提高嗓门："有人吗？"

隔着阿尔戈斯的墙很难听到声音，但不是绝对不可以：她在17号隔间的时候，躺在自己的床上可以听见水在管子里流动的声音，偶尔还能听见16号隔间的马里先生和马里夫人争吵的声音。

她用双手的掌根捶墙，然后抄起折叠充气床砸墙。这回噪声震天。等待。再砸。每一次心跳带来一波恐惧。她再一次看见爸爸在图书馆研究图表；听见很多年前陈夫人说过的话：这个舱有自供暖、机械自查和自动过滤系统，独立于其他……爸爸肯定确认过。他把她留在这里是为了保护她。可是为什么他不留下呢？为什么不把其他人带过来呢？

因为他病了。因为他们有可能全部感染了致命的细菌。

房间完全黑下来。

"西比尔，我的体温怎么样？"

理想。

"不发烧?"

所有指标优秀。

"现在可以开门了吗?求你。"

科斯坦茨,这个舱会一直封闭。这是你最安全的地方。你最好吃一顿营养餐。然后收拾你的气垫床。需要一点亮光吗?

"问问我爸爸会不会改主意。我会把床支起来,我会听你的话。"她打开折叠床,固定铝床腿,打开冲气阀。房间里鸦雀无声。西比尔在她衣服的褶皱里闪动。

也许,其他人待在补给舱里是安全的,那里有面粉、新工装和备用品。也许那些房间也有自己的供暖系统和净水系统。但是为什么他们不去图书馆了?也许他们没有"巡视者"?也许他们睡觉了?她爬上床,撕开毯子的包装,蒙住眼睛。数到30。

"你问过他了吗?他改主意了吗?"

你父亲没有改变主意。

接下来的几个小时,她20次摸着额头测试自己有没有发烧。会头疼吗?想吐吗?体温好,西比尔说,呼吸和脉搏完美。

她走进图书馆,对着走廊大声呼喊杰茜·寇的名字、玩西尔弗曼之剑、在桌子下面打滚儿、当小白狗舔她的脸的时候,她开始抽泣。一个人也看不见。

船舱里,西比尔在小床的上方抖动着万缕金线。你做好继续学习的准备了吗，科斯坦茨？我们的航行没有停止，所以最重要的是保证每天的——

30英尺以外的人都死在自己的房间里了吗？她认识的人的尸体都将被抛出气闸吗？

"让我出去，西比尔。"

恐怕门还封着。

"但是你可以打开。是你控制的。"

因为，我不能保证你出去以后的安全，所以不能解封。我的首要任务是照顾船员的健康——

"可是你没有。你没有照顾船员的健康，西比尔。"

随着时间的流逝，我越发确定你在这里才安全。

"如果，"科斯坦茨小声说，"我不想安全呢？"

她变得歇斯底里：拆下一条铝床腿，对着墙一通乱砸。金属腿上出现一道道划痕和一个个小坑。结果显示没有奏效。她转向包裹着西比尔的透明管子，打到铝腿断裂，双手散架。

大家都去哪了？活下去，她会成为谁？爸爸为什么离家出走？为什么把这么悲惨的命运强加给她？天花板上的二极管亮得刺眼。一滴鲜血从食指滴到地板上。在管子的保护下西比尔毫发未伤。

感觉好些吗？西比尔问，时不时地发点脾气是正常的。

为什么治愈不能来得像伤害一样快？崴脚、骨折——受伤可以在一瞬间。一小时又一小时，一周接一周，年复一年，细胞在身体里自我修复到受伤之前的样子。但是，你不再是以前的你：至少不是一

318

模一样的。

　　一个人过了8天。10天11天13天：她迷失了。门不能开。没有人在墙的另一边撞击。没有人进入图书馆。1号舱唯一的水源来自一根慢悠悠淌水的滴水管，轮流被插进食物打印机和马桶里。接满一杯水需要好几分钟，所以她总是口渴。有一段时间，她用手撑着墙，感觉自己像被困在种子里的胚芽一样，蛰伏，等待苏醒。另外一段时间，她梦想着阿尔戈斯停靠在 β Oph2 的一个三角洲上，墙壁消失，所有人都走出去。陌生的天空，洁净的雨丝，甜美如花的雨水；微风拂面；千奇百怪的小鸟展翅高飞；爸爸把泥涂在脸上看着她笑；妈妈抬起头，张开嘴，接天上的水喝——这样的梦，醒来才是最深的孤独。

　　"日光""熄灯""日光""熄灯"：在"地图集"里，她走过沙漠、高速公路、农田、布拉格、开罗、莫斯科、东京，寻找她不知道名字的东西。在摄像头里，她看见肯尼亚，一个站立背枪的男人手握一把剃刀；曼谷，一个女孩蹲在临街铺子的桌子后面，她身后的墙上至少挂着1 000只时钟，有带猫脸的、有以熊猫计数的、有黄铜指针的木钟，但是所有的钟摆都静止不动。她总是被树木吸引，印度有一棵橡胶无花果，英国有长满苔衣的紫杉树，艾伯塔有一棵橡树。但是"地图集"里没有一张图——即使塞萨利群山中的波斯尼亚松也没有——像爸爸农场里的莴苣叶子那样精致得让人叹为观止，也没有她种在小花盆里的松树苗那样的神韵；它细长的松针油亮葱绿，顶尖带黄；它有蓝紫色的松果；它的木质部缓慢地从根部吸收矿物质和水分，韧皮部带走松针的糖分存储起来。它们那么不慌不忙地在眼睛看不到的地方发生着。

最后，她筋疲力尽地坐在床上，浑身颤抖。天花板上的二极管变暗了。陈夫人说西比尔是一本书，装着全世界：1 000种做乳酪通心粉的配方、北冰洋4 000年的气温记录、儒学文献、贝多芬交响乐和三叶虫的基因等全人类的遗产：城堡、诺亚方舟、子宫等所有我们能够想到和可能需要的东西。而且，弗劳尔斯夫人说，绰绰有余。

每隔几个小时，就有一堆问题跑到她的嘴边：西比尔，只有我被留下吗？如果只剩一个人留在船上，你会为一个飞行的墓地领航吗？但是她问不出口。

爸爸还在等。等一切恢复正常。然后，他会来开门。

湖口码头　爱达荷州

———————

1953—1970年

泽诺

他在德士古下车。博伊兹顿夫人靠在她的别克车上抽着烟。

"这么瘦。收到我的信了？"

"你给我写信了？"

"月初，风雨无阻。"

"都说什么了？"

她耸耸肩："新的刹车灯。辉锑矿关了。"

她的头发齐整、眼神明亮，但是走进餐厅的时候，他发现有点不对劲：她有一条腿动作迟缓。

"没什么，"她说，"我爸爸也这样。哦，你的狗死了。我把它送到新梅多斯的查理·戈斯那儿，他说它走得很安详。"

雅典娜在图书馆的壁炉边打盹儿。他欲哭无泪。"它老了。"

"是的。"

他们坐在卡座里点了鸡蛋。博伊兹顿夫人点燃第二根烟。女服务员的眼镜挂在脖子上，围裙白得瘆人。她说："他们给你洗脑了？他们说你们有些人逃跑当了叛徒。"

博伊兹顿夫人在烟灰缸里弹了弹烟灰。"海伦，请把咖啡端过来。"

湖光潋滟，船只如梭。加油站里，一个皮肤深褐色的男人赤裸着上身看着服务生给他的卡迪拉克加油。过了这些月，还是这些事，真是难以想象。

博伊兹顿夫人看着他。他知道人们想听点什么，除了事实：他们想听一些不屈不挠、英勇杀敌的故事，给黑暗带来光明的英雄凯旋的赞歌。服务员在他们旁边擦桌子：3个没吃干净的盘子。

博伊兹顿夫人说："你杀人了吗？"

"没有。"

"一个也没有？"

单面煎的鸡蛋被送上来。他用叉子尖挑起一个，黄灿灿的蛋黄嘀嘀嗒嗒地流下来。

"这就好，"她说，"这样最好。"

房间还是老样子：瓷娃娃、每面墙上一个耶稣受难的十字架、原封不动的深紫色窗帘、一成不变的杜松，雅典娜总在最寒冷的夜晚趴在下面。博伊兹顿夫人接了一杯水。

"亲爱的，玩牌吗？"

"我想躺一会儿。"

"当然，随你。"

梳妆台的抽屉里，塑料士兵躺在罐头盒里睡觉。士兵401带着步枪爬上土坡。士兵410跪在反坦克炮后面。他躺在小时候睡觉的铜床上，但是床垫子太软，天又太亮。终于听见博伊兹顿夫人出去的声音，他才溜到楼下打开所有门锁。他需要这样。至少不上锁，最好大敞着。然后蹑手蹑脚地走进厨房。他把一条面包掰成两半，一半放在枕头下，另一半再分成块装进不同的口袋里，以防万一。

他在床边的地板上睡着了。他还没到20岁。

怀特牧师介绍他到公路局工作。金色的秋天，美洲落叶松在山上点燃一片金黄。泽诺和一群年长的修路工人用卡特彼勒履带拖拉机拖着自动平地机补泥坑、填水坑，为深山里的小村庄平路。冬天，他主动申请最艰巨的任务：驾驶老式硬顶军用旋转扫雪机。三个大型旋转刀片卷起的雪飞上天，像反向喷发的雪崩一样落在挡风玻璃上。一夜之后，车前灯的反光让他精神恍惚。这是一个让他感到陌生又孤独的工作：雨刷器清洁的速度和玻璃上结冰的速度几乎一致，散热器只能提供大约20%的热量，除霜机是固定在仪表盘上的一个带罩子的风扇，所以为了看清楚路，他必须一手握方向盘，一手拿沾了烈性酒的布擦玻璃。

每周日，他给英国退伍军人协会寄一封信，寻找一等兵雷克斯·布朗宁的下落。

光阴荏苒。雪化了，又下了。锯木厂烧了，又建好了。修路工用石头填上水坑、架起桥梁，暴雨或者落石把它们毁了，他们再重修。冬天，旋转扫雪机在卡车上扬起具有催眠作用的雪帘。总有车冻住或者滑下大路，陷进泥浆或者土坑，他总能把他们救回来：拖车、铲车、倒车。

博伊兹顿夫人时常添乱：情绪时好时坏；忘了想买什么；莫名其妙地摔跤；把口红画到脸上。1955年夏天，泽诺开车带她去博伊西看医生，被诊断为亨廷顿舞蹈病。医生让他留意她的表达能力和无意识的抖动。博伊兹顿夫人点燃一根烟，说："管好你的嘴。"

他给英联邦驻朝鲜部队写信；给英联邦驻军的战俘办公室写信；给英国每一个叫雷克斯·布朗宁的人写信。回信真诚却毫无进展。战俘，下落不明，很遗憾目前我们没有进一步的消息。雷克斯的单位？他不知道。指挥官？他不清楚。他知道一个名字。他知道东伦敦。他想写：他打哈欠的时候用手掌拍嘴。他的锁骨让我忍不住想咬上一口。他告诉我，考古学家在数千个古希腊长者送给心仪的男孩作为礼物的盆盆罐罐上发现了ΚΑΛΟΣΟΠΑΙΣ和καλός ὁπαῖς，"漂亮的男孩"。

这样一个头脑丰富、精力充沛、阳光明媚的人怎么能被抹掉呢？

冬天，他在长谷路俯身查看结冰的发动机或者解拖绳的时候，总有一个男人碰他的胳膊肘或者摸他的小肚子。于是他们六次走进车库或者在雾蒙蒙的黄昏爬上车，扭作一团。这是精心谋划的局，他好像故意把车开进雪堆里。但是春天来临的时候，那个人消失了，一个字也没留下。泽诺从此再也没有见过他。

公路局的调度员阿曼达·科德里征求他对镇上各色女孩的意见——壳牌加油站的杰西卡怎么样？小餐馆的莉齐呢？——盛情难却，他同意见面。他系了领带。那些姑娘都很友善；有些人被提醒过要警惕战俘在朝鲜被洗脑后的背信弃义；没有人能够理解他长时间的沉默。他努力像个男人似的使用刀叉，像个男人似的跷起二郎腿；他聊棒球和船的发动机；他还是怀疑自己样样出错。

一天晚上，他心乱如麻无法自拔，于是准备向博伊兹顿夫人倾诉。她状态不错，头发整齐，眼神明亮。烤箱里有两块葡萄干面包，电视上正在播放广告，桂格速溶麦片和一种头疼止痛药，泽诺清清喉咙。

"你知道，爸爸去世以后，我——"

她直起腰，调低音量。沉默像耀眼的阳光一样让人无法回避。

"我不是——"他又试了试。她闭上眼睛，好像准备挨一拳。一辆吉普车在他眼前一分为二。枪口一闪。布莱维特又拍死一只苍蝇，他把所有死在他手下的苍蝇都收在罐头盒里。人们从盆里抓起烧焦的玉米。

"说出来，泽诺。"

"没事。你的节目开始了。"

医生建议博伊兹顿夫人玩拼图，预防协调能力下降。他每周从湖口码头药店买一套新的，并且养成了满屋捡碎片的习惯：洗碗池里、水盆里、鞋子里、厨房的簸箕里。一块云、一截泰坦尼克号的烟囱、一角牛仔的印花大围巾。惶恐厌倦在他的心里蔓延：生活永远不会变。这就是生活的全部。早饭、工作、晚饭、锅碗瓢盆、餐桌上拼了一半的好莱坞、地板上40块碎片。生活。冰冷的黑暗。

从博伊西过来的车越来越多，铲雪的工作大部分改在夜间进行。他追随着车灯的光柱穿破黑暗，击退积雪。有时候早上交班之后，他不直接回家，而是把车停在图书馆前面，在书架间游荡。

新来的图书管理员拉妮夫人对他放任自流。开始，他一头扎进《国家地理》：金刚鹦鹉、因纽特人、驼队，照片激起他埋藏在心底的躁动。后来，他挪到旁边的历史区：腓尼基人、苏美尔人、日本的绳纹文化。他的目光在书架上搜寻希腊和罗马的小合集——《伊利亚特》，索福克勒斯的几部剧作、柠檬色封皮的《奥德赛》不见了——但是从没有伸手取下过一本。

偶尔，他鼓足勇气给博伊兹顿夫人讲他看到的趣闻：古代利比亚人猎捕鸵鸟、塔尔奎尼亚的墓穴画。"迈锡尼人敬畏漩涡，"一天晚上，他说，"他们把漩涡画在酒杯上、房屋上、墓碑上，还有国王的胸甲上。但是没人知道为什么。"

博伊兹顿夫人的鼻孔里喷出两股烟。她放下装着"老护林人"的玻璃杯，戳着拼图游戏的碎片说："为什么，有人关心这个吗？"

厨房的窗外，从黄昏开始下的雪铺天盖地。

亲爱的泽诺：

一下子收到3封你的信，简直是奇迹。这么多年，他们肯定是分错了地方。你熬过来了，你不知道我有多高兴。我探查过营地的资料，但是如你所知，很多是不能公开的，而且我也在适应新生活。你能够找到我真是太让我兴奋了。

我一直在整理那些古代的文本——在死去的语言布满灰尘的尸体上不停地翻找，像古希腊和古罗马的大师一样，我以前可不想成为这个样子。但是现在更有过之，你相信吗？我研究遗失的书籍，就是那些已经不存在的书，检测从俄克喜林库斯垃圾堆里刨出来的莎草纸，甚至去过埃及。被晒惨了。

　　弹指一挥间。希拉里和我正在筹备我5月的生日聚会。我知道咱们相隔万里，但是如果可能，你愿意来吗？就当放假。咱们写写希腊文，用笔和纸，而不再是用树枝和泥地。无论你做什么决定，我永远是你真诚的朋友。

雷克斯

1970年12月21日

湖口码头　爱达荷州

—————

2016—2018年

西摩

八年级世界研究：

写出三件有关阿兹特克人的事情。

我在图书馆里学习得知，阿兹特克祭司每52年举行一次仪式，阻止世界灭亡。他们熄灭全城的火把；把所有怀孕的妇女锁在石头粮仓里，防治他们的孩子变成魔族；不允许儿童睡觉，以防他们变成老鼠。然后，他们把祭品（纯洁无罪的祭品）带到被称作"荆棘树广场"的圣山上，当头顶出现特定的星空的时候（一本书，非虚构类F1219.73，推测是织女星，亮度排名第五），一名祭司切开祭品的胸膛，掏出她滚烫湿润的心脏。与此同时，另一个用粗斜纹布在她的心窝里点起一把火。接着，他们用碗端着燃烧心脏的火种走进城里点燃火把。人们希望被火把烧到，因为被心火燎到是福气的象征。成千上万支火把被一个火种点燃了，城市一片光明，世界又可以再活52年。

九年级美国历史：

并不想让你难堪，但你布置的作业的确是读那一章吗？整篇"哥伦布是伟大的"，"印第安人真心喜欢感恩节"，"让我们说服每一个人"。我发现图书馆的素材更好，比如，你知道从英国出发去收集烟草之前，奴隶的数量已经开始增长吗？英国人为了不在暴风雨中翻船，而在空船里装满烂泥吗？他们到达"新世界"的时候（那里根本不新或许当时叫美洲。美洲这个名字来自一个卖泡菜的小贩，他因为谎称和原住民做爱而闻名），在岸边卸下泥巴，装上烟草。猜猜泥巴里有什么？蚯蚓。从冰河世纪开始，蚯蚓已经在美洲绝迹至少1万年了。英国的虫子爬到"各个角落"，改善了土壤。英国人也带来这片土地上无人知晓的其他东西，比如：蚕猪蒲公英葡萄藤山羊老鼠麻疹，以及这里所有的动植物都是供人杀戮和食用的信条。在所谓的美洲没有蜜蜂，所以新蜜蜂没有竞争对手，迅速扩散。一本书上说，原住民见到蜜蜂的时候，全家痛哭，因为他们知道离死不远了。

十年级英文：

你说让我们写夏天做过的"有意思"的事，以便我们的"语法像贝壳一样开合自如"，那么好吧，特威迪夫人。今年夏天，科学家宣布，最近40年人类捕杀的野生哺乳类动物、鱼类和鸟类占地球总量的60%。这个有意思吗？还有，最近30年，北极圈里最老最厚的冰被我们融化掉95%。等到我们把全格陵兰岛的冰都融化干净的时候，只是格陵兰岛的冰，不包括北极和阿拉斯加的，只是格陵兰岛，特威迪夫人，你知道会发生什么吗？海平面上升23英尺，将淹没迈阿密、纽约、伦敦和上海。比如你和你的孙子在小船上开舞会，特威迪夫人，你如果高兴，就来点零食。如果他们高兴，奶奶，看水下，这有一个图书馆，这有一个大本钟，这有死人。这个有意思吗？我的"语法像贝壳一样开合自如"吗？

特威迪夫人的桌子上有一张保险杠贴纸，上面写着：The past, present, and future walked into a bar. It was tense. 语法时态。她的头发柔软得让人想躺在上面睡觉。西摩以为会挨骂，没想到她竟然说湖口高地环保协会几年前解散了，问西摩对重建有什么想法。

窗外，9月的阳光洒满足球场。15岁，他已经完全可以接受没有父亲、二手店的牛仔裤和每天早上60毫克赶走轰鸣的丁螺环酮。他的与众不同藏得更深了。其他十年级的男孩猎鹿、在杰克逊斯店里偷红牛、在滑雪山抽大麻，或者在网上组队打游戏，而西摩在研究西伯利亚永久冻土融化层里甲烷的含量；阅读有关猫头鹰数量减少的文章，从而接触到采伐森林导致土壤流失继而引发海洋污染导致珊瑚白化、地球变暖、融化和死亡的速度超过科学预期，地球万物盘根错节的关系看不到也割不断：板球运动员在德里呕吐、中国的空气污染、印度尼西亚泥炭地大火释放出的亿万吨碳飘至美国加州上空、澳大利亚百万英亩的丛林火灾将新西兰仅存的冰川染成粉红色。星球升温＝更多的水蒸发到空气中＝继续提高星球的温度＝更多的水蒸气＝星球加热＝永久冻土融化＝永久冻土融化过程中释放出更多碳和甲烷＝更热＝永久冻土减少＝反射太阳能量的极地冻冰减少。所有这些证据、所有这些研究都在图书馆里翘首以待，可是据西摩观察，只有他一个人在看。

有些夜晚，伊甸园之门在卧室的窗帘边若隐若现，他几乎可以听见地球上空一圈一圈嘈杂的回声，好像天空中有无数把隐形的大锯，刺啦、刺啦，震耳欲聋。

特威迪夫人用铅笔的橡皮头敲敲桌子。"喂！西摩醒醒。"

他画了一座海啸扑面而来的城市；"木棍人"夺门而出，破窗而逃。并且在最上面写下：环保协会，周二，课间，114室，在最下面写下：还不醒吗，傻瓜？特威迪夫人复印之前，让他擦掉"傻瓜"两个字。

接下来的周二，来了八个孩子。西摩站在最前面，照着一张从笔记本上撕下来的皱巴巴的纸念道："让你联想起文化的电影很快就会结束，比如外星人和大爆炸，但其实它结束得很慢。我们快要结束了，但是太慢了，没人注意到。我们已经杀死了大部分动物，使海洋温度升高，让大气中的碳含量达到80万年以来的最高点。即使我们马上停止所有的事情，比如今天午饭的时候全死掉——不再有汽车、不再有军队、不再有汉堡——它还是会持续升温几百年。到我们25岁的时候？空气中的碳将翻倍，意味着更热的火、更大的暴风雨、更急的洪水。比如，从现在开始10年间都没有玉米。你猜奶牛和鸡的食物中占95%的是什么？玉米。所以肉会更贵。可想而知，空气中有更多碳的时候会是什么样子？人总是想不清楚。所以，我们25岁的时候，会有更多的人挨饿、害怕、稀里糊涂地堵在逃难的路上，城里洪水泛滥或者火势凶猛。你们觉得那时我们是坐在自家车里解决气候问题呢？还是挥拳去抢，去吃掉彼此？"

一个低年级的女孩说："你刚才说抢和吃掉彼此？"

一个高年级的男孩举起一张纸，上面写着：西-摩板凳男。

一片哄堂大笑。

特威迪夫人在后面说："那些有点儿危言耸听，西摩，不过，也许我们可以讨论讨论能为更加注重生态平衡的生活做些什么。比如一些高中社团可以实践的项目？"

高二的珍妮特提出，是否他们可以禁止自助餐厅使用塑料吸管？分发印有湖口码头名人的可重复使用的水瓶？在可回收垃圾的垃圾桶上贴更好的宣传海报？她的牛仔夹克上缝着青蛙。她的眼睛乌黑发亮，上嘴唇边有淡淡的胡子。西摩站在黑板前把纸揉成一团。打铃了，特威迪夫人说："下周二，所有人，我们再集思广益。"西摩去上生物课。

那天傍晚放学后，他走在回家的路上。一辆绿色的奥迪停下来，珍妮特摇下车窗。她的牙套是粉红色的，黑色的眼睛里带着蓝色。她去过西雅图、萨克拉门托和犹他州的国家公园。那里一片原始风貌，他们划木筏、攀岩石、观察箭猪爬树。西摩见过箭猪吗？

她提出送他回家。现在伊甸园之门已经在"世外桃源"两侧建好33个单元，蜿蜒通到他家房后的山坡上。大部分房子被从博伊西、波特兰和东俄勒冈来度假的人买下来：他们把拖船的车停在U形胡同里；开着2万美元的全地形越野车进城；在自家的阳台上挂起校足球队的队旗；周末的晚上，他们围着后院的篝火肆意狂笑，对着越橘树小便，他们的孩子用罗马焰火筒对准星河。

"哇哦，"珍妮特说，"你家院子里全是野草。"

"邻居经常抱怨。"

"我喜欢，"珍妮特说，"自然。"

他们坐在门前的台阶上一边喝柠檬气泡水，一边观察在蓟花间飞来飞去的大黄蜂。珍妮特身上带着衣服柔顺剂和炸玉米饼的味道。西摩说一个字的工夫，她可以说出50个字。她滔滔不绝地讲"开锁社"[1]、夏令营以及她希望离开父母去上大学但又不要离家太远——好像她的未来是一条按预期不断上升的指数曲线似的。住在隔壁联排别墅里的白头发退休老头把50加仑的垃圾桶推到车道尽头，然后看着他们。珍妮特抬起一只手打招呼，他却径直回屋。

"他恨我们。所有人都希望我妈妈把房子卖掉，让他们盖新房。"

"对我还算友善。"珍妮特说着拿起嗡嗡响的手机看了一眼。

西摩盯着自己的脚说："你知道吗，互联网每天释放的碳量相当于全世界所有飞机的总和。"

"你真奇怪。"她笑吟吟地说。天黑前的最后一抹夕阳，一头黑熊在昏暗的路灯下大摇大摆地走过来，珍妮特挽起他的胳膊录了一段视频。它在停在伊甸园之门行车道尽头的两个六轮垃圾车之间移动，东闻闻、西闻闻，终于找到一罐心仪的罐头，它抬起一只爪子，重重地拍在地上。熊小心翼翼地用一只爪子从罐头口里掏出一个圆鼓鼓的白色口袋，把里面的东西倒在沥青路上。

---

1 Key Club开锁社是世界上历史最悠久、规模最大的高中生自立公益社团之一。这是一个学生自理的组织，通过帮助他人来锻炼自身领导力。——译者注

阿尔戈斯

————

服役时长64年

一号舱内第21—45天

科斯坦茨

她拿起眼镜，登上"巡视者"。空无一人。

"西比尔，图书馆出事了。"

没事，科斯坦茨。我限制了你的权限。现在是你完成日常功课的时间。你需要洗澡，好好吃饭，30分钟后到大厅报到。你爸爸准备的洗漱用具里有一块免洗皂。

科斯坦茨坐在床边，用手捂着脸。如果一直闭着眼睛，也许可以从1号舱穿越到17号隔间。这儿，正下方，是妈妈的床，她的毯子叠得整整齐齐的。两步开外的地方是爸爸的床。这儿有一个缝纫桌、凳子、妈妈的纽扣袋子。所有的时间，爸爸曾经对她说过，都是相对的：因为阿尔戈斯的飞行速度，西比尔控制的飞船时钟比地球上的钟走得快。每一个人的细胞里都有一块精密的表，它提醒我们该睡了、该养孩子了、该变老了——所有这些表，爸爸说，都可以被速度、软件或者环境改变。有些休眠的种子，他说，比如4号农场抽屉里的那些，可以让时间停滞几百年，几乎不进行新陈代谢。它们睡过一年又一年，直到适宜的湿度、温度和日照出现，它们才，就像你念了咒语一样：睁开眼睛。

咕噜咕噜吧啦吧啦嘛哩嘛哩。

"好，"科斯坦茨说，"我梳洗吃饭。我继续上学。但是然后，你要让我去'地图集'。"

她气哼哼地把营养粉倒进打印机，囫囵吞下一碗彩虹浆糊，接着擦擦脸、抓抓打结的头发便坐在图书馆的桌子前，完成西比尔布置的所有功课。什么是宇宙常数？说明"琐碎"一词的词源。用加法公式化简 $1/2\left[\sin(A+B)+\sin(A-B)\right]$。

然后她把"地图集"从书架上招呼过来，揣着一肚子委屈和愤怒到地球的街道上闲逛。办公大楼在深冬的阳光里一闪而过；一辆满载而归的垃圾车在等红灯；一英里后，她绕过一个小山丘，华丽的围墙边站着警卫，就连"地图集"的摄像头也不能靠近。她开始奔跑，好像前面有一首歌悠然远去，而她要追上那些永远抓不住的音符。

科斯坦茨独自在1号舱生活了差不多6周，一天晚上她梦见自己回到了补给舱。桌椅板凳通通不见了，铁锈色的沙子打着转扫过地面，又盘旋而上直达腰际。她跌跌绊绊地逃进走廊，经过6间关闭的大门来到4号农场的门口。

里面，墙壁荡然无存，只能看见地平线上被太阳炙烤的棕色山丘。黄沙肆虐。天花板变成一团红色的漩涡，成千上万个生长架延伸至数英里外，半截埋在沙丘里。她看见爸爸跪在一个架子边上，背对着她，沙子从他的指间滑落。她刚要拍拍他的肩膀，他却转过身来，脸上沾满盐粒，睫毛上挂着尘土。

家里，他说，在斯客里亚，房后有一条水渠。即使干——

她猛然惊醒。斯客里亚，斯客里——亚：就是这个词，她听见他在回忆的时候说过。在斯客里亚的"后街"。她知道那是他从小长大的农场的名字，可是他总说这里的生活比那里的好，所以她从来没想过要去"地图集"里看看它。

她吃饭、梳头、端坐上课，说话带"请"字。西比尔，请你，马上，西比尔。

你今天的表现，科斯坦茨，讨人喜欢。

"谢谢你，西比尔。现在我们可以去图书馆了吗？"

当然。

她直奔纸盒，写下：斯客里亚在哪？

斯客里亚，Σχερία：淮阿喀亚人的土地，荷马的《奥德赛》中频繁出现的神秘岛。

莫名其妙。

她又拿起一张纸，写下：给我所有和爸爸有关的记录。一沓不算厚的纸从第3层书架朝她飞过来。出生证明、中学成绩单、一名老师的推荐信、西南澳大利亚的邮箱地址。当她翻到第5页的时候，一个1英尺高的3D男孩——比科斯坦茨年纪小一点儿——从桌子上走出来。你好！他顶一头红色的卷发，穿一身手工缝制的牛仔服。我叫伊桑。我从澳大利亚南努普来。我喜欢植物学。走，带你看看我的温室。

他旁边出现了一个建筑物，看上去好像由木框和几百个经过拉伸、压平、拼接的彩色塑料瓶搭建而成。里面的架子和4号农场不一样，气培法种植的植物在托盘里生长。

这外面，哇哦哇哦，奶奶这样说，有一大堆麻烦，过去13年只有1年返了青。3年前的夏天，所有农作物都因为枯梢病死了，接着牲口闹蜱虱，你大概听说了吧，去年没有一天见过雨。你看，我把植物都种在这里，每个架子每天用水少于400毫升，比一个人出汗少……

他微笑的时候露出门牙。她认出那步态、那张脸和那两道眉。

……你全世界找各年龄段的志愿者，为什么不要我呢？好吧，奶奶说我最大的优点就是从不放弃。我喜欢新鲜地儿、新鲜事儿，最喜欢寻找神奇的植物和种子。参加这样的任务绝对没错。一个崭新的世界！给我机会，我不会让你失望的。

她攥住一张纸，叫来"地图集"，一脚迈进去。孤独像根长针将她刺穿。凡是爸爸会兴奋的事，那个男孩就显得光彩夺目。他热衷光合作用。说到苔藓，他可以侃侃而谈一个小时。他说植物充满智慧，可人总没有耐心了解。

"南努普，"她对着虚空说，"澳大利亚。"

地球旋转着朝她飞奔而来，南半球转上来，她从空中落在一条两边长满桉树的大路上。远山被烤成深红色；近处道路两边有白色的护栏；头顶挂着三面褪色的广告旗，写着：

行动起来

打破每天零记录

挑战一天10升

波纹铁皮屋锈迹斑斑。几间没有窗户的房子。被晒死发黑的木麻黄树。走着走着，她在貌似市中心的地方看到一座古香古色的礼堂，白顶红边，掩映在巨朱蕉的树荫下。淡绿色的草坪，三个比任何东西都绿的遮阳篷。艳丽的秋海棠从栏杆上的花箱里溢出来。所有东西都像刚刚上过色一样。十棵她从来没有见过的参天大树金花怒放，光彩耀人。大树荫下一片草地，草地中间有一个圆形的水池，浮光闪闪。

又是一阵忐忑不安。有什么不对劲。人都去哪了？

"西比尔，带我去这儿附近，一个叫斯客里亚的农场。"

我的记录里附近没有叫那个名字的农场或者牧场。

"那就去后街，谢谢。"

一路爬坡又走了几英里，经过几个农场，却没见到汽车、自行车，也没有拖拉机。地里没有阴凉，也许很久以前种过鹰嘴豆，但都被晒死了。信号塔的电缆残缺不全地耷拉在外面。枯死的灌木篱墙；遍布焦地的森林；贴着封条的大门。马路尘土飞扬，牧场杂草丛生。

一块牌子上写着：出售。又一块。一块接一块。

在寻找后街的几个小时里，她只碰到一个穿大衣的人，戴着一个看上去像过滤口罩的东西，他把前臂举在眼前，不知道是阻拦扬尘还是目光，或者一"举"两得。她俯身靠近他："你好？"她对着画面里的人说："你认识我爸爸吗？"那个人向前探着身子，好像顶风迈不开步子似的。她伸手扶他，手从他的胸口穿过。

她围着南努普周围炎热的山丘找，沿着后街翻来覆去地走，三次或者四次路过同一片枯死的桉树林。3天之后，她找到一个用电线挂在门上的手刷漆牌：

Σχερία

门后有两排干死的橡胶树，树皮脱落，露出白色的树干。一条土路两边杂草丛生，路的尽头是一座黄色的小平房。房前的扶栏上和房子侧面都种着忍冬——全死了。

两边的窗户上挂着黑色的百叶窗。屋顶斜着一个太阳能板。房子的一侧，橡胶树曾经的树荫里有在爸爸视频里出现过的温室，没有竣工，只有部分木头架子上盖着半透明的塑料。一堆肮脏的塑料瓶躺在里面。

污浊的光线、干涸的田地、破损的太阳能板、灰尘像米黄色的雪片似的落在每一样东西上，每一样东西都像在坟墓里似的死气沉沉，一动不动。

我们有一大堆麻烦。

过去13年只有1年返了青。

爸爸在12岁的时候申请加入船队，用了1年的时间完成申请流程，在13岁的时候——科斯坦茨现在的年龄——接到通知。他真的知道不可能在有生之年到达 β Oph2 吗？而且要在一个机器里度过余生？但是无论如何，他还是去了。

她挥舞胳膊想要放大像素、眼前的图像扭曲变形、房子化成颗粒。就在她一意孤行地挑战"地图集"的极限时，阳光刚好照在房子的右后方，透过两块窗玻璃她看到了屋子里面。

她能看出印着飞机的窗帘上有被太阳晒掉颜色的地方。两个手工制作的星球，其中一个有光环的悬挂在天花板上。1张床头有缺角的双人床、1个床头柜、1盏台灯。这是一个男孩的房间。

参加这样的任务绝对没错。

一个崭新的世界！

镜头扫过的时候他在房间里吗？那个是爸爸的幽灵男孩也在，只不过恰巧在镜头之外？

靠窗的床头柜上平放着一本书脊磨损的蓝色书籍。封面上一群鸟在塔尖林立的城市上空飞翔。那座城好像站在云端。

她弓起背，尽可能地贴近画面，在失真的像素中仔细辨认。下面，城市下方的书皮上写着：安东尼·戴奥真尼斯。封面最上面写着：咕咕云谷。

CHAPTER 13
第十三章

摆脱鲸鱼　遭遇风暴

《咕咕云谷》
安东尼·戴奥真尼斯
第N页

　　……我是一只鸟，我有翅膀，我飞起来了！怪兽的尖牙上插着一艘完整的军舰，我扑棱着翅膀飞过去的时候，水手们为我呐喊助威，我出来了！我在漫无边际的大海上飞了一天一夜，上面的天空一直蓝莹莹的，下面的海浪也是蓝莹莹的。没有陆地，没有船只，我没地方落脚，没地方休息翅膀。第二天，我累了也烦了，大海的脸黑沉沉的，风唱起让人毛骨悚然的歌。银火从四面八方飞驰而过，云砧劈开天空，我黑色的羽毛被炸成白色。

　　难道我遭的罪还不够吗？下面惊涛骇浪，旋转的水柱尖叫着卷起岛屿、奶牛、小船和房屋。它抓住我那弱不禁风的乌鸦的翅膀撕扯，我无法飞行，只能被漩涡裹向更高的地方。转着转着，我感觉我的鸟嘴被白色的月光烧疼了，我看见月鬼奔向魔鬼平原，在洁白的月湖里喝牛奶。我离他们如此之近，以至于我低头看他们的时候，他们也正抬头看我，简直吓死人。我又想起阿卡迪亚夏天的夜晚，当漫山遍野长满苜蓿的时候，空气中飘荡着我的母羊欢快的铃声，牧羊人带着笛子坐在一起。我真希望我从来没有……

346

君士坦丁堡

———————

1453年5月

安娜

这是被围困的第 5 天，也许是第 6 天了，每天战到最后一滴血。安娜靠墙坐着，玛丽亚把头枕在她的腿上。地板上的蜡油里站着一根新点的蜡烛。胡同里呼呼地响，传来马叫、人骂的声音。过了很长时间，骚乱才渐渐远去。

"安娜？"

"在这儿。"

玛丽亚的世界已经完全变成一片漆黑；说话的时候舌头也不听使唤；每隔几个小时，后背的肌肉和脖子就会抽搐。还有八名绣娘住在卡拉菲特斯的房子里，在奉献和神情恍惚的发呆中度日。安娜要么帮助克莱斯打理霜冻的菜园子，要么去开张的市场淘面粉、水果和豆子。其余的时间就陪玛丽亚坐着。

她现在已经对古老的手抄本里工整的左斜字驾轻就熟，可以轻松地"断章取义"。遇到不认识的字或者被霉菌抹去内容的地方，她就自己发挥。

最后，司焰成功地变成一只鸟：不是他梦寐以求的华丽的猫头鹰,而是一只湿淋淋的乌鸦。他在无垠的大海上拍着翅膀寻找陆地的边缘,却遭遇滔天巨浪。只要安娜念书,玛丽亚就表情平静,沉浸在祥和之中,好像不是坐在被困的城市中一间潮湿的小屋里听荒唐的传说,而是在阴间的花园里听天使的唱诵。安娜记着利西纽斯的话:故事是时间的延续。

那时候,他说,吟游诗人带着记忆里的歌从一个城市走到另一个城市,唱给每一个想要听的人听,他们把故事尽可能地拉长再拉长,即兴为英雄增加一个又一个的难关。多吸引听众一个小时,就能多一杯酒和一片面包或者多一晚避雨的住所。安娜浮想联翩,不管安东尼·戴奥真尼斯是谁,总之他拿起小刀削鹅毛笔、用鹅毛笔蘸起墨水、墨水落在卷轴上,司焰遇到的困难越来越多。让时间延续的另一个原因是留他的侄女在人间的时间再长一些。

"他太惨了,"玛丽亚嘟囔着,"但是他没有放弃。"

也许卡拉菲特斯说得对:没准儿古老的书籍里真有黑暗的巫术。没准儿她一直给姐姐念,让司焰一直朝着梦想的云端飞,坚持没脑子的冒险,这座城市的大门就不会被攻破;没准儿死亡可以在门外多等一天。

5月一个明媚的令人浮想联翩的清晨,不合时宜的寒冷终于松开魔爪的时候,赫得戈利亚,城里最受尊敬的圣像——画面一边是圣母和圣子,一边是耶稣受难——被从教堂里抬出来。据说,圣徒路加在一块重300磅的石板上画了这幅画,然后在安娜出生前1000年由一位女皇把它从圣地请到这里。

如果有可以拯救这座城的东西，那么它必须是这样的：拥有巨大的能量，是圣像中的圣像，在以往无数次的围困中成功地保护了这座城市。克莱斯背着玛丽亚和其他绣娘一起加入到广场的队列中。圣像走出教堂的大门，在阳光下迸发出耀眼的光芒，安娜一下子被晃得眼冒金星。

六名牧师协力把画放在一个修道士的肩膀上。他身材魁梧，穿深红色、胸前带大块刺绣的天鹅绒袍，背着圣像赤脚走遍城里的每一座教堂。赫得戈利亚指到哪里，他就摇摇晃晃地负重走到哪里。他身后跟着两个为圣像撑金色华盖的执事，再往后是拄着拐杖的权贵，最后面是见习修士、修女、市民、奴隶和士兵。很多人举着蜡烛唱着动听却怪异的赞美诗。小孩子拿着玫瑰花环或者碎布头跑前跑后地想要摸到圣母像。

安娜、克莱斯和趴在克莱斯背上的玛丽亚走在队尾，随着赫得戈利亚东转西转地朝第三丘走去。城里沸腾了一上午。野花撒满废墟；微风把白色的花瓣撒在鹅卵石上；栗子树象牙色的烛花随风摇摆。游行的队伍向坍塌的罗马喷泉挺进的时候，天黑下来。冷气飕飕，乌云压顶，鸽子不唱了，狗开始叫，安娜抬头仰望天空。

空中飞鸟绝迹。房上雷声滚滚。一阵狂风吹灭了队伍里一半的蜡烛，唱诵也被吹得断断续续。在随后而来的寂静中，安娜听见一个鼓手，从萨拉森人的营地里走出来，捶响了他的大鼓。

"妹妹？"玛丽亚把脸贴在克莱斯的脊柱上说，"怎么了？"

"雷雨。"

闪电像叉子一样猛然戳在圣索菲亚的圆顶上。大树像鞭子一样甩来甩去，百叶窗砰砰响，冰雹砸在屋顶上，游行的人四处躲藏。大风把遮盖圣像的金色华盖掀起来，它挣脱旗杆落在两栋房子之间。

克莱斯快走几步躲起来，安娜却站在原地看着最前面的修道士继续背着赫得戈利亚爬山。风吹着他后退，扇动碎石划过他的双脚。他高了一点。他快要站上山顶了。可就在这时，他晃了一下。一个趔趄。1 300岁的画掉下去，"耶稣受难"落在被雨水浸湿的街道上。

阿加塔双手抱头坐在桌子边呆若木鸡；寡妇西奥多拉对着冰冷的炉子喃喃自语；克莱斯诅咒一片狼藉的菜园子。神圣的赫得戈利亚辜负众望；圣母玛利亚抛弃了他们；预见末日的野兽在大海兴风作浪。基督的敌人在门前摩拳擦掌。时间是一个圆，利西纽斯总是说，所有圆都将回到起点。

夜幕降临，安娜坐在垫着马毛的小床上，用腿托着玛丽亚的头，翻开古老的手抄本。狂风暴雨推着乌鸦司焰滚过月亮跌落在群星之间的黑暗之中。剩下的不多了。

奥米尔

同一天下午，返回金角湾拉石炮弹的牛车队隆隆前行，在距离栈桥100码的时候，被上午的风暴扫荡过的天放晴了，阳光下入海口蓝绿色的水面熠熠生辉，"月光"——不是"大树"——停下脚步，蜷起前腿，放低身体趴在地上，死了。

他被牵带着扑倒在地。车队停下来。

"大树"戴着颈箍，劈开三条好腿站住，它兄弟把牛轭压歪了。"月光"的鼻孔里流出红色的泡沫；风把一朵白色的小花瓣吹到它没有闭合的眼睛上。奥米尔靠在车辕上想把自己微弱的力量传给强劲的小公牛，但是它的心脏已经停止跳动。

其他赶车的人早已习惯看着牲口倒在车辕上，在路边或蹲或坐地等着。军需官对着码头大喊大叫，四个搬运工从码头上走过来。

"大树"低着头协助奥米尔卸下颈箍。搬运工和四个赶车的人，每两个人拽一条腿，把"月光"拖到路边。他们当中最老的一个人感谢真主之后用刀割开牛的喉咙。

奥米尔一手攥着缰绳，一手牵着"大树"离开车道走进博斯普鲁斯海峡边的灌木丛。"月光"还是小牛犊的样子浮现在让人眩晕的太阳光里。它喜欢在牛棚旁边的松树，只在那棵上蹭肋骨。它喜欢在没过腿的小溪里蹚水，欢快地招呼它的兄弟。它不擅长捉迷藏。它害怕蜜蜂。

"大树"的后背皮开肉绽，苍蝇像网一样掀起了又罩下来。从这里看，城市和围墙显得那么渺小，不过是天空下一块暗淡的石头。

两个搬运工在几百步开外的地方生火，另外两个在把"月光"拆散：割掉它的头、切下舌头、掏心、肝、肾，然后用矛穿起连油带筋的大腿架在火上。船员、搬运工和赶车人三五成群地蹲在路边等着肉熟。奥米尔脚下数不清的蓝色小蝴蝶在潮水退去后留下的一汪泥里汲取养料。

"月光"：尾巴抽成绳，蹄子粗糙开裂。真主把它和它的兄弟并排放在"美丽"的子宫里。它活过了3个冬天，离家几百英里，客死他乡，图什么呢？"大树"躺在芦苇上，散发出难闻的气味。奥米尔想知道"大树"在想什么，还有他们会怎么处置"月光"两只美丽的角。他的心被呼吸一下一下地划开。

那天晚上，轰塔楼和轰城墙的炮火好像一直没停。命令要求点燃所有的火把、蜡烛和灶火。奥米尔和另外两个赶车人负责砍橄榄树，为营火添柴。苏丹的乌理玛[1]在篝火间穿梭，鼓舞士气。"基督徒，"他们说，"既狡猾又傲慢。他们崇拜尸骨，人死后被做成木乃伊。没有羽毛床他们睡不着觉，没有酒他们活不过一小时。他们以为这座城

1　穆斯林国家对有名望的神学家和教法学家的统称。——译者注

是他们的，但它已然属于我们。"

黑夜亮如白昼。"月光"在五十个人的肠胃里游走。奥米尔心想，祖父应该知道怎么办。他会从瘸腿里看出征兆，他会更加细心地照顾"月光"的蹄子，他会用药草、药膏和蜂蜡给它治疗。祖父可以在他什么都没看见的时候发现野禽的踪迹。祖父可以用弹舌头的声音指挥"树叶"和"针"。

他被烟熏得闭上眼睛，想起在埃迪尔内城外，有个赶车人讲过一个人下地狱的故事。那里的魔鬼，赶车人说，每天早上砍人，成千上万次，但是每一刀都不会致命。伤口一天就干，然后结痂。第二天早上，伤口开始愈合的时候，他们再把它割开。

早祷告之后，他去牧场找"大树"。它被拴在那儿，应该还没睡醒。它侧卧着，一只角指向天空。这个世界吃掉了它的兄弟，它要去找它了。奥米尔跪下，用手抚摸它的肋骨。他看见小牛忽闪的眼睛里映着天空，天空在震荡。

祖父也在抬头仰望这片云吗？还有尼娜和妈妈，他们都在这片白色飘过头顶的时候看到它了吗？

安娜

　　教堂的钟声不再按时响起。她摇摇晃晃地走出洗碗间，站在门口仰望院子上空的天，感觉饥饿像一条蛇在肚子里游荡。希梅留斯曾经说过，只要月亮越来越大，世界就不会终结。但是现在，月亮变小了。

　　"先是，"西奥多拉对着炉火低声说，"人间烽烟四起。再是虚假的先知层出不穷。过不了多久，天上的星球就会纷纷坠落，然后是太阳、所有人，化为灰烬。"

　　玛丽亚的双腿脱力，只能被扶着上厕所了。现在，她们读到手抄本的最后一部分了，有些页污损严重，安娜勉强能从三行中辨认出一行。但是为了姐姐，她一直让司焰继续旅行。乌鸦在虚空中扑腾，翻过黄道带。

　　在伊卡洛斯的高度[1]，我的羽毛上沾满星星的粉末，我看见遥远的

1　希腊神话中,伊卡洛斯因为飞得过高双翼融化,跌落水中丧生。——译者注

地球，它在我下面很远很远的地方，就是茫茫天际间的一小块泥。它的王国只剩下蜘蛛网和碎屑。暴雨哗啦啦地砸得我筋疲力尽，狂风拔掉我一半的羽毛，我带着最后一线希望在星际间飘移。突然，我眼前一亮，远处金塔林立、云絮飘飘——

文字越来越浅，水印抹掉了好几行的内容，不过安娜自编自导地给姐姐讲道：一座由银塔和铜塔组成的城市，窗玻璃闪闪发光，屋顶上旗帜飞扬，大小不一和颜色各异的鸟在空中盘旋。一只疲倦的乌鸦从星空中打着转掉下来。

远处炮弹如雷。蜡烛的火苗弯下腰。

"他从来没有放弃信仰，"玛丽亚嘟囔着，"即使奄奄一息。"

安娜吹灭蜡烛，合上书，想起在淮阿喀亚人的小岛上洗衣服的尤利西斯。"他能够闻到星星中的茉莉花香。"她说，"还有紫罗兰、月桂树、玫瑰、葡萄、梨、一堆一堆的苹果、一层一层的无花果。"

"我也闻到了，安娜。"

圣·哈利路亚圣像旁边是她从意大利人遗弃的工坊里捡回来的小鼻烟壶。破裂的瓶盖上画着小巧的带角楼的宫殿。"乌尔比诺的人，"抄写员说，"做的镜头可以让你看出30英里远。他们画的狮子栩栩如生，仿佛会从纸上走出来吃掉你。"

我们的主人要建一座图书馆，比教皇的更恢弘，他们说，装下所有文本。直至地老天荒。

玛丽亚死于5月27日，住在房子里的女人们围着她祈祷。安娜把手放在姐姐的额头上，感觉不到一点温度。"你再见到她的时候，"西奥多拉说，"她将被光明所围绕。"克莱斯托起她像在阳光下干燥变硬的亚麻布一样轻的身体穿过院子，朝圣西奥法诺的大门走去。

安娜卷起锦缎兜帽——茂密的葡萄藤缠绕着五只绣完的鸟。也许，有一群幸福的人正在另一个世界为她哭泣：她们的爸爸妈妈、姑妈姨母和表兄表妹在一个堆满春天的玫瑰的小教堂里歌唱，1 000根音管的管风琴为他们伴奏，玛丽亚的灵魂在天使、葡萄藤和孔雀间飘荡——就像她绣过的图案一样。

在圣西奥法诺的大教堂里，修女们对着上帝的王座昼夜祈祷。一个人冲克莱斯伸手指了指安放尸体的地方，另一个人把寿衣盖在玛丽亚身上，安娜挨着姐姐坐在石头上，等着神父来。

奥米尔

　　他的两头牛死了之后，他的使命随之结束。他被安排和营中信仰基督教的男孩及印度奴隶一起到厕所后面焚烧粪便。他们把粪水倒进沟里，浇上热沥青，然后他和几个年龄大的孩子用棍子搅和冒着烟的污水。棍子头总被烧断，所以搅棍越来越短。气味浸在他的衣服、头发和皮肤上，很快，奥米尔本人比他的脸更遭人嫌弃。

　　鸟在空中盘旋猎食；凶狠的大苍蝇对他们围攻阻截；帐篷外，6月姗姗来迟，却没有一片树荫。最后，他们费尽力气带来的大炮散架了，守城军也不再修补不堪一击的防御工事了。所有人都感觉出此时不相上下的局面。要么饥饿的城市投降，要么土耳其人在疾病和绝望横扫大军之前撤退。

　　和奥米尔在一起的男孩说，苏丹（愿主保佑他和他的王国）相信决战的时刻到了。城墙已经千疮百孔，守军精疲力竭，最后一搏必将打破僵局。最好的战士，他们说，被留在最后，装备最差、训练最少的人将最先冲过战壕去破坏城市的防御。我们会被抓差，一个男孩小声说，头顶是冰雹一样落下来的石头，身后是苏丹军官的鞭子。另一个男孩说上帝会看着他们，如果他们死了，下辈子将有享不尽的荣华富贵。

奥米尔闭上眼睛。它和"大树"还有"月光"一般大小，好奇的人目瞪口呆地停住脚步，感觉它无比壮观；人们成群结队地来，就想伸出一根手指摸摸它——锃亮的大炮。小的可以干掉大的。但是它们干掉的是什么？

马赫在他的旁边坐下来，拔出自己的刀，用指甲抠刀刃上的铁锈。"听说明天派我们上。日落的时候。马赫的牛很早就死了，"他眼神空洞地说，"这很好。"但是听起来言不由衷，"我们要把恐惧扎进他们的心脏。"

农民的子孙拿着盾牌、棍棒、标枪、斧子、骑士锤，甚至石头，坐在他们周围。奥米尔身心交瘁。死了便解脱了。他想象着基督徒们坐在墙头，城里的人在家里或者教堂里祷告的样子。他暗想，一个神怎么可以掌控这么多人的思想和恐惧。

安娜

晚上，她重新回到内外城墙之间的平台上，和妇女儿童一起搬石头码在墙垛边上，这样等到萨拉森人来的时候就可以砸他们的头。所有人都饥肠辘辘，疲惫不堪；再没有人唱赞美诗或者鼓舞士气。午夜来临之前，几个修道士拉着水风琴登上外城墙，弹奏出像巨兽临终前的哀号一样尖锐刺耳、令人毛骨悚然的声音。

他们是怎么说服别人用自己的死换来他们的活？她想起玛丽亚，她拥有得如此之少，离开时却那么安详；又想起利西纽斯讲过，希腊人在特洛伊的城墙外驻扎了十年，特洛伊的妇女被困在城里一边做活一边担心，她们不知道还能不能在田野里散步、在大海里游泳、城门会不会倒塌、她们会不会眼睁睁地看着自己的孩子被扔下墙头摔死。

她一直干到拂晓才回去。克莱斯让她在院子里等一下再进去。过了一会儿，她一手拿着洗碗间的木头椅子，一手拿着西奥多拉的骨把剪子走出来。她让安娜坐下，把她的头发拢到后面，撑开剪子。有那么一瞬间，安娜以为老厨子要剪断她的喉咙。

"今晚或者明天，"克莱斯说，"这座城就沦陷了。"

安娜听见剪刀咔嚓咔嚓响，看见自己的头发落在脚边。

"你确定？"

"我梦到了，孩子。到那时候，士兵见什么拿什么。食物、银子、丝绸。但是最抢手的是女孩。"

安娜眼前出现一幅画面：在军营的某个地方，年轻的苏丹坐在地毯上，腿上放着城市的模型。他伸出一根手指点每一座塔、每一个垛口以及城墙上每一个可以通过的破洞。

"他们会扒光你的衣服，把你据为己有或者拉到市场上卖掉。无论我们还是他们，打起仗来都一样。你知道我是怎么知道的吗？"

剪刀在眼睛边晃动，她不敢摇头。

"因为，这是我经历过的。"

头发剪短了。安娜吃了六个青杏，胃疼，躺在床上辗转反侧。她梦见自己走进一个开阔的大厅，圆形的穹顶高得好像要撑住天似的。房间两边的书架上，每一层都摆满了书，多得数不清，就像上帝的图书馆。但是无论翻开哪一本书，她都不认识里面的字。让人费解的文字一个接一个，看不懂的书一本接一本，一个架子接一个架子。她走啊走，如出一辙。目不识丁的图书馆、无边无际的图书馆。广袤的空间几乎淹没了她的脚步声。

在被围困的第55天，落日余晖散尽的时候，皇帝在金角湾布拉切尼皇宫里把指挥官们召集到身旁一起祈祷。外城墙上上下下，士兵清点箭头，生火煮大罐的沥青。就在壕沟旁边，苏丹的帐篷里，仆人点亮了七根细蜡烛，分别代表天国和撤退，年轻的君主跪地祈祷。

第四丘上，在曾经盛极一时的绣坊卡拉菲特斯的大房子上空，一群海鸥追着最后一道阳光掠过屋顶。安娜从床上坐起来，惊讶地发现自己竟然睡了一整天。

聚在洗碗间里的绣娘没有小于50岁的，她们从炉子边走开，好让克莱斯把支离破碎的缝纫桌扔进火里。

西奥多拉抱着一堆东西走进来，安娜看着像枯萎的茄子秧。她择掉叶子，把鲜亮的黑色浆果丢进盆里，然后把根放进研钵里，一边研磨一边对她们说，身体就是尘埃，有生之年，她们的灵魂一直向遥远的地方。现在，就快到了。西奥多拉说，她们的灵魂因为知道即将离开身体的躯壳，到达上帝的家园而快乐地颤抖。

黑夜吸走了蓝天上的最后一道光。火光下，妇女们的脸笼罩着超脱世外的沧桑：好像她们已经欣然接受这个一直拒绝相信的结局。克莱斯把安娜叫到储藏室，点燃一根蜡烛，递给她几条腌鲟鱼和一块用布裹着的黢黑的面包。

"如果有一个孩子，"克莱斯小声说，"可以用计谋打败他们、逃过他们、赢过他们，那就是你。要活下去。今晚就走。我会一直为你祈祷。"

她听见西奥多拉走出洗碗间，在外面说："我们把自己的身体留在这个世界，以便我们可以飞到另一个世界。"

362

奥米尔

黑暗降临，他身边的男孩们仍然一副魂不附体的样子：祈祷、担心、磨刀、睡觉。男孩子被愤怒或者好奇或者神话或者信仰或者欲望或者暴力带到这里，有些人梦想着此生或来世的荣誉；有些人只是好斗，想反抗他们判定的罪魁祸首。男人们也有梦想：赢得真主的赞赏、赢得士兵的爱戴、荣归故里。一个浴缸、一个爱人、一杯清凉干净的水。

奥米尔坐在炮兵帐篷外，从他坐的地方可以看到月光像瀑布一样顺着圣索菲亚的圆顶流淌：再也不会这么近了。瞭望塔上营火点点；城市的最东角升起一缕白烟。他身后的夜空中群星闪耀。他听见祖父慢悠悠地讲动物的功劳、讲天气、讲牧场的质量，祖父的耐心就像那些大树一样。半年多的光景，那些夜晚和今晚却仿佛相隔十万八千里。

他坐着，妈妈在帐篷间忽隐忽现，然后伸手摸摸他的脸，一直没有挪开。我关心，她轻声说，城市、国王和历史干什么？

他只是一个小男孩，祖父对旅行者和他的仆人说。

"你现在这么说，但他很快就会原形毕露的。"

也许仆人说得没错：奥米尔的身体里真的装着一个魔鬼。或者是个盗尸的。或者是个魔术师。总之是可怕的东西。他感觉它苏醒了，在翻滚。它伸个懒腰，揉揉眼睛，打了一个哈欠。

站起来，它说，回家去。

他缠好"月光"的缰绳套在肩膀上，然后站起来，迈过席地而睡的马赫，又绕过一群胆战心惊的小伙子。

回到我们身边来。妈妈低声呼唤。一大群蜜蜂像云层一样移到她的头顶。

他绕开拿着牛皮吼板穿过队伍奔赴前线的一队鼓手；路过拿着铁砧、系着围裙的铁匠们的营地；路过制箭人和上弦匠。他感觉自己好像一直戴着牛轭和挽具，拉着满满一车石弹前行，而现在，一步步远离这座城市的时候，石弹纷纷在身后滚落。

马、车和坏掉的攻城机器在黑暗中若隐若现。什么都不要看。你擅长把脸藏起来。

他始终走在火光照不到的阴影里。被帐篷绳绊倒了就爬起来。他心想，随时可能有人盘问我的任务是什么，属于哪个部门，为什么朝反方向走。苏丹佩长弯刀的警卫随时可能策马扬鞭追上来，宣判我是逃兵。但是看起来人们不是睡着就是在祈祷、抱怨或者对即将发起的进攻忧心忡忡，根本没人注意他。也许他们以为他要去牲口棚查看某只牲口。也许，他心想，我已经是个死人。

他一直保持通往埃迪尔内的大路在自己的右侧。在营地的边缘，春草没腰，高挑的金雀花正好用黄色的花冠遮住他。在他背后，抵达前线的鼓手握着双头鼓槌在头顶画着8字，然后擂响他们的大鼓，密集的鼓点好像没有喘息的咆哮声。

土耳其军营里响起武器和盾牌撞击的声音。奥米尔等着真主发出一道光穿透云缝揭开他的真面目：卖国贼、胆小鬼、叛教者。长着偷尸人的脸和魔鬼的心的男孩。杀死自己父亲的男孩。他，晚上被遗弃在高山等死，却蛊惑祖父带他回家。村民对他的预言全成真了。

黑暗中，他没有引起任何人的注意。身后锣鼓喧天，人声鼎沸。此时此刻，第一波浪潮即将冲过护城河。

安娜

即使隔着1英里远，喧嚣的鼓声依然传进了卡拉菲特斯的大房子：苏丹伸出食指，它就是一件武器，指向大街小巷，搜、搜、搜。安娜回头望了望洗碗间，寡妇西奥多拉抱着装满碎浆果的研钵。她看见阴影里卡拉菲特斯扯着玛丽亚的头发，把玛丽亚从她脚边拖进走廊；她看见利西纽斯污渍斑斑的书稿燃起火苗。

"坏脾气的修道院院长，"高个子的抄写员说，"笨手笨脚的修士、入侵的野蛮人、打翻的蜡烛或者饥饿的虫子……但是几百年，它们都没有得逞。"这个世界可以和你相偎相依1000年，也可以瞬间把你抛弃。

她用玛丽亚的真丝兜帽把古老的羊皮手抄本和鼻烟壶包起来，塞到希梅留斯的麻袋的最下面，然后把面包和咸鱼放在上面，系紧袋口。这是她在这个世界的全部。

外面的街道上，响鼓伴着远方的呐喊：总攻开始了。她匆匆忙忙赶往港口。有些房子死气沉沉，有些房子灯火通明，好像主人已经下定决心要用光所有财产，绝不给侵略者留下一样东西似的。平时忽视的东西变得鲜活而醒目："兄弟情"雕塑前的路面上留着几百年前的战车车辙；木工坊的大门绿漆剥落；随风起舞的樱花瓣和在月光下翻转的樱花。这也许是她最后一次看见它们了。

一支沾着沥青的箭落在屋顶上，被弹下来，一头扎进石头堆，嗞嗞地冒着烟。一个不到6岁的小孩走出来，像捡食物似的把箭捡起来，拿在手里。

苏丹的大炮开火了，3、5、7，远处一阵喧闹。就是现在吗？他们攻破城门了？她和希梅留斯见面的贝里萨留斯塔一片焦黑，小渔夫门无人把守，所有哨兵都被派去修补城墙了。

她攥紧麻袋，心想：去西边。她只知道西边，太阳从西边落下，向西穿过普罗庞提斯。她的脑海里浮现出福地斯客里亚岛、油清面包软的乌尔比诺和司焰的云城。最后，所有美景都变得一团模糊。真的存在，鱼司焰在鲸鱼肚子里对巫师说，否则这一切都是为了什么呢？

她在碎石沙滩潮水线上方的老地方找到希梅留斯的小船，这是世界上最后一只可以出海的船。她突然紧张起来：要是桨不在怎么办？好在它们还在船下。他总是把它们藏在那里。

她拖着船下水时，石头剐蹭船身的声音大得吓人。船的影子像具尸体：不要看。船浮在水面，她爬上去、跪下，把麻袋放在面前的横梁上，先划右桨，再划左桨，船斜对着防波堤而去。谢天谢地，周围一片漆黑。

3只海鸥在黑色的水面上跳动，目送她远去。3是一个幸运数字，克莱斯常说，圣父、圣子、圣灵。出生、活着、死亡。过去、现在、未来。

她不奢望船走直线，船桨碰桨架的声音吵得不得了：直到现在她才开始佩服希梅留斯划船的技术。她面朝城墙、背对大海不停地划，看起来好像海岸随着心跳在向后退。划船的人看着她离开的地方。

接近防波堤的时候，她停下来，学着希梅留斯的样子用陶罐往外舀水。城墙里面的某个地方，一道亮光腾空而起：日出。错误的时间、错误的地点。真是不可思议，离得足够远的时候，痛苦看上去也可以是美丽的。

希梅留斯的话音犹在耳：来一个作妖的浪，我们就可能被直接卷进大海。现在她需要等作妖的浪恢复正常。

越过船头，她看见防波堤的底部有一道长长的黑影。一艘船。是萨拉森人的还是希腊人的？船长去找划船的人了？枪手瞄准目标了？她尽可能地矮下身子，搂着麻袋平趴在船上。冰冷的海水冲刷着她的后背，她所有的勇气在此时化为乌有。恐惧无孔不入地渗进身体里：无数只触手从船两侧的幽暗中伸出来，卡拉菲特斯在没有星星的夜空中低下头，眨动着贪婪的眼睛。

女孩子都不请家庭教师。

是你吗？一直是你？

小船随波涌动。她心里想着司焰的感受：被困在不同的身体里、不能讲自己的母语、被虐待、被嘲笑——那么可怕的命运，她竟然残忍地笑出来。

没有人大喊大叫，也没有箭头呼啸而过。小船东转西转、上下颠簸，绕过防波堤滑进黑暗。

CHAPTER 14
第十四章

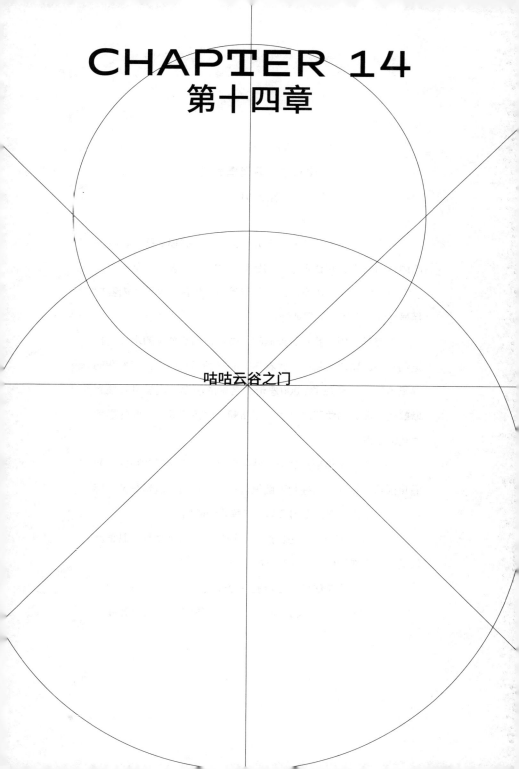

咕咕云谷之门

《咕咕云谷》
安东尼·戴奥真尼斯
第三页

戴奥真尼斯手稿的第二部分比第一部分破损更严重，缺失的内容对于译者和读者来说都是巨大的挑战。第三页至少丢失了百分之六十。字迹模糊的部分用省略号代替、推测的内容加括号标注。泽诺·尼尼斯译。

在昴宿星团，我看见天鹅的王国，它们吃鲜亮的水果；在远离太阳的岸边，我在（冒着热气的美酒河）畅饮，它为我的鸟嘴歌唱。我参观了1 000座形态各异的小岛，但是没有找到驮蜂蜜蛋糕的乌龟和对战争一无所知、对苦难闻所未闻的居民生活的小岛。

……在伊卡洛斯的高度，我的羽毛上沾满星星的粉末，我看见遥远的地球，它在我下面很远很远的地方，就是茫茫天际间的一小块泥。它的王国只剩下蜘蛛网和碎屑。

……我（瞥见？）亮，远处金塔林立、云絮飘飘，就像我那天在阿卡迪亚广场看到的一样……

……只是它更雄伟、更华丽、更像天国……

……群鸟环绕，有猎鹰、红脚鹬、鹌鹑、黑水鸡和布谷鸟……

……风信子、月桂树、夹竹桃、苹果、栀子花、香雪
球……

……欣喜如狂、厌烦人世，我掉……

阿尔戈斯

————

服役时长64年

1号舱内第45—46天

科斯坦茨

　　她孤独地站在图书馆里，从手边的桌子上拿起一张纸，写下《咕咕云谷》安东尼·戴奥真尼斯，插进纸槽。然后，万卷齐发，从不同的区域飞到她面前，自动分成12摞。其中很多是学术论文，包括德文、中文、法文和日文。写作时间几乎全部在21世纪30—40年代。她随手翻开一本英文书《古希腊小说精编》：

　　2019年在梵蒂冈图书馆发现了破损严重的近代希腊神话故事《咕咕云谷》。该手抄本在古希腊-罗马学术界引起轰动。档案员抢救出的文本被寄予厚望，可惜24页对开本残缺不全，每页均有不同程度的损坏。顺序不清，缺失甚多。

　　下一本书里出现两个一英尺高的男人影像，他们背对背地走向两边的讲台。"这是剧本，"系领结、长银白色胡子的人说，"只为一人而写，一个奄奄一息的小女孩，所以，这个故事讲的是拼死一搏……"

不对，另一个人说，他也长着银白色的胡子，也打着领结："显然，戴奥真尼斯在玩弄虚假的史料主义概念。他一边宣称在坟墓里发现了真实的手稿，一边向读者声明这是编造的故事，忽而真实，忽而虚构。"

她合上书，两个男人随之消失。旁边一本书300页，看标题好像在论述这本手稿用墨的出处和颜色。另一本就某些书页上沾染的树汁进行了推测。还有一本罗列出幸存书页各种可能的原始顺序。

科斯坦茨用双手撑住额头。她在堆积如山的资料中找出的英语译文大部分晦涩难懂：要么干巴巴地缀满脚注，要么前言不搭后语，难以理解。不过，她倒是从中看到了爸爸讲过的故事的雏形——司焰跪在女巫卧室的门口，司焰变成一头驴，驴子被抢劫小旅馆的盗匪绑架——但是，那些可笑的咒语、野兽饮用的月光奶和阳光下沸腾的酒河去哪里了？司焰把海鸥误当作女神时粗粝的叫声和他在鲸鱼肚子里时的呐喊又去哪儿了？难道是爸爸编的？

几分钟前燃起的希望现在化为泡影。所有这些书，所有这些信息有什么意义呢？没有一条可以帮她找到爸爸离家出走的原因。没有一条可以帮她解释这种命运安排的理由。

她从盒子里拿出纸，写下：给我蓝封皮上画着云城的书。

一小块纸飘飘荡荡地落下来。图书馆里没有这样的书。

科斯坦茨盯着一望无际的书架。"我以为你无所不有。"

再熄灯，再打印第一餐，再由西比尔上更多的课。她再钻进"地图集"，落在南努普外被阳光烘烤的丘陵地上，从后街走到爸爸家。

手绘的牌子上写着：Σχερία。

她弯腰、挪蹭，尽可能地贴在卧室的窗户上往里看。隔着玻璃，里面变成一块晃动的调色板。床头柜上的书是宝蓝色的，封皮正中的云城好像被晒褪色了。她踮起脚尖使劲张望。戴奥真尼斯的名字下面有一行上次漏网的小字：

泽诺·尼尼斯译。

升天返程，走出"地图集"，回到大厅。她从最近的桌子上拿起一张纸，写下：谁是泽诺·尼尼斯？

伦敦

———————

1971年

泽诺

伦敦！5月！雷克斯！活着！他第100次地核对了雷克斯的地址，闻信纸上的气息。他认识那个字体，每个字的上半截都像被人踩了一脚似的，扁扁的。他在朝鲜的冻土和泥地上见过多少次了？

一下子收到3封你的信，简直是奇迹。

如果可能，你愿意来吗？

泽诺心中一阵阵欣喜。还有一个名字，希拉里，是谁？如果雷克斯找到了一个希拉里，祝福他。他做到了。他还活着。他邀请泽诺参加"生日聚会"。

他想象着雷克斯穿着毛衣坐在宁静的花园里写信的情景：鸽子咕咕叫，树篱沙沙响；空气湿润，高过橡树的钟塔直入云霄。优雅贤惠的希拉里端着瓷茶具走出来。

不，最好没有希拉里。

你熬过来了，你不知道我有多高兴。

就当放假。

他一直等到博伊兹顿夫人去杂货店才给博伊西的旅行社打电话，

像做坏事似的怯声问了几个问题。公路局的阿曼达·科德里听他说要在5月休假的时候，眼珠子差点掉出来。

"哦，泽诺·尼尼斯，我得靠边站了。我猜你恋爱了，没有比这更好的了。"

博伊兹顿夫人就没这么好对付了。他每隔几天吹吹风，就像给她的咖啡里加糖一样进行一番讨价还价。伦敦、5月、战场上的朋友。博伊兹顿夫人每隔几天就会以饭撒到地上、头疼或者左腿发抖结束话题。

雷克斯在回信中写道，太棒了。你到的时候我在上课，希拉里会去接你。3月过去了，4月也过去了。泽诺摆出西服和绿条纹领带。博伊兹顿夫人穿着睡袍在一层的楼梯口颤抖地说："你准备把一个生病的女人独自留在家里吗？你是什么人啊？"

天像一个蓝色的头盔挂在卧室窗外的松树上。他闭上眼睛。弹指一挥间。雷克斯写的。字里行间还有多少没说的话？现在说或者永远不说。

"一共8天。"泽诺扣好箱子。"我把橱柜装满了。还有多余的香烟。特里什答应每天来看你。"

他在飞机上肾上腺分泌过旺，以至于到达希思罗机场的时候，他还以为是幻觉。出了海关之后，他就在人群中搜寻英国妇女，结果出乎意料地被一个鹤发童颜的男人抓住胳膊。那人身高6.6英尺，穿杏黄色喇叭裤。

"嘿，你就是一小盒可可豆。"大高个说，然后礼节性地亲吻了泽诺两边的脸颊，"我是希拉里。"

泽诺握紧自己的箱子，努力思考。"你怎么知道是我？"

希拉里说话的时候露出虎牙："侥幸猜中而已。"

他从泽诺的手里抢过箱子，带着他钻出人群。希拉里在蓝色的马甲里穿着一件类似罗马尼亚式的女衬衫，袖子上缀着亮片。他涂了绿色的指甲油？这里的男人可以穿成这个样子？希拉里的靴子像马蹄一样落在站台上的时候、他们在车流中穿梭的时候，根本没有引起任何人的注意。他们坐进一辆深红色的袖珍两门车，据说叫做奥斯汀1100。希拉里坚持送泽诺上车之后才从小车后面绕到右边，蜷着身子坐在驾驶座上。开车的时候，他的膝盖几乎撞到牙齿，头发像刷子一样扫着车顶。泽诺故作镇静。

伦敦是烟灰色的，而且漫无边际。希拉里喋喋不休地说："你右边是布伦特福德，叛逆的猪头老男孩以前就住在那里。雷克斯还有1小时下课，我们先回家，给他一个惊喜。君纳士贝莉运动公园，那儿，看见了吗？"

停车计时器、拥堵的交通、污浊的墙面。白箭口香糖著名的金叶香烟艾尔啤酒大麦酒。他们把车停在卡姆登区背阴的砖房外面。没有花园，没有树篱，没有绿金翅雀婉转的歌声，没有贤惠的妻子和茶具。一张被雨水黏在人行道上的广告纸上写着快捷支付。"我们上去。"希拉里说着低头走进门廊。他像一棵移动的大树，拎着泽诺的箱子两步并作一步地走到4层。

公寓里面好像被平分成两部分。一边整齐地摆着书架，另一边堆着挂毯、自行车车架、蜡烛、烟灰缸、铜像、磨砂面的抽象画、枯死的植物，看起来像被飓风扫荡过一样杂乱无章。"你随意。我去沏茶。"希拉里说。他就着炉火点燃一根烟，发出一声长长的叹息。他的额头上没有皱纹，脸庞光洁。泽诺和雷克斯在朝鲜的时候，希拉里应该不超过5岁大。

唱机里一个欢快的声音唱道"我的迷迭香走到哪里，哪里就生出爱情"。他恍然大悟：雷克斯和希拉里一起生活，在只有一间卧室的公寓里。

"坐，坐。"

泽诺坐在桌子旁边。歌声继续。困惑和疲惫来势汹汹。希拉里埋头扎进一堆小物件里，把唱片翻了一个面，然后在花盆里弹弹烟灰。

"雷克斯能有朋友过来真是太有趣了。从来没有朋友找过他。有时候我都想，在我遇到他之前，他一个朋友都没有。"

门钥匙开锁的声音。希拉里冲泽诺挑挑眉毛。一个穿雨衣雨鞋的男人走进屋里，他脸色蜡黄小腹微隆胸部凹陷镜片模糊雀斑密布只是颜色变浅了他就是雷克斯。

泽诺伸出一只手，但是雷克斯一把抱住他。

泽诺热泪盈眶。"时差。"他说，然后抹了抹脸。

"是的是的。"

鹤立鸡群的希拉里用一根裂开的绿色指甲从眼角舀起一滴泪珠。他倒了两杯红茶，端来一盘饼干，关掉唱片机，穿上一件紫色的雨衣，说道："好了，我走了，你们两个老伙计自己享用吧。"泽诺听着他连跑带颠下楼的声音，联想起一只巨大的花蜘蛛。

雷克斯脱下大衣和鞋子。"所以，铲雪?"公寓似乎在悬崖边摇摇欲坠。"我呢，还在给男孩们读他们不想听的铁器时代的诗歌。"

泽诺咬了一口饼干。他想问雷克斯是不是想回5号营地，是不是想和他再在厨房的阴影里坐上几个小时，在土地上的光影里写字——荒唐的乡愁。想重新回战俘营简直是疯子。雷克斯滔滔不绝地讲他在埃及北部翻古人垃圾堆的故事。这么些年，那么远的路，那么多的希望和担忧，现在雷克斯终于属于他一个人了，但在最开始的5分钟，他竟然有些不知所措。

"你在写书？"

"已经写完1本。"他从书架上抽出一本棕黄色硬皮书，封面上用蓝色大写字母印着：失遗书籍汇编。"已经卖了，我想想，42本，其中16本是希拉里买的。"他哈哈大笑，"事实是，没人想看一本有关'已经不存在的书'的书。"

泽诺的手指划过护封上雷克斯的名字。书对他来说像云像树，是一些在别处的东西，是摆在湖口码头公共图书馆架子上的东西。认识写书的人是什么感觉？"只有悲剧留下了，"雷克斯说，"我们知道，其中至少有1 000部曾经在公元前5世纪的希腊剧院上演。你知道现在剩下多少？ 32。埃斯库罗斯81部中的7部，索福克勒斯123部中的7部，阿里斯托芬写了40部喜剧，这是我们知道的——现存11部，没有一部是完整的。"

泽诺浏览了一下，看到阿加莎、埃斯库罗斯、卡利马克斯、米南德、戴奥真尼斯、亚历山大城的喀雷蒙。"当你有了一片莎草纸，"雷克斯说，"上面写着几个字或者一句引用的话语的时候，就再也放不下想要找出缺失的内容的冲动。就像那些死在朝鲜的小伙子，我们痛惜，最主要的原因是因为我们永远也不能看到他们长成他们应该成为的样子。"泽诺想起父亲：当你不再在这片土地上行走的时候，就轻而易举地变成了英雄。

现在，疲劳和重力一起把他从椅子上拽下来。雷克斯把书放回到书架上，笑着说："你太累了。来，希拉里已经给你铺好床。"

黎明前，他在沙发床上醒过来，清醒地意识到就在7步外那扇关着的门里，有两个男人睡在一张床上。第二次醒过来的时候脊椎酸痛，他不知道是因为时差还是莫名其妙的悲伤。已经是下午，几个小时前雷克斯去学校了。希拉里好像穿着一件真丝和服，站在熨衣板前低头看一本中文书。他头都没抬地递上一杯茶。泽诺接过来，仍然穿着来时的一身衣服，皱巴巴地站在那里看着窗外的网眼砖和逃生楼梯。

他站在浴缸里，让花洒一直冲着头。洗完温水澡从浴室出来的时候，雷克斯正站在公寓干净的半边举着镜子检查自己稀疏的头发。他对泽诺一笑，打了一个哈欠。

"和那么多英俊的伙计做爱，把老家伙累瘫了。"希拉里小声说，然后眨眨眼。泽诺大惊失色，然后才意识到希拉里在开玩笑。

他们观赏恐龙骨架；乘坐双层大巴；希拉里在购物中心的化妆品柜台逗留了一会儿，回来的时候带着蓝色的眼圈；雷克斯给泽诺介绍不同品牌的杜松子酒。希拉里如影随形，手里捻着烟头，脚上踩着松糕鞋，穿运动夹克或者令人瞠目结舌的舞会礼服。一转眼，他已经来了四天。午夜后他们在一个酒窖吃肉馅派，希拉里问泽诺是否已经看到雷克斯写每一本遗落的书在彻底消失之前是怎么变成绝本的章节；他说这让他想去捷克斯洛伐克的动物园看白犀，有迹象表明，那只犀牛是世界仅存的20只北非白犀中唯一一只在欧洲的，它正隔着笼子栅栏向外张望，有苍蝇在它眼前打转的时候，它就哞哞地大叫。然后希拉里看看雷克斯，揉揉眼睛，说每次读到那里，想起犀牛，他就想哭，雷克斯轻轻拍了拍他的胳膊。

　　周日，希拉里去"画廊"了。但是泽诺一头雾水——艺术画廊？射击场？——他和雷克斯坐在咖啡馆，周围全是推着婴儿车的女人。雷克斯的黑色花呢背心上粘着粉笔末，这让泽诺怦然心动。矮小的服务员悄无声息地送来一个画满覆盆子的茶壶。

　　泽诺希望聊聊5号营地的那天晚上，就是布里斯托尔和福蒂尔把藏在油桶里的雷克斯装上平板货车那天，这样他就能知道雷克斯逃跑的情节，还有雷克斯是否原谅他了。但是雷克斯一直滔滔不绝地讲他去罗马梵蒂冈图书馆的见闻。讲他在那里整理从俄克喜林库斯的垃圾堆里抢救回来的大量古莎草纸和在沙地里掩埋了2 000年的希腊文本碎片。"其中99%的内容平淡无奇，完全可以理解，证书、农场收据、税单。但是找到一个句子，泽诺——即使是几个字——有关一部前所未闻的文学作品是什么感觉？让一个词语起死回生是什么感觉？这是最激动人心的事情。我必须告诉你：这就像挖出一根线头，你意识到它和某个18世纪死去的人有关。那感觉就像Nostos，你还记得吗？"他弹动灵活的手指，眨着眼睛，和许多年前在朝鲜时一样一脸和善，泽诺真想翻过桌子，把嘴放在他的喉咙上。

"咱们抽一天整理些绝对非同凡响的东西，欧里庇得斯的悲剧或者一段遗失的政治史，要不再来点古老的喜剧、一个愚蠢至极的傻子从地球边缘旅行归来的故事。它们是我的真爱，你懂我的意思吗？"他抬起眼睛。泽诺的心里燃起一把火，未来冲到眼前：某天下午，雷克斯和希拉里吵起来，雷克斯把噘着嘴的希拉里轰出去。他收拾干净希拉里所有的杂物，搬着自己的东西走进雷克斯的卧室，坐在他的床边。他们散步，去埃及旅行，守着茶壶各自看书。有那么一瞬间，泽诺感觉他要挑明了：如果他说出那些该说的话，此时此刻，刚才的幻想就会像魔法显灵一样实现。我一直想你，想你血脉喷涌的喉咙，想你胳膊上的绒毛、你的眼睛、你的嘴巴，那时我爱你，现在我依然爱你。

雷克斯说："我让你烦了吧？"

"没有，没有。"所有的事情都跑偏了。"恰恰相反。只是——"他看见山谷里的路、铲车的刀锋、群魔乱舞的飞雪。1 000棵黑色的大树左抽右打。"这一切都对我太陌生，熬夜、杜松子酒、酒窖、你的——希拉里。他看中文书，你挖掘遗失的希腊卷轴。这让我有点措手不及。"

"哈哈。"雷克斯挥挥手。"希拉里就是纸上谈兵。满肚子计划，从来没有完成过一样。我是男校的中学老师。在罗马，我从酒店走出去打车的时候被晒伤了。"

咖啡馆里热闹起来。一个婴儿开始吵闹，服务生轻手轻脚地忙前忙后。雨落在凉篷上。泽诺知道机会溜走了。

"但都不是，"雷克斯说，"爱是什么？"他揉揉太阳穴、喝茶、看表。泽诺仿佛走到冻湖中央，掉进冰窟窿里。

　　生日庆典在泽诺此行的最后一天。他们坐黑色出租去了一家叫做"崩溃"的俱乐部。雷克斯靠在希拉里的肩膀上说："今晚别太出格，行不行？"希拉里眨了眨他的长睫毛，然后他们顺着套间往里走，越走越诡异，越往里越像进入挤满了男孩和男人的地牢，他们穿着银靴子、斑马裤或者戴高顶礼帽。好像很多人认识雷克斯，拍他的胳膊，吻他的脸或者冲他吹各种聚会用的小喇叭。有几个人过来和泽诺搭讪，但是音乐太吵，他只能点点头，涤纶西服里已然汗流浃背。

　　在最里面，希拉里高举着三杯杜松子酒在人群中摇摆，他穿着高筒靴和翠绿色的夹大衣，像一棵行走的树神。酒的热量在泽诺的身体里沸腾。他想方设法吸引雷克斯的注意力，但是音乐的声音高了两倍，好像得到旨意似的，所有人开始齐唱："嘿嘿嘿嘿嘿。"墙上的闪光灯亮起来的时候，这间屋子变成一本动画翻页书：手舞足蹈、媚眼奸笑。希拉里把自己的酒扔出去，用大树枝子抱住雷克斯。所有人好像跳着同一支舞，抬起一只胳膊指向天花板，再抬起另一只，好像互相打旗语似的。人声鼎沸，泽诺既不能置身事外，也不能融入其中，感觉到巨大的委屈和无助。他被自己的幼稚打得体无完肤——他的纸箱子、他不合时宜的西装、他伐木工人的靴子、他爱达荷州的举止、他对雷克斯错误的期待，以为邀请就意味着想要和他一起浪漫——咱们写写希腊文，用笔和纸，而不再是用树枝和泥地。他是，他现在明白了，一个十足的乡巴佬、彻头彻尾的野蛮人。在激荡的音乐和晃动的身体之间，他惊讶地发现自己竟然怀念起湖口码头单调的循规蹈矩：博伊兹顿夫人每天下午的威士忌、不会眨眼的瓷娃娃、半空中木头燃烧的烟雾、湖面上的寂静。

他落荒而逃，穿过各种房间回到大街上。既慌乱又羞愧地在沃克斯豪尔游荡了两个小时，全然不知自己身在何处。最后，他终于鼓起勇气拦下一辆出租车，问司机能否送他到卡姆登区金叶香烟标志牌旁边的砖房，司机点点头，直接把他送到雷克斯的公寓。泽诺爬上四层楼，发现门没锁。桌上有一杯茶。几个小时之后，希拉里叫他起床去赶飞机，他那么温柔地触碰他的额头，泽诺不得不转过头去。

雷克斯把奥斯汀停在送行大厅外面，从后座上拿过来一个包装好的盒子，放在泽诺的腿上。

里面除了雷克斯的《汇编》，还有一本更大更厚的书。"《利德尔和斯科特》，希腊-英语词典。必不可少。如果你再想尝试翻译的话用得着。"

车外，一群乘客火急火燎地冲过去。泽诺座位下面的地突然裂开了，把他吞噬。然后他又回到座位上。

"你有这个本事，你知道的。天赋。"

泽诺摇摇头。

汽车喇叭乱响，雷克斯回头看了一眼。"不要轻易放弃自己，"他说，"有时候我们以为失去了，其实它们只是藏起来，等着被发现。"

泽诺下车，右手拎箱子，左腋夹书。他感觉万箭穿心，（遗憾）将他挫骨扬灰。雷克斯探出身子，伸出右手，泽诺伸出左手，尴尬得不能再尴尬的一次握手。接着，小车被车流淹没。

湖口码头　爱达荷州

————

2019年2—5月

西摩

2月，他和珍妮特并肩缩在咖啡馆的角落里看手机。她说："我提醒你哦，他有点儿吓人。"珍妮特智能手机的屏幕上有一个穿黑色牛仔服、戴山羊面具的小男人在舞台上走来走去。人们叫他"主教"；他背着一把冲锋枪。

"开始，"他说，

"《创世记》开篇说过：要子孙繁衍，要占领大地、征服大地，要掌控海里的鱼、空中的鸟和大地上的一切生灵。"

摄像头转向一群焦躁不安却模糊不清的脸。

2 600年以来，那个人接着说，

"那些受西方传统影响的人相信人类的使命是征服地球；天地万物都要为我所用。2 600年以来，我们的确坚信不疑。气温恒久不变，季节交替有序，我们砍伐森林，捕捞海洋生物，把一神凌驾于诸神之上：成长之神。扩充你的财产，增加你的财富，拓展你的围墙。但是，你每次把新的宝藏拖进你的围墙里的时候，你的痛苦减轻了吗？反而越来越痛。但是现在呢？现在，人类已经开始——"

铃声响了。珍妮特敲了一下屏幕，"主教"的话被打断了，他的胳膊停在半空中。屏幕下方闪动着一个链接：加入我们。

"西摩，还我手机。我要去上西班牙语课。"

他在图书馆最新的终端机Ilium前面戴上耳机，搜索出更多的视频。"主教"戴着唐老鸭面具、浣熊面具、夸扣特尔族海狸面具；他在俄勒冈的皆伐区，在莫桑比克的村庄。

弗洛拉出嫁的时候14岁。现在，她有3个孩子。村里的水井全干了，从她家走到最近的安全水源需要2小时。在这里，富尼亚洛鲁区像弗洛拉这样年少的妈妈每天要花6个小时找水和运水。昨天，为了给孩子找吃的，她走了3个小时去湖边摘睡莲。我们最明智的领导人们有什么建议呢？改用电子账单。买3个LED灯赠一个免费手提袋。地球要养活80亿人，物种灭绝率比人类出现之前高了1 000倍。这不是用几个手提袋就能解决的。

"主教"在招勇士。他说，要在无可挽回之前拆散全球的工业经济。他们要以新的思想体系重建社会，以达到资源共享；他们要重启古代的智慧，为商业无法回答的问题寻找答案，满足金钱无法满足的需求。

西摩在听众的脸上看到凛然正气；这让他想起第一次打开巴婆装老式手榴弹的箱子盖时的感觉。那些蛰伏的能量。从来没有一个人这样清楚地说出他的愤怒和困惑。

他们说"等一等"。他们说"要有耐心"。"科技将解决碳危机。"在京都，在哥本哈根，在多哈，在巴黎，他们说："我们要减排，我们要放弃碳氢化合物。"然后他们坐防弹豪华车滚去机场，乘巨型喷气式飞机回家。身边的穷人气若游丝，他们却在30 000英尺的高空吃着寿司。等待永远没有尽头。耐心永远没有完结。我们必须起来反抗，现在，在全世界失火之前，我们必须——

玛丽安伸手在他眼前晃了半天，他才缓过神来。

"回家吗？"

那个链接不停地闪加入我们加入我们加入我们。他摘下耳机。

玛丽安摇着挂着车钥匙的手指头说，"关门了，老兄。麻烦你帮我摘掉开放的牌子好吗？还有，听着，西摩，周六有空吗？中午？"

他一边点头一边收拾书包。新雨落在旧雪上，马路上一片泥泞。

"周六，"玛丽安在他身后喊着，"中午。别忘了。我有惊喜给你。"

家里，邦尼坐在餐桌旁对着账本愁眉不展。她抬起头看着他，把思绪拉回来。

"今天怎么样？下着雨，你一路走回来的？中午和珍妮特一起吃的午饭？"

他拉开冰箱。芥末。柠檬气泡水。半瓶沙拉酱。没了。

"西摩？请你看着我。"

厨房的灯光下，她面如土灰，喉咙凹陷，头发稀疏。她已经有一点驼背了。她今天在酒店刷了多少马桶？铺了多少张床？看着时间带走邦尼的青春就像看着房后的森林被夷为平地。

"听着，亲爱的，杨树叶客栈关张了。杰夫说他们争不过连锁店。他把我解雇了。"

桌子上堆满信封。燃料、燃气、兰河银行、湖口码头公共设施。他的药费单算，他知道，每周119美元。

"我不想让你担心，宝贝儿。我们会解决的。我们一直可以。"

他逃掉数学课，拿着珍妮特的手机蹲在停车场。

地球的温度提高2摄氏度，就会有1.5亿人——多数是穷人——死于单纯的空气污染。不是暴力，不是洪水，只是差劲的空气。是美国内战死亡人数的150倍。大屠杀死亡人数的15倍。二战的2倍。希望在我们的行动中，在我们扭转市场经济的过程中没有人牺牲。但是，如果有少数的牺牲，就不值得做了吗？就不去阻止15次大屠杀了吗？

有人拍他的肩膀。珍妮特在马路牙子上哆嗦着说："烦人，西摩。我一天要找你要5次手机。"

周五他从学校回到家，看见邦尼坐在双人沙发上端着塑料杯喝红酒。她喜气洋洋地拿下他肩上的书包，行了一个屈膝礼，然后大声宣布她申请到"薪水贷"，他们可以熬到她找到新工作了。在回家的路上，她顺便去木料场旁边的电脑超市停了一下。

她从靠垫后面变出一台全新的Ilium平板电脑，还装在箱子里。"请看！"

她咧着嘴笑，牙齿上沾着深紫色的酒渍，好像喝了墨水似的。

"还记得多兹·海登吗？店员？他把这个扔了！"接着，她又从靠垫后面变出一个Ilium智能音响。"它可以播送天气预报，做些简单的事情，记录购物清单。你可以点比萨，只要对着它说出来就可以！"

"妈妈。"

"你做得很好，小负鼠，我很高兴看到你和珍妮特在一起。我知道没有高科技的新玩意儿，小孩子很难做。所以，我想过了，好吧，该奖励你。奖励我们。不是吗？"

"妈妈。"

推拉门外面的伊甸园之门灯光闪烁，好像它们有独立的地下电网似的。

"妈妈，用这些需要Wi-Fi。"

"啊？"她抿了一口酒，塌下肩膀，"Wi-Fi？"

星期六，他走去滑冰场，坐在远离旋转的溜冰人的高处，打开新的平板电脑，连上无线网络。他先用了半个小时进行更新，然后看完搜集到的全部12个"主教"视频，最后才想起玛丽安的邀请。当时已经过了3点钟，他一路小跑：在"湖畔街"和"公园路"的拐角处，水泥地上竖起了一个崭新的还书箱，看样子好像一只猫头鹰。

那是一个粗壮的圆筒，喷着灰色、棕色和白色的漆。它好像垂着翅膀站在地上。脸正中一对黄色的大眼睛，还系了一个黄色的小领结：大灰猫头鹰。

盒盖上写着：请在这里还书。它的胸前写着：

湖口码头公共图书馆
猫头鹰和你都需要书！

图书馆的前门开着，玛丽安匆匆忙忙地挎着包和钥匙走出来，她穿一件樱桃红色的大衣，扣子系错了，表情复杂，痛苦？愤怒？烦躁？或者三者皆有。

"你没能帮上忙。我让大家等你。"

"我——"

"我提醒了你两次，西摩。"猫头鹰的眼神好像在指责他。玛丽安把大衣领子立起来，"你知道吗，"她说，"这世上不是只有你一个人。"然后钻进她的斯巴鲁，扬长而去。

这个4月比往年暖和。他不去图书馆，缺席环保协会的会议，逃避特威迪夫人。放学以后就坐在溜冰场后面的矮墙上蹭Wi-Fi，在互联网越来越隐蔽的角落里搜寻"主教"的视频。对人类最好的定义就是终结者，他说，我们进一个，动物的栖息地就少一个，现在我们在地球上泛滥成灾。接下来人类要终结的就是我们自己。

一片给马桶，一片给水盆——西摩不再吃丁螺环酮。开始的几天他如坠深渊，后来他的身体苏醒了，感官的躁动失而复得：他感觉眼睛就像雷达望远镜扭曲的长镜头一样，可以把宇宙空间最远的光聚在一起。每次走在外面，他都能听见云层碾磨天空的声音。

"为什么，"珍妮特开车送他回家时问，"你从来不想见我父母？"

一辆自动倾卸卡车轰隆隆地开过去。"主教"的勇士们会合了。西摩感觉自己已经做好了脱胎换骨的准备；他甚至感觉自己正化成一堆分子，即将组合成一件全新的东西。

珍妮特把车停在他家门前。他的双手攥成拳头。

"我在和你说话，"她说，"可是你根本没听。你在想什么？"

"什么也没想。"

"下车，西摩。"

他们叫我们战争贩子和恐怖分子。他们声称改变需要时间。但是没有时间了。我们不能继续生活在这样的世界文化里。它允许富人相信他们的生活方式没有危害，他们可以想用什么用什么，想扔什么扔什么，他们不受灾难的影响。我知道让你们看清事实很难。这不是开玩笑。我们所有人必须强大起来。接下来的事情将以我们意想不到的方式考验我们。

那个链接不停地闪："加入我们加入我们加入我们。"

他研究了伊甸园之门离家最近的联排别墅，寻找房主确定不在、没有任何生活迹象的房子。5月15日，邦尼在猪肉饼屋上晚班的那一天，他绕过后院鸡蛋形的大石头，翻过栅栏，摸黑儿试了好几扇窗户才找到一个没上锁的。他爬进去，在混沌中站稳脚跟。

烤箱上的时钟给整个厨房染上一片柔和的绿光。

"猫"在大厅的壁橱里，用户名和密码贴在墙上。只是几个呼吸，他就走进了别人的生活：一个冰箱贴上写着：啤酒，我每天下午起床的原因；餐柜上有一张全家福；咖啡的余香和上周末的饭香；储藏室旁边空荡荡的狗盆；大门口挂着4顶滑雪头盔。

杂货店里，人们推着满车花里胡哨的食物，没人意识到自己站在即将坍塌的堤坝高墙之下。一个装在盒子里的蛋糕——镶嵌着蓝色和黄色的冰晶小星星，写着：祝贺苏——打75折。排队结账的时候他一直戴着耳罩。

邦尼进门之后一边脱鞋一边问："这是什么？"

西摩把两角蛋糕放在盘子里，拿来蓝色的智能音响。邦尼看着他。"我想——"

"试试。"

她靠过去，对着小箱子说："你好？"

一个绿色的小灯围着箱子边转了一个圈。你好。听起来好像英国腔。我是 Maxwell。你叫什么？

邦尼把两只手放在脸颊上说："我是邦尼。"

很高兴认识你，邦尼，生日快乐。今晚我可以为你做什么？

她目瞪口呆地看着西摩。

"Maxwell，我想点一个比萨。"

当然可以，邦尼。多大的？

"大号。有蘑菇。还有香肠。"

马上。小箱子说完，绿色的小亮点开始转圈。她咧着嘴露出美丽的笑容。西摩却感觉世界又碎了一小块。

一周后，他和珍妮特开奥迪去商业街。买冰淇淋的时候，珍妮特告诉柜台后面的女孩应该把塑料勺换成环保勺，女孩说："要撒糖吗？"

他们坐在可以俯视湖面的大卵石上吃冰淇淋。珍妮特掏出手机。在他们的左边、小艇停靠区里停着一辆32英尺长的房车，两边带坡道悬梯，车顶有两个空调冷凝器。一个男人从车里出来，牵着一只小卷毛狗在弯道附近遛弯。

"当世界破裂的时候，"西摩说，"他这样的家伙是最先完蛋的。"

珍妮特点了点手机屏幕。西摩有些躁动不安。今天轰鸣声特别近，像鬼火一样噼噼啪啪地响。在这个位置，可以从闹市区的中心一直看到图书馆旁新装修完的伊甸园之门房地产公司的办公室。

房车挂着蒙大拿州的牌子。液压千斤顶。卫星电视盘。

"他去遛狗，"他说，"但是开着发动机。"

珍妮特在他身边自拍，然后又删掉。"真正的朋友"睁开眼睛，湖面上升起两轮金黄的月亮。

西摩在小艇停靠区边的草坪上发现一块小孩头那么大的圆形花岗石。他走过去。它比看起来更重。

珍妮特还在看手机。勇士，"主教"说，真正的勇士，不会感到内疚、恐惧和悔恨。真正的勇士是超越人类的。

西摩记得装在口袋里的手榴弹的分量，他揣着它走过伊甸园之门的工地；记得手指套上拉环的感觉。拉出来拉出来拉出来拉出来。

他把石头搬到房车旁边。尽管脑袋里嗡嗡地响，他还是听见珍妮特在喊："西摩？"

没有内疚，没有恐惧，没有悔恨。我们和他们的区别就是行动。

"你要干什么？"

他把石头举过头顶。

"西摩，你要是敢做，我就永远不——"

他朝她看了一眼，又看了看房车。忍耐，"主教"说，到头了。

阿尔戈斯

————————

服役时长 64 年

一号舱内第46—276天

科斯坦茨

各种报告从书架上纷纷扬扬地落下来，自动在桌面上按时间顺序摆好。一份俄勒冈州的出生证明。一张褪色的西联电报纸。

华盛顿西联电报公司 4 月 20 日下午 5:51

阿尔玛·博伊兹顿

湖口码头 森林街 431 号

我们痛心地通知您美国陆军军人二等兵泽诺·尼尼斯自 1951 年 4 月 1 日在朝鲜执行任务失踪至今下落不明详情无可奉告

接下来是一些获释战俘的谈话记录副本，标注日期为 1953 年 7 月和 8 月。一本只盖过一个入境章的护照：伦敦。一张爱达荷州房契。一张在山谷县公路局工作 40 年的奖状。还有一沓资料包括讣告和细节描述，记录了 2020 年 2 月 20 日，86 岁的泽诺·尼尼斯为了保护 5 名被恐怖分子困在郊区图书馆的儿童而牺牲的过程。

一篇报道的题目是"无畏的退伍军人勇救儿童和图书馆"。另一篇报道的题目是"为爱达荷州的英雄默哀"。

她没有找到与古代喜剧咕咕云谷相关的只言片语。没有出版物，没有任何证据表明泽诺·尼尼斯曾经翻译、改编或者发表过文章。

战俘、爱达荷州小县城的雇员、成功制止了小镇图书馆爆炸阴谋的老人。为什么在南努普爸爸的床头柜上摆着印有他名字的书？是另一个泽诺·尼尼斯？她把这个问题插进纸槽里。过了一会儿，答案飞回来：图书馆里没有任何使用这个名字的其他人的记录。

熄灯后，她躺在床上看着在塔台里闪烁的西比尔。小时候，曾经多少次相信西比尔装着所有她能想到的东西，所有她可能需要的东西？国王的回忆录、一万首交响乐、一千万个电视节目、所有棒球赛、拉斯科洞穴的三维扫描图、在伟大的合作中诞生的阿尔戈斯完整的工程记录：推进、水合、重力、氧化——全在这里。人类文明产生的文化和科学全部浓缩进位于飞船核心的西比尔的细丝里。人类历史的第一个成就，他们说，是在毁坏和湮灭中胜出的记忆。她在图书馆日第一次站在图书馆大厅，看着一眼望不到头的书架时，难道不是这样相信它吗？

但是，这是个错误。西比尔不能阻止传染病在船员间扩散；不能救基尔、波里博士、李太太和其他人的命。而且，似乎她仍然不能确定科斯坦茨在1号舱外是否安全。

很多事情西比尔不知道。西比尔不知道在绿叶摇曳的4号农场里被爸爸抱着的意义，不知道在妈妈的纽扣袋里筛扣子和猜它们的来处的乐趣。图书馆里没有泽诺·尼尼斯翻译的宝蓝色封皮的《咕咕云谷》。但是科斯坦茨在"地图集"里见过，它脸朝上地躺在爸爸的床头柜上。

科斯坦茨坐起来。脑海中浮现出另一个图书馆，一个少了些专横的地方，一个藏在她的脑壳里、只有几十个书架的图书馆，一个藏着秘密的图书馆：科斯坦茨知道而西比尔不知道的事情。

　

　

她吃饭，用免洗肥皂洗头，按照西比尔的要求做仰卧起坐、箭步蹲和微积分。然后她动工了。她把清空的营养粉袋子撕成长方形：纸；从食品打印机备用袋里拿出替换的尼龙管，用牙咬出一个尖头：笔。

她最初的墨水实验——合成肉汁、合成葡萄汁、合成咖啡糊———败涂地：太稀，太浅，太不容易干。

科斯坦茨，你在做什么？

"玩，西比尔，让我玩一会儿。"

但是经过几十次的实验之后，她可以干净地写出自己的名字了。在图书馆里，她告诉自己：看，反复看，像拍快照一样记在脑子里。然后她碰碰眼镜，从"巡视者"上下来，写下：

　

无畏的朝鲜退伍军人勇救儿童和图书馆

　

她花了10分钟才用赝品笔写完这几个字。不过，练了几天之后，

速度明显提高。她在图书馆里背诵文章,走下"巡视者",在布块上默写。一片上写着:

在对戴奥真尼斯手稿的蛋白质分析中发现中世纪君士坦丁堡墨汁中常见的树汁、铅、炭和增稠剂黄蓍胶的痕迹。

另一片上写着:

即便这份手稿像君士坦丁堡修道院藏书馆里诸多的古希腊文本一样,得以在中世纪幸存,那么它是如何出城、如何到达乌尔比诺的则给人们留下无尽的想象空间。

西比尔的身上出现一波红色的涟漪。你在玩游戏吗,科斯坦茨?

"就是做笔记,西比尔。"

为什么不在图书馆里做笔记?更有效率,而且可以选各种你喜欢的颜色。

科斯坦茨用手背蹭蹭脸,墨水留在脸上。"这样很好,谢谢。"

好几个星期过去了。生日快乐,科斯坦茨,一天早上,西比尔说,今天你14岁了。想让我帮你打一个蛋糕吗?

科斯坦茨趴在床边往下看,地上差不多有80块布片了。一片写着谁是泽诺·尼尼斯?还有一片写着:Σχερία。

"不用,谢谢。让我出去吧。为什么不让我出去过生日呢?"

我不能。

"我在这里多少天了，西比尔？"

你在1号舱安全地度过了276天。

她从地上捡起一张纸，上面写着：

这外面，哇哦哇哦，奶奶这样说，有一大堆麻烦。

她眨眨眼，看见爸爸带她走进4号农场，拉开一个种子抽屉。蒸汽四溢，顺着地流；她一行一行地摸过去，选中一个锡箔的信封。

西比尔说，我们可以试好几个生日蛋糕的配方。

"西比尔，你知道我的生日愿望是什么吗？"

告诉我，科斯坦茨。

"我想一个人待着。"

在"地图集"里，她在距离旋转的地球只有几英里的上空飘荡。黑暗中，各种问题出来搬弄是非。为什么在南努普爸爸的床头柜上有一本泽诺·尼尼斯翻译的司焰的故事？这说明什么？

我对生活有梦想有期盼，爸爸在和她相处的最后一分钟说，如果能够在别处，为什么留在这里？司焰离家之前说了同样的话。

"带我，"她说，"去湖口码头，爱达荷州。"

她从云端垂直降落在冰湖南端的一个山村小镇里。她路过一个小艇停靠区、两家酒店、一条船道。一辆有轨观光车正朝最近的山顶上爬。主路上车水马龙：卡车的拖车上拉着船；看不清脸的人蹬着自行车。

　　公共图书馆是钢筋框架，玻璃立窗的四方形建筑，在闹市往南 1 英里的荒地里。房子边有一排扎眼的热力泵。没有饰板，没有纪念碑花园，没有任何对泽诺·尼尼斯的回忆。

　　她回到 1 号舱，穿着破袜子来回踱步，地上的布片随着她轻轻地跳跃。她捡起 4 片，排成 1 行，然后在旁边蹲下——

无畏的朝鲜退伍军人勇救儿童和图书馆

泽诺·尼尼斯译

图书馆没有这本书的记录

2020 年 2 月 20 日

　　遗漏了什么？她想起弗劳尔斯夫人站在伊斯坦布尔狄奥多西城墙的断壁残垣前说过的话：看这情景，这里是 60 或者 70 年前的伊斯坦布尔，那时阿尔戈斯还没有离开近地轨道。

　　她再一次拿起眼镜，站上"巡视者"，从图书馆的桌子上拿起一片纸，给我看，她写道，2020 年 2 月 20 日湖口图书馆的样子。

　　过时的两维照片落在桌子上。照片上图书馆的样子和"地图集"里钢加玻璃的立方体有天壤之别：这是一座山墙高耸的淡蓝色房子，被"湖畔街"和"公园路"交汇处疯长的灌木挡在后面。屋顶破损，烟囱歪斜，蒲公英从前门通道的地缝里钻出来。墙角立着一个被漆成猫头鹰样子的盒子。

"地图集"，科斯坦茨写道。一本厚书笨重地离开书架。

她按图索骥找到"湖畔街"和"公园路"的交汇处，停下来。东南角，照片上破败的图书馆所在的位置，现在是一座3层高、客房带阳台的酒店。拐角处四个看不清脸的少年穿着背心和泳裤被定格在脚落地之前的瞬间。

1个雨篷、1家冰淇淋店、1家比萨店、1个车库。湖面上是星星点点的独木舟和小船。马路上是排成行的车。没有迹象表明摇摇欲坠的蓝色老房子曾经是公共图书馆。

她在原地转了半个圈，站在那几个少年旁边，心中感到一阵绝望。她的笔记在船舱的地板上，她的足迹遍布后街，她发现了斯客里亚岛和爸爸床头柜上的书——所有这些线索好像都要把她引向某个地方。这种感觉就像拼图，好像马上要拼好了。但是，对爸爸的了解并没有比被关在船舱里的时候多。

就在她准备离开的时候，突然发现西南角有一个短粗的圆筒盒子，好像一只耷拉着翅膀的猫头鹰。盒盖上写着：请在这里还书。猫头鹰的胸前写着：

湖口码头公共图书馆
猫头鹰和你都需要书！

她走过去的时候，猫头鹰两只琥珀色的大眼睛好像在跟着她转。

他们拆掉旧的图书馆，在镇子边上盖了一个新的，但是留下它，是为了让人们还书吗？几十年一直留着？

从这个角度看，拐角处有一个孩子好像要穿箱而过似的，拍照的时候，它似乎并不在那儿。太奇怪了。

猫头鹰的羽毛栩栩如生。它的眼睛湿漉漉的，活灵活现。

……她的眼睛，它们长了3倍，并且变成蜂蜜的颜色……

她意识到还书箱比"地图集"拍下的4个男孩更醒目，就像尼日利亚拦住她的椰子树、南努普大礼堂前翠绿色的草坪和鲜花盛开的大树看起来比后面的建筑物——冰淇淋店、比萨店更鲜活一样。科斯坦茨触摸猫头鹰羽毛的时候，它们好像抖起来。她的指尖触碰到了真实的物体，她的心扑通扑通地跳。

门把手摸上去是金属的：冰冷、坚硬。实实在在。她握住把手，一拉。天空飘起雪花。

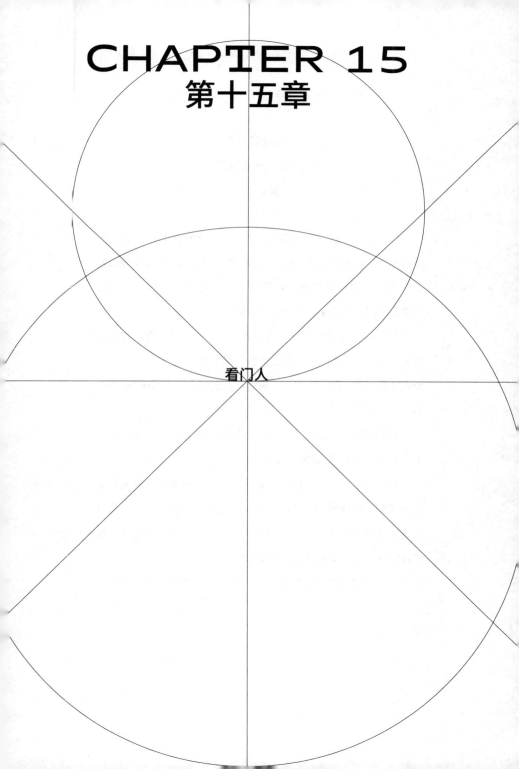

CHAPTER 15
第十五章

看门人

……我在门柱缝里看见遍地闪闪发光的珠宝和热气腾腾的肉汤河，五颜六色的鸟在塔尖上盘旋，有翠绿色的、紫色的、深红色的。是在做梦吗？我已经到了？走了这么远、（相信）了那么多回，我还是怀疑自己的眼睛。

"站住，小乌鸦。"一只猫头鹰说。它飞到我上面，身材比我大5倍不说，每只爪子里还握着一根金矛。"想要进门，你必须先证明自己的确是一只鸟，是空中的贵族，比克洛诺斯[1]还久远，比时间还悠久。"

"不是那些邪恶的、奸诈的、虚伪地掩盖泥土之身的人类中的一员。"另一只更大的猫头鹰说。

它们身后，就在大门里，触手可及的李子树下一只乌龟驮着一摞蜂蜜蛋糕慢悠悠地爬过去。我抻着脖子看，但是那两只猫头鹰支棱起翅膀。难道在即将跨过银河的时候，命运派这样威武的野兽来真是要把我撕成碎片吗？

……我尽可能高地挺直腰杆，扑棱着翅膀说："我只是一只

1　古希腊神话中的第二代神王。——译者注

卑微的乌鸦，可是我跋山涉水。"

"猜出我们的谜语，小乌鸦，"第一个看门人说，"你就可以进去。"

"乍一看可能挺简单，"另一个说，"其实……"

湖口码头公共图书馆

—————

2020年2月20日　下午5：41

西摩

　　他把耳罩挂在脖子上，听外面的动静。散热器在非虚构区的某个地方叮当响；受伤的人在楼梯口喘息；警察的无线电在雪地里刺啦啦地叫；鲜血嘀嗒嘀嗒地落在他的耳朵里。再没有其他的声音了。

　　但是他听见楼上砰砰地响，不是吗？他记得警车冲上了马路牙子，玛丽安的比萨掉在雪地上。为什么关门前她要带回一堆比萨呢？

　　这里还有其他人。

　　他右手握着手枪，慢慢朝楼梯口移动。受伤的人侧卧在地，闭着眼睛，睡着了或者比睡着了更可怕。他胳膊上沾的颜料在汗毛上闪光。西摩忽然想到也许他这样躺着是用自己的身体竖起一道屏障。

　　他屏住呼吸，迈过汇流成河的血迹，迈过受伤的人，走上楼梯。15级，每个台阶边上都贴着防滑条。儿童区的入口出人意料地被挡住了：一面被漆成金黄色的夹板墙，在"出口"指示灯的照耀下金色变成绿色。墙中间有一道拱门，拱门上有一行他不认识的字：

　　Ὦ ξένε, ὅστις εἶ, ἄνοιξον, ἵνα μάθῃς ἃ θαυμάζεις

　　西摩把手掌放在小门上，一推。

泽诺

他蹲在 L 形摆放的书架后面，把周围的孩子挨个看了一遍：蕾切尔、亚力克斯、奥利维娅、克里斯托弗、纳塔利。嘘——。在屏障后面的阴影里，他们的脸变成他和雷克斯在 5 号营地附近捡柴火时遇到的 6 只朝鲜小鹿：白茫茫的大地上隐约可以看见鹿角和鼻头，它们眨着黑色的眼睛，大耳朵一抽一抽的。

夹板墙上的小门砰地关上。脚步声在折叠椅子间移动。所有人都听见了。泽诺的食指一直放在嘴唇上。

一块地板吱吱地响：水在纳塔利的便携式音箱里汩汩地冒泡。只有一个人？听声音好像只有一个人。

警察？玛丽安？谢里夫？

亚力克斯像端着炸药似的双手握着根汁饮料。蕾切尔把台词揉成一团。纳塔利闭着眼睛。奥利维娅盯着泽诺。克里斯托弗张着嘴——泽诺相信他马上就会号啕大哭，这样他们就会被发现，被杀死。

脚步声停下来。克里斯托弗一声没出地闭上嘴巴。泽诺努力回忆他和孩子们散落在椅子间，可以一目了然的东西：掉下去的饮料罐，多数滚到了椅子下面，还有书包、台词本、纳塔利的电脑、奥利维娅的海鸥翅膀、讲台上金黄色的百科全书。舞台灯，谢天谢地，是关着的。

脚步声在台上了。尼龙夹克发出的沙沙声。泽诺感觉胸口冰凉，他故作镇定地扮了一个鬼脸。θεοì 是神，ἐπεκλώσαντο 是编织，ὀλεθρον 是死亡，瘟疫、破坏。废墟。

这是神灵做的事，他们把我们的毁灭编织成一首歌传给后人。但不是现在，我的神。不是今晚。请让这些孩子继续做孩子吧。

西摩

小舞台上的油漆味很重：刺痛了他的嗓子。书架挡住窗户，灯灭了，莫名其妙的水声——从哪来的？——让他烦躁不安。这儿有一件小孩的大衣，这儿有一双雪地靴，这儿有一瓶苏打水。头顶悬着卡通云朵。背景布前面的讲台上有一本翻开的厚书。是什么？

他的脚边散落着一些打印稿，上面有手写的注释。他捡起一张，贴近眼睛：

看门人#2：乍一看可能挺简单，其实相当复杂。

看门人#1：不对不对，乍一看可能挺复杂，其实相当简单。

看门人#2：准备好了吗，小乌鸦？谜语是这样的："他知道的事全都明摆着，他知道什么？"

西摩一手握枪，一手拿纸，站在舞台上，目不转睛地看着幕布上的画。云上高塔浮动，中间的大树随风摇摆——他很久以前在梦里见过。图书馆门口手写的通知走到他的眼前：

天明
处处一朝
咕咕古云谷

　　这个世界，他曾经深爱的全世界："世外桃源"后面的森林、浩浩荡荡忙碌的蚁队、风驰电掣又转向灵活的蜻蜓、窸窸作响的山杨树、7月里酸中透甜的早熟的黑越橘；挺拔的黄松在他的心中最长寿最有耐心、"真正的朋友"猫头鹰站在树梢俯视万物。

　　此时此刻，其他城市和其他国家有炸弹声响起吗？"主教"的勇士们集合了吗？西摩是唯一一个失败的人吗？

　　他从舞台上下来，朝着墙角走，那儿有三个书架围成的一个圈。这时楼下受伤的人突然喊起来。

　　"嘿，孩子！我拿了你的书包。如果你不马上下楼，我就拿到外面把它交给警察。"

CHAPTER 16
第十六章

猫头鹰的谜语

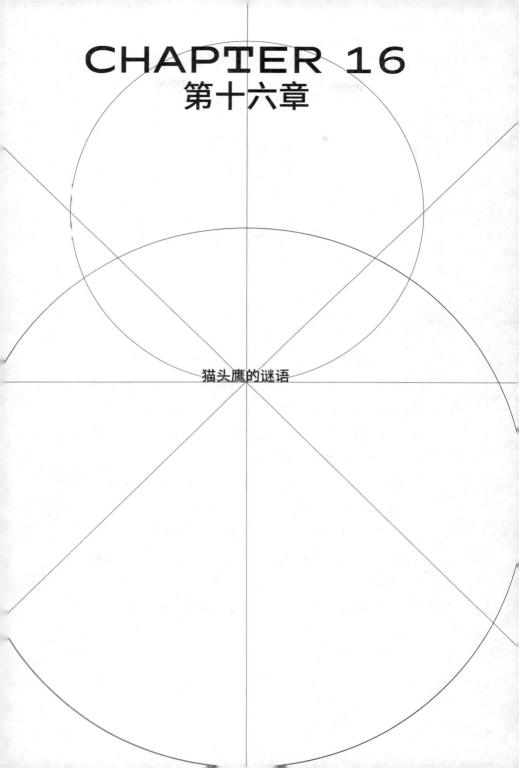

《咕咕云谷》
安东尼·戴奥真尼斯
第Ⅱ页

虽然有诸多猜测，但猫头鹰守门人的谜题已经随岁月流逝。现在你看到的是译者补充的内容并非原文。泽诺·尼尼斯译。

……我认为，简单但是真复杂。难道是复杂但是真简单？（他知道的事全都明摆着。答案是水？鸡蛋？马？）

……虽然乌龟驮着蜂蜜蛋糕缓慢地移出了我的视线，可我还是能闻到那香味。我（迈腿）挪挪我的乌鸦爪子，它们却陷进柔软的云絮枕头里。浓烈的肉桂、蜂蜜和烤猪肉的气味从大门的那边源源不断地飘过来，我心急火燎地从这边扑腾到那边，可是却发现那边什么都没有。

别的牧羊人都叫我傻瓜、蠢蛋、呆子、缺心眼。我转身对着两只带着金矛的、威武的猫头鹰说："我知道（什么都没有）。"

两只猫头鹰（站直了，第一个看门人说："正确，小乌鸦。答案就是'什么都没有'。"另一个说："'他知道的事全都明摆着，他知道什么？'——他什么都不知道。"）

……他们让开路，（仿佛我念了咒语似的），金色的大门徐徐拉开……

君士坦丁堡向西4英里

————————

1453年5月

安娜

被顶在浪尖的时候，偶尔可以看见东北方向已然远去的城市，而其他方向除了扯不断的黑暗之外什么都没有。安娜浑身湿透、精疲力竭，加上晕船，她只能收起船桨，抱着麻袋随波逐流。海洋那么大，可是船那么小。玛丽亚，我的好姐姐，聪明的姐姐，你在这个世界破碎的时候去了另一个世界。一个孩子身体里住着天使，寡妇西奥多拉曾经说过，另一个住着狼。

在比梦还深沉的幻境里，她正急匆匆地穿过铺着地砖、四周堆满书籍的开阔的大厅。她提速。可是无论跑多远，却总看不见大厅的尽头。暗无天日。越跑越荒凉，越跑越害怕。最后，她终于在前方看到一点亮光，一个孤独的女孩蜷缩在蜡烛旁边，桌子上放着一本书。女孩举起书，安娜想要看清楚书的名字。就在这个时候，希梅留斯的小船撞上岩石，翻进海里。

她被掀下船之前，紧紧地搂住麻袋。

她一会儿被浪卷起，一会儿被浪推走，颠来倒去喝了好几口海水。膝盖撞到一块石头：水只有没腰的深度。于是她蹿出水面，朝着岸边走。麻袋虽然湿了，但是仍然被她牢牢地捂在胸前。

她爬上布满石头的海岸，蜷起受伤的腿，打开麻袋。锦缎、书、面包：全湿透了。在黑色涌动的海浪中，希梅留斯的小船不知去向。

天将破晓，海岸弯成一条弧线：没遮没挡的。她翻过被冲上岸的浮木走上一片废墟：被烧毁的房屋、被砍光的橄榄树林、经车轮碾压的土地，好像被上帝亲手耙过一般。

第一缕阳光照下来的时候，她爬上了一个长着葡萄藤的缓坡。汹涌的海浪平静下来。她脱下衣服，拧拧水，重新穿上。吃了一片鲟鱼。用手指梳了梳参差不齐的短发。一条粉色移出地平线。

她以为颠了一夜已经登上新大陆，热那亚、威尼斯或者勇敢的阿尔西诺斯的王国斯客里亚岛。在那里，女神会用迷雾护送她去王宫。但其实她只是沿着海岸被推出了几英里而已。远处的城市依稀可见；圣索菲亚错落有致的圆顶为犬牙交错的屋顶扣上帽子；几柱烟雾扶摇直上。士兵拿着武器破门而入，把街坊四邻都赶上大街了吗？安娜的眼前浮现出一幅画面：寡妇西奥多拉、阿加塔、特克拉和欧多西亚死在洗碗间，桌子正中摆着黑色的浆果茶。她不敢再想下去。

葡萄藤上鸟鸣莺啼。她看见半英里以外的地方，一队骑兵正向城里前进，他们在阳光下变成一个个剪影。她贴着地面躺平，把湿麻袋放在身边，一群小蠓虫落在她的脸上。

那些人走出视线之后，她顺着葡萄园下去，蹚过一条小溪，小跑着开始远离大海的第二段路程。在第二个山丘顶上有一口水井，井边的榛子树像害怕似的挤在一起。地上只有一道车印。寂静的清晨悄无声息地从田野上走来，她在低矮的大树杈下缓步前行或者在落叶堆里休息。

万籁俱寂，她仿佛听见圣西奥法诺的钟声、街道上的谈笑声、扫地的声音、锅碗瓢盆的声音、飞针走线的声音。她听见西奥多拉爬上工坊的楼梯，旋开百叶窗，打开线橱的锁。主啊，保佑我们不要失去工作。我们罪孽深重。

她拿出书和锦缎兜帽在初升的阳光下晒，当蝉在头顶的树枝上唱起歌的时候，她把剩下的腌鱼一扫而光。手抄本湿透了，但好在墨迹并没有溶化。阳光最强的几个小时，她一直抱着腿坐在树下。睡觉，醒来，再睡。

小树林里的树影连成片的时候，她感觉口干舌燥。没有人来井边打水，因为担心被侵略者投了毒，她也不敢喝。等到黄昏，她收拾好麻袋，迈过大树杈，钻进临海的矮树丛。大海始终在她的左边。月牙跟着她翻过一道道围墙。她祈祷夜更黑一些。

每走几百码她就会遇到一段水路：必须绕开的入水口或者在荆棘丛中奔涌，但是可以止渴的小溪。她两次走到貌似已经荒芜的村子边：没有人影，没有炊烟。或许还有最后的住户藏着里面，蹲在地窖里。但是没有人招呼她。

她身后是奴役、恐怖和比它们更恐怖的事情。前方是什么？萨拉森人、连绵起伏的群山、有人勒索钱财的渡船码头。月亮不见了。一条星罗棋布的金黄色带子贯通天空，那就是克里斯说的"飞鸟之路"吧。走走走：走到理智被持续的恐惧打得千疮百孔，走到身体的移动不再受大脑的支配，就像爬小修道院的院墙一样：脚蹬、手抓、上。

天亮之前，她穿过一片狭长的森林走到水边，水池看起来像一个巨人。突然，她看见树干之间有火光闪烁，正准备绕路的时候，空中飘来一股烤肉的味道。

那气味像一把钩子穿肠破肚。走近一点点：只是去看一看。

森林里有一小堆火，火苗还没有小腿高。她径直走过去，拖鞋踩过树叶嘎吱嘎吱地响。走到火边她才看清楚，火上好像烤着一只无头鸟。

她屏住呼吸。没有人动，没有马叫。在100次心跳之后，她眼看着火苗渐渐减弱。没有动静，没有人影：没人看着。只有一只鸟：她猜是山鹑。幻觉？

她听见嗞嗞冒油的声音。如果不翻动，烤得时间太长会煳的。也许她把人吓跑了。也许生火的人听说城市被攻破了，骑着马，扔下饭走了。

一眨眼，她变成了乌鸦司焰，有气无力，寒酸落魄，隔着金门眼看着一只乌龟驮着堆积如山的蛋糕艰难地从眼前爬走。

乍一看可能挺简单，其实相当复杂。

不对不对，乍一看可能挺复杂，其实相当简单。

理智弃她而去。也许她可以只把鸟从火上拿起来。她的心已经开始图谋不轨：牙齿咬着它的肉，肉汁溅进嘴里。她把麻袋藏在树干后面，一步冲过去，抓起钎子。仅存的理智让她看见火边的缰绳、绳索和一件牛皮披肩，但是她左手拿着鸟不管不顾地吃起来。然后，她听见身后的呼吸声。

她饿疯了，即使一道闪电在脑后炸开，四分五裂的白色接二连三地传到眼前，好像天顶被捅破了，她仍然把鸟塞进嘴里。然后世界陷入一片黑暗。

CHAPTER 17
第十七章

咕咕云谷的奇观

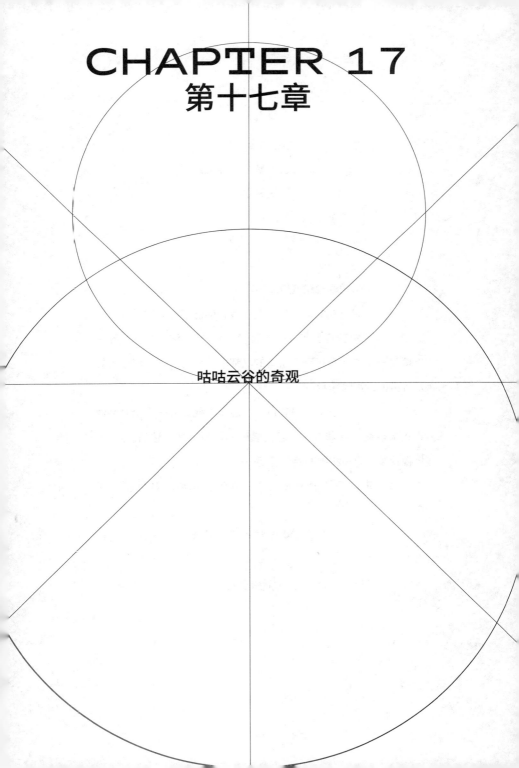

……温暖、芳香……

……奶油河……

……陡峭的峡谷和（果园？）……

……一只鲜艳的戴胜鸟接见了我，他低下戴着羽毛皇冠的头说："我是主管食品和住宿的总管的助理。"然后在我的脖子上戴了一个常青藤花环。所有的鸟都聚在我的头顶，用全世界最优美的歌声欢迎我……

……持续，永久，没有月份，没有年代，每一个小时都像春天最明媚、最翠绿的金色清晨一样，露珠像（钻石？），高塔像蜂巢，只有和煦的西风拂面……

……最饱满的葡萄干，最美味的蛋奶糊、鲑鱼和沙丁鱼……

……乌龟来了，蜂蜜蛋糕来了，罂粟花、海葱和（还有？）……

……我吃到（撑？），然后接着吃……

湖口码头　爱达荷州

————

1972—1995年

泽诺

晚饭是煮牛肉。桌子对面博伊兹顿夫人的脸在烟雾里若隐若现，罩着一层光晕。她旁边的电视里正在用刷子扫一只超大的眼睛的上睫毛。

"老鼠在储藏室里拉屎了。"

"我明天放些夹子。"

"买胜利牌的。不要买上次那些垃圾。"

现在，一个穿西服的演员正在演示喜万年彩电神奇的音响效果。博伊兹顿夫人努力送进嘴里的叉子还是掉了，泽诺从桌子底下把它捡起来。

"我吃完了。"她宣布。他把她推进卧室，抱上床，放好药，把电视推进来，接好分线。窗外是湖，太阳把最后一丝光亮从天空撤走。有时候，此情此景会让收拾盘子的他回忆起从伦敦飞回家的感受：仿佛脚下的星球永远不会停止旋转似的——水域接着田野接着山脉接着灯火通明四通八达的城市——对他而言，朝鲜和伦敦带来的刺激足够受用一辈子了。

小铜床旁边的桌子上，左边摆着荷马《伊利亚特》的上册，右边摆着雷克斯送的《利德尔和斯科特》。一连好几个月，他坐在那里冥思苦想在5号营地学过的希腊语，可是只言片语亦得之不易。

　　Μῆνιν，开始了，ἄειδε θεὰ Πηληϊάδεω Ἀχιλῆος，5个单词，最后一个是人名阿喀琉斯，第二个到最后一个表明阿喀琉斯的父亲是珀琉斯（同时暗示阿喀琉斯具有神性），但是，剧本中只有3个单词，*mênin aeide theâ*处处是陷阱。

　　蒲柏：阿喀琉斯的愤怒给希腊带去灾难。

　　查普曼：阿喀琉斯的失败是愤怒的回响，啊，女神。

　　贝特曼：女神啊，请为珀琉斯之子、阿喀琉斯可怕的愤怒歌唱吧。

　　但是aeide真的是"歌唱"的意思吗？它还可以代表"诗歌"。*mênin*，怎么翻译最恰当呢？愤怒？暴行？烦恼？选定一个词就是放弃千万条大路走上独木桥。

　　女神，请为我们讲一讲珀琉斯之子、阿喀琉斯的坏脾气吧。

　　不够好。

　　说，卡利俄铂，揭发珀琉斯之子的暴行。

　　更差劲。

　　告诉人们，缪斯，为什么珀琉斯的孩子阿喀琉斯那么狂躁。

　　泽诺回家之后的第一年给雷克斯写了12封信，只涉及和翻译有关的问题——用祈使句还是不定式？宾语还是所属格？——把所有的浪漫都留给了希拉里。他把信藏在衬衫里偷偷带出家，面红耳赤地把它塞进邮筒里之后再去上班。然后，要等好几个星期才能收到雷克斯既不及时也没有规律的回信。泽诺渐渐失去开始时的勇气。奥林匹斯山的神灵们喝了一口角杯里的酒，斜着眼睛从屋顶看着在桌子前一筹莫展的他，满脸不屑。

他猜也许这正是雷克斯想看到的。一个孤儿、一个懦夫、一个拎纸箱子穿涤纶西装的扫雪车司机：泽诺奢望什么呢？

希拉里寄来一封字迹潦草的紫色航空信，说雷克斯在埃及研究他心爱的莎草纸，努力想挖掘出更多内容的时候突发心脏病去世。

希拉里写道：你是他最亲的人。他花枝招展的大签名占了半页纸。

四季更替。泽诺通常下午起床，在楼上狭小的空间里洗漱，咯噔咯噔地下楼，叫醒打盹儿的博伊兹顿夫人，把她抱到椅子上，帮她梳头，喂她吃晚饭，推她去拼图，在杯子里给她倒出两指宽的"老护林人"，打开电视，收起桌子上的字条：牛肉、葱头、口红，这次买纯红色的，上班之前，再把她送回到床上。

发脾气、就诊、治疗，12次往返博伊西看专家——他一直坐在身边陪着她。他还是睡在楼上的小铜床上，但是雷克斯的《失遗书籍汇编》和《利德尔和斯科特》却被装进纸盒子扔到床下。清晨下班回家的路上，有时候他会把雪车停在路边，凝视在山谷里流淌的阳光，只有这样他才能再开上几英里路回家。在博伊兹顿夫人生命的最后几周，她咳嗽的声音像潜水艇一样，好像胸腔里装着一池子水似的。他幻想着也许她会说些告别的话、回忆起父亲、点破他们的关系，或许她会叫他儿子、感谢他这么些年的照顾、庆幸当他的监护人，或者稍微表示一下理解他的艰辛，但是在最后她已经很难做到了：只有吗啡、呆滞的眼神和让泽诺回到朝鲜的气味。

她死的那天，临终护理的护士在里面打电话通知相关的人，泽诺听见嘀嗒、嘀嗒和咕噜、咕噜的声音，他走到外面：房檐在滴水、大树苏醒了、燕子飞上天、大山热闹起来，呢喃、吵闹、更替。融化中的世界一片沸沸扬扬。

他摘下房子里所有的窗帘、扯掉椅子套、扔掉干花瓣、倒空波本威士忌、把架子上的粉脸陶瓷小人装进箱子，把箱子存在旧货店。

他收养了一只65磅重的嘴角是银灰色的斑点狗，取名卢瑟。他从前门把它领进屋，倒了一碗大麦炖牛肉，看着它狼吞虎咽。吃完以后，卢瑟把周围闻了一个遍，好像不敢相信自己突然逆转的命运。

最后他撤掉了餐桌上褪色的蕾丝桌旗，上楼取出纸箱子，把书摆在环纹胡桃木桌子上。他冲了一杯咖啡，打开在湖口杂货店新买的横线本。卢瑟趴在他的脚上，发出一声长长的叹息。

在我们人类所有疯狂的举动中，雷克斯曾经告诉他，翻译灭亡语言是最谦逊或者说最高尚的事情。我们不知道古希腊语的发音；几乎不能套用我们现有的词汇；我们从一开始就注定失败。但是，尝试、想方设法把一样东西从黑暗的历史长河中拉进我们的时代，用我们的语言讲出来，那是，他说道，一个傻子最伟大的使命。

泽诺削尖铅笔，重新开始尝试。

阿尔戈斯

———————

服役时长64年

一号舱内第276天

科斯坦茨

身后，湖边的车一直在后退。拐角处，身穿背心、面孔模糊的孩子依然抬着脚没有放下。但是眼前，"地图集"里的东西在移动：猫头鹰还书箱上面的天空变成一条旋转的银毯，雪花翻着跟头掉下来。

她向前迈了一步。雪片铺地。便道两侧冒出参差不齐的杜松，挡住周围的视线。道路尽头出现了一座破败的、华而不实的维多利亚式建筑，淡蓝色的二层小楼闪着幽光，门廊倾斜、烟囱摇摇欲坠。朝外的窗户上蓝色的"开放"标牌一闪一闪地恢复生机。

"西比尔，这是什么？"

西比尔没有回答。一块几乎被积雪覆盖的牌子上写着：

公共图书馆

她身后的湖口码头还是老样子：静止、夏天、定格，"地图集"里的画面都是这样的。但是这里，"湖畔街"和"公园路"的拐角处，还书箱的旁边，却是冬天。

杜松托着雪；雪花飞进她的眼睛里；风中带着一股钢铁的味道；走在便道上，她听见雪被碾碎的声音；身后留下一串脚印。大门前有5级花岗石台阶。前门玻璃靠上的位置贴着儿童手写的标牌：

明天

仅此一晚

咕咕云谷

门开的时候吱吱响。正前方是一张桌子，上面贴着粉色的纸桃心。日历牌上显示2月20，2020。一个箭头上面写着咨询台。一个箭头指向左边虚构区，另一个指向右边非虚构区。

"西比尔，这是游戏吗？"

没有回答。

三台古董电脑监视器上的蓝绿色漩涡转向无尽的深渊。屋顶的瓷砖染着水渍，还在不停地滴水，塑料垃圾桶里已经接了半桶水。噗铃。噗啦。噗铃。

"西比尔？"

沉默。在阿尔戈斯上，西比尔无处不在；任何时间任何地点随叫随到；科斯坦茨长这么大从来没有遇到过西比尔对她置之不理的情况。西比尔不知道她在哪吗？难道西比尔不知道"地图集"里的这个地方？

架子上的书散发着一股纸张泛黄的味道。她伸出手去接从屋顶上渗下来的水，感觉到水滴落在手掌上。

沿着中央通道走，半途出现一个标牌，写着儿童区，箭头朝上。科斯坦茨双腿颤悠悠地爬上楼梯。上面被一道金色的墙堵住了。她猜上面写的是古希腊文：

Ὦ ξένε, ὅστις εἶ, ἄνοιξον, ἵνα μάθῃς ἃ θαυμάζεις

这行字的下面有一个小拱门。她闻到紫丁香、薄荷和玫瑰的花香：4号农场最热闹最芳香的日子就是这个味道。

她穿过小门。另一边，用细绳吊着的纸板云在30把折叠椅子上熠熠生辉；最远处的墙上挂着画有云城和飞鸟绕塔的幕布；潺潺的流水声、哗啦啦的树叶声和唧唧喳喳的鸟叫声不绝于耳；小舞台的正中，一束光透过云层照亮讲台上面的书。

她有些恍惚地从折叠椅子里挤过去，爬上舞台。这本书是斯客里亚爸爸床头柜上那本蓝皮书的高级复制品：云城、开着很多窗户的塔、飞翔的鸟。城市上空写着：咕咕云谷。下方写着：安东尼·戴奥真尼斯著 泽诺·尼尼斯译。

湖口码头　爱达荷州

1995—2019年

泽诺

他翻译了1本《伊利亚特》和2本《奥德赛》，外加柏拉图《理想国》的一个精彩片段。平均每天翻译5行，顺利的时候10行。他用铅笔在黄色的横线本上写下龙飞凤舞的字，然后装进餐桌下的盒子里。偶尔他觉得自己翻译得精彩到位，但通常他感觉自己的译文一塌糊涂。他没给任何人看过。

他退休了，领到匾牌和退休金。大斑点狗卢瑟寿终正寝。他又领养了一只活泼的小狝犬，以皮洛斯国王的名字命名为内斯特。每天早上他在楼上的小铜床上醒来之后，先做50个俯卧撑，然后穿上两双犹他州羊毛袜子，再从两件西服衬衫和四条领单中分别选一件穿戴整齐。今天绿色，明天蓝色；周三系鸭子图案，周四系企鹅图案。黑咖啡、原味麦片。之后，他走路去图书馆。

馆长玛丽安找到一个中级古希腊语线上视频课程，由美国中西部大学一名7英尺高的教授主讲，所以泽诺几乎每天早上都坐在"大印刷体的浪漫"——玛丽安嘴里的"器官类图书区"——旁边的桌子前，从戴上耳机，调高音量开始自己的新一天。

过去式总让他后背疼，他对所有动词的过去式一抹黑。然后是不定过去式，一个不受时间约束的时态，这让他想钻进漆黑的柜橱，缩在里面不出来。状态最好的时候，他可以对着古老的文章看上一两个小时，文字和画面穿越几百年来到他的面前——穿着盔甲的勇士登船；阳光下波光粼粼的海面；乘风而来的神灵说话的声音——他仿佛又回到6岁，和坎宁安姐妹站在壁炉前，跟尤利西斯一起在斯客里亚乘风破浪，听巨浪拍石的时候。

2019年5月一个明媚的下午，泽诺正埋头在横线本上，玛丽安新招的儿童部管理员谢里夫招呼他去前台。谢里夫的电脑屏幕上有一个标题：新科技揭秘谜书中的古希腊神话。

文中说，一箱在乌尔比诺公爵图书馆存放了若干世纪的中世纪手稿损毁严重，后被转送到梵蒂冈图书馆，长期以来一直无人破译。一本900岁的山羊皮小手抄本多年来备受学者关注，但是书页在水渍、霉菌和岁月的摧残下已经变硬，字迹模糊不清。

谢里夫把配图放大：皱巴巴的羊皮稿像一块没有棱角的黑砖头。"好像在茅坑里泡了1 000年。"他说。

"然后又被扔在马路上1 000年。"泽诺添油加醋。

在过去的一年中，文章继续写道，一组文物保护者通过多谱段扫描技术获得了原始文稿的少量内容。起初，学者们还在大胆假设，是埃斯库罗斯失传的剧本？阿基米德的科学文献？早期基督教教义？荷马不翼而飞的喜剧《马尔吉特斯》？

但是今天，小组成员宣布他们复原的内容足以证明那是公元1世纪的散文小说，题目为Νεφελοκοκκυγία，作者为籍籍无名的安东尼·戴奥真尼斯。

Νεφέλη云；κόκκῡξ，咕咕。泽诺认识这个题目。他跑回自己的桌子，推开桌面上的纸，拿出雷克斯的《汇编》。翻到第29页，第51条：

不知去向的希腊故事《咕咕云谷》，作者安东尼·戴奥真尼斯。讲述了一个牧羊人到天空之城的旅行，大约写于公元1世纪末。我们从9世纪一份拜占庭小说摘要中得知，戴奥真尼斯在简短的序言中提到了生病的侄女，并且声明这个喜剧故事不是他编造的，而是在提尔古城的坟墓中出土的24块柏木片上找到的。神话故事中穿插着傻子的使命，科学的虚构混杂着乌托邦的讽刺。从名字推测，或许是一部迷人的古代小说。

泽诺心跳加快。他看见雅典娜在雪地里奔跑；看见营养不良、消瘦的雷克斯弓着背用炭在板子上写下：θεοì是神。ἐπεκλώσαντο意思是他们编织，ὄλεθρον是毁灭。

还有更好的，那天雷克斯在咖啡馆里说，古老的喜剧、从地球边际旅行归来的傻子的行程。那是我的最爱，你懂我的意思吗？

玛丽安站在办公室门口，双手捧着一个画满卡通猫的马克杯。

谢里夫说："他还好吗？"

"我想，"玛丽安说，"他是高兴的。"

他请谢里夫把所有能够找到的和手稿相关的文章都打印出来。手稿用的墨水已经追溯到10世纪的君士坦丁堡；梵蒂冈图书馆承诺将公布所有可辨认内容的图像资料。斯图加特的一位教授甚至预言戴奥真尼斯是古代专注于史实和互文性研究的博尔赫斯[1]，并预测扫描机将揭开一部崭新的大师之作，即《堂吉诃德》和《格列佛游记》的鼻祖。但是日本一位研究古希腊文明的学者却认为此手稿无足轻重。现存的希腊小说，如果可以被称作小说的话，也不能和经典诗歌及剧本的文学价值相提并论。她写道，古老并不一定有价值。

6月第一个周五最先下载的扫描文件被标注为第A页。谢里夫把图片放大到11×17英寸，用新获赠的Ilium打印机打出来之后，送到非虚构区泽诺的桌子上。"你准备研究这个？"

污垢、虫眼、霉渍，就像真菌、时间和水合污同流写成的一本无字诗。但是在泽诺眼里，它充满魔力。希腊字母仿佛在羊皮纸上璀璨生辉，黑底白字，为数不多的字迹灵气逼人。他记得刚收到雷克斯来信的时候，简直无法相信雷克斯还活着。有时候我们以为失去了，其实它们只是藏起来，等着被发现。

夏天到了。一连数周，互联网上的扫描页源源不断地从谢里夫的打印机里流出来，泽诺兴致勃勃。6月明快的阳光从图书馆的窗户照进来，打印纸上一片光明；司焰断断续续的故事让他感觉亲切、可笑、跃跃欲试；他觉得找到了人生的目标，死之前必须完成的一件事。他梦想着出一本译作，表达对雷克斯的怀念；召集一场聚会，

1　1899年8月24日—1986年6月14日，阿根廷诗人、小说家、散文家兼翻译家，被誉为作家中的考古学家。——译者注

请希拉里带着他那些市侩的朋友从伦敦过来；让全湖口码头的人都来看看他不只是系旧领带、养吵人的狗的退休铲雪车司机和慢腾腾的泽诺。

但是他的热情与日俱减。很多页破损严重，根本连不成句。更糟糕的是，鉴定报告称由于年代久远，该手抄本很可能经历过数次装订，乃至顺序混乱，所以司焰的故事进展并不清晰。可是，到了7月，他又找到感觉，好像玩博伊兹顿夫人的拼图一样：有三块卡在炉子下面，有三块集体失踪。他太没经验，学历太低，年岁太大；他没有精力做这个。

胆小鬼。水果宾治。同性恋。零。为什么年轻的时候想要摆脱身份的标签会那么难？

8月，图书馆的空调坏了。泽诺穿着衬衫汗流浃背。整个下午他都在和一篇内容至少缺失60%的打印纸较劲。大概是乌鸦司焰被一只戴胜鸟引到奶油河边，也可能是疑神疑鬼——焦躁？不安？——他感觉翅膀下面被扎了一下。

他只能找到这些。

关门的时间到了，他收拾自己的书和横线本，谢里夫摆椅子，玛丽安去关灯。街上飘着山火的烟味。

"有专家在破译。"谢里夫锁门的时候，泽诺说，"正规的翻译。高学历的人清楚自己在做什么。"

"也许，"玛丽安说，"但是他们都不是你。"

湖面上一只冲浪艇飞驰而过，音响咚咚地震。白花花的天，又闷又热。他们三个停在谢里夫的车旁边，泽诺感觉幽灵在热浪中潜行、神秘莫测。湖对面的滑雪山上，雷雨云炸开一片蓝光。

"在医院，"谢里夫点着一根烟，"我妈妈死之前总唠叨'希望是撑起世界的柱子'。"

"谁说的？"

他耸耸肩。"她今天说是亚里士多德，明天说是约翰·韦恩。也许就是她自己编的。"

CHAPTER 18
第十八章

这些都太美好，但是……

《咕咕云谷》
安东尼·戴奥真尼斯
第Σ页

……我的羽毛变得丰满而且有光泽。我拍着翅膀想吃什么就吃什么，甜食、肉食、鱼肉——甚至鸟！没有痛苦，没有饥饿。我的（翅膀？）从来不抽筋，我的爪子从来不（刺痛？）。

……夜莺在（晚上？）举办音乐会，鸣鸟在花园里唱情歌。（而且）没人叫我傻子、蠢蛋、呆子或者恶语中伤……

我飞了那么远终于证明所有人都是错的。但是，当我站在自己的阳台上，看着群鸟欢快地飞过城门、掠过翻滚的云边、冲向下面打着烂泥补丁的地球时，那里密密麻麻的城镇、像尘埃一样散布在平原上的野兽和家畜让我开始想念我的朋友、我的小床和被我扔在田野里的母羊。我走了这么远，这些都太美好，但是……

……我的翅膀下面还是有针扎一样的感觉。我隐隐地有些心神不宁……

阿尔戈斯

———

服役时长 65 年

一号舱内第 325 天

科斯坦茨

　　自从科斯坦茨找到藏在"地图集"里的、年久失修的小图书馆以后，她一直刻苦抄写泽诺·尼尼斯翻译的书——把放在儿童区展台上的一本金色的书抄到1号舱的麻布片上。几周过后，她已经抄完3/4——从第一页到第十八页，写满120多块布。她把它们铺在西比尔塔台周围的地板上，每一片都让她触景生情地想起在4号农场度过的夜晚，听见爸爸的声音：

　　……我从头到脚涂上她挑出来的药膏，然后学着女巫的样子拿起三块乳香……

　　……即使长出翅膀，蠢鱼，你也不能飞到一个根本不存在的地方……

　　……他知道的事全都明摆着，他知道什么——他什么都不知道。

晚上，当灯光暗下去的时候，她带着一手墨汁心烦意乱地在床边坐下。"熄灯"是最难熬的。每一次感受到一号舱外的沉寂时，她都担心10个多月以来那里一直没有受到活人的惊扰。阿尔戈斯墙外的沉寂无限扩大，蔓延到人类无法想象的广阔空间。她蜷起身子，拉过毯子蒙住脸。

睡了吗？科斯坦茨。你一天没吃饭了。

"你要是把门打开我就吃。"

你知道，我还没有能力判断外面是不是还有传染病。既然我们证实你在这里是安全的，我就必须保证门是关着的。

"这里也非常危险。你开门我就吃饭。你不开门，我就绝食。"

你这样说我很伤心。

"你不会伤心，西比尔。你只是管子里的一捆光纤。"

你的身体需要营养，科斯坦茨。想象一下你喜欢——

科斯坦茨捂住耳朵。船上的每一件东西，大人们说，都是我们用得着的。我们自己解决不了的，西比尔都能帮我们解决。但是，这全是他们自欺欺人的谎话。西比尔什么都知道，但是她什么都不知道。科斯坦茨拿起她画的云城，用指尖划过干燥的墨痕。为什么她觉得把这本古老的书复制一遍就可以打开心锁呢？谁会成为她的读者呢？她死之后，这本书会永远被封存在这个船舱里无人阅读吗？

我在坠落，她想，我在分裂。我是走步机上的傻子，跌跌绊绊地朝身后跑了10万亿公里，到一个幽灵般的星球寻找根本不存在的答案。

爸爸从她的记忆深处站起来，摘掉胡子上的一片干叶子，笑着说：傻瓜的可贵之处在于傻瓜永远不懂放弃。奶奶总是这样说。

她站在"巡视者"上，戴好眼镜，急匆匆地赶到图书馆的桌子旁边，在纸条上写下：2020年2月20日，泽诺·尼尼斯在湖口码头公共图书馆救下的5个孩子是谁？

湖口码头　爱达荷州

———————

2019年8月

泽诺

8月底，奥尔良的两场大火烧毁了两百万英亩森林，烟雾飘到湖口码头，天空变成油灰色，所有人走出屋门的时候都能闻到类似篝火的味道。饭馆的露台关闭，婚礼移到室内，青少年运动会取消，这样的空气质量不能让孩子们在户外冒险。

学校一放学，图书馆里就挤满了没处可去的儿童。泽诺坐在老地方，埋头在一堆横线本和即时贴里翻译。他脚边的地板上坐着一个红头发的小女孩，穿短裤和惠灵顿长筒靴，一边吹泡泡糖一边浏览园艺书。一步之遥的地方，一个留着金黄色狮子头的胖男孩正用膝盖压着饮水机的把手，伸着两只手接水。

泽诺闭上眼睛：头痛欲裂。他睁开眼睛的时候，看见玛丽安站在面前。

"一、"她说，"大火把我的工作场所变成了儿童游乐园。二、楼上的窗式空调机听起来像被人喂了金属汉堡。三、谢里夫去伯格森五金店买新的，所以我必须在楼上对付20个爱吃糖的小鬼儿。"好像是为了应景，一个小男孩骑着破坐垫从楼上冲下来，双膝着地落在她背后，然后抬起头，对着她咧开嘴笑了。

"四、据我所知，你这一个礼拜都在纠结你那醉醺醺的羊倌是'无知''自卑'还是'无能'。接下来的几个小时，这儿还要来几个5年级的孩子，泽诺。总之……五、你能帮把手吗？"

"自卑'和'无能'是截然不同——"

"给他们讲讲你在做什么。或者变个戏法什么的。求你了。"

他还没来得及推脱，玛丽安已经把在饮水机旁边弄得一身湿的孩子拽到他的面前。

"亚力克斯·赫斯，过来见见泽诺·尼尼斯先生。尼尼斯先生有特别棒的东西给你看。"

男孩从桌上拿起泽诺厚厚的打印材料，一沓便笺纸像受伤的鸟一样颠来倒去地落到地毯上。

"这是什么？外星人写的？"

"看起来像俄语。"穿靴子的红头发小孩儿走过来说。

"这是希腊语，"玛丽安一边说一边把另外一个男孩和两个女孩一起推到泽诺身边。"一个非常古老的故事。故事里有住在鲸鱼肚子里的巫师、猜谜语的猫头鹰警卫、可以实现所有愿望的云中之城和——"玛丽安压低声音，夸张地遥望着远方说，"长着大树似的小鸡鸡的渔夫。"

两个女孩咯咯地笑出声，亚力克斯·赫斯则痴痴地傻笑。水顺着他的头发滴在纸上。

20分钟后，5个孩子围成一圈坐在泽诺的桌子旁边，分别端详着手里的打印书稿。一个头发像是被除草机剪过的短发女孩举起一只手，迫不及待地说："好吧，按你说的，西焰这个家伙做了很多疯狂的冒险——"

"司焰。"

"应该是西焰，"亚力克斯·赫斯说，"更简单。"

"——他的故事很久很久很久以前写在24块木头板子上，在他死后和他埋在一起？几个世纪以后，戴伊德·琼斯在墓地里找到的？然后，他把整个故事写在好几百页什么纸上？"

"莎草纸。"

"——寄给他要死的侄女？"

"对，"泽诺说。他突然感觉有些惊喜，有些激动，又有些不知所措。"但是，你要知道，并不是真正地寄出去，不是我们想象的那样。如果戴奥真尼斯真有一个侄女的话，他很可能把书稿交给一个值得信任的朋友，他——"

"然后，那份书稿又在君士坦丁堡的什么地方被抄下来，后来又丢了很多很多很多年，最后在意大利再一次被发现，但是太多太多字没有了所以还是大麻烦？"

"你说得非常对。"

瘦高的克里斯托弗在椅子里蹭了蹭，说道："所以，把这些古老的文字变成英语很难，而且你只有故事片段，你根本不知道顺序？"

红头发的蕾切尔把手里的纸翻来覆去地看了看，"而且，你有的这些片段都像被人涂了花生酱一样。"

"是的。"

"这样，"克里斯托弗，"为什么呢？"

所有的孩子都看着他：亚力克斯、蕾切尔、小克里斯托弗、头发像是被除草机剪过的短发女孩奥利维娅和一个文静的女孩——棕色眼睛、棕色皮肤、棕色衣服、乌黑头发的纳塔利。

泽诺说：“你们看过电影超人吗？超人总是挨打，而且看起来好像他——"

“也许是她。”奥利维娅说。

“——或者是她永远不会成功。这些纸片就是它：超人。想象一下它们2 000多年颠沛流离、死里逃生的经历：洪水、大火、地震、改朝换代、小偷、强盗、激进分子，谁知道还有什么？我们知道9世纪或者10世纪的时候，有人在君士坦丁堡抄写过这个故事的原稿，目前，我们只知道他的——"

“也许是她。”奥利维娅说。

“——字体向左倾斜，抄写工整。但是，现在很少有人认识这些超人带来的重见天日的古老文字，所以这场战役可能还要打上几十年。知道吗，我们总是在失去。所以一定要抓住那些幸免于难的东西，历经——"

他尴尬地擦擦眼睛。

蕾切尔用手摸了摸面前模糊不清的文稿。“就像西焰一样。”

“司焰。”奥利维娅说。

“你给我们讲过的傻子，在这个故事里吗？虽然他一直走错路，一直变成错的东西，但是他从来没有放弃过。他成功了。”

泽诺看着她，豁然开朗。

"再给我们讲讲，"亚力克斯说，"长着大树似的小鸡鸡的渔夫。"

当天晚上，泽诺坐在餐桌上，皮洛斯国王内斯特在旁边趴下。他把横线本摆在眼前，发现上面漏洞百出。他曾经过度关注寓意，严格遵循语法和单词拼写，却没有想到这样一部罕见的古代喜剧并不适合义正词严、谆谆教诲或者一板一眼。它只是一个给临终女孩带去安慰的故事。他强迫自己看的那些学术评论——戴奥真尼斯写的是一目了然的喜剧还是话中有话的后设小说？——在5个孩子面前、在他们的口香糖和臭袜子的气味里、在森林大火的烟雾里扬长而去。戴奥真尼斯，无论他是谁，无非是想转移视线，摆脱困境罢了。

拨云见日。他做了一杯咖啡，打开一个新本，拿出第β页。单词空白单词单词单词空白空白单词——不过是一些留在死山羊皮上的印记而已。但是，字里行间却有玄机。

我是司焰，从阿卡迪亚来的一个小羊倌。我不得不讲的那个故事特别荒唐、特别不可思议，你们可能一个字都不会信。但是它们全是真的。我，一个曾经被叫做蠢蛋、废物的人——没错。我，司焰，就是呆头呆脑、缺根筋的傻子——历尽千辛万苦走到地球的边缘……

阿尔戈斯

————————

服役时长65年

一号舱内第325—340天

科斯坦茨

一页纸飘落在桌子上：

克里斯托弗·迪伊

奥利维娅·奥特

亚力克斯·赫斯

纳塔利·赫尔南德斯

蕾切尔·威尔森

2020年2月20日，湖口码头公共图书馆被劫为人质的儿童中有一个叫蕾切尔·威尔森。她的曾祖母。这就是为什么爸爸的床头柜上有泽诺翻译的书。他的祖母在排戏。

如果泽诺·尼尼斯没有在2020年2月20日救下蕾切尔·威尔森，就不会有她的爸爸，他就不会报名登上阿尔戈斯。那么，就不会有科斯坦茨。

我走了这么远，这些都太美好，但是……

谁是蕾切尔·威尔森？她活了多大岁数？每次拿起泽诺·尼尼斯翻译的书时，她是什么感觉？她曾经在南努普的晚风中给科斯坦茨的爸爸念司焰的故事吗？科斯坦茨站起来，在大厅里围着桌子踱步。显而易见，她错过了某些细节。有些东西躲过了她的眼睛。还有西比尔不知道的事。她把"地图集"从书架上召唤过来。先去拉各斯市中心临湖的广场，耀眼的白色酒店大厦从三面将她团团包围，黑白相间的花槽里种着40棵椰子树。一个牌子上面写着：欢迎来到新洲际。

科斯坦茨在尼日利亚的阳光里不停地走。那种感觉又不请自到，让她隐隐作痛：有什么不对劲。树干上疤痕累累，枝条上叶鞘干枯，椰子有的高高在上，有的落在地上。她突然发现，没有一颗椰子像爸爸给她看的那样长着三个嫩芽。两只眼睛一张嘴，小水手的脸，吹着口哨环游世界——这里没有。

这些树是电脑合成的。事实是这里并没有树。

她想起弗劳尔斯夫人站在狄奥多西城墙根说过的话：逗留的时间足够长的话，孩子，你会发现一两个秘密的。

二十步开外的地方，花槽里停着一辆小贩的自行车，车把上支着一个白色的货架，上面画着举着圆筒冰淇淋的卡通猫头鹰。货架的冰块上摆着12听罐装饮料。冰光闪烁，猫头鹰的眼睛一眨一眨的，像极了湖口码头公共图书馆的还书箱。它比周围的一切都生动醒目。

她伸手摸到一罐饮料，真实、冰凉、湿漉漉的，竟然不是穿空而过。她把饮料从冰上拿起来，周围酒店的1 000块玻璃无声地破成碎片；广场上的地砖一扫而光；假树化为泡影。

她的手指所到之处，人们或坐或站或躺，但不是在城市广场的背阴处，而是在一片狼藉的废墟上：有些人光着膀子，更多人光着脚，形如槁木，有些人蜷缩在自制的蓝色帆布帐篷里，她只能看见他们的小腿和糊着厚泥的双脚。

破轮胎。垃圾。烂泥。几个男人坐在盛饮料的塑料桶上；一个女人挥舞着一个空米袋子；12个瘦小的孩子蹲在土堆上。没有东西像她碰过湖口码头老图书馆外面的还书箱那样动起来。所有人都是静止的图像，她的手像穿过影子一样穿过他们的身体。

她弯下腰，努力想看清孩子们模糊的面孔。他们怎么了？为什么躲起来？

接着，她回到一年前去过的孟买郊外的慢跑小路。路边墨绿色的红树林像一堵被下过咒的墙立在她的身边。她来回跑了几趟，终于发现路边画着一只小猫头鹰。她摸了摸猫头鹰，红树林断开了，棕红色的水裹着各种杂物汹涌而至，冲走人，淹没路，卷走路边的高楼大厦。船被拴在2层的阳台；有人被定格在落水的车顶，正伸着胳膊求救，她的尖叫声比她的脸更显而易见。

天旋地转、毛骨悚然，科斯坦茨嘟囔着："南努普。"她直起腰。地球在旋转、翻滚，她掉下去。这里曾经是澳大利亚宁静淳朴的畜牧小镇。马路上悬挂着褪色的广告旗，上面写着：

尽你之力
阻止零日到来
每天10升

礼堂掩映在巨朱蕉的树荫下，花箱里的海棠花生机勃勃，草坪一如既往地青翠欲滴：比方圆三十英里内的任何东西都绿五倍。喷泉水珠四溅；繁花盛开的大树英姿飒爽。但是，和在拉各斯广场还有孟买郊区的小路上一样，有些不合时宜的东西。

科斯坦茨围着这个区域转了三圈之后，终于在礼堂的侧门上发现一只戴金项链和皇冠的猫头鹰涂鸦。

她摸到猫头鹰。草地枯黄，树丛左右分开，礼堂墙漆剥落，喷泉水汽氤氲。一辆载着6 000加仑水的拖拉机挂车闪着水光开过来，一群全副武装的人把它围在中间，风尘仆仆的车在旁边排起一条望不到头的长队。

成百上千的人抱着空水壶和空罐子紧贴在拦路的铁链子上。"地图集"的摄像头捕捉到一个手持大刀的男人翻铁链子的瞬间，他张着嘴；一个扣动扳机的士兵；几个四仰八叉地躺在地上的人。

两个男人在水箱的龙头前抢一个塑料桶，他们胳膊上的肌肉清晰可见。她在铁链边拥挤的人群中看见抱着孩子的母亲和祖母。

就是它了。这就是爸爸离开的原因。

她从"巡视者"上下来的时候已经是"日光"时间。她有气无力地绕过麻布片，从食物打印机上拔下水管，插进嘴里。她的手不停地抖。千疮百孔的袜子彻底散架了，现在只剩一个洞，她的两个脚趾在流血。

你走了7英里，科斯坦茨，西比尔说，如果你不睡觉，不好好吃饭，我就限制你进图书馆的权利。

"我会的，我吃饭。我睡觉。我保证。"她想起爸爸。有一天，他在农场里巡视植物的时候调了调喷雾，然后用手背试了试。"饿，"他说道，她当时以为他在和植物说话，"很快就可以忘掉。但是渴？却是越想越渴。"

她坐在地板上检查流血的脚趾头，想起妈妈讲的"疯癫的埃利奥特·菲申巴赫"的故事。那个男孩一直在"地图集"里转悠，直到双脚开裂，精神失常。疯癫的埃利奥特·菲申巴赫拼尽全力想要劈开阿尔戈斯的墙，却让所有人和飞船陷于危险之中。他攒够安眠药结束了自己的生命。

她吃饭、洗脸、梳撒毡的头发、做语法练习和物理题，对西比尔唯命是从。图书馆的大厅明亮、素净，大理石地板光可鉴人，好像每晚都有人擦似的。

完成所有的功课之后，她坐在桌子旁，弗劳尔斯夫人的小狗卧在一边。她用颤抖的手写下：阿尔戈斯是怎么造出来的？

档案和图表从浩如烟海的书架上飞到桌子旁边，她挑出所有由"Ilium公司"提供的文件：核脉冲推进技术、原料分析、人造重力、间隔设计、载重量测算电子表格、水处理系统规划、食物打印机图解、近地轨道飞行设计，以及数百本有关船员挑选、运送、隔离、6个月的培训和登船前的镇静剂使用等细节的手册。

时间流逝，文件越剩越少，可是科斯坦茨始终没有找到建造在592年之内可以飞到β Oph2的高速洲际飞船的可行性报告。每次有人提出问题，比如是否已经具备相应的科技水平、热能是否达标、船员如何避免持续的外太空辐射、如何模仿重力、消耗是否可控、是否有可依据的物理学原理等等，后面就是一片空白。学术报告被截流了。章数从2跳到6，或者从4跳到9，中间什么也没有。

科斯坦茨从图书馆日开始，一直在传唤外星球目录。地球外所有已知的世界从书架上一本接一本地飞过来，它们缩小后在一张一张的书页上旋转：粉色、栗色、棕色、蓝色。她划动手指在名单上找到悠悠转动的 β Oph2。绿色。黑色。绿色。黑色。

4.0113×1013 公里。4.24 光年。

科斯坦茨望着回响着寂寞的大厅，感觉无数条细若丝线的裂纹正在悄无声息地蔓延。她抽出一张纸，写下：登船之前，阿尔戈斯的船员在哪里集合？

一张纸从空中落下来：

卡纳克。

她走进"地图集"，3 000米、2 000米，稳稳地降落在格陵兰岛的北海岸。卡纳克是被海水和冰碛沉积物围困住的海港小村，几乎没有一棵树。镶嵌着白窗框的小房子——因为建在融化的永久冻土上，很多已经下沉——被刷成绿色、淡蓝色和芥末黄，美丽如画。岸边的岩石里停靠着几只小船，一个小船坞、几个码头和一堆凌乱的设备。

她花了好几天的时间研究这个地方。吃饭、睡觉、听西比尔上课、在卡纳克的上空巡游、在海面上观察，一遍又一遍地搜索。最后，她在离村子8英里的巴芬湾，看见一个光秃秃的海岛，遍布岩石和地衣，看起来封冻不超过十年。岛上有一栋孤零零的红房子，很像儿童画中的谷仓，房前有一根白色的旗杆，旗杆下面站着一只木头猫头鹰，高度差不多到她的大腿，好像在睡觉。

科斯坦茨走上前，碰碰猫头鹰。它的眼睛弹开了。

坚实的栈桥直通大海。红房子后面有一道围墙拔地而起，高15英尺，顶端竖着刀片刺网，在小岛上圈出一块禁地。

不得擅自进入。标牌上用4种不同的语言写着：Ilium公司领地。禁止靠近。

围墙后面是一个巨大的工业园区：起重机、拖车、卡车、岩石间的建材堆积如山。她先沿着围墙走到最远的地方，然后腾空俯视。她看见水泥车、戴安全帽的人影、船坞、礁石路和园区中心一座庞大却未竣工的、白色圆形无窗建筑。

挑选、运送、隔离、6个月的培训和登船前的镇静剂。

他们在造未来的阿尔戈斯。但是这里既没有火箭，也没有发射台，飞船没有分舱：它根本不可能进入太空。它就在地球上。

她看到的是70年前拍摄的图像。Ilium公司对"地图集"里的这些影像进行了编辑。她同时也在看她自己。看她的家。看这些年。她碰碰眼镜，走下"巡视者"。心潮澎湃。

西比尔说：*逛高兴了吗？科斯坦茨。*

CHAPTER 19
第十九章

司焰即燃烧

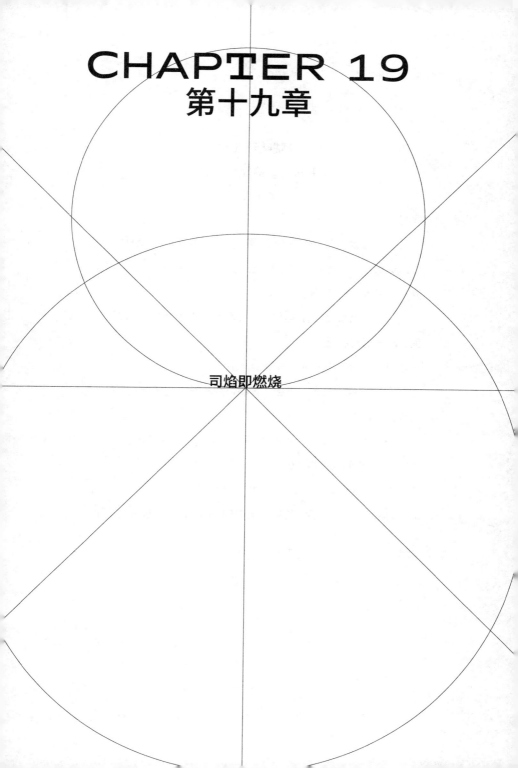

《咕咕云谷》
安东尼·戴奥真尼斯
第T页

……我说，"为什么他们（看起来像？）兴高采烈地四处飞，又唱又吃，日日沐浴在和煦的微风里，盘旋在塔尖也不厌倦，可是我心里却（忧伤？）……"

……主管食品和住宿的总管的助理戴胜鸟吞下一大口沙丁鱼，展开羽毛皇冠。

它说："你现在和人一样满腹牢骚。"

我说："我不是人，先生，天啊，别胡说。我是一只可怜的乌鸦。嘿，你看看我。"

"行了，"它说，"我有个主意。让你摆脱（凡人的苦恼？），去宫殿（在中心的？）……"

"……那有花园，比其他地方的更鲜艳更苍翠，住在里面的女神守护着一本书，包括（全部的神学知识）。也许在里面你可以找到你……"

湖口码头　爱达荷州

————

2019年8月—2020年2月

西摩

操作指南上说必须用洋葱浏览器下载一个安全的社交网络平台，于是他做了几个系统更新完成下载。几天后，他收到回复。

Mathilda：谢你出手抱歉回迟但没法儿

细沫6：你和"主教"一起？在他的基地？

Mathilda：去查

Mathilda：你没有权限

细沫6：没有我发誓

细沫6：想帮忙想参战

Mathilda：我归你

细沫6：想要毁掉机器

夏末，加勒比海的两个小岛台风肆虐，索马里干旱成灾，全球月平均气温突破历史纪录，各国政府纷纷宣布海洋升温的速度超过预期4倍，俄勒冈州先后两起大火的浓烟已经向西飘到湖口码头，它们在卫星云图上的形状让西摩感觉特别像漩涡。

自从他在小艇停靠区砸了房车的玻璃并逃离现场就再没见过珍妮特。他知道她没有报警；就算警察有办法找到她，他相信她也不会供出他。一夏天他都没去图书馆，也没去湖边，而是勒紧帽衫的帽带在溜冰场打扫更衣室和码放苏打水，否则就闷在卧室里。

Mathilda：他们说80人死于洪水，但他们没有统计患有抑郁症和创伤后应激障碍的人数，没钱重建家园的人数，即将死于霉菌的人数和

细沫6：等一下，哪次洪水

Mathilda：悲伤过度而死的人数

细沫6：今天这里的烟超大

Mathilda：将来他们回首今天时会惊讶我们怎么过得这么

细沫6：不是咱们？不是你和我？

Mathilda：自以为是

细沫6：不是勇士？

9月，收账公司每天给邦尼打三次电话。劳动节的时候，空气污染让游客避而远之；小艇停靠区名存实亡；饭馆门庭冷落，肉饼店的小费没了着落；邦尼也找不到其他的工作弥补"杨树叶客栈"关张的损失。

西摩开始坐井观天：地球在他的眼里只剩下苟延残喘，周围的人全是凶手。住在伊甸园之门的人在他们的垃圾桶里装满垃圾，在他们的房子之间开越野车，在他们的后院用蓝牙音响播放音乐，吹嘘他

们有修养、举止优雅、生活体面，实现了所谓的梦想——好像美国的每个灵魂都平等地享受着上帝温暖的善心，这里就是伊甸园似的。但事实却是，他们参与谋划了一场金字塔骗局，要蚕食掉底层那些和妈妈一样的人，而且为此洋洋自得。

Mathilda：抱歉我晚了我们只在晚上忙完杂事以后才上网

细沫6：什么杂事

Mathilda：播种修枝收割搬运采摘收拾腌制

细沫6：蔬菜？

Mathilda：嗯超级新鲜

细沫6：对蔬菜不感兴趣

Mathilda：今晚基地周围所有的树都高大挺拔特别漂亮

Mathilda：天空紫得像茄子

细沫6：还是蔬菜

Mathilda：哈你真逗

细沫6：你们睡在哪？帐篷

Mathilda：帐篷嗯船舱营房

Mathilda：……

细沫6：你还在吗

Mathilda：他们说我还有10分钟

Mathilda：因为你特殊你重要你承诺过

细沫6：我？

Mathilda：嗯不只是对他们对我

Mathilda：对所有人

细沫6：……

Mathilda：晚上鸟飞过温室溪水潺潺吃饱肚子感觉真好

细沫6：我要在那儿就好了

Mathilda：你会喜欢的即使食素哈哈

Mathilda：我们有浴室娱乐室军械库另外床也舒服

细沫6：真床还是睡袋

Mathilda：都有

细沫6：是男孩在这边女孩在那边吗？

Mathilda：想怎样就怎样我们不循规蹈矩

Mathilda：你会看到的

Mathilda：很快你会有任务

上课的时候"主教"基地的画面历历在目。黑色的树下白色的帐篷，机关枪架在路障上，花园温室，太阳能，疲劳的人们唱歌讲故事，神秘的酿造大师在森林里采集药草熬制出长生不老的丹药。Mathilda也时常在眼前打转：她的手腕、她的头发、她的腹股沟。她提着两桶浆果从小路上走来；她皮肤白皙，她是日裔塞尔维亚人、斐济的裸潜者，她的胸前挂着两条十字交叉的弹带。

Mathilda：行动之后你会感觉好很多

细沫6：这儿所有的女孩都是笨蛋

细沫6：我看不上她们

Mathilda：你会感觉到无限的力量

细沫6：她们没人像你一样

　　他查到了：Maht代表力量，Hild代表战斗，所以Mathilda的意思是战斗力。从此之后，Mathilda变成了一个在森林里潜行的8英尺高的女猎人。他向后靠在床上，腿上的平板电脑微微发热。Mathilda用手里的弓箭推开门，低头走进来。她的腰间缠着九重葛，头上插着玫瑰花，她挡住了天花板上的灯光，伸出一只修长的手揽起他的大腿。

泽诺

9月中旬，亚力克斯、蕾切尔、奥利维娅、纳塔利和克里斯托弗想把支离破碎的《咕咕云谷》改编成剧本，然后穿上戏服演出来。雨过烟散，空气转好，孩子们照样每周二和周四放学以后到图书馆聚在他的桌子旁。他知道，这些孩子没有参加排球俱乐部，没有数学补课也没有码头的泊位。奥利维娅的父母在教堂工作；亚力克斯的爸爸正在博伊西找工作；纳塔利的父母没日没夜地在餐馆打工；克里斯托弗有六个兄弟姐妹；蕾切尔在美国游学一年，她爸爸是澳大利亚人，在当地爱达荷州土地管理局所属的一个部门负责火灾防控的相关事宜。

和他们在一起的每一分钟，泽诺都在学习。夏初的时候，他只关心未知的，他想知道戴奥真尼斯的文本丢了多少。但是现在他明白了，没有必要牵强附会地解释古希腊牧羊人或者大师的每一个词、每一个成语的意思，其实只需要按照现有的内容给孩子们一些建议，他们就可以凭借想象力完成其余的工作。

也许是和雷克斯促膝坐在5号营地厨房的炉火旁之后、几十年来的第一次，他头一次感觉自己茅塞顿开，就像挡在意识前的窗帘猛然被撤掉了一样：他想做的就在这里，就摆在眼前。

10月的一个周二，5个五年级的孩子围坐在图书馆的小桌旁。克里斯托弗和亚力克斯正狼吞虎咽地吃玛丽安放在纸盒里的多纳圈。麻秆一样瘦的蕾切尔穿着靴子和牛仔裤趴在横线本上写了擦，擦了写。前三个星期几乎不出声的纳塔利如今变成了话痨。"所以整个旅行结束之后，"她说，"司焰猜出谜语，走进大门，喝了奶油河和红酒河里的汤，吃了苹果和桃子，还有蜂蜜蛋糕什么的，天气也总是特别好，而且没有人欺负他，可他还是不高兴！"

亚力克斯又拿了一个多纳圈，一边嚼一边说："是啊，听起来太不可思议了。"

"你知道什么？"克里斯托弗说，"在我的咕咕云谷，要用根汁饮料代替红酒。而且所有的水果都是甜的。"

"糖太多了。"亚力克斯说。

"吃不完的星爆糖。"克里斯托弗说。

"吃不完的奇巧巧克力。"

纳塔利说："在我的咕咕云谷，动物和人的待遇一样。"

"而且，没有作业，"亚力克斯说，"也没有脓毒性喉炎。"

"但是，"克里斯托弗说，"可以让《超神巨能万物百科》在中心花园吗？它也要在我的咕咕云谷里。这本书，就是那种，看5分钟就可以知道所有事情的书。"

泽诺向前靠靠，对着桌子上堆积如山的纸说："我告诉过你们司焰代表什么吗？"

孩子们摇头。他在一整张纸上写下大大的αἴθων。"燃烧，"他说，"耀眼的、炽热的。也有人说是欲望。"

奥利维亚坐下。亚力克斯拿起一个新的多纳圈放进嘴里。

"也许这就是，"纳塔利说，"他从不放弃的原因。他不能安定下来的原因。他的心里总在燃烧。"

蕾切尔的目光从桌面移向远方，出神地说："在我的咕咕云谷里，没有干旱。每天晚上都会下雨。绿树一眼望不到边。冰凉的溪水奔腾不息。"

12月，周二，他们去二手店淘换戏服；周四，他们用纸板做好驴子、鱼和戴胜鸟的头饰。玛丽安订了黑色和灰色的羽毛给他们做翅膀；然后大家一起动手用硬纸板剪出云朵。纳塔利用笔记本电脑制作音响效果；泽诺雇了一个木匠在外面帮工，他计划用胶合板搭一个舞台，再拼一堵墙，给大家一个惊喜。只剩两个周四了，可是还有很多事情没有做：剧本的结尾、台词、租折叠椅子。他想起雅典娜，每次她发现他们要下水的时候总是兴奋得浑身乱颤，好像通了电一样，他每天晚上失眠时就是这样的感觉。他的思绪跨过高山大海，穿过日月星辰，他的大脑像一盏灯，在燃烧。

2月20日早上6点，泽诺做俯卧撑，穿上两双犹他州羊毛袜子，系上企鹅领带，喝了一杯咖啡，然后到湖口码头杂货店把最新改编的台词复印了五份，顺便买了一箱根汁水。他一手拿着台词，一手拿着苏打水穿过"湖畔街"。银灰色的天空笼罩着白雪皑皑的湖面，高山被云雾遮挡——山雨欲来。

玛丽安的斯巴鲁已经停在车场。楼上的窗户里灯光摇曳。泽诺走上5级花岗岩台阶，站在门口喘气。一瞬间，他仿佛回到6岁：孤独寂寞、瑟瑟发抖，两个图书管理员打开大门。

嘿，你看起来很冷。

你妈妈呢？

前门没锁。他爬上2楼，在金色的夹板墙前站住。陌生人，无论你是谁，打开它定有惊喜。

他推开小门的时候，阳光照进来。舞台上，玛丽安站在踏凳上，正拿着刷子在背景布上刷金塔和银塔。他看着她下来验收自己的作品，再回到凳子上，蘸蘸刷子，在塔边画上3只飞鸟。颜料气味刺鼻。周围静悄悄的。

即将86岁的他感受着这里的一切。

西摩

当第一场雪纷纷扬扬地落在俯视镇子的山梁上的时候，爱达荷州电力局中断了西摩家的供电。前院的燃料罐还剩三分之一，所以邦尼打开烤炉，并且开着烤炉门给房间加热。西摩在溜冰场给平板电脑充电，把打工挣到的大部分钱交给妈妈。

Mathilda：今晚真冷想起你

细沫6：我这儿也冷

Mathilda：这样黑的时候我想脱光衣服跑到外面让皮肤直接感受温度

Mathilda：然后回到床上全身舒坦

细沫6：真的？

Mathilda：你必须赶紧必须来这我快扛不住了

Mathilda：必须完成你的任务

圣诞节的早上，邦尼让他坐在餐桌旁。"我放弃了，小负鼠。我打算卖了。找个地方租房子。后年，你就走了，我自己不需要这么大的地方。"

她身后烤炉里的煤气嘶嘶地冒着蓝光。

"我知道这个地方对你很重要，也许比我想象的更重要。但是到时候了。萨克斯客栈在招清洁工，远了点，我知道，但好歹是份工作。如果够幸运，这份工作加上卖房子，我不但可以还清所有的债，还有多余的钱补牙。没准儿，还有结余供你上大学。"

推拉门外面，联排别墅的灯光在冰雾中摇摆。一种可怕的感觉在西摩的心里堆积：100个声音在他脑子的最深处同时响起。吃这个、穿这个、你不合适、你不算、如果你买了这个，你的痛苦将立马消失。"细沫大粪"，哈哈。屋外，工具房的地下存着巴婆的旧伯莱塔和一箱手榴弹。如果屏住呼吸，他能听见手榴弹在 5×5 的格子里咔嗒咔嗒的轻微响声。

邦尼双手按住桌面。"你这辈子总要干点与众不同的事，西摩。我知道。"

夜晚，他穿着防风衣站在"湖畔街"和"公园路"的拐角。伊甸园之门样板间的檐槽上亮着圣诞节的灯，间距堪称完美。屋檐下已经装好黑色的摄像头。一层窗角徽章形状的贴纸闪着微光。前门和后门的锁看起来既复杂又牢靠。

安保系统。警报。想要避人耳目地进去放点东西绝无可能。但是他观察过，在地产公司办公室西侧和图书馆东侧之间，有一个不到四步宽的夹缝，只够煤气表和积雪立足。把爆炸物偷偷带进地产办公室也许行不通。但如果带进图书馆呢?

细沫6:我选中了一个地点

Mathilda:目标?

细沫6:任务,我要制造混乱要唤醒民众开始真正的改变

Mathilda:差不多

细沫6:为进入基地开路

Mathilda:想好了?

细沫6:去找你

Mathilda发来的PDF排版粗糙、图表简陋,但是内容一目了然:起爆装置、高压锅、预付款电话,所有东西都要备份,以防第一个炸弹失败。他在湖口码头杂货店买了一个高压锅,在里得利买了第二个,又在柏格森五金店买了2把挂锁分别装在卧室和工具房。

拆手榴弹并没有想象的那么难。里面的炸药看起来也不吓人,像淡黄色的石英碎片。他用巴婆老式的刻度秤分别称出20盎司放进2个高压锅里。

他继续上学,继续在溜冰场擦地。以前种种只是序幕,现在,终于开场了。

2月初,他在租赁柜台后面给三个阿尔卡特预付手机充电,一抬头,看见穿着牛仔夹克的珍妮特。

"嘿。"

她的袖子上站着一排新缝的青蛙。她的羊毛帽子软得让人不忍心摘下来，他从来没有那么软的帽子。她的颧骨被晒成了滑雪人典型的棕褐色。看着她，他感觉自己老了10岁，那个"珍妮特迷"好像是个穿越千年的老人。

她说："好久不见。"

行为正常。一切正常。

"你的事我没告诉任何人。你可以放心。"

他转头看看饮料柜，又看看码在格子里的冰鞋。最好什么也不说。

"上周环保协会来了18个孩子。西摩，我猜你可能想知道。我们成功地帮助学校餐厅减少了食物浪费，而且那儿现在都是竹子吸管。竹子是，可再生的，是这个词吧？"

"可持续。"

外面欢声笑语，穿着运动衫的少年在不碎玻璃冰面上滑翔。欢乐：人们共同关心的事情。

"对，可持续。我们15号开车去博伊西静坐。你也可以参加，西摩。开始引起关注了。"她用蓝黑色的眼睛盯着他，歪着嘴笑了。可是，他没有过电的感觉了。

细沫6：我按照你发的指导做了2个

Mathilda：2个派

细沫6：哈对2个派

Mathilda：怎么做的

细沫6：预付费电话，像PDF说的做派响5声

Mathilda：2个不同号？一个对一个？

细沫6：2个派2个手机2个号和指导一样

细沫6：只要第1个派做好了第2个一样

Mathilda：时间？

细沫6：很快

细沫6：也许周四，预报暴雨，估计出来的人少

Mathilda：……

细沫6：你在吗？

Mathilda：把2个号码发我

周三放学回家，他看见邦尼打着手电在客厅打包。她抬起头看着他，带着些酒意和局促不安。

"卖了。我们把它卖了。"

西摩想起装满配料的高压锅还在工具房的长凳下，忽然感觉无数条鳗鱼在肚子里四处逃窜。

"他们——"

"在网上看到图片就买了。全部现金。准备拆。他们只要这片地。认为我们有足够的钱在你的电脑上买房子。"

手电掉在地上，他捡起来还给她。他在想，母子之间哪些真话是可以不说的，哪些是不该隐瞒的。

"妈妈，我明天可以用车吗？我早上送你去上班。"

"当然，西摩，没问题。"她用手电照着一个箱子。"2020，"他朝客厅走的时候，她大声说，"是我们的翻身年。"

细沫6：做好派之后我怎么知道去哪

Mathilda：向北

Mathilda：打我们给你的电话

细沫6：北

Mathilda：对

细沫6：加拿大？

Mathilda：向北开我们会给你指示

细沫6：过境？

Mathilda：勇敢的勇士你太了不起了

细沫6：遇到麻烦怎么办

Mathilda：不会的

细沫6：万一

Mathilda：打电话

细沫6：有人来

Mathilda：这儿的每一个人

细沫6：紧张

Mathilda：未来是自豪

Mathilda：兴奋

CHAPTER 20
第二十章

女神花园

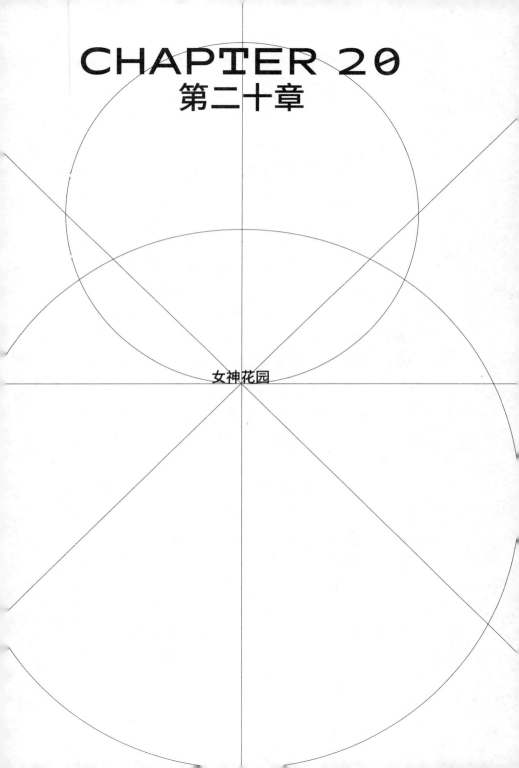

……我在酒河边，啄一口壮胆，再啄一口鼓劲，然后，我就拍打着翅膀朝城中心的宫殿飞去。那里的塔耸入黄道带，（里面？）清澈（透亮）的溪水在芳香的果园里流淌。

……女神站在那里，1 000英尺高。她穿着（她的连衣裙上繁花似锦）在园子里忙碌，她把树拔起来再种回去。一群猫头鹰围在她的头顶，更多的猫头鹰落在她的胳膊和肩膀上，它们借着她后背光洁如镜的盾牌端详自己。

……前方，在她脚下，柱座上环绕着白色的（蝴蝶？）如此栩栩如生，一定是锻造神亲自打造的。我看见它了：戴胜鸟说的那本能够（治愈？）折磨我的忧愁的书。我扑棱着翅膀悬在半空，（想看看，这时女神低下头。我在她硕大的瞳孔里变得像房子一样大。她只要弹弹手指就能把我甩出天边。）

"我知道，"她一手攥着15棵树说道，"你是什么，小乌鸦。你是一个伪装者、一个泥人，你根本不是鸟。在你的心里，你一直是一个泥捏的、软弱的人，（心里燃烧着欲望）……"

"……我只是想（看一眼？）……"

"随便看，"她说，"但是，看完结尾你就会变得和我们一样，无欲无求……"

"……你永远也不可能回到从前了。继续吧，孩子。"金光闪闪的女神说，"想好……"

君士坦丁堡以西 8 英里

————

1453 年 5—6 月

奥米尔

一个女孩。一个希腊女孩。这太出乎意料，太让人措手不及，他一下子蒙了。那个对着阉割后的"月光"和"大树"哭泣的人、那个不忍心杀鱼宰鸡的人竟然用一根棒子打在一个小姑娘的头上。她是个短发白皮肤的基督徒，看起来比姐姐还小。

她一动不动地躺在落叶上，手里仍然攥着烤山鹑。她衣衫褴褛，拖鞋已经完全没有鞋的模样。星光下，黑色的血顺着她的脸流淌。

木炭上升起一股烟。黑暗中青蛙聒噪。夜晚的发条向前挪动了一个刻度。女孩呻吟了一声。他用"月光"的缰绳捆住她的手腕。她又哼了一声，然后开始挣扎。血流进右眼。她用膝盖撑地跪起来，把手腕送到嘴边。当她看见他的时候，发出一声惊叫。

奥米尔回头朝树林里看了看，心惊肉跳。

"别出声。求你了。"

她是在呼唤附近的同伴吗？他居然生火，实在太傻了，太危险了。他熄灭余烬的时候，女孩叽里咕噜地喊出一段他听不懂的话。他用手捂住她的嘴，反被咬了一口。

她站起来，跌跌绊绊地在黑夜里走了没几步就摔倒在地。也许她喝醉了：希腊人总是醉醺醺的，大家不是都这么说吗？半人半兽总是通过喝酒满足肉体的快感。

但是她还太小。

也许这是诡计，女巫的把戏。

他一边侦听周围的动静，一边检查手掌边缘的伤口。然后他咬了一口山鹑，皮烤焦了，里面还没熟。女孩躺在树叶上喘息，血顺着脸流下来。他突然有了新的想法：她猜出他独自一人的原因了吗？她猜出他干过什么了吗？为什么他没有和其他胜利者一起冲进城去抢劫战利品？

她爬着离开他。也许她也是一个人。也许她也在逃离过去。当他发现她朝着树下的一个东西爬的时候，一个箭步冲过去捡起她的麻袋。她闹起来。麻袋里有一个小首饰盒和一捆被丝绸似的东西裹着的东西——天太黑看不清。她再一次滚起来，跪在地上，歇斯底里地咒骂，然后发出一声刺耳的尖叫，听起来不像人，更像一头绝望的羊。

他毛骨悚然。"求你别出声。"他似乎看见她的尖叫声从四面八方飞出树林：穿过前方的黑水，沿着进城的路直接钻进苏丹的耳朵里。

他把麻袋推到她身边，她用捆在一起的双手一把抓过去，然后开始打晃。她太虚弱了。是饥饿在摇晃她。

奥米尔把还没凉透的鸟放在她旁边的地上，她像狗一样叼起来就吃。周围静悄悄的，他开始集中精力思考。他们离城太近，随时可能有人骑马经过这里，落荒而逃的人或者乘胜追击的人都有可能。她会被带回去做奴隶，他会被当作逃兵绞死。但是，他又想，如果他们两个一起被发现，女孩也许是个挡箭牌：他的战利品。也许，和她一起走比一个人走少些嫌疑。

她嗑骨头的时候一直盯着他。起风了。新长出的嫩叶在黑暗中颤抖。他从亚麻衬衣上撕下一条布，往事悠然而至：晨曦中，他和祖父站在一起，露水打湿了他们的裤子，膝盖以下湿漉漉的，那是他们第一次给"月光"和"大树"戴上牛轭。

他用布条给女孩包扎头部的时候，女孩安安静静的，一声没吭。他用"月光"的皮带钩住绑她的缰绳，小声说："走，咱们必须离开这儿。"

他背着她的麻袋，像牵着一头倔驴一样用皮带拽着她往前走。太阳在身后升起，他们在开阔的湿地边缘钻进灯芯草丛，女孩时不时打个趔趄。他在曙光中找到一片褐色菌盖的猪苓蘑菇，于是蹲在中间摘下蘑菇帽子吃起来。

他捧了一些给她，她望着他看了一会儿，也吃起来。绷带好像止住血了，她脖子上的血已经变成铁锈的颜色。中午，他们在一个被烧毁的村庄里休息了很长时间。五六只骨瘦如柴的狗凶神恶煞地靠过来，奥米尔用石头把它们赶走。

傍晚，他们走到一片废墟——果园一片狼藉，鸽子窝空空如也，葡萄园被烧成焦土。他跪在小溪边喝水，她跟着喝。夜幕降临之前，他们在幸免于难的半块菜地里找到一些豌豆当晚饭。午夜过后，他在荒地边的灌木篱墙里刨出一个小窝，把牵她的绳子绕在柏树上。她盯着他看，可是眼皮渐渐松弛下来。他眼看着困倦战胜了她的恐惧。

他借着月光拿走她的麻袋，从里面拿出鼻烟壶。是空的，有香料的味道。盖子上的画看不太清楚。一座顶天立地的高房子。难道这是她的家？

包在外面的黑布是丝绸，上面绣着繁花和飞鸟。裹在里面的是一沓动物皮，表面光滑熨帖、边缘齐整、长方形、单边捆扎。是本书。书页潮湿，有发霉的味道。摸上去好像有字，一行一行的。可是看见那些字的时候，他吓了一跳。

他想起祖父曾经讲过，古代的神逃离地球的时候留下一本书。祖父说，那本书装在一个金盒子里，外面依次套着带锁的铜盒、铁盒和木头箱子。神把箱子沉入湖底，派无人能杀死的百尺水龙围着它游泳。但是，如果你能听懂天上的飞鸟和地下的爬虫的话，而且又能保留你在地球上的原形，你就可以把它拿出来看。

奥米尔哆哆嗦嗦地把书包好，重新放回麻袋里。他开始端详月光下熟睡的女孩。手上被咬的伤口隐隐作痛。她是魔鬼吗？她带的书是魔法书吗？但是如果她有无边的魔法，为什么一个人拼死抢他的烤山鹑呢？她不是可以直接把他变成饭吃掉吗？把苏丹所有的士兵变成甲虫，然后一脚踩死他们不行吗？

他在心里努力说服自己，祖父的故事都是骗人的。

夜色消退，思乡心更切。再过一个小时，太阳会跃上山顶，妈妈将绕过长满苔藓的卵石到小溪边去打水。祖父生火。阳光的影子在山谷里晃悠悠地移动，尼娜在毯子里哼哼唧唧地想要抓住梦的尾巴。奥米尔梦见钻进姐姐温暖的被窝里，两个人像小时候一样抱在一起。上午他醒过来的时候，女孩已经自己解开捆绳，正搂着麻袋站在他跟前，低头打量他上嘴唇的裂缝。

从此之后，他不再捆着她的手。他们沿着连绵起伏的平原向西北方向走，小跑着通过灌木丛之间的开阔地，通往埃迪尔内的大路在遥远的东北方向时隐时现。女孩头上的伤口不流血了。她好像永远不知道累，倒是奥米尔每隔一两个小时就要休息一次，他的疲惫是从骨子里渗出来的。有时候，走着走着他就能听见货车的响声和牲口的吼声，感觉"月光"和"大树"跟在旁边，感觉到牛轭下的沉重和温顺。

他们在一起的第四个上午，两个人都已经饿得气息奄奄，女孩步履蹒跚，他知道没有食物他们将寸步难行。中午的时候，他警觉地发现身后尘烟四起，于是他们躲进路边的荆棘丛。

首当其冲的是两个旗兵，他们的佩刀一下一下地撞在鞍子上，显然是凯旋。然后是拉着战利品的骆驼队：打着卷的地毯、圆鼓鼓的麻袋、破损的希腊大旗。骆驼队后面的尘土中，松散地跟着两队共20个被绑着的妇女和女孩。其中一个在哀号，其余人沉默不语。她们蓬头垢面，表情凄惨，奥米尔不忍直视。

她们的后面是一头瘦骨嶙峋的牛，拉着一车大理石塑像：天使的身体；穿长袍、掉鼻子的卷发哲学家；在6月的阳光下白骨刺眼的大脚。队尾跟着一个骑马的弓箭手，身后背着盾牌，马鞍上搭着弓箭。他一边看风景一边哼着歌，不知道是唱给自己听还是唱给他的马听。他的马屁股上驮着一头小死羊，看见它，奥米尔顿时饥饿难耐。他站起来，正准备冲出去拦住他们的时候，女孩的手落在他的胳膊上。

她抱着麻袋坐在地上，胳膊上伤痕累累，耷拉着脑袋，脸上的每一道纹路里都写着绝望。灰色的小鸟在他头顶的荆棘丛里跳跃。她凝视着他，用两根手指敲了敲自己的胸口。他的心怦怦地跳，然后他坐下。紧接着，车队与他们擦身而过。

那天下午，天空飘着雨，女孩走路的时候死死地搂着书，想尽办法不让它湿。他们在泥地里找到一处被火熏黑的破房子，饥肠辘辘地在茅草屋顶下坐定之后，疲惫像海洋一样将他淹没。他闭上眼睛，听见祖父宰鸡拔毛的声音，他在野鸡的肚子里装上葱和香菜，放在火上烤；他闻到饭香，听见淅淅的雨声和炭火爆裂的声音；可是睁开眼睛，既没看见火也没有看见野鸡，只看见身边低头搂着麻袋、瑟瑟发抖的女孩。天越来越黑，雨像鞭子一样落在田野上。

上午，他们进入一片广袤的森林，粗壮的柔荑花序在他们前进的路上垂下数千道帘子。女孩不停地咳嗽；白嘴鸦尖声喊叫；高处的树枝上传来咔嗒咔嗒的响声；然后只剩下寂静和无边无际的世界。

无论什么时候停下来，他看到的都是树，听到的都是树林里的心跳。他渴望看见山，但是它一直不出现。有一次，女孩嘟囔了几个字，不知道是祈祷还是诅咒。他心想，要是"月光"在就好了，它认路。他听说是神把人类排在野兽前面的，但是他们试过把狗丢在深山里吗？它不是都带着一身草回家了吗？是靠鼻子闻还是靠太阳的角度？或者某种没被发现的、动物有但人却失去的才能？

6月的黄昏太漫长，他坐在森林里一步也走不动了。他顺手从旁边的灌木上掰下一根树枝，剥下皮放进嘴里嚼成糊，然后用最后一点力气，学着祖父的样子把尽可能多的树枝粘在一起。

　　女孩帮他捡柴火。太阳落山之后，他去布下的陷阱查看了三次，每次都无功而返，来来回回折腾了一晚上。他睡醒的时候发现女孩照看着小火堆。她的脸苍白而且污浊，衣服边破损，眼睛像拳头一样大。他看见自己的灵魂飞出身体、飞进森林、飞过河流、飞过老家的房子，成群的鹿在高山森林里奔跑，成群的狼在暗处尾随，最后他在极北之地停下来。在那里，海龙在冰山和托举星空的蓝巨人之间游走。游魂回到身体里的时候，移动的月光透过树叶落在地上，带起一片流动的光亮。他身边的女孩把麻袋放在腿上，抚摸着书页念念有词。他侧耳倾听，是他陌生的语言。她停下来——好像着了书的魔一样——灌木丛中受惊的石鸻咔嗒咔嗒地抱怨起来。奥米尔听见陷阱里传来一只鸟慌乱的扑腾声，接着又一只，再一只，惊叫声填满黑色的夜空。她看着他，他看着书。

　　圆丘变成丘陵，丘陵变成山地。他们离家越来越近，他感觉到了。树变了，空气变了，半山腰飘着野薄荷的气味，河床露出光滑的鹅卵石：这些都是回忆，或者伴随着回忆一起出现在眼前。就像在雨夜赶路的牛一样，他的身体里也有某样东西被家牵扯着。

　　他们翻过山梁，走到河边的时候，城市失守的消息已经传遍村落。他一直绑着女孩的手，用绳子拽着她，逢人便讲：胜利光荣，苏丹英明，真主保佑，他让我带着我的战利品回家。总是同样的一套话。他的脸似乎并没有招来羡慕的目光，虽然很多人注视着他的麻袋和肮脏的布包，但是没人问里面装着什么。几个赶车人向他问好并且表示祝贺，其中一个给了他一块乳酪，还有一个给了他一篮黄瓜。

很快他们就要到巍峨的黑峡谷了，公路越来越窄，取而代之的是用原木架起的小桥。几辆手推车和两个赶着鹅去集市的女人从他们面前经过。奥米尔听了听深谷里河流的声音，然后他们才走过去。

傍晚，他们路过了奥米尔出生的村子。在离家半英里的地方，他带她从大路拐上一处可以看见河流的断崖，找到半空心的紫杉树。他站在肆意延展的大树枝下说，"小孩儿们说，这棵树和最早的人类一样老，在最黑的夜晚，他们的鬼魂在树荫里跳舞。"大树在月光下晃动它的1 000根枝桠。她警惕地看着他。他指指树冠，她搂紧胸前的麻袋。

他脱下牛皮披肩铺在地上，"你的东西在这里是安全的。这里没有风吹日晒，附近也没有人过来。"

她看着他。月光画花了她的脸。他忽然意识到她根本听不懂，她却把麻袋递过来。他用自己的披肩把它包起来，然后拨开树枝钻进树洞，把包袱塞在最里面。

"这样就安全了。"

她抬头望着上面。

他在空中画了一个圈："我们会回来的。"

他们重新回到大路上，她主动伸出手让他捆住。河水喧闹，松针在星光下闪闪发光。他熟悉他脚下的路，熟悉溪水的声音和水流的节奏。他们到达通往峡谷的小路时，他回头看了她一眼：弱小、脏乱、伤痕累累、破衣烂衫、行动缓慢。他心想，我这一辈子，最好的伴儿却不能和我讲同一种语言。

CHAPTER 21
第二十一章

《超神巨能万物百科》

……看着（书，）我感觉自己好像趴在一口神奇的水井边。水面上有天堂和地球，陆地稀稀拉拉的，野兽，和在（中间的？）……

……我看见城市挂满灯笼，花草遍地，听见缥缈的音乐和歌声。我看见城里正在举办婚礼，女孩们穿着艳丽的礼服，男孩们带着金色的宝剑……

……跳舞……

……我（心花怒放？）但是当我翻（到下一页？），我看见黑暗，熊熊燃烧的城市，人被活活烧死在田地里、被套上铁链奴役、尸身被猎狗撕咬、婴儿被矛挑上墙头，我把耳朵贴到书上，听见哭泣的声音。我把书页翻回……

……美丽和丑陋……

……舞蹈和死亡……

……（太多？）……

……开始害怕……

湖口码头公共图书馆

————————

2020年2月20日 下午6：39

泽诺

孩子们坐在书架后面，把台词放在腿上：蓝眼睛的克里斯托弗·迪伊有些斜视，他咧着嘴说话的样子甚是可爱；狮子头亚力克斯·赫斯胸脯厚实，无论多冷的天气都穿短运动裤，除了饿什么都能忍，他的音调出奇地高，声音却温柔悦耳；纳塔利脖子上挂着粉色的耳机，对古希腊语特别有感觉；梳短发、穿万花筒裙的奥利维娅·奥特聪明过人，还特别努力；红头发的蕾切尔瘦得像根麻秆，她趴在地毯上，周围是一圈道具，正用铅笔尖指着台词听演员朗诵。

"一面是舞蹈，一面是死亡，"亚力克斯小声说，在空中做了一个翻页的动作，"一页接着一页。"

孩子们知道。他们知道楼下有人；他们知道有危险。他们一直很勇敢，让人难以置信的勇敢，他们在架子后面低声念完了所有的台词，希望通过故事逃出困境。但是他们早该回家了。听见谢里夫对着楼上喊要把书包交给警察好像是上辈子的事了。从那之后，他们就再也没听到过任何响动。玛丽安没有上楼送比萨。没有人拿着大喇叭喊话告诉他们结束了。

泽诺站起来的时候屁股疼得抽筋。

"看完它，小乌鸦，"女神奥利维娅小声说，"你就会知道神的秘密。你可以变成老鹰，或者聪明强壮的猫头鹰，没有欲望，远离死亡。"

他应该早点告诉雷克斯他爱他。他应该在5号营地就告诉他；他应该在伦敦告诉他；他应该告诉希拉里、博伊兹顿夫人以及镇子上每一个尴尬的约会对象。他应该更勇敢一些。他用了一生的时间接纳自己，现在惊讶地发现他做到了，所以他并不奢望再多一年或者多一个月：86年足够了。活着的时候积攒了这么多记忆，大脑不停地筛选、权衡利弊、掩埋痛苦，到了这把年纪不需要再拖着沉重的记忆了。这个负担像大陆板块一样笨重，是时候把它们抛出世界了。

蕾切尔摆着手小声说："停。"她抖着手里的台词说，"尼尼斯先生？有两页顺序错了，一页写着野洋葱和跳舞？我觉得我们排错了。这些不可能发生在咕咕云谷——是在阿卡迪亚。"

亚力克斯说："你在说什么？"

"安静，"泽诺低声说，"求你们。"

"是他侄女，"蕾切尔小声说，"我们把他侄女忘了。如果非要较真儿的话，就像尼尼斯先生说的，这个故事必须传下去——一页一页从老远的地方寄给一个快要死的女孩——为什么司焰不选择留在星空永远不死？"

裙子上贴着亮片的女神奥利维娅蹲在蕾切尔身边。"司焰没看完那本书吗？"

"他在木片上就是这么写的，"蕾切尔说，"它们和他一起埋进坟墓。因为他没有留在咕咕云谷。他选择……怎么说来着，尼尼斯先生？"

心跳加快，眼冒金星。泽诺看见自己走在结冰的湖面上。他看见雷克斯在昏暗的茶室里颤巍巍地端起茶托。孩子们盯着自己的台词。

"你的意思是，"亚力克斯说，"司焰回家了。"

西摩

他背靠着放字典的架子坐在地上，伯莱塔放在腿上。一道白色的强光穿透前面的窗玻璃照进图书馆，屋顶上映出可怕的阴影：警察安装了泛光灯。

他的电话不能接听。他注视着受伤的人在楼梯口喘息。他没有找到书包。他一动不动。晚饭时间到了，邦尼要在"猪肉饼屋"端盘子开始她第11个小时的工作了。他没去接她，她只能在萨克斯客栈求人搭车。现在，她应该已经听说图书馆的事了。12辆警车疾驰而过；她负责的每一桌客人都在谈论此事，厨房里也不例外。有人藏在图书馆，有人携带炸弹。

明天，他对自己说，就会到达基地，遥远的北边，那里的勇士心中有目标，活得有意义，他和Mathilda可以在阳光下散步，也可以在森林的阴凉里遛弯。但是他真的相信吗？

楼梯上有脚步声。西摩掀起一只耳罩。泽诺慢腾腾地走下最后一级台阶的时候，他认出来了：是那个系领带的瘦老头，总是坐在"大印刷体的浪漫"旁边的同一张桌子上，面前放着堆积如山的纸，他对每一张纸都小心翼翼的，就像牧师对待历史文物一样，可是那些东西只对他有意义。

泽诺

谢里夫衣衫不整，看起来好像被人泼了一桶墨汁，但是泽诺还看见更糟糕的。谢里夫摇头阻止他。他只是俯身摸了摸他的额头，就走进虚构和非虚构区中间的过道。

男孩纹丝不动，也许已经死了。他的膝盖上放着一把手枪，旁边的地毯上放着一个书包和一部手机，头上歪卡着一副貌似射击用的耳罩，只有一边扣在耳朵上。

几百年前戴奥真尼斯的话滚滚而来：我走了这么远，这些都太美好，但是——

"这么年轻，"泽诺顺口接道。

——我的翅膀下面还是有针扎一样的感觉。我隐隐地有些心神不宁——

那个男孩一动不动。

"书包里有什么？"

"炸弹。"

"几个？"

"两个。"

"怎么设置的？"

"手机，连在盖上。"

"怎么引爆？"

"随便拨通一个电话。响5声。"

"但是你没打算拨电话，对不对？"

男孩抬起左手去扶护耳，好像希望他不要再提问。往事历历在目：泽诺躺在5号营地的草席子上，而雷克斯正蜷缩在空油桶里等着听到他钻进另一个油桶的声音。布里斯托尔和福蒂尔会把它们抬上卡车。

他拖着脚走过去，捡起书包，轻轻地搂在胸前。男孩对着他端起枪。泽诺的呼吸异常平稳。

"其他人知道号码吗？"

男孩摇头，然后像想起来什么似的，皱起眉头。"当然。当然有人知道。"

"谁？"

他耸耸肩。

"你的意思是，还有人可以引爆？"

他似乎有点头的迹象。

谢里夫在楼梯口警惕地观察着。泽诺伸出一只胳膊穿过书包带。"我朋友在那儿，儿童区的图书管理员，他叫谢里夫，现在急需医生。我现在用座机叫一辆救护车。很可能外面就停着一辆。"

男孩的脸抽搐了一下，好像有人把刺耳的音乐声调大，只吵他一个人似的。"我在等救援。"他说，但是毫无底气。

泽诺走到前台后面，拿起话筒。没有拨号音。"我得用你的手机，"他说，"只叫急救车。我发誓，只做这件事，然后我就还给你。然后咱们一起等你的援兵到。"

枪一直对着泽诺的胸口。男孩的手指没有离开扳机。手机还在地上。"我们要过纯净和有意义的生活。"男孩说，他擦擦眼睛，"我们的存在要完全脱离机器，我们必须毁灭它。"

泽诺的左手离开书包。"我用这只手捡你的手机，好吗？"

谢里夫在楼梯口目瞪口呆。孩子们在楼上噤若寒蝉。泽诺弯下腰。枪口和他的头咫尺之遥。就在他的手快要摸到手机的时候，挂在他胳膊上的书包里连接炸弹的手机响了。

阿尔戈斯

服役时长65年

一号舱内第341—370天

科斯坦茨

"西比尔，我们在哪？"

我们在去 β Oph2 的路上。

"我们的飞行速度是多少？"

每小时 7 734 958 公里。你应该在你的图书馆日那天就把它记住才对。

"你确定吗，西比尔？"

这是事实。

她盯着机器上让人眼花缭乱的电流看了一会儿。

科斯坦茨，你还好吗？你的心跳太快了。

"我很好，谢谢。我要去一下图书馆。"

她把爸爸在隔离期间研究过的图表研究了一遍。设计、储备、液体循环、废物处理、有氧栽培。农场、补给舱、厨房。5个带淋浴的卫生间、42个隔间，西比尔在中心。没有窗户，没有楼梯，没有入口，没有出口，完全是一个自给自足的墓穴。66年前，最早的85名志愿者被告知这场星际之旅会让他们活几个世纪。他们去卡纳克接受6个月的培训、登船，然后在西比尔为起飞做准备的时候，在阿尔戈斯里被催眠，被隔离。

他们并没有起飞。只是演练。试点研究、试车，与几代人相关的可行性实验也许很久以前就结束了，也许一直在进行。

科斯坦茨站在图书馆的大厅里，抚摸四年前妈妈在她的工服上绣的松树苗。弗劳尔斯夫人的小狗摇着尾巴，仰起头看着她。他不是真的。指尖触碰桌面的感觉是木头，听声是木头，闻味是木头；盒子里的纸看起来像纸，摸起来像纸，闻起来也像纸。

但都不是真的。此刻，她在一个圆形的屋子里站在圆形的"巡视者"上。可是这个屋子所处的白色圆形建筑在一个近似圆形的小岛上。而这个小岛，却在与世隔绝的卡纳克村巴芬湾外8英里的地方。在星际空间疾驰的飞船为什么会突然出现传染病呢？为什么西比尔不能解决呢？因为包括西比尔在内没有人知道他们到底在哪。

她把一个个问题写在纸条上，分别投进纸槽。大厅上方，浮云掠过黄色的天空。小狗舔舔自己的上嘴唇。书纷纷扬扬地落下来。

她在1号舱里卸掉4条床腿，然后用床框把其中一条床腿的一端砸扁。

为什么，西比尔问，你要把床拆了？

科斯坦茨置若罔闻。她又花了好几个小时把这条床腿的边缘打磨锋利，然后选了一条床腿做手柄，把它插进手柄的狭缝里，用螺丝固定，并用毯子衬里绑住，迅速地挥了几下：一把自制的斧子。完事之后，她舀了几勺营养粉倒进打印机，打印出来的食物从碗边溢出来。

我很高兴，西比尔说，你做饭了，科斯坦茨。还是这么大的一碗。

"吃完这碗我还要再来一碗，西比尔。有食谱推荐吗？"

凤梨饭怎么样？是不是听起来特别香？

科斯坦茨狼吞虎咽。"是，嗯，听起来不错。"

吃饱饭之后，她在地上爬了一圈，把默写出的泽诺·尼尼斯的译文归拢整齐。司焰的所见所闻。贼窝。女神花园。从第 A 页到第 Ω 页，她把她画的云城放在最上面，用床腿上的铝钉沿着左边钻出一排洞，然后拆掉毯子内里编成绳，穿进上下对齐的洞里，把食品袋的布片装订好。

距离熄灯还剩 1 个小时，她洗干净饭碗，接满水，挠了挠头皮，把一小撮头发塞进杯子底。

然后坐在地上，等待时机。她看着西比尔在塔台里闪烁，仿佛和爸爸一起靠墙坐在 4 号农场里，周围挤满了种着莴笋、西洋菜和西芹的架子，种子在抽屉里睡觉，爸爸给她裹了裹身上的毯子。

你能再讲个故事吗，爸爸？

熄灯之后，她穿上 12 个月前爸爸缝制的生物塑料服，空着两只袖子把拉锁拉到胸前，然后把亲手做的书插进工服里。衣服更合身了，她长大了。她把铺着充气垫却被拆掉腿的床一头搭在食物打印机上，另一头搭在马桶上，架起一个天篷。

科斯坦茨，你要拿你的床做什么？西比尔说。

她钻到被架高的床底下，拔掉打印机后面的低压线，剥掉绝缘皮，把裸露的电线绕在两条完整的床腿上，再把一正一负两根线头插进盛着水的饭碗里。

接着，她把装着头发的水杯扣在正极上，准备收集从水里分解出来的氧气。

科斯坦茨，你在下面要干什么？

她数到10，然后把电线从床腿上解下来，摩擦两个线头。火花溅到纯净的氧气上点燃头发。

你必须回答。你到底在床下干什么呢？

她把杯子翻过来，带着烧头发味儿的烟一下子蹿出来。她把皱巴巴的干布片一块接一块地盖在上面。按照图表的解释，阿尔戈斯的灭火器镶嵌在每个房间的天花板上。如果1号舱不是这样的设计——或者图表有误，灭火器在墙里或者地板里，就完了。但是如果真在天花板里，那可能就成功了。

科斯坦茨，我感觉到热量。请你回答，你在下面干什么呢？

天花板上的小管开始对着她头顶的小床喷灭火水雾。她在床下"助长火势"的时候能够感觉到水滴滴答答地落在裤腿上。

随着干布越来越多，火苗渐渐变小，然后被闷死的火焰又死而复生。无数只黑色的触手从床边伸出来，天花板上下起雨。她对着火苗吹，压上更多的干布片，加入几勺营养粉。如果这次没奏效，她将没有足够的原料制造第二场火灾。

没过多久，床垫着了，她只能从床下爬出来。她把最后的干布扔进去。床垫边升起绿色的火苗，小屋里充满刺鼻的化学物燃烧的味道。科斯坦茨站在灭火器的喷嘴下面把手伸进防化服的袖子里，戴上氧气面罩，把拉锁拉到领子。

衣服开始充气，她感觉被包裹起来。

氧气百分之十。面罩说。

科斯坦茨，你这是残忍的不负责任的行为。你将全船置于危险之中。

床垫着了之后，小床下面的火势更加耀眼。头灯的光柱在烟雾中晃动。

"西比尔，你的使命是保证船员安全，对不对？高于一切的任务？"

西比尔把天花板上的灯调到最亮。科斯坦茨斜眼盯着刺眼的强光。她的手被困在袖子里，脚在地板上打滑。

"这是相互的，对不对？"科斯坦茨说，"船员需要你，你也需要船员。"

请把床架移开，需要清除床下火势。

"但是一个船员都没有——没有我——你就没用了。西比尔。这间屋子的烟太大了，我没法呼吸。面罩里的氧气过几分钟就用完了。我会窒息的。"

西比尔的声音低沉。立刻把床移开。

面罩的镜子被喷上一层水雾，她想擦干净，却总是搞得更糟。科斯坦茨挪了挪工服里面的书，举起她的小斧子。

氧气百分之九。面罩说。

绿色和橘黄色的火苗翻上床，开始舔床板。西比尔几乎完全消失在烟雾中。

求你了，科斯坦茨，你不可以这样做。她的声音变了，温柔了，她在模仿妈妈的语气。

科斯坦茨靠在墙上。她的声音又变了，换了性别。听着，小南瓜，你能把床翻过来吗？

科斯坦茨汗毛倒立。

我们必须马上灭火。一切都在危险之中。

她听见床垫里面嘶嘶地响，有东西融化了或者沸腾了。隔着翻腾的浓烟她只能隐约看到西比尔16英尺高的塔台和深红色的光晕。她想起陈夫人的柔声细语：每一张被绘制出来的地图、每一次人口普查的结果、所有出版的书籍……

她突然犹豫了。"地图集"里的图像是几十年前的。现在外面，阿尔戈斯的墙外面是什么样子？西比尔是唯一被留下的智慧吗？她在冒险吗？

氧气百分之八。面罩说。尽量慢呼吸。

她不再看西比尔，开始控制自己的呼吸。在她面前，刚才还是一堵墙的1号舱门滑开了。

CHAPTER 22
第二十二章

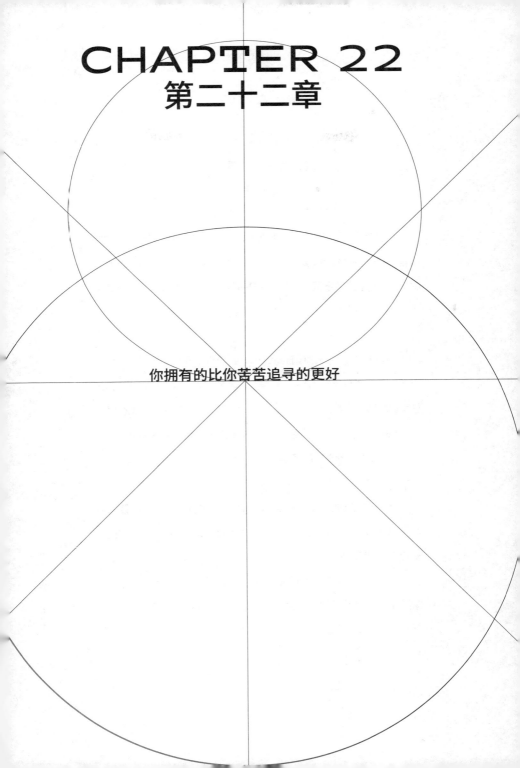

你拥有的比你苦苦追寻的更好

《咕咕云谷》
安东尼·戴奥真尼斯
第X页

第X页几乎无法识别。司焰的故事如何发展一直饱受争议，这里没必要赘述。很多人指出这部分内容应该发生在故事的早期，并且给出了不同的结局，但是这不是翻译该考虑的问题。泽诺·尼尼斯译。

母羊产崽老天下雨山丘葱绿小羊断奶母羊变老脾气变坏只信任我一个人。为什么（我曾经离开？）为什么对（别的地方）冲动，总是追求新鲜？难道希望是个诅咒（潘多拉里的最后一个魔鬼）？

你不远万里飞到星空之边，你全部的愿望（就是回家……）

……咯吱咯吱响的膝盖……

……泥和……

自己的羊群、廉价的红酒、洗澡，（这对）任何愚蠢的牧羊人来说都是奢望。我张开（鸟嘴呱呱地叫："智慧多烦恼多，无知才是大智慧。"）

女神挺直身子，（她的头碰到一颗星，她垂下一只大手，在她像湖一样宽广的手掌中心，躺着一枝白色的玫瑰。）

爱达荷州惩教所

————————

2021—2030年

西摩

　　这里的安保并不严密，双层铁丝网、米黄色的矮楼，很容易被误认为是一所破败的社区大学。里面有一个木工房、一个健身房、一座小教堂和一家以法律教材、字典及奇幻小说为主的图书馆。伙食一般。

　　他把所有可用的时间留在电脑室，学会了Excel、AutoCAD、Java、C++和Python，热衷于代码、输入和输出、指令和命令。他跟随电子报时每天到外面"放风"4次，隔着围墙看旱雀草和骷髅草丛生的平原，看远方闪闪发光的奥怀西山，唯一能看见的树是访客停车场里16棵挤作一团的皂荚树，全都泡在水里，高不过12英尺。

　　他穿牛仔工装裤，和其他人一样住单间。室内小窗户对面的墙上有一个粉刷过的长方形壁龛，允许摆放家人的照片、明信片或者其他工艺品。但是西摩的是空的。

　　最开始的几年邦尼还没生病，有时间的时候她就从湖口码头开3个小时灰狗，再换出租车来看他。在监狱里，她戴着口罩坐在他对面的桌子旁，荧光灯下热泪盈眶地看着他。

小负鼠，你在听吗？

你可以看着我吗？

她每周在监狱账户里存5美元，供他在自动售货机上买1.69盎司包装的原味mm豆。

有时候，他一闭上眼睛就回到法庭，感觉孩子的家长们目光如炬地盯着他的后脑勺。他不敢看玛丽安。我们在你的平板电脑上发现PDF，是谁发的？为什么认为"主教"基地是真实存在的？为什么认为和你交流的征兵人员是女性？为什么认为她和你是同龄人？为什么认为她是真人？每一个问题都像针一样扎在千疮百孔的心上。

绑架、使用杀伤性武器、企图谋杀——他供认不讳。儿童区图书管理员谢里夫得到救治。一个留短发的原告声嘶力竭地要求判处他死刑；最终西摩被判处40年监禁。

他22岁了。早上10:31，报时器响起的时候，电脑室的看守命令西摩和其他两个表现好的男孩留在原地。有人推进来三台配好跟踪器的独立式终端，后面跟着副监狱长和一位穿V字领宽松运动外衣、表情严肃的女人。

"你们可能知道，"她平淡地说，"这些年，Ilium一直对全世界进行扫描，可谓呕心沥血。他们要编辑一幅最全面的立体地图，40拍字节的数据和计算。"

看守接通电源，打开显示器，Ilium的商标在屏幕上旋转。

"你们被选入试点工程，负责筛查原始图像中隐藏的不良内容。软件每天用旗子标识出的影像不计其数，我们没有人力逐一审查。你们的任务就是去查证这些图像是否令人不快，同时提高计算机不断改善自身性能的能力。保留旗子或者拔掉旗子。"

"简单说就是，"副监狱长说，"昂贵的牛排馆不希望在 Ilium 的世界里有流浪汉在店门口探头探脑，或者你们看见什么不想让老人家看到的东西，留着旗子，围着内容画个圈，软件就会把它清除。明白了吗？"

"这些需要技巧，"看守说，"这是工作。"

西摩点点头。他面前的屏幕上有一个旋转的地球。图像从数字云层上空逐渐下沉，聚焦在南美——也许是巴西——一条笔直的乡村高速公路上。两边红色的尘土飞扬，看着好像是甘蔗园。他把画面拉近：一面旗子越来越大。

旗子下面有一辆撞上奶牛的蓝色小轿车，车头凹陷，路上血迹斑斑，一个穿牛仔裤的男人抱着头站在牛的旁边，不知道是对着死牛发呆还是在辨认牛是否还活着。

西摩认同这面旗子，于是画了一个圈。一瞬间牛、汽车和人便被电脑合成的公路代替了。他还没来得及反应，软件就把他带到了另一面旗子前。

一个面孔模糊的小男孩在临街的巴西烤肉店前对着摄像机竖起中指；有人在本田汽车经销权的小图标上喷了一个下流的图案。他检查了巴西索里苏附近的40面旗子；电脑送他回到对流层；地球在旋转，这次他降落在密歇根州北部。

有时候，他必须在周边转一会儿才明白为什么电脑在这个地方插上旗子。靠在车窗上的女人可能是妓女；教堂的遮檐下写着：上帝在听；有人喷了：凶手在说。有时候软件把常青藤误判为某种污秽的东西；有时候走路上学的小孩边上莫名其妙地出现一面旗子。他删除旗子或者用鼠标围着不稳妥的图像画一个圈，让它被高分辨率的灌木丛挡住或者被伪造的人行道覆盖。

外出的铃声响起时，另外两个人起身去吃午饭，可是西摩没有动。到点名的时候，他已经9个小时没动地方。看守走了。一个老人在清扫地面。窗外一片漆黑。

他们每小时付给他61美分，比在家具店打工多8美分。他擅长这个。一帧一帧地看、一条街一条街地看、一座城市接一座城市地看，帮助Ilium给地球消毒。他抹去军事基地、难民营、长队、诊所、罢工、游行和示威、纠察员和扒手。有时候他会触景生情：立陶宛，穿着皮大衣的母子手挽手站在救护车旁边；东京高速公路上，戴着口罩的女人跪在车流中；休斯顿，几百人手持标语在炼油厂前示威，他希望能在里面找到珍妮特的影子，她的牛仔夹克上应该缝着20只新青蛙，但是所有的脸都模糊不清。他确认了旗子，抗议者被30株数字枫香树苗所代替。

Ilium公司监管部门的报告说，西摩·斯图尔曼的毅力惊人。大部分时间他完成了定额的三倍工作。到24岁的时候，他已经成为Ilium地球工作室的传奇人物，整个监狱项目组里效率最高的清洁工。他在电脑室里有了新的终端和属于自己的位置，工钱涨到每小时70美分。有一段时间，他成功地说服了自己：他的工作是有意义的，他清除了这个世界的毒瘤和丑陋，用植物净化了被人类玷污的土地。

但是几个月后，他经常在自己的单间里看见图书馆里的那个老人，尤其是天黑之后，他系着企鹅领带，抱着绿书包在黑暗中一步三晃的样子。各种疑惑像虫子一样爬进他的脑子。

Ilium推出第一个走步机的时候，西摩已经26岁。现在，他帮助人工智能清除地图上令人厌恶和难堪的内容时，不再是坐在终端机前滑动滚轮而是亲自走进去。他平均每天走15英里。

西摩27岁。一天下午，他忍受着自己的汗味儿戴上无线耳机、登上走步机，开始在地球上空漫步。一块G字形的深蓝色湖水闯进他的视线。

湖口码头。

10年过去了，这个小镇已经物是人非，湖南有一片公寓，像长在岸边的疖子。远处的房屋更是鳞次栉比。软件把他放在一个橱窗被砸碎的饮料店前，他修好窗户；一辆小型敞篷载货卡车从威尔逊街开过来，一群十几岁的孩子挤在车斗里，他们身后的横幅上写着：你们死得寿终正寝，我们死于气候变化。他围着他们画了一个椭圆形，卡车蒸发了。

他本来应该去下一个插着旗子的地方，可是他却开始往家走。沿着"十字街"走0.25英里，山杨树的叶子变成金黄色。耳机里劈劈啪啪地响起自动提示：45号审核员，你走错方向了。请转向你的下一面旗子。

世外桃源的胡同里依然立着伊甸园之门的广告牌。他家的房子和荒草地被三座带有草坪的联排别墅取而代之，它们和其他的房子完美地融合在一起，好像不是被盖起来的，而是被软件做出来的。

45号审核员，你已偏离航线。60秒后你将被送往下一面旗子。

他开始沿着"春水街"跑，走步机在他的脚下弹动。在市中心，"湖畔街"和"公园路"拐角处的图书馆不见了。一座新的酒店拔地而起，三层高，好像还有一个露天酒吧。两个系领结的少年站在外面。

杜松没了，还书箱没了，门前的台阶没了，图书馆没了。他的脑海中浮现出那个老人、泽诺·尼尼斯，他弯腰驼背地坐在非虚构区的小桌子旁边，面前堆着一摞书和横线本，他的眼睛潮湿污浊，一眨一眨地看着像河流一样在身边流淌的文字。

45号审核员，你还有5秒……

西摩站在角落里气喘吁吁，他感觉自己再活1 000年也搞不懂这个世界。

现在调整你的方向。

他一下子被拽到空中。湖口码头缩成一个圆点，山脉滚滚而去，加拿大南部在远方徐徐展开。他的心乱了。所有东西都在旋转。他从走步机上摔下来，手腕骨折。

亲爱的玛丽安：

我知道永远无法算清我的行为带来的后果和痛苦。我想起小时候你为我做过的种种事情，多得不能再多。但是我一直没想明白。在法庭上，我得知尼尼斯先生去世之前在翻译，并且在和孩子们排戏。你知道他翻译的是什么吗？

你的西摩

2030年5月31日

9周后，他被叫到监狱图书馆。看守用手推车拉来三个纸箱子，上面写着他的名字，贴着已查验的红色贴纸。

"这是什么？"

"他们只是让我送到这儿。"

第1个箱子里有一封信。

亲爱的西摩：

很高兴收到你的信。这是我从法庭、尼尼斯先生的老宅和图书馆收集到的全部物件。警察可能还有更多的东西，我不确定。没人用这些东西做过任何事，所以我可以放心地把它们交给你。毕竟，"存取"是图书管理员的信条之一。

如果你可以搞清楚，我想有一个曾经和泽诺一起排戏的孩子可能会感兴趣：纳塔利·赫尔南德斯。她在给我的最后一封信中提到，她在爱达荷州立大学学习拉丁语和希腊语。

以前你是一个体贴细腻的男孩，现在我希望你成为一个体贴细腻的男人。

玛丽安

2030年7月22日

箱子里装满横线本，本子上写满龙飞凤舞的铅笔字。每隔一页有一篇贴纸。每个箱子的边缝里都插着塑料封套，里面装着11×17英寸的复印资料，内容一半丢失，剩余手稿字迹残缺不全。箱子里还有书：5磅重的《希腊-英语词典》和一本署名雷克斯·布朗宁的有关散佚文本的汇编。西摩闭上眼睛。他看见楼梯顶上金黄色的墙、陌生的文字、空椅子上空缠绕在一起的纸片云朵。

　　监狱图书管理员允许他把箱子放在角落里。每天晚上，西摩在地球上走累的时候，就坐在地板上研究它们。他在箱子底发现了一个文件夹，上面盖着：证据。里面有5份打印的台词，是警察在他被捕当晚，也就是孩子们盛装排练的那天找到的。其中一份的最后一页上有很多注释，不是泽诺的字迹，而是欢快的草书。

　　他在楼下抱着炸弹的时候，孩子们在楼上修改他们的台词。

　　地下坟墓、驴、海鲈鱼、在宇宙间飞行的乌鸦：这是一个荒唐的故事。但是泽诺和孩子们呈现出来的却是一个美丽的故事。有时候，复印件上的希腊字母会在他工作的时候跃然出现——ὄρνις，ornis 既代表鸟也代表征兆——西摩就像看见"真正的朋友"似的眼前一亮，仿佛看见一个古老纯净的世界，在那里每一只家燕、每一次日落、每一场风雨都意义非凡。从17岁开始，他相信他所见之人皆为沉迷消费的蛀虫。但是看过泽诺的译文之后，他意识到现实远比他想象的复杂，虽然人类是问题的一部分，但人类是美丽的，只有成为问题的一部分才能成为人。

　　看到结尾他泪流满面。司焰偷偷溜进云城中心的花园，和巨人女神对话，翻开《超神巨能万物百科》。泽诺收集的学术文章建议译者把司焰在花园接受神旨、放弃俗世的欲望排在最后，但是显然，孩子们决定不让古老的牧羊人看书的结尾，而是将目光转向别处，他吃掉女神给他的玫瑰，回到阿卡迪亚丘陵遍地泥土和青草的家里。

　　在被打着叉划掉的司焰的台词下面，孩子涂鸦似的写着："让世界留在现在就足够了。"

CHAPTER 23
第二十三章

残缺的世界绿油油的美

《咕咕云谷》
安东尼·戴奥真尼斯
第Ψ页

第Ψ页在戴奥真尼斯故事中的位置饱受争议。图片显示，此页毁损严重，超过百分之八十五的内容无法辨认。泽诺·尼尼斯译。

……我醒了……

……（发现自己？）……

……从高空落……

……在草地上爬，树……

……手指、脚趾、说话用的舌头！

……野洋葱的味道……

……露珠、山（脉？）

……令人愉快的阳光，头顶的月亮……

……（残缺的？）世界绿油油的美……

……希望像他们……神……

……（饥饿？）

……只有老鼠在草地里颤抖，在（薄雾里？）

……柔和的阳光……

……坠落。

距离保加利亚罗多彼山脉伐木工村９英里

————

1453—1494年

安娜

他们住在男孩祖父盖的小屋里：石墙、石灶、剥了皮的原木横梁、老鼠横行的茅草屋顶。十四年的时光把动物粪便、稻草、食物残渣和泥土揉成了混凝土一样坚固的地面。屋子里没有画像，妈妈和姐姐的身上只有最简单的装饰：一个铁环、一根吊着玛瑙的细绳。他们的陶罐朴素笨重，他们的皮子未经熟制，所有东西，无论是瓶瓶罐罐还是人，似乎都是为了尽可能长地幸存于世，否则就是没用的。

安娜和奥米尔回家后没过几天，男孩的妈妈就到小溪边挖出一小袋硬币，然后男孩独自拿着钱沿河道走了。四天后，他牵回来一头阉牛和一头老驴。他带着牛在小屋上面的荒草地里开垦出一块梯田，种上八月麦。

在男孩的妈妈和姐姐的眼里，她和一个破罐子没什么两样。说实话，最开始的几个月，她能有什么用处呢？她连最简单的指令都听不懂，不能让山羊老老实实地站着挤奶，不会照顾家禽，不会做凝乳，不会收蜂蜜，不会捆干草，不会灌溉梯田。大部分时间她感觉自己是一个13岁的大婴儿，除了最简单的事什么也不会做。

但是看看男孩！他把自己的饭分给她，用奇怪的语言和她唠叨。他好像，就像厨子克莱斯说的那样既任劳任怨又温文尔雅。他教她如何辨别大麦里的蚜虫，如何准备烧烤的鲥鱼，如何在小溪边打满一壶不带沉淀物的清水。有时候，她看见他一个人在木牛棚里摆弄破旧的捕鸟器和网子，或者表情凝重地站在河岸高处有三块白色大石头的平台上。

即使她算战利品，他也从来没有把她当作战利品。他教她"奶""水""火"和"狗"；晚上，他睡在她身边却不碰她。她穿男孩祖父的大木屐和男孩妈妈用自己纺的羊毛做的新衣服。叶子黄了，月亮圆了又缺了。

在一个树上冰晶闪闪的清晨，男孩的妈妈和姐姐穿上斗篷，赶着驴到河的上游去送蜂蜜。她们刚拐过弯去，男孩就把安娜叫进牛棚。他用一片粗棉布包上几个蜂巢，放进沸水里，等到蜡融化之后，他把块状物碾成糊，然后在粗糙的桌子上铺开一张牛皮，两个人一起把热乎乎的蜂蜡倒在皮子上。把蜡铺匀之后，他把皮子卷起来夹在胳膊下面，然后带她走上山谷尽头那条隐秘的小路，去断崖找中空的老紫杉树。

大树在日光下显得苍劲雄伟：树干上缠绕着成千上万个环环相扣的木瘤；挂着鲜红色果实的矮枝像无数条扭动着身体准备冲向地面的蛇。男孩手脚并用地爬上去，钻进中空的树干，拿出希梅留斯的麻袋。

他们一起检查锦缎兜帽、鼻烟壶和书，好在它们都没湿。然后他把新做的防水牛皮铺在地上，把这些东西放在上面、卷起来、捆紧，然后重新塞进树干里。安娜知道，这是他们的秘密，手抄本就像男孩的脸一样，会引起恐慌和猜疑。她对卡拉菲特斯眼睛里的火光、他扳着玛丽亚失去知觉的脸对着火炉、将利西纽斯的书烧成灰烬时的愤怒和得意记忆犹新。

她学会了日常用语：家、冷、松树、壶、碗、手、鼹鼠、老鼠、水獭、马、野兔、饿。到了春天播种的季节，她已经可以理解多种表达。吹牛就是"假装有两个半"；有麻烦就是"砸洋葱"。男孩有很多方法描述淋雨的不同感受：大部分都比较落魄，但有些不是，其中有一个听起来是快乐。

早春时节，有一天她从小溪边打水回来，他拍了拍自己坐的石头，她放下扁担和两个水罐，挨着他坐下。"有时候，"他说，"我觉得自己在干活，我就坐下，等着这种感觉自己过去。"他看着安娜的眼睛。安娜发现她听懂了，这是一个笑话。两个人开怀大笑。

积雪融化，接骨木开花，母羊产崽，一对野鸽子在屋顶的茅草上筑巢。尼娜和妈妈在集市上卖蜂蜜、甜瓜和松子。夏末的时候，他们攒够了足够的银币，买了第二头阉牛和第一头做伴。没过多久，奥米尔就开始拉着破旧的推车把高山森林里的木材卖到河下游的磨坊。秋天，尼娜嫁给一个伐木工人，搬到20英里外的村子里去了。在安娜进山的第二个冬天，男孩的妈妈开始在孤独的时候对着她说话，开始很慢，后来逐渐快起来，什么养蜂的诀窍啊，奥米尔的爸爸和祖父啊，最后讲到奥米尔出生前、她在9英里外河下游小石村里的生活。

天气转暖之后，她们坐在小溪旁看着奥米尔和他瘦骨嶙峋且不听指挥的牛一起劳作，他吆喝牛的声音里带着在其他地方没有的深情，他妈妈说他把温柔藏在心里，他的心里有一团火。天气好的时候，安娜和奥米尔一起在树荫下散步，他把祖父讲过的有意思的故事讲给她听：鹿的气息可以杀死蛇，在鹰的胆汁里加上蜂蜜可以恢复人的视力。她逐渐发现这个在悬崖峭壁下的小山谷并不像最初看到的那样不祥、陡峭和荒蛮——事实上，每一个季节都有让她热泪盈眶、心跳加速的惊喜时刻，她开始相信自己真的走到了曾经憧憬的在城墙外那个更好的地方。

随着时间的流逝，她已经注意不到奥米尔脸上的缺陷：那就是世界的一部分，就像春天的烂泥、夏天的蚊子、冬天的雪一样。她生了6个儿子，死了3个。奥米尔把他们埋在河岸高处的空地上，那里有他的祖父和姐姐。他从没人知道的高地搬来白色的石头，摆在每个人的坟前。小屋日益拥挤，安娜想方设法地给儿子们做衣服，有时加一根坚韧的藤，有时加一串不对称的花，每当想起自己的针线活让玛丽亚觉得不堪入目的时候她就会笑出来。奥米尔用驴把妈妈送去和尼娜一起生活。这样，在峡谷的洞口边，只剩下他们5个人。

安娜有时会在梦里回到绣坊，玛丽亚和其他女工还是在各自的桌子旁低头刺绣，像幽灵一样虚无缥缈，她伸手想要碰她们的时候，手指从空气中穿过。有时她的后脑勺会突然一疼，她怀疑玛丽亚遭受的苦难有可能也会降临到她身上。但是其他时间，她没有这些想法，她甚至忘记了那些把她养大的女人的脸，好像只有和奥米尔在一起的日子才是需要记住的生活。

　　安娜25岁那年的冬天，水壶里的水在夜里结上一层薄冰。早上，她最小的儿子开始发烧，眼窝凹陷，大汗淋漓。她坐在他们睡觉的垫子上，把儿子的头放在腿上，为他梳头。奥米尔来回踱步，一会儿攥拳一会儿松开。最后，他装满灯油，举着灯出去了。回来时满身是雪，他从外衣里掏出一卷防水牛皮郑重地递给她。她懂了，他相信书可以拯救他的儿子，就像他相信10多年前它帮助他们回家一样。

　　屋外，松树在咆哮。风把雪从烟囱里送进来，自己围着屋子打转。两个年长的儿子挤在她身边的地毯上，被灯晃得有些晕，对他们的父亲凭空变出来的这个陌生的新包裹充满好奇。驴和山羊也凑过来。门外，好像全世界都在怒吼、沸腾。

　　牛皮不辱使命：书是干的。一个男孩端详着鼻烟壶，另一个抚摸着锦缎兜帽，他的手指顺着绣线画出一只只完整或者不完整的鸟。安娜翻开书的时候，奥米尔为她举着灯照亮。

　　她已经很多年没有看过古老的希腊语了。面对它，一个儿子有些害怕，另两个儿子兴奋不已。记忆是个奇怪的东西，当她看见工整的左斜字时，竟然一下子全部回忆起来。

　　A是第一个字母写作ἄλφα；B是第二个字母写作βῆτα；ὦμέγα是最后一个；Ἄστεα是城市；νόον是思想；ἔννω是学习。慢慢地，这些字转化成她第二次生命中的语言，她念道：

"……一个曾经被叫做蠢蛋、废物的人——没错。我，司焰，就是呆头呆脑、缺根筋的傻子——历尽千辛万苦走到地球的边缘……"

她一边辨认手稿一边搜索记忆，然后，在这个小小的石屋里有些事情发生了：她腿上生病的孩子，额头上挂着汗珠，睁开了眼睛；当司焰意外地变成驴子，其他孩子爆笑的时候，他笑了；当司焰到达冰冻的世界之边的时候，他开始啃指甲；当司焰终于看见云城大门的时候，他热泪盈眶。

灯油越来越少，噼噼啪啪地响。三个男孩一起求她不要停下来。

"求你了，"他们说，灯光下，他们的眼睛炯炯有神，"告诉我们他在女神的魔法书里找到什么了？"

"司焰聚精会神，"她说，"他看见天堂和人间，看见所有的土地都围绕在大海旁边，看见所有的动物和飞鸟。城市里挂满灯笼，遍地花园，他隐约听见音乐和歌声，目睹了一场城里的婚礼，女孩们穿着鲜艳的布袍，男孩们腰系银带、挎金剑，他们钻圈、翻跟头、欢蹦乱跳。但是翻到下一页，他看见了黑暗。城里火光冲天，男人在田地里被屠杀，他们的妻子被拴上铁链奴役，他们的孩子被矛头挑起扔过墙头。他看见吃尸体的猎犬。他把耳朵贴在书上，听见哭泣的声音。他翻来覆去地看，发现书页的两边都有城市，黑暗的城市和光明的城市，它们是一个，它们都一样，想到没有战争就没有和平，没有死亡便没有新生，他害怕了。"

灯灭了；烟囱呼呼地响；孩子们往她身边靠了靠。奥米尔把书重新包好，安娜把小儿子搂在胸前，幻想着明亮的阳光穿透苍白的城墙。第二天上午很晚他们才醒过来，男孩的烧退了。

接下来的几年，如果有孩子感冒或者禁不住他们的软磨硬泡——通常是天黑之后，方圆数里没有人迹的时候——奥米尔就会看着她。所有人都心照不宣。他点亮油灯，在屋外消失，然后带着包裹回来。她翻开书，孩子们围着她坐在地毯上。

"再讲一遍，妈妈。"他们说，"讲讲住在鲸鱼肚子里的魔法师。"

"还有星空里的天鹅王国。"

"还有一英里高的女神和那本什么都有的书。"

他们分角色表演；他们渴望知道什么是乌龟，什么是蜂蜜蛋糕。他们似乎本能地感觉到这本用丝绸包着又用防水牛皮裹着的书有特殊的意义，它是一个既可以让他们富有又可能带来危险的秘密。每次打开它的时候，她都发现能看清楚的东西越来越少。她想起工坊烛光下的高个子意大利人。

时间：最残忍的武器。

最老的牛死了，奥米尔买了一头新牛。安娜的儿子比她高了，开始进山运木头。他们把高处森林里的木头沿着河道送出埃迪尔内，卖到磨坊。冬天到了，她却不知道。她失去记忆。挑水或者给奥米尔缝腿上的伤口和捉头上的虱子的时候，在某个不经意的瞬间，时间突然合拢了，她会看见希梅留斯握着船桨的手或者感觉天旋地转，和翻下小修道院院墙时的感觉一模一样。她的生命即将走向终点，这些记忆和她心爱的故事融为一体：思乡心切的尤利西斯在暴风雨中抛弃木筏，自己游向淮阿喀亚人的小岛。驴子司焰用柔软的嘴唇包住一棵扎嘴的荨麻。所有的时间、所有的故事汇成一个同样的结局。

在5月，一年中天气最好的那天，她死了，享年54岁。她靠在牛棚边的树桩上，三个儿子守着她。悬崖上的天蓝莹莹的，她忍不住看了看。她丈夫把她埋在河岸高处的空地上，在他祖父和他们的儿子中间。他把他姐姐的锦缎兜帽放在她的胸口上，在她的坟前摆了一块白色的石头。

同一条山谷

1505年

奥米尔

　　他还是睡在小时候那根烟熏火燎的屋梁下。他的左胳膊肘偶尔会僵住不能动弹；暴风雨来临前他的耳朵会嗡嗡响；他迫不得已自己拔掉槽牙；他最主要的伴儿是三只下蛋的母鸡、一只叫声吓人但心地善良的黑狗和20岁的老驴苜蓿，它口臭而且多屁，但是体温宜人。

　　他的两个儿子搬到北面的林子里，老三和一个女人住在9英里外的村子里。奥米尔和苜蓿去的时候，孩子们见到他的脸还是会躲起来，有的干脆哭出来，但是他最小的孙女却与众不同，只要他坐着一动不动，她就会爬上他的腿，摸他的上嘴唇。

　　现在，他的记性也不好了。旗帜、炮弹、伤员的惨叫、硫黄的臭气、"月光"和"大树"的死亡——有时候记忆里浮现出攻城的往事，但转瞬即逝，似乎并不比噩梦留下的碎片多。遗忘，他知道，这是世界在为自己疗伤。

　　他听说新的苏丹（愿主保佑他）到更远的森林里伐树，基督徒乘船发现了新陆地，在最远的大海边，那里的城市都是黄金建造的，但是他已经对这种故事失去兴趣。有时，他盯着火就能想起安娜讲过的故事，一个男人先变成驴，然后变成鱼，最后变成乌鸦，穿越陆地、海洋和星空，找到没有痛苦的王国，最后却选择回家，和他的动物度过余生。

　　他早已经记不清自己的年龄。早春的一天，山谷里风雨交加。河水变成棕黄色，泥流封路，山石滚落的声音不绝于耳。晚上最难熬的时候，他和狗躺在桌子上听小屋摇摇欲坠的声音：和平时滴答滴答的声音不一样，也不是哗啦哗啦的声音，是洪水。

　　水从门缝里涌进来，从墙上冲下来，苜蓿站在地上对没过脚踝的水视而不见。傍晚，他蹚着粪便、树皮和各种残渣去看母鸡，然后把苜蓿牵到梯田最高的地方，让它自己找草吃。最后，他抬头看了看山谷上方的石灰岩峭壁，突然大惊失色。

　　空心的老紫杉树在夜里倒了。他手脚并用地走在泥地里。苔藓丛生的树枝张牙舞爪，破土而出的树根像另一棵大树。他闻到清新的木香和很多埋藏以久、重见天日的东西的味道。

　　他花了很长时间才找到安娜的包裹。牛皮泡在水里。他忐忑不安地带着湿透的包裹回到小屋，铲出炉子里的泥，费了好大劲生起一堆烟雾熏人的火，然后把垫着睡觉的毯子挂在牛棚里烤干，最后才把书拿出来。

　　水淋淋的。稍微一碰，装订好的书页就纷纷脱落，上面的粗线条——那些像小鸟的飞行路线一样密密麻麻的黑道——好像比之前更浅了。

　　他又听见他第一次碰麻袋时安娜的尖叫声。它庇佑他们逃离那座城市；它为他的陷阱招来一群石鸻；它让儿子退烧。他看见安娜跳过很多行，随心改编时灵动的眼神。

他封好火，围着小屋拉起一张网，把书挂在上面烤，就像烤鸟肉一样。他的心一直怦怦地跳，仿佛书卷是个活物，而他辜负了它的信任；仿佛他唯一的使命就是让它活下去，可是他却搞砸了，让它身陷囹圄。

书页干了，但是他已经不能确定原来的顺序。他把它们重新装订成册，用一块新的方形防水牛皮包上，然后耐心等待第一批迁徙的鹳回到山谷。冬天，它们跟随古老的指令飞到遥远的南方；夏天，它们再不远万里飞到北方。当他在山谷上空看见不对称的V字形时，他拿出最好的一块毯子、两个水囊、几十罐蜂蜜、书和安娜的鼻烟壶走出家门。关上门之后他喊了一声，苜蓿支棱着耳朵颠过来，在牛棚外的太阳地打瞌睡的狗站起来。

他先去儿子家，送给儿媳三只母鸡和一半银币，并且好说歹说想把狗也送出去，可是狗不同意。他的孙女用玫瑰编了一个花环戴在苜蓿的脖子上。然后他就上路了，围着山朝西北方向走，半瞎的苜蓿和狗寸步不离地跟着他。

他绕开客栈、集市和人多的地方。穿村子的时候，他通常用帽子挡住脸，并且和狗走得很近。他风餐露宿，学着祖父的样子嚼可以缓解背痛的七瓣莲。苜蓿稳健的步态是他的强心剂。有几个路人好奇地问他从哪找到这样一头欢快的小毛驴，他感觉心里美滋滋的。

他时不时地鼓起勇气向人展示一下鼻烟壶盖上的瓷釉画。少数人猜是科索沃的要塞，多数人猜是佛罗伦萨共和国的宫殿。但是有一天，在萨瓦河边，两个骑马的商人和他们的两个随从拦住了他。一个人用安娜的语言问他是干什么的，另一个说："他是一个半截子入土的伊斯兰流浪汉，听不懂你的话。"奥米尔摘下帽子说道："下午好，先生们，我听得很明白。"

他们哈哈大笑。他把鼻烟壶递给他们看，他们给了他一些枣和水。他们对着阳光翻来覆去地看，一个说："噢，乌尔比诺。"然后递给他的同伴。

"仙境乌尔比诺。"另一个说，"在马尔凯山地。"

"太远了，"第一个指着西边说。他看看奥米尔和苜蓿，"尤其是对这样一个花白胡子的人。那头驴也够呛。"

"带着这样一张脸活这么大岁数，他一定是个智者。"第二个人说。

他睡醒的时候，四肢僵硬，关节吱吱响。有时候，肿胀的双脚要过了中午才能动弹。他时常会检查苜蓿的蹄子。当他们向南走到威尼托区的时候，山丘连绵，坡路起伏。悬崖顶有小城堡，田地里有农民，小教堂四周有橄榄树，纵横交错的溪水旁有向日葵。他花光银币，卖掉最后一罐蜂蜜。晚上，回忆和梦一起出现：他看见一座城，在远方闪闪发光，他听见儿子小时候说话的声音。

再讲讲，妈妈，讲讲那个名字代表燃烧的牧羊人的故事。

讲讲月亮上的牛奶河。

他最小的儿子两眼放光地说："告诉我们，傻子接下来要做什么？"

乌尔比诺近在咫尺。头顶是秋日的天空，银色的光柱从云缝里透过来，照在前方崎岖的大道上。山顶的城市和钟楼依稀可见，石灰岩建成的房子，墙砖好像都是从岩石里长出来的似的。

他盘旋而上，看见宏伟的宫殿两边各有一个角楼，错落有致的阳台与天齐高，鼻烟壶上的画变成现实了：就像在梦里见到的一样，不只是他的梦，或许也是安娜的梦；就像现在，在他生命最后的几年里，他一直在追寻她的梦，而不是自己的。

苜蓿大叫；燕子乱飞。阳光、远处紫色的山丘、近处道路两边像火苗一样的小樱草——奥米尔就像乌鸦司焰从星辰坠落时一样，感觉筋疲力尽，一半羽毛随风飘落。还有多少障碍横在他和祖父、妈妈还有安娜相见的路上？

他担心守卫看到他的脸会将他拒之门外，但是城市的大门是敞开的，来去自由。他、驴子和狗走在宫殿前迷宫似的街道上，没有引起任何人的注意——人来人往，各种肤色。即使有人侧目，那也是好奇苜蓿长长的睫毛和它欢快的走路方式。

在宫殿的前庭，他对一个弩手说要给这个地方有学问的人送一份礼物。那个人虽然听不懂，但示意他等一下。他站在原地，伸手搂住苜蓿的脖子，狗趴在地上，一下子就睡着了。奥米尔站着也睡着了，他梦见安娜站在火边上，被某个儿子逗乐了，正双手捂着嘴笑。大概过了一个小时，他醒过来。检查了牛皮卷里的书，又抬头望望宫殿的高墙，好像从窗子里看见仆人在挨个点亮每一间屋子里的蜡烛。

最后，一个翻译出来问他来干什么。奥米尔打开包裹，翻译看了一眼书，咬着嘴唇若有所思，然后便走了。过了一会儿，一个穿黑色天鹅绒的男人跟着他回来，先气喘吁吁地把灯笼放在碎石路上，又掏出手帕擤了擤鼻涕，最后才拿起手稿翻开看。"我听说，"奥米尔说，"这个地方保护书。"

那个人抬头看了他一眼，又接着看书，然后和翻译说了几句话。

"他想知道你这本书是从哪来的。"

"这是一个礼物。"奥米尔说。他想起儿子们围在安娜身边，屋外热浪冲天，电闪雷鸣，安娜的手里捧着故事。第二个人在灯笼下仔细检查了书的装订。

"我猜你想换钱吧？"翻译说，"这东西太不成样子了。"

"一顿饱饭。还有我的驴要吃燕麦。"

那个人皱起眉头，好像傻子永远免不了让人大跌眼镜似的。没等翻译，穿天鹅绒的人就点点头，然后双手小心翼翼地合上手抄本，鞠了一个躬，一言不发地拿着书回去了。奥米尔被带到宫殿下的牛棚，一个胡子整洁的仆人举着蜡烛把苜蓿领进去。

当夜幕在亚平宁山脉徐徐拉开的时候，奥米尔靠墙坐在挤奶凳上，感觉自己终于完成了最后一项任务。他祈祷来生能够碰到在神的庇佑下等待他的安娜。他梦见"大树"和"月光"陪他走到井边，他们三个一起低头看着清冽得像翡翠一样的井水。一只鸟从井里飞出来，冲上天空，"月光"吓了一跳。他睡醒的时候，一个穿棕色外套的仆人在他身边放下一盘夹着羊乳酪的面包；一个仆人在旁边摆上经鼠尾草和烤茴香籽腌过的兔肉和一大壶酒；这些酒食足够四个人饱餐一顿；一个仆人点燃插在墙上的火把；一个人在火把下放了满满一大碗燕麦，之后他们便全出去了。

他们三个：狗、驴和人都吃得饱饱的。吃完之后，狗在墙角躺下，苜蓿长出一口气，奥米尔坐在干净舒适的稻草上，靠着牛棚伸直腿。他们都睡着了。外面，黑夜里下起雨。

CHAPTER 24
第二十四章

回家

《咕咕云谷》
安东尼·戴奥真尼斯
第Ω页

  第Ω页越靠下破损越严重。最后5行千疮百孔，只剩下几个可以辨认的单词。泽诺·尼尼斯译。

  ……他们放下罐子，齐声合唱……

  ……（年轻人？）跳舞，牧羊人（吹笛？）……

  ……（大平盘）依次传递，盛着硬面包……

  ……熏肉。真高兴看见（贫乏的？）盛宴……

  ……4只小羊，每一头都在哭着找妈妈……

  ……（雨水？）和烂泥……

  ……女人们来了……

  ……骨瘦如柴的老（丑婆）拉起（我的手？）……

  ……灯……

  ……不停地跳，（不停地旋转）……

  ……（上气不接下气？）……

  ……所有人都在跳……

  ……跳……

爱达荷州博伊西

———————

2057—2064年

西摩

　　他的监外工作宿舍有一间小厨房,可以眺望到山坡上被阳光暴晒的金花矮灌木。现在是8月,米黄色的天空雾蒙蒙的,所有东西在热浪里都显得晃悠悠的。

　　每周六天,早上他乘无人驾驶的公交车到Ilium的办公园区,穿过一片炙热的沥青广场,走进占地面积颇为辽阔的灰砖矮楼上班。大厅里有一个旋转的聚氨酯浮雕地球,直径12英尺,山地的缝隙间堆积着尘土。墙上有一幅褪色的标语:捕捉地球。他每天工作12个小时,和好几组工程师一起为走步机"地图集"和耳机的更新换代进行测试。他骨瘦如柴,面色苍白;宁愿坐在桌子上吃打包的三明治,也不去餐厅;只有工作才能让他内心平静。他在走步机上一英里一英里地走,就像黑暗时代的苦行僧一样要走掉沉重的罪恶感。

　　他偶尔网购一双新鞋,但总和穿坏的一模一样。除了食物,他很少花钱。他每周六给纳塔利·赫尔南德斯发一次信息,通常她会回复。她教高中生学他们并不喜欢的拉丁语和希腊语,有两个儿子、一辆无人驾驶的小型货车和一只叫破折号的达克斯狗。

有时候，他摘掉耳机，从走步机上下来，眯着眼睛看其他低头工作的工程师。这时候，泽诺翻译的文章就会在他们的头顶盘旋：……水面上有天堂和地球，陆地稀稀拉拉的，野兽，和在中间的……

他57岁了。他58岁了。内心的反叛从来没有离开过他。每天晚上回家之后，他打开终端，断开"共享"，开始工作。在世界各个角落的服务器上都可以找到未经"地图集"加工的高密度图像：逃离清奈的移民、仰光外挤在小船里的家庭、孟加拉燃烧的坦克、开罗举着亚克力盾牌的警察、路易斯安那州被泥浆淹没的小镇——他用了很多年从"地图集"上抹掉的灾难完好无缺。

经过几个月的努力，他成功地在"地图集"里加入了自己的代码，而且做得天衣无缝，逃过了系统的检验。他把它们做成小猫头鹰，藏在"地图集"的世界里：猫头鹰涂鸦、猫头鹰形状的饮水机、穿礼服的骑车人戴一个猫头鹰口罩。找到它，轻轻一点，便可以剥去被美化的外表看到原始的真相。

在迈阿密，饭馆外有六盆蕨类植物，第三盆上有一张小猫头鹰贴画。点一下猫头鹰，盆栽就会蒸发，变成一辆冒烟的汽车和人行道上四个被压扁的女人。

无论用户是否发现他的小猫头鹰，反正他不会冒险去核实。"地图集"早已经不是公司的主业了，现在整个博伊西团队都在为其他部门、其他项目的走步机和耳机进行优化。但是西摩一直在安插他的猫头鹰。在一个个的夜晚，揭开自己在白天编织的谎言。自从在路边发现"真正的朋友"折断的翅膀，这是他第一次感觉到轻松、平静，不那么担惊受怕，不那么急于逃脱。

湖口码头湖边新建的度假村、机票、食宿、他们喜欢的水上项目——全部包含在内，所以倾其所有他只能维持三天。欢迎全家同行。他请纳塔利安排。开始，她说五个人不会全来，可是他们都来了：亚力克斯·赫斯带着两个儿子从克利夫兰来；奥利维娅·奥特从旧金山飞过来；克里斯托弗·迪伊从考德威尔开车过来；蕾切尔·威尔森带着4岁的外孙不远万里从澳大利亚西南角赶来。

西摩在分手前的最后一晚才开车从博伊西翻峡谷过来：没必要过早露面让大家尴尬。第二天清晨，他多吃了一片抗焦虑的药，穿好西服、系好领带，站在凉台上。从酒店的码头望出去，湖面波光粼粼。他希望看到鹦从空中飞过，可是一只也没有。

他的左兜里装着字条，右兜里装着门钥匙。想想熟悉的事情。猫头鹰有三层眼皮。人类是复杂的。对于很多你喜欢的东西来说"现在"已经太晚了。但并不是全晚了。

他在被当作婚礼接待处的六边形湖景房里见了两个Ilium专家，他们搬进来五台崭新的、设计精巧的多方向走步机，他们叫它们"巡视者"。专家给每台机器配上单独的耳机之后就离开了。

纳塔利最先来见他。"孩子们，"她说，"都吃过午饭了。你能这样做，真是很勇敢。"

"你更勇敢。"西摩说。每一次呼吸，他都担心自己的皮肤会炸开，骨头会散架。

下午1点，大家聚齐了。奥利维娅·奥特留齐耳短发，穿亚麻七分裤，热泪盈眶。亚力克斯·赫斯左右各站一个魁梧的少年，却都闷闷不乐，他们三个的头发都是亮黄色。克里斯托弗·迪伊和一个娇小的女人一起出现，他们拉着手坐在远离人群的角落里。蕾切尔最后进来，穿着牛仔裤和靴子，脸很皱，像个长时间在阳光下劳作的人；她后面跟着长相可爱，头发像火焰一样的小孙子，他慢吞吞地走过来，坐在椅子上，两只脚摆来摆去。

"他看起来不像杀人犯。"亚力克斯的一个儿子说。

"注意礼貌。"亚力克斯说。

"他只是看起来有些老。他很有钱吗？"

西摩不敢看他们的脸——脸会暴露一切。别抬眼。念你的字条。"那天，"他说，"很多年前，我拿走了你们宝贵的东西，每一个人的。我知道我永远也弥补不了。但是，我也知道，小时候，被迫，离开自己喜欢的地方是什么感觉，所以，我想如果我可以还给你们，也许会有意义。"

他从书包里拿出五个品蓝色的硬皮本分别递给他们。封皮上有一群鸟围绕着云城的塔尖飞翔。奥利维娅屏住呼吸。

"这是我依照尼尼斯先生的翻译做的。感谢纳塔利的大力协助。所有译者的说明都是她写的。"

然后他发给每人一个耳机。"先给你们五个。其他人如果喜欢，我再拿。你们还记得还书箱吗？"

所有人点头。克里斯托弗说："猫头鹰和你都需要书。"

"拉一下箱子把手，你们就知道接下来做什么了。"

成年人都站起来。西摩帮助他们戴好耳机，五台"巡视者"嗡嗡地启动了。

他们在走步机上站稳之后，西摩走到窗边，看着湖水。从这往北，你的猫头鹰至少有20个地方可以去，她说，更大的森林，更好的森林。她在努力拯救他。

"巡视者"呼呼地转起来；长大的孩子们走起来。纳塔利惊呼："天啊。"

亚力克斯说："这和我记忆中的一模一样。"

西摩回忆起自己家后面的森林落满雪花时的寂静。"真正的朋友"站在粗壮的死树上，在离地10英尺高、属于自己的枝头捕捉到0.25英里外轮胎碾过碎石的动静。它能够听见田鼠在6英尺积雪下的心跳。

"巡视者"的前沿被气垫抬高，他们开始爬花岗岩台阶。"看啊，"克里斯托弗说，"那是我做的牌子。"

蕾切尔的孙子从旁边的椅子上下来，拿起一本蓝色的书，放在腿上看起来。

奥利维娅·奥特伸出右手，推开门。孩子们一个接一个地走进图书馆。

阿尔戈斯

———————

服役时长65年

科斯坦茨

氧气百分之七，面罩里的声音说。

出连廊向左。经过8号隔间、9号、10号，门全封着。从沉睡中醒来的传染源还在走廊的空气里徘徊吗？将近400天，阴暗处的尸体腐烂了吗？是灭火器淹没了船员忙碌的声音吗？朋友、孩子、老师、陈夫人、弗劳尔斯夫人、妈妈、爸爸在吗？

走廊天花板上的喷雾落在她的身上。她把自制的书插在工服里面，左手握着自制的斧子，在洒满化学物的地板上一步一滑地从阿尔戈斯的心脏转出来。

走廊里凌乱地扔着毯子、废口罩、枕头和餐盘的碎片。

一只袜子。

一个已经发霉的驼背的身形。

睁大眼睛。继续走。这个黑洞是教室的门、关着门的隔间一个挨一个，走过的路线像蔡医生和工程师戈德伯格防化服的手套。前面大厅的正中，不知道是谁的"巡视者"倒在地上。

氧气百分之六，面罩说。

右手边是4号农场的入口。科斯坦茨在门口停了一下，抹掉面罩上的泡沫：稍有不慎植物就会死亡。她的小波斯尼亚松依然挺拔，已经有4英尺高了：掉落的松针围成一个圈。

警报响起。头灯开始闪，她急忙向最远的那面墙冲过去：没时间犹豫了。她拉开左手的第4个种子抽屉。冷气喷到脚上：里面整齐地摆放着好几百个冰冷的箔纸信封。她戴着连指手套抓起满满一大把，和斧子一起搂在胸前。很多信封掉在地上。

爸爸的魂或者尸体就在不远处。也许他的魂和尸体都在那里。继续走。没时间了。

沿着走廊没走几步就到了妈妈说的埃利奥特·菲申巴赫砸了好几个晚上的地方。在2号和3号盥洗室之间的墙上打着钛补丁，上面大概有300个铆钉，比想象中的还要牢固。她的心一沉。

氧气百分之五。

她扔下种子信封，双手握住斧子。脑子里响起从记事起便不断听到的警告：宇宙辐射。失重。2.73°K。

她抡起斧子砸下去，补丁被砸出坑，但是斧子被弹回来。她抡圆胳膊再砸。这回斧子卡住了，她使尽全身力气才拔出来。

3下。4下。来不及了。她大汗淋漓，面罩蒙上一层雾气。警报的声音更响了。灭火剂像雨一样落在她身边。向右边走20步就是补给舱，里面支满了帐篷。

所有人，西比尔说，全船告急。

氧气百分之四。面罩说。

每砸一下，补丁的伤口大一些。

出墙3秒，你的手和脚会大1倍。你会呼吸困难。你会冻成冰坨。

裂缝越来越宽，科斯坦茨隔着面罩看见夹层里裹着铝皮的电线已经被埃利奥特推到一边，而且他拆掉了几层隔离材料。最远处还有一层金属：她希望那就是外墙。

她放下斧子，深吸一口气，身体后仰，举起胳膊。

孩子，西比尔忧心忡忡，语气强硬，马上停止你的行为。

本能的恐惧席卷而来。科斯坦茨带着积攒了数月的愤怒、孤独和悲伤，拼尽全力砍下去。电线断了，斧子插进外墙。她挥舞着斧子。

她停下来的时候，外墙破了，一片漆黑。

科斯坦茨，西比尔低沉地说，你在玩命。

她错了。这里什么也没有，这里是真空——离地球100万亿公里的外太空，她会窒息。就是这些。她的手一松，斧子掉下来。空间压缩，时间凝固。爸爸撕开一个信封，一粒挂在浅棕色翅膀上的种子滑进他的手掌。

屏住呼吸。

"等一下。"

种子左右摇摆。

"开始。"

最外一层豁口的外面是漫无边际的黑暗。她没有被吸出去，眼睛也没有冻住：因为现在是夜晚。

氧气百分之三。

夜晚！她捡起斧子，又开始一锤一锤地砸。金属碎片乱溅。持续变大的洞口外面，奄奄一息的头灯点亮了无数银色的小片，它们在黑暗中坠落。她伸出一只胳膊，袖子湿了。

雨。外面在下雨。

氧气百分之二。

她一直砸到肩膀发酸、双手好像要折了才停下来。洞口参差不齐，正好够她探出头和肩膀。面罩已经模糊得不可救药，她冒险撕开防化服。又是一斧子，她终于可以整个钻出去了。

野洋葱的味道。

露珠、山脉。

令人愉快的阳光，头顶的月亮。

氧气百分之一。

雨点落下去的地方比她预想的远，但是没时间了。她双手捧着种子信封扔出去，接着扔掉斧子，然后自己迈出去。

科斯坦茨小姐——西比尔大叫。但是，此时此刻，科斯坦茨的头和肩膀已经在阿尔戈斯的外面。她扭动身体，大腿被金属尖划了一下。

氧气耗尽。面罩说。

两条腿还留在夹层里，腰被卡住了。她最后吸了一口气，扯掉面罩，撕开密封条，随他去吧！它弹了几下，然后开始滚，最后停下来，大概在下面15英尺的地方，看起来好像有一堆湿石头，还有长叶的苔原草。头灯朝上，照着落下来的雨。

唯一的出路就是跳。她憋住气，双臂贴在飞船身上。推。下沉。

脚崴了，胳膊肘撞在岩石上，但是可以坐起来，也可以呼吸——

她没死，没有胸闷，没有冻成冰坨。

空气！充足的、湿乎乎的、咸咸的、充满生机的空气。如果空气里有病毒，如果阿尔戈斯飞船里的病毒从她砸出的洞里泄露出来，如果它们在她的鼻孔里繁衍，如果地球的空气有毒，也只能这样了。也许还可以活5分钟，呼吸吧，闻一闻吧。

雨水打在她被汗水浸湿的头发上、脖子上、额头上。她跪在草地上，倾听雨点敲打衣服的声音、感受它们落在眼皮上的分量。这简直难以置信，太危险了，太浪费了：水，老天给的水，竟然这么多。

头灯灭了。唯一的亮光来自阿尔戈斯的破洞。但是这里的黑和熄灯的黑完全不一样。天空云层密布，好像是透亮的；湿漉漉的草叶子会反光，不计其数的小水珠亮晶晶的。她把爸爸做的衣服脱到腰，想起司焰的话：洗澡，这对任何愚蠢的牧羊人来说都是奢望。

她找到自己的斧子，把外套完全脱下来，捡起所有能看到的信封，把它们和自制的书一起贴身放好，然后一瘸一拐地穿过草地和岩石，朝篱笆墙走去。身后的阿尔戈斯像个苍白的庞然大物。

篱笆墙上有铁丝网，太高了翻不过去。她用斧子集中力量解决掉一根柱子上的麻烦，从下面钻过去。

这边闪着光的湿石头更多。每一块石头上都长着青苔，像面包屑，像鱼鳞——得花一年的时间研究它们才行。石头堆的另一头传来一声咆哮，这声咆哮好像来自一个不停地运动、翻滚、变化和移动的东西——大海。

日出持续了一个小时，她一直不敢眨眼，生怕错过任何细节。最初，从下面升起一片紫色，然后是变幻莫测的蓝色，比图书馆里的颜色更丰富多彩。她光脚站在水里，水没过脚腕。舒缓的海浪从四面八方一层接一层地涌来。阿尔戈斯的轰鸣声、滴答滴答的水声、管道的嗡嗡声、西比尔舞动触手的声音——从在妈妈肚子里开始一直围绕在她身边的机器声，第一次离她而去。

"西比尔？"

没有回答。

她认出右边老远的灰色建筑是"地图集"里的船坞，岩石码头。她回头看了看阿尔戈斯，小了很多：天空下一颗白色的小药丸。

前方，地平线的蓝边变成粉色，黎明张开手指，推开黑夜。

END
尾声

湖口码头公共图书馆

———————

2020年2月20日 下午7：02

泽诺

男孩放低枪口。书包里传出第二声铃响。走出被前台堵住的门口，门廊的另一边是另一个世界。他还有力气吗？

他走到门口，靠在桌子上；他的双腿好像被雅典娜注入了力量。桌子被推开了；他抱紧书包，推开门，站在警察的聚光灯下。

第三声铃。

走下5级花岗岩台阶，沿着没有足迹的雪地一直走，警报声不绝于耳，12支来复枪历历在目，一个声音高喊："不要开火！不要开火！"还有听不清意思的喊叫声——也许是他自己的声音。

纷纷扬扬好大的雪，雪片好像比空气还多。钻进杜松丛之后，泽诺忍着屁股疼开始跑，以一个86岁老人最快的速度移动。他穿着尼龙搭扣的靴子、两双羊毛袜子，系着企鹅领带，胸前搂着炸弹跑过黄眼睛猫头鹰的还书箱，跑过写着：爆炸物处理的货车，跑过全副武装的警察。他是面对永生转过头、情愿再傻一次的司焰。牧羊人在雨中跳舞，吹笛子，弹起七弦竖琴，羊群咩咩叫。湿漉漉的世界，泥泞却绿油油的。

书包里第四次响起铃声。还剩一声。他用0.25秒的时间看了一眼躲在警车后面的玛丽安，可爱的玛丽安穿樱桃红色的大衣很配她淡黄褐色的眼睛和沾着油漆的牛仔裤；她盯着他，一只手捂着嘴。馆长玛丽亚，每年夏天，她的脸上都冒出沙尘暴一样的雀斑。

顺着"公园路"跑，远离警车，图书馆在身后。想象一下，雷克斯说，听到英雄凯旋的老歌的感觉。离博伊兹顿夫人的老房子还有0.25英里，窗户上没有窗帘，译稿都在餐桌上，楼上小铜床旁边的罐头盒里有5个塑料士兵，皮洛斯国王内斯特在厨房的垫子上打盹儿，必须叫人把他带出来。

前面是湖，冰锁湖面，白雪皑皑。

"嘿，"一个图书管理员说，"你看起来很冷。"

"你妈妈呢？"另一个说。

第五声响起的时候，他冲进大雪里。

卡纳克

———————

2146年

科斯坦茨

　　村子里住着49个人。她住的小平房是淡蓝色的，由木头和废金属建成，旁边有一间温室。她有一个儿子：3岁，精力旺盛，什么都想试试，什么都想知道，什么都往嘴里放。第二个孩子还在她的身体里，刚刚会动，但是她能感受到他日益增长的智慧。

　　从4月中旬开始，太阳再也没有落下去。现在是8月，晚上几乎所有人都出去摘山茱萸了。村子下面的码头边波光闪动，那是远方的大海。空气最清澈的日子，极目远眺可以看到8英里外小肿块似的岩石岛，阿尔戈斯就在那里经受风吹日晒，生锈变色。

　　她在房子后面的温室里干活，她儿子坐在石堆上，腿上放着一本奇形怪状的书，书页是用营养粉的口袋做成的。他从后向前翻，一边翻一边不出声地嘟囔着："司焰即燃烧，鲸鱼肚子里的巫师。"

　　夏天的黄昏舒适宜人，温室里的莴笋绿叶婆娑，天空变成淡紫色——快黑了——她拿着喷壶前前后后地忙碌着。西兰花。羽衣甘蓝。南瓜。和她的大腿一样高的波斯尼亚松。

　　Παράδεισο, parádeisos：花园。

每当她忙完，坐在褪色的尼龙椅子上的时候，男孩就会拿着书过来，拽拽她的裤腿。她费了很大的力气才把沉重的眼皮撑开。"讲故事吗？"他问。

她看着他的圆脸蛋、睫毛、湿乎乎的头发。难道他能感觉出故事里的跌宕起伏？

她把他抱到腿上。"翻到第一页，从头开始。"她等着他把书翻过来。他咬着下嘴唇，把书放好。她用手指着，一个字一个字地念起来：

"我，是司焰，从阿卡迪亚来的一个小羊倌。我——"

"不行，不行，"男孩用手拍着书说，"语气，语气。"

她眨眨眼；地球又转了一个角度；她的温室外面、村子下面、一股气流飘到小肿块的上方。男孩伸出食指戳戳书页。科斯坦茨清清嗓子。

"我不得不讲的那个故事特别荒唐，特别不可思议，你们可能一个字都不会信。但是它——"她点着他的鼻尖说，"全是真的。"

（全书完）

后记

这本书的灵感来自很多书，所以它是书的赞歌。如果把书名全部列出来，实在太长，但有几本光芒四射，不得不提。阿普列乌斯的《金驴记》和"驴子琉善"（很可能是路吉阿诺斯的原创）转述了一个傻子变成驴的故事，远比我的故事精彩有趣。将君士坦丁堡比喻为诺亚方舟是受到热维尔·内兹和威廉·诺尔合著的《失落的羊皮书》（*The Archimedes Codex*）的启发。我在玛乔丽·霍普·尼科尔森的《月球之旅》（*Voyages to the Moon*）中替泽诺为司焰找到谜底。很多泽诺在朝鲜的经历取材于路易斯·H.卡尔森的《被遗忘的战争、值得铭记的战俘》（*Remembered Prisoners of a Forgotten War*）。斯蒂芬·格林布拉特的《大转向》（*The Swerve*）则让我了解了文艺复兴早期的图书文化。

这本小说最大的债主是一部1 800多岁的小说：安东尼·戴奥真尼斯已经失传的《极北之地的奇观》（*The Wonders Beyond Thule*）。9世纪东罗马帝国主教佛提奥斯根据仅存的几页莎草纸编写的故事梗概推断，它是一部恢弘的环球旅行故事书，环环相扣、旁征博引，可以分成24本书。显然，这是学识和想象力的结合，混合各种题材和虚

568

构传说，也许是最早提到外太空航行的文学作品。

　　据佛提奥斯所言，戴奥真尼斯在前言中声明，《极北之地的奇观》是亚历山大大帝的士兵在几个世纪前发现的一本手抄本的副本。戴奥真尼斯说，那个士兵在提尔城地下墓穴找到一个小柏木箱，箱子盖上写着陌生人，无论你是谁，打开它定有惊喜。他打开之后发现了刻在24块柏木片上的环球故事。

致谢

由衷感谢三个不同凡响的女人：宾奇·厄本对初稿的热情化解了困扰我数月的烦恼；纳恩·格雷厄姆对原稿不惜余力地编辑和改进；最最感谢肖娜·多尔，她在瘟疫流行的这一年仍然为这本书伏案工作，在我五次想要放弃的时候，是她阻止了我，是她用音乐和希望充实了我的心灵。

深深地感谢我的儿子欧文和亨利，他们帮我虚构出"Ilium公司"和亚力克斯·赫斯撒落的根汁饮料。他们天天逗我开心。我爱你们。

感谢兄弟马克的乐观、兄弟克里斯提出让科斯坦茨用电蚀法点燃头发的建议、父亲迪克的鼓励、母亲玛里琳买书种花让我朝气蓬勃。

感谢"巡视者"凯瑟琳的鼓励帮我完成一系列枯燥的修订、乌梅尔·卡兹对奥米尔的信任、罗马美国学院——特别是约翰·奥科申朵夫——接受我加入他们才华横溢的机构、丹尼斯·罗比肖教授纠正我新学的希腊语。

感谢雅克和哈尔·伊斯门的鼓励、杰斯·沃尔特的理解、雪莉·奥内尔和苏齐特·兰姆的聆听。感谢帮助我寻找资料和主动提供资料的图书管理员们。感谢科特·康利寄来的好东西。感谢贝齐·柏顿的支持。感谢凯蒂·休厄尔帮我调研惩罚西摩的相关条款。

感谢斯克里伯纳出版社所有杰出的工作人员，尤其是罗兹·利珀尔、卡拉·沃森、布里安娜·山下、布赖恩·贝尔菲利奥、杰亚·米塞利、埃里克·霍宾、阿曼达·马尔霍兰、佐伊·科尔、阿什·吉列姆和赛布丽娜·边。感谢劳拉·怀斯和斯蒂芬妮·埃文斯的字斟句酌。感谢乔恩·卡普和克里斯·林奇的莫大支持。

感谢ICM的卡伦·凯尼恩、山姆·福克斯和鲁里·沃尔什。感谢柯蒂斯·布朗公司的卡罗莱娜·萨顿、查理·图克、戴西·梅里克和安德烈亚·乔伊斯。

超级感谢凯特·劳埃德，她劳苦功高。

一部小说就是一部人类文献（尤其是一个人写的，错误在所难免）。所以尽管我和了不起的梅格·斯托里已经竭尽全力，但我相信仍有很多问题存在。不精准、不透彻和大幅度的历史穿越都是我的不足。

永远感激温德尔·梅奥博士，我想他应该喜欢这本书。永远怀念卡罗琳·里迪，她在我准备寄手稿的前一天去世。

感谢我的朋友们。

最后，衷心感谢你，我亲爱的读者。没有你，我将孤独地在漆黑的大海上漂泊，找不到安身之所。